JN222341

ガレス・ルービン
越前敏弥［訳］

ターングラス
鏡映しの殺人

The
TURNGLASS
Gareth Rubin

早川書房

日本語版翻訳権独占
早　川　書　房

THE TURNGLASS
by
Gareth Rubin

Translated by
Toshiya Echizen
First published 2024 in Japan by
Hayakawa Publishing, Inc.
This book is published in Japan by
arrangement with
Simon & Schuster UK Ltd
1st Floor, 222 Gray's Inn Road, London, WC1X 8HB
A Paramount Company
through Japan Uni Agency, Inc., Tokyo.

装幀／柳川貴代

ターングラス──鏡映しの殺人──〔エセックス篇〕

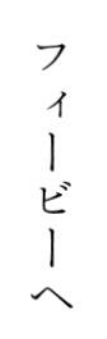
フィービーへ

tête-bêche

テート・ベーシュ。名詞。反対向き、上下逆さまに印刷されたふたつの部分に分かれる本。

語源——フランス語「頭と足が接した」。

最近、わたしはテート・ベーシュの本を買った。興味深い本だ。ふたつの物語が逆向きに印刷されている。一方を読み、本を逆さにしてもう一方を読む。ふたつの話はからみ合い、互いに依存している。興味深いとともに、いささか奇異にも感じられる。

——ホーレス・マン伯爵の書簡、一八一九年三月二十日

もう行ってしまうの？　まだ夜は明けていないわ。
あなたのおびえた耳に響いたのは、
あれはナイチンゲール。ひばりじゃない。
夜な夜な向こうの柘榴(ざくろ)の木で歌うの。
本当よ、あれはナイチンゲール。

——ジュリエット、『新訳　ロミオとジュリエット』第三幕第五場（シェイクスピア著、河合祥一郎訳、角川文庫）

登場人物

シメオン・リー………………医師
オリヴァー・ホーズ…………司祭。ターングラス館の住人
ジェイムズ……………………オリヴァーの弟
フローレンス…………………ジェイムズの妻
イライザ・タバーズ
ピーター・ケイン　　　………使用人
ウィリアム・ワトキンズ……治安判事
モーティ………………………渡し守
チャーリー・ホワイト………マーシー島に住む若者
ジョン…………………………チャーリーのいとこ
アニー…………………………ジョンの妹
ティロン………………………謎の人物
O・トゥック…………………小説『黄金の地』の作者

1

ロンドン、一八八一年

シメオン・リーの灰色の目が、コレラの悪臭を防ぐために巻いたハンカチの上からのぞいていた。悪臭は安宿や遺体安置所で腐敗していく人体のものだ。

「例の王が襲ってきたな」シメオンはつぶやいた。

「ほかの呼び方はできないのか」友人のグレアムが懇願するように言った。湿ったスカーフで鼻と口を覆っている。「その呼び名は好きじゃないな。何やら取り立てられそうな気分になる。そうじゃないのに」

「それでも搾りとられるさ」

「また感染爆発が起こると思うか」

「そうならないことを願うよ」そう、局地的な流行であることを願うしかない。

病を治して健康を呼びもどす職業の訓練を長年ともにしてきたふたりは、グラブ・ストリートを歩いているところだった。古代ローマ時代、ロンドンの街のまさに中心だった場所だ。通りに並ぶ建物は印刷を営む業者のものだ――新聞や雑誌を発行し、世間の関心をそそる出来事や人生の喜びと悲しみを書き連ねている。通りの中央を走る溝にはインクが流れていた。
相部屋の下宿にたどり着き、シメオンは顔に巻いたハンカチをほうり投げた。「弱点を見つけなくてはな」コレラを動物の観点から考える。たとえば狂犬病の犬だ。この細菌は肉眼で見えないほど小さいのに、男も女も子供もまとめて墓場へ送る強靭さを具えている。狡猾で小さな殺人者だ。「どんな病気にも弱点はある」

細長い顔と細長い体の持ち主であるシメオン・リー医師は、しなやかな足どりで階段をのぼって部屋へ向かった。正確には屋根裏部屋で、印刷機が一日じゅう休みなく音を立てる印刷所の上にある。だが人々が寝静まる時間に仕事ができるので、シメオンにとっては都合がよかった。それに家賃が安い。格別安い。資金不足で数カ月前に研究が行きづまってからというもの、一ペニーも無駄にはできなかった。

「たしかに存在するのはわかっている」足を止めずに言う。「くそっ、天然痘はもう百年も予防できていたのに。なぜコレラはできないのか」汚れて傾いた窓の外へ目をやった。冷たく暗い十二月の霧がシメオンを見つめ返した。

「前にも一、二度、同じことを言ってたな。ちょっとのめりこみすぎじゃないか」グレアムは口ごもった。「病院でのおまえの評判は芳しいとは言えないぞ」

「それは驚きだな」シメオンはキングス・カレッジ病院を経営するひげだらけの古生物どもにどう思われようと、まったく意に介さなかった。セント・ジャイルズ周辺の貧民窟で働いてみれば、連中も考えを変えるはずだ。

グレアムはあきれたように肩をすくめた。「奇跡の治療法をどうやって見つけるつもりだ」

「どうやって?」シメオンは噴き出しそうになった。「金だよ。金が必要だ。マッキントッシュ補助金がね」ネクタイをゆるめ、以前メリルボーンの歩道から持ってきた焼け焦げた長椅子にどさりと腰をおろした。「こうしているあいだにも、黒死病さながらに患者が家で倒れていく」焦げた座面の上で体をひねり、快適な姿勢をさがした。「このあたりの貧しい市民が三十歳まで生きられる確率は、わたしがナイト爵を授かる確率よりも低い。まったく、ロバートソンたちが耳を貸しさえすれば、何か手が打てるはずなのに！」グレアムは黙している。シメオンは立ちあがって歩きながら、と毒づいた。キングス・カレッジ医学校の教授連中は何度訴えても新しい考えを受け入れる度量がない、と毒づいた。「時間と金。それさえあれば治療法を見つけられる。じゅうぶんな時間と金があればね」

怒りは焦燥から生じていた。三年を費やした研究がすべて机の上でほこりをかぶるかもしれないと思うと、何よりも腹立たしかった。毎月、医学校の補助金審査委員会がシメオンの申請を鼻であしらい、ますます多くの男や女や子供が病に屈していく。

「申請は通ると思うか？」

「わたしかエドウィン・グローヴァーのどちらかだな。あいつは無痛法の研究費をほしがっている」

「優秀な男だぞ」

「ああ、論文はね。だが現場ではまったく使えない。理屈倒れもいいところだ。針子の腕にどうやって針を刺すかもわかっていないさ」シメオンは腹立たしげにテーブルをこぶしで叩いた。グローヴァーはソーホー・スクエアにある高級な家の上階の広い部屋に住んでいる。外出するのはまれだ。その必要がない。おそらく興味もないのだろう。

「通らなかったらどうするんだ」

「そのときは道路掃除でもして小銭を掻き集めるさ」シメオンは前髪をつかんで敬礼してみせた。

「凍えそうだな」

「ああ、まちがいない」

グレアムは咳払いをした。「例のエセックスの仕事は？　報酬があるんだろう」

シメオンははっとして眉をあげた。「そうか、すっかり忘れていた」前日、電報を脇に置いたのとほぼ同時に、頭から消えていた。

「たしか叔父さんだったな」

「正確にはちがう。父のいとこだ」

「とにかく報酬をともなう仕事だろ」

たしかにそうだが、気が進まなかった。「たぶんダニエル・メンドーサと十ラウンド戦えそうなほど元気なのに、もうすぐ死ぬと思いこんでいる教区司祭の世話をしろと言うのか」

「シメオン、金が必要なんだろ」

シメオンは一考した。まったくそのとおりだ。しかし、治療と言えばおそらく〝ポートワインを控えて、ときどき早足で散歩する〟よう助言する程度にすぎない相手の世話をするなど、まるで安っぽい小銭稼ぎではないか。とはいえ、その金があれば研究を再開できるかもしれない。

「それもひとつの手だな」シメオンは認めた。「いくら引き出せるかはわからないがね。教区司祭なんて、たいして裕福じゃあるまい」

「そうだな。それはともかく、好人物なんだろう？」

シメオンは肩をすくめた。「世界は六千年前に創造されたとする〝アッシャーの年表〟に関する論文を日がな一日読んでいるような、物静かな聖職者だろうな」

「悪い話じゃなさそうだ。ひとり住まいか？」

「いや、それが」シメオンは含み笑いをした。「ちょっと……興味深い話でね」

「興味深いとは？」

「一家の醜聞（しゅうぶん）なんだ」

「醜聞？　聞かせてくれ」

「わたし自身、あまりよく知らないんだ——父が詳細を教えてくれなくてね。たしか司祭の弟が、不自然な状況で妻に殺された事件があったと記憶している。どちらかが正気を失ったんだと思う。調べてみるよ。正直なところ、刺激の強い昔話が仕事の退屈さをいくぶんまぎらせてくれるかもな。いや、でも、わたしは神の導きを信じるよ。マッキントッシュ補助金審査委員会から朗報が届くのが先だ」


翌日の午後、シメオンはキングス・カレッジの委員会室の外で、よく磨きこまれた硬い長椅子にすわっていた。身なりをきっちり整えたエドウィン・グローヴァーが向かいの長椅子に腰かけている。

「まだコレラの研究をしてるんだって?」グローヴァーが尋ねた。

「ああ、まだやっている」

グローヴァーはそれ以上何も訊かなかった。

初老の雑務係がドアをきしませて委員会室から出てきた。「グローヴァー先生、どうぞこちらへ」

グローヴァーは雑務係について部屋へはいった。ドアの閉まる大きな音が周囲に響き渡った。

一時間後、グローヴァーが満足げな顔で部屋を出てきた。それを見てシメオンは小声で悪態をついた。つぎは自分の番だ。

シメオンは部屋にはいり、五人の委員の前に置かれた木の椅子に腰をおろして、当代の最悪の疾病のひとつであるコレラの治療に向けた計画を説明した。

「リー先生。提出なさった申請書と補足書類をこちらで精査しました」委員のひとりがむっつりと言った。「ひとつの疑問がぬぐえません」

「どんな疑問でしょうか」

「なんらかの進展が得られる確証はありますか」

どうも風向きがよくない。「とおっしゃいますと?」

「これまでのご経歴には」委員は書類の綴じこみに目を落とした。「見るべきところがありませんね。はっきり申しあげて、なんの成果もあげていない」

「おことばを返すようですが――」

「たとえば、もうひとりの申請者は、経歴によると《ランセット》誌だけでもふたつの論文が掲載されています」水道管に空気がはいったのか、壁のどこかから破裂音や警笛のような音が聞こえる。

「わたしも学術的な発表には最大の敬意を――」

「それに引き換え、あなたの経歴からうかがえるのは、補助金の申請を繰り返してきたことだけです」

シメオンは歯を食いしばって答えた。「投じた資金に見合った成果が得られると信じています」

「どんな成果です？　そして補助金の額は？」

「三百ポンドあれば――」

「三百ポンド？　いまや貧民窟でしか見られない病気のために？」ほかの委員たちが小声で賛同する。

「貧民窟の住民はすでに慣れています。生まれつきその環境にいるのですよ。そこで与えられた人生を生きるだけです」

「みなさんもわたしと同じ時間、あの人たちといっしょに過ごしたら、あんな環境にいなければ多くの人がもっとよい人生を送れることがわかるでしょう」

「つまり、どういうことですか」年配の医師が尋ねた。

「わたしが言いたいのは、五歳にもならないうちに、苦痛に満ちた短い人生を終える子供が数えきれないほどいるということです。ときどき、避けられぬ死をただ見守っているより、早く楽にしてやりたいと感じることさえあります」

「それはあなたと神のあいだの問題です。いま論じているのはあなたの補助金申請の問題ですよ」

「わかっています。話がそれて申しわけありませんでした。先ほどのご質問自体にお答えします。ワクチンに利用できるヒト由来の物質はまだ特定できていません。わたしは人間以外の動物からワクチンをつくれないかと考えているんです。たとえば、人間に最も近い親戚であるゴリラを感染させて血液を採取すれば、同じ祖先を持つのですから、この病原菌に対抗できるものが得られるかもしれません」

「では、われわれに木にぶらさがれということか」委員のひとりがつぶやいた。

シメオンが部屋にもどると、テーブル代わりのトランクの上に栓のあいた黒ワインが置いてあった。わずかに残っていた中身を飲み干し、ベッドで小さくいびきをかいている友を一瞥(いちべつ)してから、窓の外へ目をやった。通りは墓地のように静かだ。

そのとき、ワインの瓶の下に何かがあるのに気づいた。電報だ。シメオンは前日、父親に電報を打ち、二年前にエセックスの親戚がかかわって、悪辣な噂が広まった殺人事件の詳細を尋ねていた。返信はすぐさま届いた。〝おまえは医師としての仕事だけすればいい。それ以外にはかかわるな。事件が起こる以前から、忌むべき犯罪の疑惑があった。わたしには驚きでもなんでもない。ターングラス館には昔から邪悪で不吉なところがある。神と法律にまかせることだ〟

ふだんは空想めいた物言いをしない父が、〝邪悪で不吉なところ〟が家族ではなく家そのものにあると書いていることに、シメオンは注目せずにはいられなかった。奇妙だ。

これまでターングラス館に住む遠縁の人物とは一度も会ったことがない。シメオンは数百マイル北の石畳の街ヨークで、両親にとって唯一生き残った子供として育てられたが、両親はシメオンにあまり関心がなく、十歳のときに寄宿舎のある学校へ入れた。卑しい貴族の卑しい業務を請け負っている事務弁護士の父は、医師という職業にじゅうぶん納得していたものの、母はシメオンがハーレー・ストリートで富裕層相手の医療に携わることを望んでいたようだ。息子が感染症の研究と根絶の道に進んだことにも不満を示したが、シメオンの情熱はまったく揺るがなかった。

こうなったらエセックスへ行くしかない、とシメオンは心のなかでつぶやいた。

　レイ島はエセックス沿岸の塩性湿地にある。コルネ川とブラックウォーター川の河口のあいだに位置し、島になるかどうかは潮の高さで決まる。満潮のときには本土から完全に切り離され、そこに一軒だけ建つ家は漂流して世界から隔絶されているように見える。本土とレイ島にはさまれた入り江を覆う一面のアマモは、溺死した無数の人々の指を思わせる。それは気まぐれに支流を漂い、本土のペルドン村まで流れている。〈ペルドン・ローズ〉という宿屋のそばの沼は、高い物品税を逃れてヨーロッパ大陸から持ちこまれたブランデーや煙草の隠し場所として昔から利用され、牡蠣漁師が密売して本業の収入を補っていた。沼の底には板が並び、引きあげるとタールで覆われた樽が水中から現れる。この樽のなかから、コルチェスターじゅうの宿屋がワインを、小間物商が靴紐を買っていた。

　実のところ、課税対象の品物の四分の一がエセックス経由で国内に持ちこまれているにもかかわらず、ここで徴収される物品税はないに等しかった。収税吏（しゅうぜいり）が密輸入に気づいていないわけではないが、何年か前のある朝、喉を掻き切られた二十二人の同僚が船内で見つかってからというもの、地元の商人の邪魔をする者はいなくなった。

　レイ島の隣にはマーシー島がある。面積はレイ島の十倍で、五十軒余りの家が建ち、ハードと呼ばれる小石だらけの砂浜がある。どちらの島にも山吹色のオグルマと紫色のスターチスが咲き、それらが根を張る砂利交じりの泥土は、ミヤコドリやツクシガモなどの水鳥を引き寄せている。

　しかし、人間の訪問者は注意が必要だ。

干潮の時間帯には、本土からつづくストルードという細い土手道が引き潮とともに現れる。土手道は幅一マイルのレイ島を横断して、マーシー島までつづいている。だが、土手道を歩く者は潮見表の確認を忘れてはならない。辺鄙(へんぴ)な屋敷ひとつだけのレイ島で孤立するだけならともかく、ストルードを歩いているときに海面が上昇して、アマモに足をとられることがある。ローマ人が最初にレイ島に住みついてからほぼ毎年、少なくともひとりが海藻に足をとられて命を落としてきた。死者たちはまだそこに漂いながら、音も立てず、不満も言わずに、ゆっくり手をからめている。

〈ペルドン・ローズ〉の前で二輪馬車をおりると、スターチスのにおいがした。御者(ぎょしゃ)が道中、この地域の合法と言いがたい産業について笑いながら得々と語っていたので、シメオンはなんの気なしに沼をのぞきこんだが、濁った海水しか見えなかった。空気そのものにも塩の味がする。喉の奥が少し焼けるように感じられ、二、三度唾を呑んで違和感をぬぐおうとしたが、この土地の一部としてじきに慣れると自分に言い聞かせた。

「やあ」声がした。痩せ形で巨大な頬ひげを生やした主人が、戸口に立って長いパイプを吹かしている。「寄っていかんか」

「ああ、もちろん」シメオンは陽気に返事をして旅行鞄を肩にかつぎ、医療用具がはいった黒い革の鞄をもう一方の手に持った。

「いらっしゃい。食事とビールでいいかね」

「望むところですよ」シメオンは建物に目を走らせた。大きな平屋建ての宿屋で、漆喰を塗った壁が陰気な冬の空の下でくすんだ灰色に見える。シメオンは空腹で、コルチェスター駅から一時間ほど馬車に揺られているあいだも、あたたかい食事のことを考えていた。これから教区司祭のオリヴァー・ホーズ――神学博士なので正確にはホーズ博士――を訪ねて治療をすることになっている。

「さあ、はいんなさい」

シメオンは嬉々として建物に足を踏み入れた。

漁師のいでたちをした七、八人の男がそこにいた。全員が主人とまったく同じ、細長い白のパイプを吸っている。自分と仲間のパイプの見分けがつくのだろうか、とシメオンは思った。ほかに女が三人いるのが目に留まった。隅で運命の三女神の隊形をとって、じっとこちらを見ている。

「いらっしゃい」主人があらためて言った。「〈ペルドン・ローズ〉にようこそ。ほれ、荷物を置いて。そう、それでよし。ジェニー！　ジェニー！　パンをいくらかと、牡蠣を十二枚――いや、十六枚持ってこい。お客さんは腹ぺこみたいだ。ほれ、急いで」注文はそれでいいのか、シメオンに確認しようともしなかった。ほんの数秒のうちにジェニーという十歳前後の少女が現れ、パンと山盛りの牡蠣を持ってきた。主人がスモール・ビールのジョッキをシメオンに手渡し、カウンターで立ったまま食べるよう合図した。食事をはじめるにしろ、用件を話すにしろ、シメオンがつぎに何をするかを酒場じゅうが見守っているらしい。シメオンはまず腹を満たすことにした。しかし、こちらが食事をはじめれば人々がまた会話をはじめるという予想ははずれた。店内は静かなままで、シメオンかほかのだれかがビールを飲む音しか聞こえない。十分後、シメオンは食事を終えた。

「四シリング三ペンスのお代と、お話をひとつよろしく」主人が言った。

シメオンは笑った。「なんの話をすればいいのかな」

「ここへ何をしにきたかをさ」

すっかり打ち解けた口調で、警告めいた響きは感じられなかったので、シメオンはためらいなく話すことにした。「わたしは医師です。これから親戚の世話をしにいくところで」

「親戚というと？」

その遠い親族のことを村人がなんと呼んでいるのか、シメオンにはわからなかった。「ホーズ博士ですよ」

「ホーズ司祭！」宿屋の主人が眉を高くあげ、店内にざわめきが起こった。「司祭が親戚なのかい」

「父のいとこです」

「へえ？　司祭の親戚がよその土地にいるなんて、ちっとも知らんかったよ」

「わたし自身、会ったことがなくて」

「ああ、そうか。あんたがマーシー島かペルドンの出身じゃなきゃ、そうだろうよ。ご病気だと聞いたが」みながひそひそささやく声が聞こえたが、ここでは宿屋の主人が代表で話す習わしのようだ。

「今夜会ってたしかめます」

主人は心配そうに言った。「朝まで待ったほうがいい。潮が満ちてくるから」

「ご親切にありがとう」シメオンは言った。「でも、今夜のうちに行かなくては。ホーズ博士がお待ちですから」

「モーティ、送ってやってくれないか」堂々と聞き耳を立てていた男のひとりに、主人は言った。

「おれは渡し守だ」モーティは言った。歳は六十を超えていて小柄だが、エセックスの小川や海で舟を漕ぐ男にふさわしく頑健そうだ。「渡し守と言やあ、おれだよ」

「いい腕前なんでしょうね」

「けど、これから家に帰るとこでな。きょうは、もうあがる」

「いまならストルードは安全かな」主人が尋ねた。

「たぶんな。走るのは無理だけど、ふつうに渡るのは平気だろうよ」

「それなら問題ありません」シメオンは言った。早く出発したかった。「道を教えてもらえますか」

そこにいた全員が窓の外へ目をやった。雨は降っていないが、六時を過ぎてあたりは冬の闇に包まれている。

「ランプが要るな」都会――おそらくロンドン――から来た若者がそうした道具を準備しているのか

を、主人は疑わしく思っているらしい。

「持ってきました」

「防水ブーツは？」

「必要だと思いませんでした。なんとかします」シメオンは革のショートブーツを見おろした。まあいいさ、この靴もずいぶん履きくたびれている。

「じゃあ、教えるぞ。あの道をまっすぐ行けば、途中からストルードに変わる。レイ島に着いちまえば、あとは迷いようがないさ。島にある建物はターングラス館だけだから」

　シメオンは安堵した。「それにしても風変わりな名前ですね。どうしてそう呼ばれるようになったんですか」

「屋敷の風向計を見りゃわかるさ」主人は一瞬ためらい、口にしづらい話を切り出すかどうか迷っているように見えた。「ホーズ司祭は悪い人じゃない。たまにちょっと妙なことがあるがな。けど、義理の妹によくしてるしな。あの……例の件のあとも」シメオンがどこまで知っているのかを探ろうとしているようだった。

　一家の醜聞か。この人たちのほうが、自分より事件の詳細にくわしいのはまちがいない。話を聞く価値はある。

「ええ、その人がホーズ博士の弟を殺害したそうですね」

　主人はそれを聞いて、ほっとしたらしい。「そのとおり。よかった、知ってたのか。びっくりさせたら、まずいからな」

「だいじょうぶですよ」シメオンは父から大ざっぱな説明を受けていたが、オリヴァーの弟であるジェイムズを妻のフローレンスがどのように殺害したのかは、父もくわしく話したわけではない。「ただ、正確に何が起こったのかについては疎（うと）くて」

「疎い？」主人はいぶかしげに言い、返事をためらった。「モーティに訊くといい」

モーティは鋭い目でシメオンを見た。「ほう、あんた、知らんのか」

「ええ、くわしくは」

モーティは肩をすくめた。「だが、あんたの身内だろ。あんたにも関係がある」シメオンは妙な気分になったが、この男の言うとおりだ――ここに住む親戚のだれにも会ったことがないとはいえ、たしかに自分にも関係がある。身内というのは奇妙なつながりの源泉なのかもしれない。「おれが死体を――あんたのジェイムズ叔父さんだかなんだかの亡骸（なきがら）を――屋敷から運び出したんだ。ひどいありさまだったよ」シメオンは医師としても人間としても興味をそそられた。「顔がふくれあがってな。黄色で。悪いもんにやられたんだな」ことばを切る。「あんたらの言うカンセンってやつさ」モーティはその単語を注意深く発音した。

「感染って？　どういうことでしょう」

モーティは万人周知の事実を語るかのように肩をすくめた。「顔をめちゃくちゃに切られたんだ。奥さんがデカンターを顔に投げつけて、ガラスが粉々に割れてな。それで悪いもんが体にはいった。このあたりの肉が黒、このあたりは黄色って感じで色が変わってな」自分の頬と顎を指で示す。「体じゅうがブタみたいにふくれちまったんだよ」

つまり、フローレンスはジェイムズの顔を深く傷つけ、敗血症で死に至らしめたということか。ずいぶん激しい暴力だったにちがいない。

「そうなる前は洒落者の男でねえ」三女神のひとりが声をあげた。「この土地の宝だったよ」

「奥さんはなぜそんなことを？」シメオンは疑問を口にした。下卑（げび）た好奇心だったが、みなが知っていることなら、訊いてもかまうまい。

モーティは陰気に首を振った。「さあな。このあたりじゃ、よくひでえことが起こるんだよ。あんまり首を突っこみたくねえな。おれは棺桶を舟に積みこんでヴァーリーまで行き、聖マリア教会へ運んだだけだ。本人はいま地面の六フィート下で寝てるさ。質問があるなら直接訊きゃいい」

「モーティ」三女神のひとりがたしなめた。

「そりゃそうと」モーティは考えこむ様子でビールをひと口飲んだ。一瞬の間ののち、みなが耳を傾ける。「奥さんのフローレンスがいまどこにいるか、あんたは知ってるのか」

「いや」

モーティは仲間の顔をひとりずつ見た。みなが暗い表情で見つめ返す。「すぐにわかるさ」

2

礼を言って代金を支払うあいだも、モーティのことばがシメオンの耳に鳴り響いていた。外へ出て歩きだすと、また喉の奥に塩の味を感じた。この一本道がストルードにつづいている。宿屋をあとにして夜空のもとを歩きながら、孤独を感じたが、ひとときの静寂を楽しみもした。

地面が柔らかくなって、湿地が近いのがわかると、まもなく道の脇の芝地がぬかるみへと転じ、その暗い表面に〈ペルドン・ローズ〉からの明かりが揺らめいた。灯台の信号のように、行きつもどりつしながらそこかしこを照らしている。やがて、そこがまちがいなくストルードだとわかった。人ひとりが渡れる幅があり、突きあたりに光を反射しない大きな黒い塊が見える。親族が待つレイ島だ。

一歩進むたび、足が泥へ沈む気がした。土手道の両脇で鏡のように輝く水面（みなも）が、苦闘するシメオンをあざ笑っている。かかと、そして足、さらにくるぶしが沈む。膝まで沈んでしまったら、じきに肩まで海水に呑まれるのではないか、と不安になった。それでもシメオンは、渡るのは——ぎりぎりではあっても——平気だというモーティの見立てを信じて歩きつづけた。泥道が少しずつ硬さを増し、やがてしっかりした地面となった。

レイ島。潮とともに消えては現れる島だ。

オイルランプに火をつけると、光がかなり遠くの地面までを照らした。船具商から買ったランプだ。その船具商は、照明の強さはどこで売られているものにも引けをとらないし、一マイル離れた船でも互いに見つけられると言っていた。

明かりが照らしているのは荒涼たる大地だった。死を思い起こさせる。**なぜこんなところに住む者がいるのか、**と不思議だった。

シメオンは見あげた。弱々しい星の光が空に散らばっているが、地平線のあたりに空白がひろがって、水浸しの地面に黒く巨大なものがそびえ立っている。レイ島で唯一の建物、ターングラス館だ。屋根に近い窓から見える明かりだけが、人の住む証（あかし）だった。

近づいてランプの強い光で照らすと、三階建てでロンドンの邸宅ぐらいの大きさがあるのがわかった。そばに小さな厩舎（きゅうしゃ）らしきものが見える。田舎の聖職者が住むにしては広大な屋敷だが、どんなに晴れ渡った春の日でも、見える景色は陰鬱にちがいない。

反転硝子館（ターングラス）。〈ペルドン・ローズ〉の主人は、名前の由来を知りたければ風向計を見るように言っていた。シメオンは屋根を見あげ、ランプの向きを懸命に調整した。たしかに変わった風向計だ。一方の球からもうひとつの球へ砂が流れ落ちる砂時計のような形で、全体が金属ではなくガラスでできていて、ランプの明かりを受けて輝いている。絶え間ない風雨に耐えていることから察するに、鉛ガラスなのだろう。ながめていると、風向計は甲高い音を立てて物憂げに回転した。風向きが変わりつづけているにちがいない。

屋敷の前に着くと、煉瓦（れんが）の壁から古風な呼び鈴の取っ手が突き出しているのが見えた。強く引いたところ、中から鐘の音につづいて、足音と閂（かんぬき）をはずす音が聞こえた。**こんな島で玄関を施錠する必要があるのだろうか。招かれざる者が訪ねてくることはないのではなかろうか。**

「リー先生？」肉づきのよい陽気そうな家政婦が脇へよけ、広い玄関広間から暖気が押し寄せた。

「はい」

「どうぞおはいりください」シメオンはほっとして玄関をくぐった。

屋敷内の装飾は百年前に施されたかのようだった。没後久しい詩人たちの肖像画が一方の壁に並び、階段の上には狩りをする男たちを描いた大きな油絵が飾ってある。だが何より目を惹くのは、暖炉の上に掛かった肖像画だ。きらめく館の前に立つ、豊かな茶色い髪の凜々しく美しい女性が描かれている。

「タバーズと申します。イライザ・タバーズです」

シメオンは大きな旅行鞄をおろした。「ほかにも使用人が？」

「ええ。ケイン——ピーター・ケインがおります。雑用や庭の手入れなど、なんでもしておりますよ。ケインもわたくしも住みこみではありません。マーシー島からかよっておりましてね。わたくしは夜が明けたらここへ参りまして暖炉に火をつけ、たいがい七時ごろに帰ります。ケインは八時から五時までおります」

そう、こんなところに住みたいと思う人間が多いはずがない——近くの村までわずか一マイルとはいえ、海の都合で外界から隔絶された辺鄙な場所なのだから。

シメオンが外套を手渡すと、家政婦は衣装だんすにしまった。たんすのそばのテーブルには、大きさも形もさまざまなランプや、錆びた鉄の鍵がいくつか置いてある。「ホーズ博士のところへ案内してもらえますか」

「こちらへどうぞ」

タバーズは階段をあがって廊下を進んだ。床には隙なく絨毯が敷きつめられ、壁はカーテンや掛け布で完全に覆われている。それが独特の雰囲気をいっそう強めて、空気が動かず止まっているかのようで、一歩進むごとに靴が音もなく絨毯に沈んだ。上階の長い廊下沿いに、緑と赤と青に革張りされたドアがひとつずつある。廊下の奥にもうふたつドアが見えるが、そちらはふつうの木でできている。

ふたりは緑の革のドアの前で立ち止まり、タバーズがノックをした。三回軽く、それから三回強く。中から苦しげなうめき声が響いた。それを合図に、家政婦はシメオンを室内へ案内した。

名状しがたい光景が目の前に現れた。夜の教会のような暗闇を幾筋もの細長い光が貫いている。部屋の中央に八角形のテーブルがあって、その上に置かれたオイルランプの光だ。ランプは蓋が半ば閉まっている。壁にガス灯も掛かっているが、どれも火がともっていない。それでも、真鍮のテーブルからひろがる蜘蛛の巣のような光のおかげで、ここが図書室だとわかった――これまでわずかとはいえ、いくつかの豪邸に招かれたことはあるが、こんな図書室は見たこともない。

天井は二階ぶんの高さがあり、それぞれの階の位置に窓が並んでいる。部屋のそこかしこに梯子(はしご)が掛けられ、床から天井まで壁を埋めつくす本に手が届くようになっている。そう言えば、さっきのぼってきた階段は二階で途切れていたから、ここはこうした設計の建物で、二階が崖のようになっているということだ。愛書家にとっては天国で、文字ぎらいにとっては地獄だろう。

本の山がいくつも積まれた書見台や読書机の輪郭が、室内の闇に浮かびあがっている。ページをめくる場所として、深いすわり心地の椅子が円形に並べられ、それらの中心にソファーが置かれている。そのソファーで、痩せて頭の禿げかかった四十代の男がうたた寝していた。すぐそばに八角形のテーブルとランプがある。部屋の奥はまったき闇に包まれているが、ランプの光がそこかしこに反射するさまは、ここへ来る途中でぬかるみに揺らめいていた明かりを思い出させる。きっと大きなガラス板があるのだろう。

「ホーズ博士」タバーズが軽く咳払いをした。

分厚い四角の眼鏡の奥で、男の目がゆっくり開いた。「うん？　ああ」声が震えている。「そうか、きみがウィンストンの息子か」

「はい、そうです」

「来てくれてありがとう。うれしいよ。さあ、こっちへ」柔和な口調で言い、シメオンを手招きしようとしたが、その手は途中までしかあがらなかった。

シメオンは近づいて手を差し出した。ホーズは力なくその手をつかんで握り返す。「まずは診察させていただけますか」シメオンは言い、病気だとしたらなんなのか、あるいは心気症ではないか、と考えた。「診察しながらお話をうかがいます」

「診察する？　ああ、そうだな。もちろん」

「ガス灯をつけてもかまいませんか」

「申しわけないが、強い光は目が痛くなってね。オイルランプのほうがいい」

「わかりました」タバーズが部屋を出ていき、シメオンは鞄をあけて聴診器を取り出した。「さて、どんな症状かを教えてもらえますか」

「ああ、もう、いまにも死にそうなんだよ」ホーズは消え入りそうな声で言った。「心臓がおかしいし、汗が出て、痛みもある。全身が痛いんだ。関節も、内臓も、頭も。歯もがたがた鳴る。それに、いつも寒くてたまらない」

　この家はじゅうぶんあたたかい、とシメオンは思った。暖炉に火がついていないので、換気孔を通して建物じゅうに暖気が循環する仕組みになっているのだろう。「胸を調べてから、病歴をお訊きします」シメオンは言った。ホーズは素直にシャツの前を大きく開いた。病気と思いこんでいるだけだろうという予想に反し、心音はたしかに正常とは言いがたかった。数秒間、速く打ったかと思うと、つぎに不規則に打ち、それからゆっくり重く打つ。**よくないな**、とシメオンは胸の内でつぶやいた。

「症状が出はじめたのはいつですか」

「ふむ、いつだったかな。そう、木曜だった。ふだんのわたしは、寒気（さむけ）がすることはあっても、丈夫なほうだ。ところが、その日は起きたとたん、頭が割れそうに痛くてね。いつになく悪寒がひどかったから、そのせいだと思って床に就いた。しかし、きょうはあのときよりはるかに悪い――拷問並みに痛くて、立つことも眠ることもできない」

体調を崩して五日が経つということか。通常の感染症よりたちが悪いのはたしかだ。ここがロンドンなら、真っ先に例のコレラ王を疑っていただろう。だが人がまばらに住むこの海沿いの地域で、コレラなどほとんど聞いたことがない。マラリアか？　いや、たしかにここは湿地ではあるけれど、マラリアはこの地域ではずいぶん前に根絶された。

「いつもと変わったものを食べませんでしたか。生焼けの肉とか」

「いや。というより、わたしは肉をほとんど口にしない。食べると血が騒ぎすぎる気がしてね」

「なるほど。家政婦が珍しいキノコを料理に使ったとか？」

「それもないな。ふつうのパンにチーズ、たまに魚か羊肉、ごくありふれた野菜。それだけだ。そして、タバーズ夫人もケインもいっしょに同じものを食べている——うちは小さな所帯だから、別の食事を用意する意味があまりないんだよ」

「お酒は飲みますか」

ホーズはいささかばつが悪そうな顔をした。「寝る前にブランデーをほんの少しね。ただ、具合が悪くなってからは体が受けつけない」部屋の隅の小ぶりな樽を手で示す。いつでもすくって飲めるよう、銀の柄杓（ひしゃく）がそばに置いてある。収税吏がかかわるのを恐れるこの地では、聖職者でさえ樽から酒を飲むらしい。

「しばらくお酒は控えたほうがいいですね」シメオンは言った。「寝る前もやめてください」そのとき、かすかにきしむような音が聞こえ、シメオンは部屋の奥の闇へ顔を向けた。

「わかったよ」

シメオンは学校と臨床の現場で学んだことを思い出しながら、ホーズの病の原因を懸命に探った。特に思いあたらない。だが、いちばん怪しいのはやはり食中毒であり、患者が回復するまで何日か滞在することになりそうだと思った。それからロンドンへもどったら、研究の再開に何ギニーぶんか近づくだろう。「強壮剤を出しますから、それでじきに立てるようになるでしょう」シメオンは自信に満ちた口調で言った。

「そうなんだろうな。何しろ、きみは専門家だ」

ホーズのすがすがしさにシメオンは微笑み、鞄から瓶を取り出した。強壮剤を量ってタンブラーに注ぐ。ホーズが飲み、苦い味に小さく唇を鳴らす。「料理を作るところを見てきますよ。家政婦が見落としていることがあるかもしれませんから」

「もう二十年かそこら、わたしに忠実に仕えてくれている」ホーズは言った。「故意のはずがない」

シメオンは眉根を寄せた。「ええ、わたしもそう思います」そのような可能性がなぜホーズの脳裏に浮かんだのか、しばし疑問を覚えた。

「ロンドンは若者にとって魅力あふれる街なんだろうな」ホーズはふと口にした。

シメオンはその声音に、かすかに羨望の響きを感じた。「活気に満ちた街なのはまちがいありません。でも、静かに暮らしたいと思うこともたまにあります」

「残念ながら、レイとマーシーは活気に満ちた土地とは言いがたい」ホーズは言った。「だが、数日いてもらえると助かるよ」

「回復なさるまでいますよ、もちろん」また図書室の奥の闇からきしむ音が響き、シメオンはペットか何かが隠れているのかと思って、そちらへ目を向けたが、何も見えなかった。

「まだ治療費を決めていなかったな。一日五ギニーで足りるだろうか」

「じゅうぶんすぎるほどです」シメオンは部屋を取り囲む書棚を見まわした。「ここには何冊の本があるんですか」

「本？　ああ、ざっと三千冊かな」

「立派な図書室ですね。わたしは――」さっきより大きな音が闇から聞こえ、シメオンは身震いした。

「なんの音でしょうか。犬を飼っていらっしゃる？」

「犬？　ちがう、ちがう」ホーズは謎めいた表情でシメオンを見つめた。「知らないのか？　そうか、事前に知らされなかったとしても、〈ペルドン・ローズ〉で聞いたと思っていたんだが」あの宿屋はこの土地の情報収集の拠点らしい。「ランプを持っていって、自分の目でたしかめるといい」まわりくどい伝え方がどうも釈然としなかったが、シメオンはテーブルのオイルランプを手にとった。黄色い光が周囲およそ二ヤードまでひろがり、本の山や何枚もの敷物――ペルシャ絨毯やトルコ絨毯――を照らした。高級品だ。シメオンは部屋の奥の暗闇へ向かった。「気をつけろよ」ホーズが言う。足を前へ進めると、入り江の黒い水面に映っていた明かりのように、奥にあるものの表面が輝くのが見えた。ガラスだ。部屋の奥には巨大なガラス板が配され、ランプの明かりがそのなめらかな表面で踊っている。そのとき、ふたたび音がした。こんどは衣擦れの音で、奥から聞こえてくる。暗いガラスに映った自分の姿を見ながら、シメオンはランプを手に進んだ。

近づくにつれて、光がガラス板の下方へ向かったので、そこからずっと上へすばやく明かりを走らせた。すると、奇妙なことに気づいた。ガラス板は突きあたりの壁ではなく、透明な間仕切りだった。部屋のこちら側は三千冊の蔵書が並んだオリヴァー・ホーズ博士の居室で、向こう側の空間はそれよりせまく、屋敷のほかの部分から孤立している。

「ずいぶん変わっていますね」シメオンは言った。

「こうするしかないんだ。取り乱すこともある」

取り乱す？　シメオンは不安な思いで暗いガラスをじっと見つめた。

突然、淡い色がガラスの向こうに見えた。満月のようなものが浮かんだが、すぐに闇に呑まれて消えた。つづいて、床の近くで何かが緑色に光った。なんだ、あれは？　まさか――？　ある可能性が頭に浮かんだが、あまりにばかげていると思えた。

シメオンはたしかめようとランプを高く掲げた。暗いガラスの向こうへ光がなかなか届かなかったが、ランプを表面に押しあてたところ、どうにか光が貫通した。そこに照らし出された光景に、シメオンは戦慄した。ガラスで隔てられた空間に、机と食卓、それに椅子と寝椅子が一脚ずつ置かれ、いくつかの本棚もある。そして、寝椅子の上には、ひとりの女が身じろぎもせずにすわっていた。薄緑のドレスをまとい、髪は褐色で、それより濃い色の瞳で静かにこちらの目を見ている。

シメオンも相手を見つめ返し、互いの目が合った。女の肩が呼吸に合わせてごくわずかに上下している。何かを告げようとするかのように、唇が開いた。

「義妹《いもうと》のことを知っているかな」ホーズの声がどこか遠くから響いているように感じられた。女は唇を引き結び、皮肉めいた笑みを浮かべた。それから首をかしげ、シメオンから視線をそらしてホーズへ目を向けた。では、この人がフローレンスなのか。司祭の弟ジェイムズに力まかせにデカンターを投げつけて、顔の骨を砕いた女。そのせいで傷口から感染し、ジェイムズは敗血症で死んだ。「だいじょうぶだ、出てこられないから」見ればわかる。これは監房だ――上等の家具がしつらえられたガラス張りの空間だが、監房であることに変わりはない。「どうだ、シメオン」ホーズが言った。

その顔には変わらぬ笑みがあった。消えていなかった。

「想像もしていませんでした」

女はシメオンよりおそらく十歳ほど上で、顎と頬の曲線が目を惹く際立った美女だった。田舎の男たちは家柄ゆえにへつらったりはせず、思いをあけすけに伝えるだろうし、彼女もそれをわかっていたにちがいない。利用もしていたかもしれない。ともあれ、シメオンがこの美しい女を見るのはこれがはじめてではなかった。玄関広間の暖炉の上に飾られた肖像画の人物であることは明らかだ。

「驚いただろうな」

「驚いたですって？　度肝を抜かれましたよ」シメオンはそこでわれに返って言った。「この人はどうしてここに？　こんなことが許されるんですか」

「ここか精神科病院かの二者択一だった」ホーズはシメオンのことばに棘を感じたのか、苛立たしげに言った。「ジェイムズを殺めたあと、裁判官は病院送りにしようとした。わたしは彼女を守るためにあらゆる手を尽くした。でもきみは、ベドラムの病院で拘束服を着せられていたほうがよかったと思うのかね」

　ホーズの声がふたたび遠くなり、シメオンはフローレンスをじっと見た。やはり信じられないほどの美しさだ。なんの関心もない目でこちらを見ているので、まるでガラスの奥に閉じこめられているのはシメオンのほうであるかのようだ。

「では、この人はここで暮らしているんですか」

「裏に寝室と洗面所がある。出入口が見えるだろう」監房の奥に細長い開口部が見える。「だから、必要なときはプライバシーが守れるんだ。食事もわたしたちと同じものだよ」

「なるほど……」シメオンの頭のなかを考えが駆けめぐった。人間を動物園の展示動物のように閉じこめてよいはずがない。とはいえ、人を殺めたのだし、ベドラムでの生活はここよりもはるかに悲惨だ。シメオンは研修の一環でその恐ろしい施設へ行ったことがあった。入院患者は昼も夜も鎖で壁につながれ、体を揺さぶって錯乱状態に陥っている。自分は正気だと大声で訴える者もいるが、隙を見せれば首に噛みついてきかねない。たまに治療が奏功して退院できる者もいるものの、それはごく稀少な例で、きわめて穏やかな患者にかぎられる。そう、ベドラム行きは可能なかぎり避けるべきだ。残酷に思えても、ここのほうがずっとましだろう。

「たやすかったわけではない。苦渋の選択だった」ホーズの声から怒りの響きが消え、後悔のようなものがにじんだ。「だれもが苦しんだよ」懸命にハンカチで額をぬぐった。

　シメオンはフローレンスに話しかけたかったが、相手はまるでその気がないようだった。「食事はどうしているんですか」

「足もとに小さな隙間がある」シメオンは下を見た。ガラス板に開閉できる長方形の窓がついている。ちょうど食事の盆を出し入れできる大きさだ。

「出入口はあるんですね」

「身の安全を守るため――義妹にはまさしくそれが必要だ――出入口はつけていない。完全に閉じこめられているんだ。清潔が保たれるように、肌着類は毎週その窓を使って交換している。水も双方向に流れているよ。そのほかに出し入れしているものはない。裁判所の命令でそうしている」

裁判所の命令か。シメオンは心のなかで毒づいた。「フローレンス」そう言うと、名前を呼ばれた相手の瞳孔が反応するのがわかった。「聞こえますか。わたしはあなたの親族です――血つづきではありませんがね。医師のシメオン・リーといいます」返事を待ったが、相手は無言のままだった。瞳の変化のほかは何も感じとれない。「ホーズ博士の病気を治療するために来ました」ひょっとしたら、かすかに表情が変わっただろうか。唇の端がほんの少しあがった気がした。とはいえ、この薄明かりのなかでは、ランプの光が揺らいだのを見まちがえただけかもしれない。

「返答はあるまい」ホーズが言った。「気が向いたときに話すが、頻繁ではない」

シメオンは視線を据えたまま言った。「何か話してもらえませんか、フローレンス。少しでかまいません。ひとことだけ」

「今夜は無理だよ」

「どうしてわかるんです」

「フローレンスも飲んでいる」

シメオンは振り返った。「どういうことですか」ホーズの何気ないことばにどこか不穏なものを感じた。

「診察した医師によると、フローレンスの血液には糖が過剰に混じっているらしい。落ち着かせるには、朝晩に阿片チンキを少し飲ませるのがいちばんだそうだ」

阿片チンキ――阿片をブランデーに溶かした液剤――は興奮しやすい患者によく処方される。過度の興奮を鎮めるのに有効であるのはこの目で見て知っているが、この場合、倫理的に正しい処置なのだろうか。「今夜も飲ませたんですか」シメオンは尋ねた。

「いつもの分量をな。手のそばにタンブラーがあるだろう」

シメオンはそのときはじめて、こちら側と対をなす小さな八角形のテーブルに、空のタンブラーが横倒しで載っているのに気づいた。フローレンスもタンブラーへ目をやった。こちらの会話を聞いていたのは明らかだ。つまり、体は思うように動かせなくても、頭ははっきりしている。**これほど残酷な仕打ちがあるだろうか。**ガラスの奥に監禁するのもひどいが、麻痺した体に心を閉じこめるのはその百倍ひどい。「どこにしまってあるんですか」

ホーズは部屋の隅に置かれた鍵つきの書記机を手で示し、ポケットから鍵を取り出した。「瓶の管理は万全だよ」

シメオンはもう一度、ガラス越しに声をかけた。「フローレンス、わたしは医師です。何かお役に立てることはありませんか」返事はあまり期待していなかったものの、それでも待った。やはり何も返ってこない。

「きみは善良な人間だよ、シメオン。すばらしい心根だ。しかし、渡れない川もある」

シメオンは一考した。「いつからあそこにいるんですか」

「ジェイムズを殺めてすぐだ。もうすぐ二年になる」

「それから一度も外へ出ていない？」

「いや、一年少し前までは出ていたよ。状態が落ち着いていて、安全に思えた時期があったんだ。そのころは廊下へ通じるドアがあって、晩にはわたしとともにここで過ごしたものだ。しかしやがて……状態が急変して、ドアを封鎖したほうがよいと判断した」

あなたにとってはよいだろう。シメオンは思った。**でも、フローレンスにとっては?**

ランプから火の粉が飛び散り、暗いガラスに反射した。フローレンスはそれを目で追い、しばらくしてシメオンに視線をもどした。自分の親族たちがなぜこうした異様な状況に陥ったのか、シメオンはくわしい事情を知りたかった。「ホーズ博士」

「わたしのことは〝叔父さん〟と呼んでくれてかまわない。むろん正確にはちがうが、そのほうが呼びやすいだろう」

「叔父さん」シメオンはホーズに向きなおった。「わたしが知っているのは、フローレンスがあなたの弟を殺めたいきさつだけです。理由を教えてもらえるでしょうか」

ホーズは記憶の重みに押しつぶされているのか、ソファーに深く沈みこんだ。「フローレンスはジェイムズがよからぬことをしていると疑っていた。いまはそれしか言えない」忸怩(じくじ)たる思いがこみあげてきたのか、青白い頰にかすかに赤みが差した。

「わかります」シメオンは言ったが、ホーズの答にかえって好奇心を刺激された。

「きみが納得したとは思っていないよ」ホーズはたしなめるように言った。「いいかね、レイ島とマーシー島は僻地なんだ。地図を見てわかった気分になる以上に辺鄙な土地だ。それゆえに心の隔たりも生じるんだよ」ホーズはソファーの上で体をずらした。「グラスに一杯、水を持ってきてもらえるとありがたい」シメオンはガラスの反対側にいるフローレンスの前からようやく離れたが、それにもかかわらず――いや、視界から消えたせいでかえってその存在を強く意識した。瓶が数本並んだ書記机に歩み寄り、清潔な水だったので、グラスに注いで、ホーズに手渡した。「ありがとう。つまり、人間性は奇妙な形で表出するものだと言いたいんだ。わたしは四十二歳になる。弟はわたしの六歳下だ——いや、かつてそうだった。フローレンスの歳はその中間だ。父親は大地主で治安判事のワトキンズ氏という。善良な紳士だよ。わたしたちはともに古い時代に育ち、半径数マイル以内に住む者と言えば、祖先が漁師で、携わっていたのが——ああ、なんと呼ぶべきか」

「……抜け荷？」シメノンは言った。

「まあ、物品税に疎かったとでも言おう」ホーズは言った。「もちろんわたしは聖職者として、この家にはきっちり税金を納めたものしか持ちこんではならないとつねづね言っている」シメオンは銀の柄杓がそばに用意されたブランデーの小さな樽を見やった。自分ならこれに正当な税額をしっかり納めるとは思えない。「そんなわけで、わたしたちは親しくなった。あえて言うなら、ジェイムズとフローレンスはわたしより奔放だった」

「つづけてください」登場人物のひとりが、阿片の作用でぼんやりしながらもこの話題に聞き入っていることに、シメオンは気づいていた。

　ホーズは思い出し笑いをした。「たとえばある日、わたしはここで読書に夢中になっていた。たしかローマ史に関する本だったと思う。昔から大いに興味がある分野だったし、いまもそうだ。そのころジェイムズとフローレンスは、マーシー島のワトキンズ邸でフランス語の個人授業を受けていた。そして家庭教師が背中を向けたとたん、ふたりは窓をよじのぼってハードまで走っていき、上着を脱ぎ捨てるや、小川を泳いで〈ペルドン・ローズ〉まで行ったんだよ。そして下着だけのずぶ濡れの姿で、真っ昼間に店に現れた。そこで厚かましくも、モーティに舟で送らせたのさ。料金はうちの父親からもらってくれ、と言って」ホーズはまた穏やかに笑った。「とんでもないやつらだった」

「そのようですね」

「ふたりとも無鉄砲でね。それに気性が激しい。ジェイムズが十六歳かそこらのとき、ふたりで地元の祭りへ行って、ジェイムズが農家の娘に色目を使ったことがあった。フローレンスは大立腹で、その娘はかわいそうに、目のまわりに黒あざを作ったよ。上品なふるまいとは言えないが、ふたりとも子供だった。まだ幼かったんだ」その後の記憶がよみがえってきたのか、ホーズはフローレンスがいる暗がりをじっと見た。

「なぜずっと暗いところに？　ランプを持っていないんですか」

「持っているよ。つけることもあれば、つけずに暗くしていることもある。本人の自由だ」ホーズは深く息をついた。「ひどく疲れた。そろそろベッドにはいるとしよう。眠れそうもないがね。きみの寝室を教えるよ」ホーズは体を起こした。シメオンは手を貸そうとしたが、やんわりと辞退された。

「だいじょうぶだ、自分でできる」ホーズは足を引きずってドアへ向かった。

シメオンはしかたなくそのあとにつづき、遠縁の女がいる監房に背を向けた。ランプの光が遠ざかり、監房はふたたび闇に包まれたが、相手がまだこちらを見ている気配を感じた。

「赤いドアがきみの寝室だ。ゆっくり休んでくれ」ホーズは階段の手前で言い、つらそうな足どりで自分の寝室へ向かった。

シメオンはおやすみの挨拶をし、遠く離れた寝室に向かった。居心地がよさそうな部屋だが、少し黴くさくて古めかしい。**まるで〝抜け荷〟ということば並みだな。**シメオンは服を脱いでベッドにはいり、毛布を顎まで引きあげてから、今夜耳にしたことを頭のなかで整理した。ホーズの病の原因について考えるべきなのはわかっていたが、頭を占めているのはガラスの向こうにいる女のことだった。

3

目覚めると、カモメの群れが鳴き声をあげながらせわしなく旋回し、海や陸に餌をさがしていた。シメオンは洗面をすませて階下へ向かった。玄関広間を通るとき、暖炉の上の肖像画にまた目が留まり、あらためてていねいに見た。まちがいなくフローレンスの絵で、まばゆい空を背景として肩から上が描かれている――これほど真っ青な空がイングランドのものとはとうてい思えない。そう、どこか別の国にちがいない。太陽のように黄色いシルクのドレスを着たフローレンスは、いまより十歳か十二歳ほど若く見え――現在のシメオンと同じ年ごろだ――ほとんどガラスだけで造られたなんとも奇妙な屋敷の前にいる。これを描いた画家は図抜けた才能の持ち主らしく、あまりにも本人に生き写しで、見ていて心が掻き乱されるほどだ。

厨房でタバーズ夫人がチーズとパンを食べていて、その横に使用人のケインもいた。屈強そうな男で、明るい赤毛の房が頭や鼻や耳からまばらに飛び出している。同じものをいつまでも嚙みつづけているので、シメオンは驚いた。

「おはよう」

「おはようございます」タバーズ夫人が言った。

「ホーズ博士はお目覚めかな」

「はい」壁に掛かった時計によると、八時を少し過ぎている。

「司祭がしっかり食べられるかどうかを確認したい。差し支えがなければ、わたしが朝食を運んでもいいだろうか」

　タバーズ夫人はその申し出をおもしろがっているようだった。「どうぞお運びくださいな。図書室にいらっしゃいますよ。わたくしが移動をお手伝いしました」パンとミルクを盆に載せる。

「ホーズ博士が何か悪いものを食べたということはないだろうか」

「わたくしは料理が大の得意です」タバーズ夫人はそっけなく言った。「司祭さまからもよくそう言われておりますよ」

「それについては同感だ」食事を用意してくれる相手を怒らせるのは避けたいと思いながら、シメオンはパンをひと切れ手にとった。「でも、知らないあいだに何かがまぎれこんだのかもしれない。司祭と同じものを食べているんだね」

「まったく同じものを。ケインもですよ。何度も作るのは手間になるだけですから」

「そうだな」シメオンは言った。「あとは水とミルクだが――司祭と同じものを飲んでいる？」

　ケインが答えた。「全部同じですよ」自分たちが疑われていると感じたのか、不満げな口調だった。

「ワインは？」

「たまにしか飲みません」タバーズ夫人が答えた。「クリスマスの時期だけです。もちろん聖餐の葡萄酒ですよ。でもほんのひと口だし、会衆は全員飲みますから」

　何も手がかりがつかめない。「寝酒のブランデーは？」

　夫人は肩をすくめた。「たいていひと口だけですね。体調を崩される一日か二日前に、前の樽を飲み終えていらっしゃいました」

「正確にはいつ？」

「ああ、そう、体調を崩されたのは木曜日でした。今月の一日です」ホーズが言っていたことと一致する。

「調べよう」シメオンは言った。時期が興味深い。それが不調の原因である可能性は否定できないが、症状が悪化しつづけていることを考えると、おそらくちがう。「ただし、だれが飲むかが問題だ」

「おれが調べますよ」ケインが言った。

「何を？」

「ブランデーをね。おれが調べます。安全をたしかめてやる」

タバーズ夫人が色をなして言った。「立派なクエーカー教徒のあんたがお酒を飲むなんて。あの誓いはどうしたの？」ぶつぶつとこぼす。

「だまってろ」ケインはぴしゃりと言った。「医療のためだ」

シメオンは口をはさんだ。「危険がともなうことをわかっているかな」

「まずうちの犬に飲ませますよ。ネルソンにね。ブランデーをなめるのが好きなんだ」酒を飲むためなら危険をいとわない人間もいるということか。ケインは時計を見た。「九時に飲ませますよ。先に子馬の様子を見てくる」タバーズ夫人に向かって言った。

「子馬というのは？」シメオンは尋ねた。

ケインは食べ物を口へ掻きこみ、咀嚼(そしゃく)しながら言った。「脚が悪くてね。司祭さまの雌馬から二、三週間前に生まれたんです。よくなってるかどうか、見てきますよ。もし変わらんかったら……そのときは……」

「そのときは？」

「お荷物になるでしょうな。金ばかりかかって。司祭さまもおれも、どうしたもんか。脚の悪い動物は要らねえ」

「なるほど」

「脚の悪い馬はいい兆しじゃねえ」ケインはゆっくり噛みながら言った。

シメオンは田舎の人たちが動物の健康をことさらに重んじることや、家畜の状態にまつわる占いがいくつもあることを思い出した。そう、たしかに病気の子馬は凶兆だ。「マーシー島の出身だったね」

「生まれも育ちもね」ケインは低くうなるように言った。「十マイル以上外へ出たことはねえです」

これは利用できるかもしれない。「つまり、このあたりの秘密はなんでも知っているわけだ」シメオンは楽しげに言った。昨夜フローレンスを見てからというもの、隠された秘密に興味津々だった。

ケインはカップを置いた。「知りたいことがあるって？　さあ、訊いてくれ」

予想していたよりも挑発めいたものを感じたが、好奇心を抑えつける必要はない。「フローレンスとジェイムズのあいだには何があったんだ」

ケインはパンの塊を切り分け、バターを塗って口に運んだ。返事を引き延ばして、ことばを選んでいるようだ。「ジェイムズさんがまずいことに足を突っこんでるって噂がありましてな」

「ピーター！」タバーズ夫人がたしなめた。

「だって、ほんとうのことじゃねえか」

「まずいこととは？」シメオンは尋ねた。

「噂話はそこまでよ」タバーズ夫人は鋭く言った。

「タバーズさん……」

「だめ。そこまで」タバーズ夫人は水差しにはいったミルクを自分のカップに注ぎ、会話を打ち切るかのようにテーブルに置いた。

いまはこれ以上深追いしないのが賢明だろう。虫を多く捕まえるには、酢より蜂蜜のほうが効く。

シメオンはホーズの朝食が載った盆を持ち、厨房を出て図書室へ向かった。

部屋にはいって視線をまっすぐ向けると、ホーズは昨夜と同じソファーで毛布にくるまっていた。

「おはよう」かぼそい声で言う。

シメオンはテーブルに盆を置くと、我慢できずにゆっくりと首をめぐらし、部屋の反対側へ目をやった。フローレンスが椅子の上で静かにこちらを見ている。昨夜と同じ緑色のドレスだ。あの一枚しか与えられていないのかもしれない。もしかして、ひと晩じゅうああしていたのか。眠ったのだろうか。眠りという喜びと解放をフローレンスが知らないとしても、驚くことではない。

だが、シメオンには診るべき患者がいて、昨夜よりもさらに体調が悪そうだった。肌が青ざめ、脈を測ると速く浅くなっていて、病状が悪化したのは明らかだ。

「ああ」ホーズは言った。「頭のなかで軍隊が行進しているような感じだよ。そう、軍隊だ」

シメオンはそっとホーズの手首をおろした。「お気の毒に。朝食を食べて力をつけてください」ホーズは食べ物と飲み物を少し口にしたあと、震えながらふたたびソファーに倒れこむ。「たしかに、ゆうべよりやや悪いようですね。でも、かならずよくなりますよ」シメオンは嘘をついた。ホーズの生命の兆しはずいぶん弱くなっている。いまここで意識を失ってもおかしくない。「できれば――」

「だれかがわたしに毒を盛っている！」ホーズは突然叫び、上体を起こして弓なりにそらすと、またソファーに崩れ落ちた。

シメオンは驚愕して、一瞬ことばを失った。「いったいなぜそう思うんです？」

ホーズはあえぎ、少し平静を取りもどした。「わたしにも敵がいないわけではない」

シメオンはまたしても驚いた。この人はイングランドの教区司祭であって、トルコの高官（パシャ）ではない。

「敵？　だれですか」まさかと思いながらも、ある人物が自然に脳裏に浮かんだ。シメオンはガラスの箱のほうを向いた。女は表情ひとつ変えずにこちらを見ている。「フローレンスのことですか」

「そうだ。ほかにもいる」

懸念したとおり、ホーズはレイ島に暗殺者の集団がいると思いこんでいるらしい。「そして、その人たちはあなたに毒を盛ることができると？」

「できるんだよ。簡単に」ホーズは言った。「なんの毒かを突き止めてくれ。そうすれば治療法がわかるはずだ」

高熱を発した患者が譫妄状態に陥り、得体の知れないものが病をもたらしていると錯覚するのは珍しいことではない。ホーズの体調不良の原因は、ごくふつうの器質性疾患か、偶発的な食中毒と見ていいだろう。とはいえ、シメオンは漠たる疑念をぬぐいきれなかった。患者の主張があまりにも激烈であるばかりか、実際にこのターングラス館では過去に人が殺められ、そのせいで司祭の義妹が異様な形で監禁されている。

原因がなんであっても、患者を落ち着かせるに越したことはない。「偶然であれだれかが意図したものであれ、仮に毒を飲んでいたとして、摂取から六日以上も症状が悪化しつづけるのは不自然です。そのように作用する毒物をわたしは知りません」シメオンは言った。「それに、ここで働く人たちも、あなたと同じものを食べ、飲んでいます。ふたりとも胃もたれすら訴えていません」あけて間もないブランデーの樽に近づく。「この樽からも飲みましたね」

「あけたのは具合が悪くなる前日だ。その日からあとは飲んでいない」

「だとしたら、これに毒物が混入された可能性はきわめて低いですね。ただ、念のためケインが調べるそうです」

「ああ、ぜひ。そうしてくれ」

それだけ言うと、ホーズはぐったりしてソファーに倒れ、うたた寝をはじめた。シメオンはしばらく見守っていたが、ほかにすることもないので、やがて本棚のあいだをぶらぶら歩きだした。驚くほど多様な本が並んでいる――宗教書から博物学から小説に至るまで、多岐にわたる蔵書だ。『皇帝伝』があるかと思えば、ジョン・ダンの詩集もある。

コツ、コツ、コツ。シメオンは目をあげた。ガラスとガラスがゆっくり打ち合う軽い音がする。フローレンスが部屋の奥で、互いを隔てるガラス板をタンブラーでリズムよく叩いている。

「フローレンス」シメオンは言った。「何かご用ですか」フローレンスが指を伸ばした。目で追うと、指が示す先にあるのはホーズの八角形のテーブルだった。最近読んだとおぼしき一冊の本が載っている。シメオンは本を手にとった。薄い中篇小説で、『黄金の地』という題名がそれにふさわしい金の文字で刷ってある。「これを読みたいんですか」シメオンは本を掲げた。「それともわたしに読めと?」フローレンスは手を脇におろして、椅子へもどる。

シメオンは乾いたページをめくった。


これから物語を綴ろうと思う。楽しい話ではないが、真に不快というほどでもない。ただの物語だ。とはいえ、これは実際に起こったことであり、心臓に手をあてて真実だと誓える。というのも、わたし自身が登場しているからだ。

わたしのことはおそらく聞き及んでいないだろう。だが、父の名は聞いたことがあるかもしれない。カリフォルニアの出身なら、ウイスキーを買いに出るたびに目にしたであろうし、窓ガラスを入手するならなおさらだ。禁酒法によって父の銀行口座の残高が増えたと言っても、家族の秘密を暴露することにはなるまい。議会が国民に禁酒の誓いを立てさせる前には、父はまずまずの実業家だった。しかしヴァンクーヴァーの街——念のため書くと、ブリティッシュ・コロンビア州にある——に親戚がいたことに加え、父には必要とあらばどんな手立てでも金を作る天賦の才があったので、一九二〇年代には酒樽がつぎつぎと太平洋を渡り、父はそれを現金と交換した。莫大な額の金だった。

父が最初に買ったのはスーツだった。つぎは妻。三番目に買ったのがガラスでできた屋敷だった。もちろん、何もかもがガラスだったわけではない。木材も使われ、骨組みは金属で、床は板張りだ。

とはいえ、壁はほぼすべてがガラスでできていた。そのため、夏はきわめて暑く、冬はきわめて寒かった。父はある人物からそこを購入したが、その男は屋敷を建てたあと、投資詐欺に遭って全財産を失った。父に言わせると、詐欺を見抜けなかったほうも悪いという。売り主は父が無理な頼みを聞いて買いとってくれたと感謝していたが、実のところは、草原に屍肉（しにく）が落ちているのを上空で見てとった父が、さっと舞いおりて貪（むさぼ）ったにすぎない。

そして、物語はここからはじまる。語られる必要があるからだ。はじまったのは一九三九年二月のことだった。

シメオンは親指をはさんだままページを閉じ、本をしげしげと見つめた。フローレンスが自分にこの本を読ませようとしているのは、まだこちらの気づかぬ重要な何かが書かれているからにちがいない。本の大きさは中篇の三文小説でよく見られるものだが、葉脈のような筋がはいった深紅の革で小ぎれいに装丁されている。著者はだれだろう？　シメオンは本の背を確認した。O・トゥックと書いてある。だれかは知らないが、未来の出来事を過去の出来事として記述している。シメオンはふたたびページを開いた。

前日に雪が降った。雪が降るのは珍しい――わたしたちの家がある沿岸地域では、せいぜい数年に一度だ。かつてのカリフォルニアは名前のない土地が大半を占めていて、インディアンの地名すらついていなかったが、わたしたちが住む岬を当時のだれかが〝世界の終末（ドゥーム）〟を想起させる〝デューム岬〟と名づけたのは、ふさわしい命名だったと思う。子供のころ、砂浜に雪が降ると、波打ち際で海水と雪が混じり合って白い層が激しくうねり、そのさまは竜の肋骨を色素のない皮膚が覆っているかのようだった。

では、そろそろ登場人物を明かそう。おもに出てくるのはわたしと妹のコーディリア、そして祖父だ。父も登場する。母はその五年前、フランスで亡くなった。わたしが棺を運んだ。

わたしたちはフランス流に夕食の時間が遅く、夜九時半に食していた。むろんその時分にはみな空腹で倒れそうになっていて、家のなかでしっかり腹が満たされているのは、いわゆる〝主人〟であるわが家族より三時間前に食事をすませた使用人たちだけだった。

その夜、階段をおりると、金糸がきらめく中国風のドレスを着た妹が滑るように食堂にはいっていくのが見えた。

「何を考えてるかわかるよ」妹が振り向き、黒と白のタイルの上を歩いて追うわたしに向かって言った。

「何を考えてるって？」わたしは言い返した。

妹は立ち止まって、わたしが追いつくのを待ち、腕をからめて耳もとでささやいた。「あと何日かここでの食事を乗りきれば、ハーヴァードにもどって、あのすてきな女の子にも会えるって考えてる。その子が送ってくる詩はとんでもなくひどくて発禁にしたいほどなのに、笑顔がかわいいからって何度も読み返してるから」

わたしは咳きこんだ。妹の洞察力はあまりに鋭く、ときにこちらの体の芯まで切りつける。

そのとき、執事が咳払いをした。ことばに出さずにこちらの注意を引きたいときにそうする。

「何かな」わたしは言った。

「お手紙でございます」執事はブリキの盆に載った手紙を差し出した。粘着テープが巻きつけられ、表にわたしの名前が書かれているが、筆跡に見覚えがない。急いで用意したらしい——インクがにじみ、切手がおかしな角度で貼られている。使われているのは何枚ものイギリスの切手だ——はるばる海を渡って届いたようだ。動かすと、封筒のなかで何かが横滑りするのがわかった。

中身がわからないまま封を破ったところ、小さなカードが出てきた。記された文章は短かった。〝母親の身に何が起こったかを教える。ロンドンのチャリング・クロス駅。時計の下。三月十七日午前十時〟。そして封筒にはもうひとつ、小ぶりのロケットがついた銀のネックレスもはいっていた。ロケットの蓋をあけると、微笑む母の小さな写真が現れた。このネックレスのことはよく知っている。乗っていた自動車が激しい嵐で幹線道路から投げ出された夜、母が身につけていた。母がどこへ行こうとしていたのか、わたしたちは知らなかった。それなのにいま、知っている何者かが現れた。手紙には署名がされていない。

では、これは冒険譚なのか。家族の歴史に埋もれた真実をさがす物語だ。いまのシメオンが置かれた立場と似ていなくもない。淡々とした筆致で、話の展開も――いまのところ――不穏なところはないが、シメオンは薄気味悪さが募るのを感じた。自分がどこか別の時代の、別のだれかの世界へ引きこまれるような感覚がある。「フローレンス、この本は？　あなたにとってどんな意味があるんですか」「なぜわたしに読ませたいんですか」フローレンスはことばでも動きでも反応しない。シメオンは先のページへ進んだ。そこに書かれた光景に奇妙な親しみを覚えた。

パブは閉まっているようだが、わたしはドアにこぶしを打ちつけた。死者を起こすほど力強く、何度も繰り返し叩く。ついに出てきた主人は死者の仲間に見えた。なるほど、ここで密輸商人たちが会っているのか。何人かが中にいて、上着に拳銃を忍ばせている。

シメオンは物語の最後までめくった。不思議なことに、話は本の半ばで終わり、その先は白紙が連なっている。

そこにあの男がいた。わたしもいた。互いのあいだにあるのは、熱した石炭のように燃え盛る憎しみだけだった。全能の神に感謝の祈りを捧げながら、相手のあばらにナイフを突き立ててやりたかった。その男は愛と忠義を誓っていたものの、わたしに罵声を浴びせながら同じことをするかもしれない。問題は、計画を立てて実行に移す胆力があるのはどちらかということだ。結局、それはわたしだった。

「フローレンス、これはなんですか」シメオンは尋ねた。

フローレンスはシメオンが持った本に目をやり、立ちあがって自分の本棚の前へ行った。分厚い本を取り出し、ぱらぱらめくって目当てのページを見つけると、机からペンを拾いあげた。いくつかの単語を丸で囲い、そのページをガラス板に向ける。シメオンは黒いインクで囲われた単語を読んだ。

〝警告〟。〝暴露〟。〝予感〟。最後の単語は二重線で囲ってある。フローレンスは本をもとの場所へもどし、寝椅子にもたれてシメオンに目を据えた。

4

　自分では認めたくなかったが、シメオンは実のところ、深紅色の装丁の中篇小説を閉じていちばん背の高い本棚にもどしたとき、安堵を覚えた。そうしながら、手がたしかに震えていることに気づいた。それからようやく、ガラスの向こう側のフローレンスへ目をやった。こちらが本を最後までは読まなかったことに対して、失望や怒りを感じているようには見えない。『黄金の地』とそこに描かれたアメリカの風景や、海をまたいだ物語があることを知らせただけで満足しているらしい。これで終わりのはずがない、とシメオンは思った。

　ホーズは眠っていて、回復を願う以外にこちらがいまできることはほとんどない。コルチェスターの病院へ連れていくこともできるが、それでどうなるというのか。不衛生で菌だらけの田舎の病院では、患者を危険にさらすだけだ。ここで自分が病状を観察するほうがいい。

「少しお話ししませんか、フローレンス」シメオンは言った。フローレンスが一方の手のひらに顔をうずめる。「あなたが快適に過ごすために、何かわたしができることや提供できるものはありませんか」フローレンスは笑みを浮かべたが、自分自身に向けたものらしい。どれだけなだめすかされても口を開く気はないのに、懸命に話しかけるシメオンを哀れに思っているようだ。「何か少しでも思いついたら、わたしがそれを補うようにします」シメオンは両手をポケットに入れた。「あなたの話を聞かせてください」反応はない。とっさに、シメオンの口からフローレンスを刺激することばが飛び出した。「ジェイムズのことを教えてもらえますか。あなたは何をしたのか、そしてその理由はなんだったのか」どういう反応が返るか予想できなかったが、とにかく何かを引き出したい一心だった。「愛していましたか、それとも憎んでいましたか」

そのとき、動きがあった——とはいえ、叫んでも涙を流してもいない。ただまっすぐ立ちあがって、まるで日差しを浴びるかのように、見えない空へ顔を向け、ひとつ息をついた。この世のすべてのことばがこめられたかのようなため息だった。それから、フローレンスは奥の私室へ姿を消した。どんな感情をいだいたのだろうか。後悔？　恥辱？　切望？　怒り？　そのすべてかもしれないし、どれでもないかもしれない。

フローレンスの姿が消えると同時に、ケインが部屋にはいってきて、パン、牛肉の塩漬け、ミルク入りのカップを載せた盆をガラス板の前の床に置いた。蓋をあけ、盆を向こう側へ蹴り入れる。カップが倒れてミルクが床にこぼれた。ケインは振り返りもせずに部屋を出ていった。

「ケイン！」シメオンは怒りを覚え、背中に向かって叫んだ。

「無作法を許してやってくれ」目を覚ましていたホーズもケインの行為を目撃していた。「ケインは弟をだれよりも慕っていたんだ」

「だからと言って、こんなことが許されるのですか」

「他者の怒りを理解するようつとめるのも大事なことだ」

まあ、これについてはどうにもなるまい。ともあれ、ブランデーを調べる必要がある。シメオンは酒樽を持って階段をおり、ケインを呼んだ。ケインは不機嫌な顔で現れたが、樽を見て表情が変わった。

「さあ、挽回の機会だ」シメオンは棘のある声で言った。先ほどの態度について苦言を呈したいが、ここは自分の家ではない。「でも、まずは犬で試してくれ」

ケインはすぐさま引き受けた。外へ出ていき、醜い猟犬を連れてもどった。

「こいつはネルソン」ぼそりと言った。ブランデーと水を混ぜたものを器に入れる。犬が勢いよく飲んだ。ケインが言ったとおり、この犬はほんとうに酒が好きなのかもしれない。二十分経つと犬はよろめきはじめ、厨房の床にうつぶせに倒れたものの、変わらず呼吸をしていた。

「上物ですよ」ケインは言い、タンブラーになみなみと注いだ。

「あすまで待ったほうがいい。ネルソンに変わりがないことをたしかめてから飲むんだ」

ケインは肩をすくめ、タンブラーを口へ運んだ。おそらく、このあたりの男はずいぶん若くからこういう酒に親しんでいるのだろう。最初はおそるおそる飲み、考えこむように唇をなめていたが、やがて一気に喉へ流しこんだ。「上物だ」

瀕死の患者ふたりと絶命した犬一匹の相手をすることにならなければいいが、とシメオンは思った。

「しばらくここにいてくれ。体調を観察する」

「わかりましたよ」

ケインが中毒症状を示したらどうするか、シメオンは考えた。催吐薬を使うのが最善だ。すりつぶしたカラシの種子を水に溶いたものが瓶にはいっているので、それを飲ませれば、胃のなかにあるものがなんであれ、すぐに吐き出すだろう。無言のまま三十分待ったが、ケインの顔色にも脈拍数にも変化はなく、シメオンは問題ないと判断した。

ケインは礼を言い、ブランデーの樽と酔った犬とともに立ち去った。

シメオンはケインのあとからゆっくり外へ出た。いまにも横殴りの雨が降りそうな陰鬱な朝だ。海上にぼんやりしたものが発生しつつあるのが見える——冷たい海霧がこの一帯を覆い、霞のなかに沈めそうだ。

シメオンは悪天候に負けまいと自分を奮い立たせ、スターチスの生えるなかを横切って進んだ。ターングラス館はレイ島西端の唯一乾燥した場所に建っているが、周囲はぬかるみだらけで、ストルードからは数百ヤード離れている。いまなお北海とヴァイキングの亡霊の脅威にさらされた最悪の環境にある。シメオンは北東の方角をながめ、荒くれ者と武装した長艇を生み出した、マーシー島のはるか向こうの国々へ思いをめぐらした。この土地には邪悪なものがひそんでいて、隙あらば人に飛びかかって死の沼に引きずりこみそうな気がしてならなかった。

そちらを見ていると、ぬかるみのなかで何かが光った。輝いたあたりに目を凝らしたが、何も見つからなかった。弱い太陽の光を受けて一瞬だけ光り、すぐに消えて水浸しの地面だけが残った。

レイ島とマーシー島を隔てる海峡は荒れ、大きな波が打ち寄せては引いている。ストルードを呑みこむほど高く迫ってきたかと思うと、時間不足だとあきらめたかのように引いていく。すると、マーシー島からこちらに向かってくる人影が見えた。十二歳ぐらいの少年で、左右の腰に籠をさげ、慣れた足どりですばやく歩いている。シメオンが見ていると、少年はストルードからはずれ、籠のひとつを地面に置いた。紐で縛った紙包みがいくつかはいっている。

「肉屋の子かな」シメオンは呼びかけた。少年がいぶかしげに小さくうなずく。「家まで配達しないのか」シメオンは親指を立てて背後の屋敷へ向けた。けっして遠くはない。少年は首を大きく左右に振る。「なぜだ」シメオンが尋ねても、猫を前にした小鳥のように動かない。「教えてくれ」

少年は怪訝（けげん）な顔でためらっていたが、急に不気味な笑みを浮かべ、子供が校庭で歌うような調子はずれの歌を口にした。「ゆっくり走るな、急いで走るな。ガラスの奥のレディに気をつけろ。猫もネズミも気をつけろ。ターングラス館のやつらに近づくな」自分の勇気を讃えるかのようにしばしその場にとどまったあと、きびすを返してマーシー島へ走りだした。土手道を侵してくる海水を蹴散らして走り、やがて視界から消えた。タバーズ夫人が屋敷から出てきて、ゆっくりうなずいてから、籠を拾いあげた。

シメオンが屋敷にもどると、少年が持ってきた肉を使ってタバーズ夫人が昼食を作っていた。特にこれはこの荒涼とした島ではよく見られる儀式なのだろう。

することもなかったので、その様子を見物していたところ、タバーズ夫人がやめるよう求めた。シメオンはしぶしぶ部屋にもどり、夜まで医学雑誌を読んで過ごした。一度だけ部屋を出て食事をとり、ホーズの容態を確認したあと、ガラスの監房をのぞいた。中は閑散としていて、なぜフローレンスは出てこないのかとシメオンは考えた。

シメオンは震えながら目を覚ました。はじめは頭に靄がかかったかのようで、ここがどこなのか――自分がだれなのか――わからなかった。たしかなのは冷えきった手脚に刺すような痛みがあることだけだった。やがて月の光を受けて、闇に沈んでいたものが輪郭をとりはじめ、ここが寝室だと悟った。ベッド脇の燭台に細い蠟燭が立ち、椅子に外套が掛かっている。いろいろ思い出そうとして一気に疲労感がこみあげ、ふたたび枕にもたれかかった。

けれども、目が覚めたのは寒さのせいだけではなかった。窓ががたがた鳴る音が聞こえ、寝る前に閉め忘れたせいで風が吹きこんでいるのに気づいた。まぶたをこすると、薄い氷の結晶がついているのが感じられ、シメオンはベッドから這い出た。凍てつく空気ですっかり覚醒し、窓を閉めたあともなかなか寝つけなかったので、横たわったまま夜の闇に感覚を研ぎ澄まし、海を行く船が立てるような、木のきしむ音に耳を傾けた。風のせいにしては規則的すぎる。むしろ人間の足音に近い。

シメオンはとっさに燭台に手を伸ばし、マッチを擦った。部屋がオレンジの光に包まれた。炉棚の上の古い時計を見ると、夜中の二時を過ぎている。ホーズが出歩くには遅すぎるし、タバーズ夫人が暖炉の火を熾すには早すぎる。この家はさびしい場所にあるが、人里から遠く離れているわけでもなく、泥棒の可能性も否定できない。シメオンは暖炉の火搔き棒を手にとった。

廊下をのぞくと、力強い波の音――人や動物が活動する日中は聞こえない――が壁の亀裂から響いてきた。すべてが静寂と闇に包まれている。

ただひとつ、図書室のドアの下の隙間から、ひと筋の光が漏れている。

シメオンは耳を澄ました。足音らしき音はもう聞こえない。何者であれ、いまはじっとしていると いうことだ。こちらの動きに気づいて、待ち伏せしているのかもしれない。シメオンは警戒を怠らず、忍び足で図書室へ近づいた。ドアの前で立ち止まって耳をそばだてたが、中からは何も聞こえない。心臓が激しく打つのを感じながら、火搔き棒を頭上にかざし、侵入者の脳天にいつでも振りおろせるようにして、室内に足を踏み入れた。

図書室のなかは、最初に来たときからなぜか反転しているように見えた。あのときはホーズの居室部分が明るく、奥の監房が暗かった。いまはガラスの向こう側にランプがともり、監房の壁が透きとおって見える。部屋のこちら側は薄暗く、家具や本から細長い指のような影が伸びている。

さっきの足音の正体がわかった。しっかり目を見開いたフローレンスがいつものドレスを着て、すぐそこにいる。こちらへ背中を向けて、小さなテーブルの上に身をかがめ、ここからかろうじて見てとれる紙に何かを書いている。長い線を引いたかと思えば、短い間隔でペンをあちらこちらへ走らせ、まるで絵を描いているようだ。真夜中のその光景にシメオンは立ちすくみ、火搔き棒をおろして見入った。

突然、フローレンスが手を止めた。体をこわばらせ、ヘビのようにゆっくり背筋を伸ばす。両手でドレスの皺をなでつけたあと、片手を紙の上で動かし、端をつまんでテーブルから持ちあげた。

フローレンスは一度もシメオンの顔を見ようとせず、上体をかがめてガラス板の上げ蓋の下から紙をこちらに押しやってから、ランプの火を消した。すぐにその姿が闇に呑みこまれ、透きとおったガラスが鏡に変わった。明るい蠟燭の炎に照らされて鏡に映った自分が、こちらを見つめ返している。

フローレンスの服の衣擦れの音がした。「待ってください」シメオンは声が聞きたくて言った。衣擦れの音がやんだ。シメオンはガラスへ近づいた。また音が聞こえ、やがて遠くなって消えた。

シメオンは腰をかがめ、フローレンスが置いていった紙を見た。たしかに絵を描いていたらしい。揺らめく蠟燭の火をかざして見ると、崖の端に建つ屋敷の絵だった。太い線をさっと引いて描いてある。だが風景はレイ島のものではなかった。遠く離れたどこかだ。それは、玄関広間の暖炉の上に掛かった肖像画の背景と同じだった。

5

つぎの朝、シメオンは患者に新鮮な空気を吸わせようと考え、ホーズ自身も承諾したので、赤ん坊のように毛布でくるんで車椅子で移動させた。空気はたしかに澄んでいた。「あそこへ連れていってもらえるかな」ホーズが干潟の端を指さした。ケインとシメオンはでこぼこの地面を進み、車椅子を海が見渡せる場所まで進めた。波が寄せては返し、頭上で鳥たちが旋回して、海面までおりてきては魚を獲っている。シメオンはホーズの体調不良の原因について、また考えをめぐらした。医学書があればよいのだが、歯がゆいことにロンドンに置いてきてしまった。すると、ある考えが頭にひらめいた。ここの図書室にはあらゆる分野の書物がそろっている——ひょっとして、何か役に立つものがあるのではないか。消化器疾患に関するヘッグの論文か、あるいはシャンデルの……

視界の隅に何かが現れ、思考が中断された。小さな集団がストルードに群がっている。七、八人の大人と、きのう会った肉屋の少年だ。五十ヤード離れたところからでも、少年が邪悪な笑みを浮かべているのが見えた。唇が動いている。きっと例の歌を口ずさんでいるのだろう。

大人たちは粗末な服を着ている。漁師や農夫やその妻にちがいない。檻のなかの猛獣を見るような目つきで、こちらの三人をながめている。

「あの人たちは何をしているんだ」シメオンは言った。

珍しくケインが答えた。「おれたちのことがこわいんですよ。生きたまま食われるとでも思っていやがる」短いうなり声を発したが、もしかすると笑い声だったのかもしれない。

「残念だが、ケインの言うとおりだ」ホーズが言った。「当地の者たちは、かならずしもやさしくて親切とはかぎらない。中にはわたしに対して疑念を募らせる者もいて、ついには――」そこで急にことばを切った。

「ついには？」シメオンは先を促した。

「身の危険を感じるほどだ」

シメオンは唇を嚙んで一考した。ホーズが毒を盛られた可能性をこれまで一蹴していたが、こうなったら真剣に検討すべきかもしれない。「いま苦しんでいらっしゃる症状ですが、その原因が――」

「毒を盛られているんだ。前も言っただろう。あの害のなさそうな連中のなかに邪悪な者がいるのだろうか。じゅうぶんありうると思う」

そこに集まった村人の表情を見ていると、この地域は悪辣な暴力と無縁とは言えない気がしてきた。

「特に怪しい者はいますか。あなたに恨みをいだいているとか」

ホーズは目を険しくした。「いちばん端にいる男だ」痩せ細った指で示す。「チャーリー・ホワイトという。まだ二十歳だが、わたしはずっと前からあの男のなかに悪魔を見いだしている。大酒を飲み、快楽のために女を利用する。淫らな生き方を改めるよう、わたしはまさしく説教壇から何度も戒めてきた。しかし、あの男は聞く耳を持たなかった。礼拝に来るのは、わたしが何を言うかを楽しみにしているからにちがいない」

「そうなんですか」

「ああ。あの男は思いきり楽しんでいる。罪深く抗うことに快感を覚えている。わたしが嫌悪しているからこそ、愉快でたまらないらしい。だが、いつまでも好き放題にはさせない。そう、させてはならない！　それに、あの男には禍害をかわす知恵がない」

「知恵？」

「炎から逃れるには知恵が必要だ。あの男にはそれがない。きっと焼け死ぬだろう」

シメオンはホーズの言ったことを頭のなかに記憶した。「ほかに疑わしい者は？」

ホーズはためらい、四角い眼鏡の曇ったレンズを拭いてから、鼻にかけなおした。「あそこにいる。メアリー・フェンだ」しゃがんでいる小柄な女を示す。髪が腰まで伸びている。「この五年で五人の娘を産んでいる。ところが、生後一カ月以上生き延びた子はひとりもいない。育児放棄だと思うか？ああ、おそらくそうだ。あるいは、もっと忌まわしいことがおこなわれたのかもしれない。このあたりの母親で、女の赤ん坊を育てずに毒を盛ったのは、メアリーがはじめてではあるまい。そして、向こうはわたしが怪しんでいるのを知っている」ホーズは苦しげに言った。「あのふたりはわたしの前だけでなく、神の御前で裁かれよう。だが、犯人はだれであってもおかしくない。悪魔はどこにでもいる。取り憑かれているのはあのなかのひとりかもしれないし、全員かもしれない」確信を深めたかのように、語気を強めて言う。「そう、あのなかのだれかが神の敵に肉体を乗っとられた。そして操られるまま、わたしに毒を盛った」骨張った指を伸ばし、こちらを見ている村人たちへ向けた。

オリヴァー・ホーズ神学博士は教区司祭であり、教区司祭は往々にして悪魔や邪悪なものについて確固たる信念を持っている。こうした人物にとって、悪魔はただの抽象的な概念ではなく、すぐ近くの路地で出くわしうる、肉体を具えた存在である。だが、父が電報でよこしたことばが、どうしてもシメオンの頭から離れなかった――**〝ターングラス館には昔から邪悪で不吉なところがある。神と法律にまかせることだ〟**。シメオンは少年と目を合わせた。少年は例の歌を繰り返し口ずさんでいた。

昼食のあと、シメオンは図書室で医学がらみの役立ちそうな本をさがすことにした。毒物に関する文献があれば言うことはないが、一般家庭向けの民間療法の本や、毒キノコの種類と中毒症状を記した植物便覧なども手がかりになるかもしれない。シメオンは二時間近くさがしつづけた。最初のうちは注意深く本を棚から取り出して、正確にもとの場所にもどしていたが、しだいに苛立ちが募って、乱暴にほうり投げるようになった。

そのあいだも、ホーズが懸命に食事を口に運ぶのを見守っていた。小さな炎が熱を発する暖炉のそばで、ホーズはショールを膝に掛けてすわっている。体調は朝よりもさらに悪そうだ。しばらくしてシメオンは本をさがすのをあきらめ、肘掛け椅子に腰をおろした。フローレンスは監房の奥の私室にいるらしい。シメオンはだれもいない寝椅子に目をやった。「叔父さん、フローレンスは絵を描くんですか」

ホーズは両眉を高くあげ、ミルクのはいった少量の柔らかい粥をスプーンですくって口に運んだ。

「絵とは？」

「風景画とか、そんなものです」

ホーズは白鑞（しろめ）の碗にスプーンを置いた。「ああ、そのようだな」やや苦しげに言う。

「夜中に描いているんですか」

「なぜ夜中に描くのかね」ホーズは思案顔でことばを切った。「気晴らしをする時間なら、日中にいくらでもある。なぜわざわざ夜中に？」

「わかりません」シメオンにも見当がつかなかった。

「きみは……見たのか？」

シメオンは深夜に屋敷を歩きまわったことをホーズに知られたくなかった。ぶしつけと思われかねない。「いえ。ただ、けさこれを見つけましてね」ポケットから昨夜の絵を取り出して、ホーズの膝に置いた。最初は反応がなかった。しばらくして、ホーズの顔に暗雲がひろがった。下唇が震えている。紙を持ちあげ、聖書の真実でも隠されているかのように凝視したあと、握りつぶして暖炉へ投げ入れる。シメオンはただのインクの絵にそこまでするのかと驚いた。「なぜそんなことを？」

「ばかげている。くだらない。わたしは静かに食事がしたいんだ」ホーズは早口で言った。「この話は終わりだ」

シメオンは納得しなかった。ホーズの心のなかには激しい怒りがある。「叔父さん、わたしに病気の原因を調べさせたいのなら、協力してもらいますよ。さっきの絵はあなたにとって大きな意味があるにちがいない。話を聞かせてください」

ホーズは即座に反応した。かぼそい手を肘掛けに突いて、苦闘のすえに椅子からどうにか立ちあがり、膝から崩れ落ちた。シメオンが助け起こそうとしたが、ホーズは憤怒を顔に浮かべて犬のように歯をむき出し、その手を振り払った。それから家具や置物を押しのけながら、幼児のように腹這いで床を進む。「ここはわたしの家だ。わたしの家だ！　わたしの望みどおりにする！」吐き出すように言うと、山積みの本が置かれたサイドテーブルをひっくり返し、ガラスの壁の前へ行って、両のこぶしで叩きはじめた。

「出てこい！　出てこい！」ホーズは絶叫した。「聞こえているんだろう！」

「叔父さん！」シメオンは叫び、駆け寄ってホーズをガラスから引き離そうとした。

「出てこい！」ホーズはさらにガラスを叩いた。

そのとき、衣擦れの音を立てながら、緑のシルクのドレスを着たフローレンスが奥から現れた。オリヴァー・ホーズが膝を突いて、みずから造った監房の外から怒鳴っているさまを、好奇の目で楽しげに見物している。その姿を見たとたん、ホーズは叫ぶのをやめて体を揺すりはじめた。コブラが獲物を催眠状態にしてから襲いかかると言われているのを、シメオンは思い出した。しかし、この獲物はすでに消耗し、くずおれて頭を激しく床に打ちつけている。もう意識がない。

シメオンは驚いて傷の有無を確認したが、外傷がなかったので、仰向けにしてやさしく頬を叩いた。やがてホーズはごろごろと喉を鳴らした。「休んでください」シメオンは言い、ホーズを肘掛け椅子へ運んですわらせた。視界の隅に、悠揚たる笑みを浮かべたフローレンスの姿があった。一連の騒動を楽しんでいる。自分の後見人が憤然と床を這ったすえに豪華な檻にこぶしを打ちつけた理由をお見通しで、それを胸の奥に隠しているのはまちがいない。いったいどんな理由なのか。シメオンはしびれを切らしはじめていた。

そのとき、騒動の原因となった絵の一部が目にはいった。火格子の隅に、黒ずんで焼け残った絵のかけらが何枚かある。シメオンはそれらを拾いあげた。フローレンスが夢想した風景画のへりの部分だ。最後に見たときと何も変わらず、増えも減りもしていないが、黒いインクで描かれたその想像上の風景は、いまや重要な意味を持っている。それがなんであれ、ホーズの強烈な怒りを駆り立てる力があるということだ。しかし、なぜ？

絵のかけらを持っているうちに、指先が燃えかすで黒くなった。そのとき、ホーズの苦しげな声が聞こえた。「つまり……世界は」絞り出すように言う。「現実のものではない、とわたしは言った。人は神に従って生きよ！」

ほかにどんな生き方があるというのか。シメオンは心のなかで自問した。

6

翌朝、タバーズ夫人が朝食に羊のソーセージと黒パンを用意した。

「マーシー島へ行ってみようと思う」シメオンは朝食を腹に詰めこみながら夫人に言った。

「あまり時間はかかんねえですよ」ずっと同じひと口を噛みつづけているケインが、ぼそぼそと言った。

「いまならストルードを渡れるかな」

「平気です」

それは好都合だ。シメオンはホーズの病の器質的原因をこの屋敷のなかにまだ見つけられずにいたが、ある考えがひらめいたのだった。オリヴァー・ホーズの生活圏のどこかに、原因が隠れている可能性がある。多くの時間を過ごすもうひとつの建物のなかに、体調不良の原因があるかもしれない。患者を置いて長時間出かけるのは望ましくないが、一、二時間ばかり留守にして、マーシー島の聖ペテロおよび聖パウロ教会へ出向いてみよう。

帰ったときにホーズがまだ生きていることを願うばかりだった。けさシメオンが起きたとき、ホーズはソファーでうめき声をあげ、体温は湯を沸かせるほど高かった。きのうよりはるかに病状が悪化している。「頭が痛くて破裂しそうだ」ホーズはかぼそい声で言った。シメオンはその唇から垂れた黄色い唾液の筋をぬぐってやったものだ。

朝食を終えたあと、霧雨のなかを出発した。マーシー島はレイ島とは比較にならないほど栄えていた。島の南岸の道沿いに、一マイルにわたって村がある。堅固な教会の尖塔がそびえ立ち、そのまわりに五、六十軒の家屋が密集して建っている。ほとんどがずんぐりした丈夫な造りの漁師の家だ――みなが同じ教区に属しているのはまちがいない。

聖堂自体はロマネスク様式の中世建築だった。中にはいると、むき出しの石と漆喰の壁のところどころに連隊旗が描かれていた――今世紀初頭の対仏戦争の折に軍隊が駐留していたのだろう。シメオンはわずかな望みに懸けて、ホーズの病気の原因になりうるものをさがしはじめた。

身廊と聖具室を見てまわり、乾いた洗礼盤や主祭壇、さらには聖餐式用の葡萄酒を擁するとおぼしき施錠された棚を調べた。さしたるものは見つからず、シメオンは落胆して会衆席に腰をおろした。

「おはようございます」だれかの声がした。

男が身廊にはいってきた。六十歳前後で、小ぎれいな身なりをしている――漁師では考えられないような垢抜けたいでたちだ。

「おはようございます」シメオンは言い、会話がどう進むかを待ち受けた。

「ウィリアム・ワトキンズと申します。この地域の治安判事をしております」そう言ってシメオンの隣に腰かけた。周囲に話し相手がほとんどいないので、機会を得たら進んで話しかけているのかもしれない。古風な口調から察するに、古風な考えの持ち主なのだろう。

「シメオン・リーといいます。医師です」

「ああ、ホーズ司祭の診察にいらっしゃったのですね」

「そうです」シメオンは少しも驚かなかった。ここの住民は全員、だれが元気でだれが病気かを把握しているらしい。

「助かりそうですか」

「そう願っています」シメオンは〝祈る〟ということばを避けた――こうした僻地では、祈るなどと口にしたら、ただの表現ではなく、文字どおりの祈禱と受け止められかねない。たしかにほかに予定はないが、一日の大半をひざまずいて祈りに費やすつもりはない。

「ええ、そう願いましょう。治療がすんだらコルチェスターへお帰りになるのですか」

「ロンドンです」

「ほう、ロンドン！　そうでしたか。わたしも若いころに住んでおりました」ワトキンズは含み笑いをした。「楽しくお過ごしでしょうね。ええ、楽しい街です、ロンドンは」若いころの思い出に浸っているらしい。

「フローレンスのお父さまですね」

「ええ、はい、そうです。フローレンスの」声が小さくなった。「娘はどうしていますか。最近はあまり出向いていないもので……以前ほどは」

それには何か理由があるはずだ、とシメオンは思った。事件は遠い昔のことではないし、マーシー島の治安判事がそれほど多忙とも思えない。名士のワトキンズは、異様な状態で監禁されている娘の姿を見るのが耐えがたいのだろう。

「お見かけしたときは元気そうでした。あの部屋で」阿片チンキの靄のなかに垣間見えた軽蔑の念については、ふれないことにした。「つらい立場だとは思いますが」

「ええ、ええ、それはもう」ワトキンズはうなだれて、ことばをさがした。シメオンは待った。何年も患者と接してきた経験から、相手が何かを話したがっているときは待つのが得策だと学んでいた。

「あの空間ですが」ワトキンズはしばらくして口を開いた。「わたしはあんなものを望んでいなかった」

「でしょうね」わが子が閉じこめられて展示物扱いされるのを望む親はいまい。ワトキンズは邪悪な人間ではなく、ただ弱いだけだ。

「あそこか精神科病院かの二者択一だった。判事にそう言われました」

「だとしたら、いまのほうがずっとましです」

「ええ、そうですとも」ワトキンズは味方を得たかのように、明るい表情になった。「まちがいない。仮に担当の判事が認めてくれたら、ここへ連れてくるつもりでした。しかし認められなかった。おそらく、わたしのもとでは娘が好き勝手にふるまうと判断されたのでしょう」

シメオンは少し間を置いた。どこかの見知らぬ判事の一存だと言いきるのは、はたして正しいのだろうか。「もし認められたら、ほんとうに連れて帰りましたか」

「ほんとうに？」ワトキンズは確信がなく、自問しているふうだった。「実のところ、わかりません」

わからないのか、答えたくないのか。「ホーズ博士は深刻な容態ですが、原因がはっきりしないので、わたしはそれを突き止めようとしています。あなたご自身は具合が悪くありませんか。あるいは、身のまわりのどなたかで、そうした人がいらっしゃるとか」

「具合が悪い？　いいえ、そんなことはない。みんな、とても元気です」

少なくともこのワトキンズという男の存在は、この数年にターングラス館で起こった奇妙な出来事の謎を解く手がかりになりそうだ。ひとりの男が死んでひとりの女が監禁され、いまやホーズの不思議な病状との関係も疑われる一連の出来事の謎を。けれども、探りを入れる前に、多少とも本人の信頼を勝ちとらなくてはならない。

「島を少しまわりたいと思っています」シメオンは言った。「ここがどういう土地かを知りたいもので。どこへ行けばいいでしょうか」

「あまり見るべき場所はありません。この島はわたしの故郷ですがね」ワトキンズは懸命に明るくふるまっていた。「そう、ここは古びたさびしいところです。でもよかったら、うちにお寄りになりませんか……いっしょにお茶でも」ためらいがちに言った。こちらが医者だから酒を飲もうとは言わないのだろうか、とシメオンは思った。

「ありがとうございます」

ふたりは十分ほど歩き、このあたりで唯一の大きな家に到着した。現代風の建物で、ドイツの城のように尖塔や小塔がある。「屋上へどうぞ」ワトキンズが言った。「たいした雨ではありません。もっとひどいときもあります」ふたりは上へ向かった。屋内は外観から想像するよりもずっと快適そうだった。跳ねあげ戸から屋上へ出ると、ワトキンズは得意げに望遠鏡を示し、シメオンにのぞくよう促した。「運がよければオランダの海岸が見えますよ。運が悪ければケントが」ささやかな冗談が相手に届くのを待った。

シメオンには荒れ狂う海しか見えなかった。「自分がよそ者であることをしみじみ感じています。親族が——遠い親戚が——代々住んでいる土地だというのに」

「ああ、お気持ちはわかります。しかし、ここの住民はみんな、あたたかい人たちですよ」ワトキンズはにこやかに言ったが、その内容は疑わしかった。

「正直に言うと、ここへ来るまでホーズ博士に会ったことは一度もありませんでした。博士のことは何も知らないんです」

「いえ、特段のことはありません。あのかたは信頼できる教区司祭だ。ただそれだけですよ」

「だれにでも過去があります」シメオンは言った。「あなたもかつては血気盛んな若者だったのでしょうね」

ワトキンズはすっかり気をよくして顔をほころばせた。「そう！　そのとおりですよ。あのころはほんとうにいい時代だった」

「でも、ホーズ博士は学問ひと筋だったと思いますが」

ワトキンズは小さく咳払いをした。「ええ、そうですね。むろん、ずっと聖職の道をめざしていたわけではありませんがね」

「そうなんですか？」

「ええ、そうです。ただ、いずれその道へ向かうだろうとわたしはずっと思っていました——つまり、ああいう気質の人ですから」

「へえ」シメオンは興味をそそられたが、それをあまり表に出さずに言った。

「父上のホーズ大佐は——厳格で頑固一徹なかたでして——長男を軍隊に入れたかったのです。教会ではなく」

「そうでしたか。なぜ実現しなかったんでしょう」

「いえ、実現しました。しばらくはね」ワトキンズは言った。

「どういうことでしょうか」

ワトキンズは屋根のへりの狭間胸壁に腰かけた。「大佐は若きオリヴァーのために将校任命辞令を買うつもりでした。わたしは言ったのですよ、〝あの子は戦場に向いていませんよ、ヘンリー〟とね。けれど、大佐は長男を軍人にすると決めていて、それは変わらなかった。結局、インド軍の連隊に入れるのが精いっぱいでしたよ」

「じゅうぶん立派じゃないでしょうか」

「ほう、そう思われますか」ワトキンズの口調が熱を帯びてきた。「臆病すぎて解任されたのに」

「まさか！」シメオンは心底驚いた。ワトキンズはどこか楽しげに見える。地元の温厚な名士としてふるまっていても、噂話をも好むのだ。

「驚いたことにね。たしかライフル連隊に配属され——ブータン戦争の戦場へ送られたはずです。聞いたところによると——くわしいことはわかりませんが——オリヴァーは馬車からなかなかおりようとせず、数日後に軍務を放棄しました。捜索隊が出されたそうです。むろん将校の座を失い、それを売ることもできず――債務を負った臆病者として帰国しました」

なるほど、そうか。聖職のほうが適職だったのはまちがいない。「では、ジェイムズは？」相手が急に落ち着きを失って体をこわばらせたのに、シメオンは気づいた。

「それは……その……」ワトキンズはシメオンの視線を避けようと望遠鏡をのぞいた。

「ワトキンズさん？」

ワトキンズは気まずそうに望遠鏡から離れた。「ジェイムズは……そう、むろん、オリヴァーとはちがいました。まったくちがっていた。父親の大佐は、あの子はろくな人間ではないと……」声が小さくなって消えた。口にしたくないことがたくさんあるようだ。

「何を隠していらっしゃるんですか」

ワトキンズは十代の少年のように足をもぞもぞ動かした。「わたしは……死者の悪口を言いたくない」

「ワトキンズさん。どうか話してください」シメオンの疑念はますます深くなった。ホーズの体調不良は、このあたりの島にはびこる何かの不正とほんとうに関係があるのかもしれない――そして、そこにこそ治療への道がある。

ワトキンズはシメオンの視線から逃れようとして、望遠鏡の前へもどり、腰をかがめてのぞきこんだ。「オランダが見えます。そう、あれはたしかにオランダだ」シメオンはレンズの前に立ちふさがった。

「ワトキンズさん。教えてください。ほかの人に尋ねてもいいんですよ。そうなると、ちょっとした騒ぎになりかねない」

ワトキンズは望遠鏡から離れた。「ジェイムズは……違法行為にかかわっていました」

ケインが同じようなことを言っていたものだ。「どんな犯罪だったか教えてください」

「すみません。しゃべりすぎました。そろそろ……仕事にもどらなくては」ワトキンズは落ち着きのない足どりで、さっき屋上へ来るときに使った跳ねあげ戸へ向かった。「どうぞこちらへ」

「答えていただけないんですね」ワトキンズが跳ねあげ戸を見つめる。「じゃあ、ほかの人に訊きますよ」シメオンは返事を待たなかった。「ジェイムズの死の詳細は？　答を聞くまで帰りません」

ワトキンズはすっかり消沈したように見えた。「ジェイムズは」首を左右に振りながら言う。

「つづけて」

「痛みをともなう話題なのですよ！」

「お気持ちはわかりますが、いま互いに気づいていない手がかりを得られるかもしれないんです。ホーズ博士はだれかが自分を殺そうとしていると思いこんでいる」

「なんだって？　だれが？」ワトキンズは本気で驚いているようだった。

「わかりません」

「フローレンスではない！」ワトキンズは叫んだ。「だれのことを言っているかはわかっています。だが、フローレンスは冷血な殺人鬼ではない。ジェイムズが死んだのは事故だった」

「だとしたら、話してくださってもかまわないでしょう？」

ワトキンズはためらい、三度ことばに詰まって、ようやく言った。「あれ……あれは……あれは二年ほど前のある晩のことでした。フローレンスとジェイムズは口論していたそうです。はじめてのことではありません。そんなことはない」顔をあげた。「女のことで口論になったようです。相手がだれかはわからない――たぶん売春婦か何かでしょう。フローレンスは嫉妬深い性格です。情熱的でね。頭に血がのぼると、わたしでも止められませんでした。あの子が十七歳になる前に、もうあきらめましたよ。あの子は……」

「口論になって、それで？」シメオンは先を促した。

「ああ、そうでした。ふたりは怒鳴り合い、ジェイムズは完全に否定したそうです。そしてフローレンスが瓶か何かを投げつけた。かなり飲んでいたはずです」

「故意にやったと思いますか」

「わたしにはわかりません」

「フローレンスはそのことで満足したんでしょうか」

「満足？　いや、そうは思いませんね。開きなおっていた。そう、開きなおっていたんです」

　ワトキンズが何かを隠しているのは明らかだった。「ワトキンズさん、わたしは医師として、それだけのことでひとりの女性が精神科病院に入れられるとは信じがたいんです。まだ何かわたしに話していないことがあるんじゃないですか」

　ワトキンズはうなだれた。打ちひしがれているようだった。「ジェイムズが死んでから、フローレンスは異常な言動をするようになりました。夫を殺したことは認めたものの、自分が何かの罠にかけられたと言いだしたのです。それからロンドンへ逃走し、すっかり自暴自棄に陥りました。警察に保護されなかったら、どうなっていたことか。わたしはやむなくホーズに頼んで、迎えにいってもらいました」

　なるほど、新しい情報がかなり得られた。「どうしてご自分で行かずにホーズ博士に頼んだんですか」

「どうして？　娘が警官に付き添われて無理やり連れもどされるところを見たくなかったからですよ」ワトキンズは両手で顔を覆った。「そう、あれほどの恥辱はない。フローレンスが自分の娘であること、そんな人間に育ててしまったことが恥ずかしかった」

　シメオンは納得した。恥辱がこの男を内側からむしばんでいるにちがいない。「そのあとは？　裁判でしょうか。すべてを包み隠さず話してください」

　ワトキンズはうなずいた。「そう、裁判。巡回裁判です。フローレンスは出廷できる状態ではなかった――一日の半分をわめき散らして過ごし、落ち着かせるには阿片チンキを飲ませるしかなかったけれど、飲むとこんどは話ができなくなる。警察関係者は精神科病院に入院させるべきだと言い張りましたが、わたしは判事のアラダイスと面識があったので、相談を持ちかけたのです。アラダイスは、娘を病院送りにせずに保護することに同意してくれました」

「ガラスの監房」シメオンは言った。あのような異常な形の監禁が――そもそも監禁自体が――必要だったとはどうにも思えない。

「監視は必要でした！　それはやむをえない。わたしは自宅へ連れ帰ると言いましたが、いくらアラダイスでも、それには首を縦に振りませんでした。〝父親だとどうしても監視が甘くなる〟と言ってね。しかし、そのときホーズが申し出て、アラダイスも了承しました。そこでホーズはあの部屋を造ったのです。わたしたちが最善を尽くした結果があれなのですよ」

　言いたいことは山ほどあったが、シメオンはだまっていた。もう患者のもとへ帰らなくてはならない。目を離していられるのはせいぜい二時間までだ。そこでワトキンズに案内されるまま下へおり、家のなかを通って外へ出た。「ホーズによろしく伝えてください……フローレンスにも」ワトキンズは言いづらそうに付け加えた。

7

シメオンは重い足どりで村を抜け、ストルードをレイ島へ向かった。道の両側の泥地は傾斜して、ふたつの島を隔てる海峡へつづいている。

雨に打たれて寒々としたターングラス館へ近づくと、砂時計の形をした奇妙な風向計がゆっくりまわって垂直に立つのが見えた。シメオンは周囲にひろがる粘土のぬかるみへ目を向けた。ケインから足を踏み入れるなと警告されたそのぬかるみは、昆虫たちに支配され、泥水の筋がいくつも勢いよく流れている。だが天邪鬼（あまのじゃく）の性格ゆえに、警告されたからこそ至近距離で観察したくなった。

シメオンはその端に立った。ダンテが描いた黄泉（よみ）の国の川のように水が濁っている。地獄の第五の圏（たに）で、渡し守のモーティがプレギュアスの代わりに死者の魂を運んでいるさまがたやすく目に浮かぶ。歩きだそうとしたとき、何かが目に留まった。陰鬱な空のもとで、金属らしきものがかすかに光っている。先日、日差しを受けて一瞬輝き、すぐに視界から消えたのと同じものにちがいない。

慎重に歩を進め、硬い地面がないかと探りながら歩いた。五ヤード先で、短く細い棒に刺さったさっきのものが泥に覆われているのが見てとれた。どこからか流されてきたにちがいない。さらに近づくと、白鑞の指輪だとわかった。棒を握って手前に引いたが、泥のなかから抜き出すことができない。きっと下に埋まっている部分が大きいのだろう。立つ位置を変えてしっかり棒をつかみ、さらに強く引っ張った。空は相変わらず暗く、地面はぬかるんでいる。つぎの瞬間、つかんでいるのが枝や木片ではなく、泥まみれで凍った人間の人差し指だと気づいた。

シメオンはあとずさりをしながら、その指をじっと見た。人体の一部もしくは全部が泥に埋まっている。毎週のように死者や瀕死の患者を見ている者にとっても、胸が悪くなる光景だ。それでもシメオンは自分を奮い立たせた。安置台に置かれていようと土に埋もれていようと、死体は死体だ。そしてどこかでだれかが、兄や弟や息子や父親の安否の知らせが届くのを待っている。

シメオンは勇を鼓し、泥の下にあるものの重さを推測して、心の奥にあるあたりまえの恐怖心を鎮めながら、死者をぬかるみから引き出す作業に取りかかった。握手をするように死者の手のひらをつかみ、それから持ちあげた。

あまり苦もなく、五本の指が、つづいて手首が現れた。シャツの袖から汚泥がしたたり落ちるさまが、人間の空虚さを凝縮して見せつけているかのようだ。どうやらこの下には哀れな魂がまるごと埋まっているらしい。

シメオンは柔らかな地面に突いた膝を梃子(てこ)にし、シャツをつかんで引っ張った。しかし、ありったけの力をこめても引きあげられなかった。助けを呼びにいくこともできない。いま放したらこの手はふたたび見えなくなり、死体は泥土に深く沈むか、水路に流されるかして、永遠に発見されないだろう。いまより近づいて引きあげるしかない。

そこでシメオンは腹這いになり、硬い地面からぬかるみへ身を乗り出した。水っぽい泥が体を覆い、ひろげた脚が沈むのを感じる。動くたびに一インチは沈むだろう。計算を誤れば、自分もこの男と同じ荒れ果てた墓に埋もれることになりかねない。だからシメオンは死んだ男の体から手を離さず、注意深く泥のなかへ進んだ。やがて肩に手がふれた。いまや雨は激しさを増し、背中がずぶ濡れだが、もう二度と見失うわけにはいかない。

シメオンはしっかりと踏ん張り、全身の力をこめて引きあげた。少しずつ動きはじめる。ぬかるみから死体が姿を現すにつれ、シメオンの体が下へ沈み、泥のなかで相手と抱き合う恰好になった。男の目はうつろで口に泥が詰まっているようだが、シメオンの頭にあるのは、この冷たい死体を光のもとへ引きあげることだけだった。

シメオンはヘビのように身をよじり、叫び声とともに最後の力を振り絞って体を動かして、ついに男を硬い地面へ引きあげることに成功した。精根尽き果てて肩で息をする。手のひらで顔をぬぐい、茶色い泥水を吐き出した。それからようやく、男の顔をじっと見た。

まだ泥で覆われていて、原始生物ではなく人間であることがかろうじてわかる程度だ。けれども、額と太い鼻と突き出た顎が見てとれる。体格がよい筋肉質の男であり、かつて呼吸し、働き、食べ、笑い、毒づいていたのだ。シメオンは自分がぬかるみから引き出したものを見つめた。降り注ぐ雨が泥を洗い流していく。

きみはだれだ。心のなかで問いかける。**溺れたのか。歩いているときに心臓発作を起こしたのか。きみをさがしている人はいるのか、それとも、だれもきみが消えたことに気づいていないのか。**

死体はほとんど無傷だった。ところどころに腐敗が見られるものの、あまり多くはない。死んだのが最近なのか、それとも泥が氷の役割を果たして腐敗を防いでいたのか。シメオンは死体のまぶたをあけてみた。虹彩は透きとおった緑だ。歯は丈夫そうだが、煙草で黄ばんでいる——おそらく地元の漁師だろう。

シメオンはどうしようかと思案した。ターングラス館まではほんの数百ヤードだ。ここからなら自分ひとりで運べるかもしれない。そこで力を振り絞って男を肩にかつぎ、屋敷へ向かってゆっくり歩きだした。

玄関で目にした光景に、タバーズ夫人は声にならない悲鳴をあげた。「落ち着いて」よろよろとあとずさる夫人にシメオンは言った。「もう死んでいる」自分が何をかついでいるかも気にせず、夫人を押しのけ、廊下を踏み鳴らして奥の居間へ向かった。

テーブルに積まれた宗教関連の書類を床へ払い落とし、運んできた死体を仰向けにして乗せた。泥水がしたたり落ちて絨毯を濡らしている。

「これはいったい……」口がきけるようになったタバーズ夫人がかぼそい声で言った。

「人間だよ、タバーズさん。死んだ人間だ」

「だれなんですか」夫人がこっそり十字を切っているのにシメオンは気づいた。そのローマ・カトリック流のしぐさをホーズが見たら、小言のひとつやふたつは口にするにちがいない。

「あなたのほうがよくわかるはずだ」シメオンは花瓶を手にとって、生けてあった花を投げ捨てると、死体の顔に水をかけながら、花瓶の下敷の小さなマットで拭いた。残った泥の隙間からふくれあがった頬が現れた。

「ジョン・ホワイト。やつですよ」穏やかならぬ気配を察したケインがやってきて言った。

シメオンは男のシャツの前を開いていたが、その名前を聞いて手を止めた。「ジョン・ホワイト？」

「ああ」

きのう、村人がカラスの群れのようにストルードに集まっていたとき、ホーズは悪行のかぎりを尽くしている若者のことに言い及んだ。その若者の名前はチャーリー・ホワイトだった。

「チャーリー・ホワイトの兄か弟なのか」

「チャーリーのいとこですよ。いまはちがいますけどな。死んじまったから。見てのとおりだ」ケインは顎をこすった。

「ここの住民だったのか。マーシー島の」シメオンは尋ねた。

「そう、マーシー島です。一、二年前に姿をくらましましてな」

「これでその理由がわかったわけだ」

「ああ」ケインは前へ進み出た。タバーズ夫人はいっそう遠ざかったところにいるが、それが死者への敬意のせいか恐怖のせいかはわからない。医師であるシメオンは、そのどちらもほとんど感じていなかった。シメオンにとって、死体は医療の敗北を示す主たる証拠そのものだ。

「どんな男だったんだ」

タバーズ夫人とケインはさっと目配せをした。

「牡蠣の漁師ですよ」

「なるほど。ほかには？」シメオンはしばらく待った。ケインが見つめ返す。「何か隠しているな。そうだろう、ケイン」

「いや、なんにも」

シメオンはケインの目を見据えた。「隠したいならそうすればいいが、かならず突き止めてやるさ」疑惑はじゅうぶんに強まっていた。なんらかの違法な取引にこの土地の住民全員がかかわっているのではないか。

「お好きにどうぞ」

シメオンは死体に向きなおった。絨毯に汚い水たまりができているので、服を脱がしはじめた。

「はさみと布、それに石鹸を溶かした湯を持ってきてくれないか」タバーズ夫人に向かって言った。

「こぼれた湯を拭くシーツもあったほうがいいだろう」

「ホーズ博士を起こしましょうか」夫人は言った
「いや、あとでわたしから伝える」

夫人は急いで湯を準備しにいった。「この男のことをもっと教えてくれ」シメオンはケインに言った。

「ジョンか。たいしたやつでしたよ」まだ不機嫌な口調だった。よそ者の出る幕ではないと思っているのは明らかだ。「強かった」もしケインが〝静かなやつだった〟と評したら、死んだ男は唖者も同然だったということだろう。

「どんなふうに姿を消したんだ」

「おととしの夏でしたよ。やつの舟がひっくり返って漂流してるのがハードで見つかりましてな。けど、ジョンの姿はなかった。みんな、海で溺れたんだろうと言ってました。実はぬかるみで溺れたってわけか」ケインは目を細くして窓の外を見た。「そういうことは前にもあった」

「家族は？」

「何カ月か前におふくろさんが死にましたな。アニーって妹がいたけど、村を出ていった」

「じゃあ、チャーリーがいちばん近い身内なのか」

「たぶんね」

シメオンは上半身の服を脱いだ。雨と泥でびっしょり濡れている。タバーズ夫人が湯とシーツを持ってもどったので、シメオンは体を拭き、それからテーブルの上の死体から泥をぬぐい落とした。死体の皮膚は全体に黄色で、ところどころに擦り傷があった。革の胴着を切って脱がせると、体がいまにも爆発しそうなほどふくらんでいるのがわかった。タバーズ夫人が甲高い悲鳴をあげた。

シメオンは皮膚の裂け目を見て言った。「何かの生き物にやられたのか」ケインが悪態をつく。

「ワトキンズ氏に知らせないとな」

「おれが行きます」ケインは言った。

「ありがとう」シメオンはふと思いついて言った。「でも、チャーリー・ホワイトにはまだ伝えないでくれ。わたしが取り計らう」

ケインは眉をひそめた。「わかりましたよ」

シメオンは全身の汚れを落とし、階段をのぼって清潔なシャツに着替えた。そろそろホーズにも報告しなくてはならない。

図書室にはいると、ホーズがソファーの上でうめき声をあげていた。奥の仕切りへ目をやったが、人影はない。裏の私室部分にいるのだろう。

「叔父さん」シメオンは言った。

ホーズの声はいまにも消え入りそうだった。「ああ、シメオンか。寒くて震えが止まらないよ」ホーズの額に手をあてたところ、たしかにひどく冷たい。「わたしはもう長くない気がする」

今回は、患者本人の自己診断が正しいかもしれない。

もちろんこれまでも患者が世を去ったことはあるが、すべて他人だった。しかし、身内の命が尽きていくのを見守るのは心苦しい。自分が責任を一身に引き受けているからだ。「あきらめるのはまだ早いですよ、叔父さん。気がつくとすっかりよくなって、会衆に説教をしているかもしれません」

ホーズはわずかに微笑んでみせた。「そうだろうか」苦しそうに言った。

「だれか会いたい人はいますか」

ホーズはなんとか視線をあげた。「いない。だれもいないよ。きみのお父さんがいちばん近い血縁だ。もしわたしが死んだら、この屋敷はお父さんが相続し、いずれはきみのものになるだろう」目を大きく見開いた。「そのときはここをどうするつもりだ」

ここをどうする？　この数日間、ターングラス館について奇妙な考えがいくつも頭を駆けめぐったが、自分が相続することなど考えもしなかった。さて、どうしたものか。資金不足で行きづまった自分の研究のことが真っ先に浮かんだ。どうにかして父を説得し、早めに相続できないだろうか。何しろ、父はこの屋敷を忌みきらっている。すぐに売却すれば、報酬をもらえる仕事をさがしまわったり補助金に頼ったりしなくても、研究を再開できるだろう。時間も労力もすべて研究に注ぎこめる！

「コレラ治療の研究に役立てたいと思います」シメオンは言った。いささか誇張した物言いなのはわかっているが、自分の死が世に役立つと思えば、ホーズの心も慰められるだろう。

「それはいい考えだ。すばらしい。だが、ひとつだけ条件がある」

「なんでしょうか」

「わたしが死んだら、義妹を頼む」シメオンは奥のガラスの監房を鋭く一瞥した。「本人のためだ。もし解放などしたら、たちまち捕らえられて精神科へ送られるだろう」

シメオンはフローレンスの看守役などおことわりだった。しかし考えてみれば、ホーズの言うとおり、ベドラムへ送られることはじゅうぶんありうる。そのときが来たら、フローレスをできるかぎり公正に扱おう、と思った。その場合は、一定期間本人を観察して、最善の治療や措置を探ることになる。幸運に恵まれれば、フローレンスは自由を取りもどせるかもしれない。シメオンはホーズに約束を守ることを誓った。

だが、図書室に来たのは、そもそもホーズに伝えたいことがあったからだった。これ以上は引き延ばせない。「お知らせしなくてはならないことがあります」

「なんだね」

「泥地で男の死体を見つけました」

ホーズは驚きでわずかに顔を起こした。「そうか、気の毒に。だれだ」

「名前はジョン・ホワイトだそうです」

「ジョン・ホワイト？　ああ、地元の若者だ。そんなことがあったのか。かわいそうに。ときどき起こる事故なんだよ。地元の住民すら犠牲になることがある。かわいそうにな」天を見あげ、小声で祈りながら黙禱を捧げる。「手続きにわたしの助けが必要かな」朦朧（もうろう）としながらも、ホーズはかすれた声で言った。

叔父はもうすぐなんの手助けもできなくなるだろう。「わたしが進めておきます。ケインに手伝ってもらって」

ホワイトの亡骸はそれまでこの屋敷に留め置くことになる。ケインに頼んで死体を厩舎へ移すつもりだ。居間のテーブルにいつまでも死体を置いておくことを、タバーズ夫人が許すはずがない。

死体の身元がわかったので、シメオンはすぐにジョン・ホワイトのいとこのチャーリーと話したいと思った。ホーズがマーシー島で屈指の悪党と評した若者だ。ホーズから当分まともな返答が得られそうにないので、シメオンはケインからホワイトの家の場所を聞き出した。チャーリーと話したあとで、ホーズがもうひとりの怪しい人物として名指したメアリー・フェンの家も訪ねるつもりだった。生まれたばかりの女児が五人つづけて死んだという。ホーズが言ったとおり、新たなわが子を養えずに毒を盛った貧しい母親は、その女がはじめてではあるまい。悪臭のする街には乳児院もあって、望まぬ出産をした女性が養育費を一括で支払ってわが子を託しているが、けっして評判はよくない。ブリクストンのマーガレット・ウォーターズが、世話を引き受けた数多くの子供に毒を飲ませたとして逮捕され、サリー州刑務所で絞首刑に処せられたことは、まだ人々の記憶に新しい。

ホワイトの家は村はずれにあった。牧歌的な美しい家で、ドアのまわりをフジが伝い、窓枠は緑に塗られている。しかし、なんとも名状しがたいが、この家からはどことなく怪しげなものが感じられ、フジの根が腐ってでもいるかのようだった。

タバーズ夫人によると、チャーリー・ホワイトは親族から最近この家を相続して、ひとりで暮らしているという。ホワイトがドアをあけて顔を見せたとたん、シメオンはこの家の美しい外観は死去した親族の女性の手によるもので、この状態は長く保てないと確信した。ホワイトは若くて美形だった。目鼻立ちが整い、顎はがっしりして顔の色つやもいいが、それでもシメオンは、家そのものに感じたのと同じ、どこか不穏な印象をいだかずにはいられなかった。

「チャーリー・ホワイトさん？」

「わざわざ訪ねてきたんだろ。おれがだれか、わかってんじゃねえのか」一語一語に棘がある。

シメオンは仕事柄、こうした攻撃的な物言いをする相手と頻繁に接していたので、気にも留めなかった。

「たしかにそのとおりだ」

「あんたがだれかは知ってるよ」

「それはよかった。ホーズ博士が……」

「ホーズ博士ね」ホワイトはせせら笑った。

「そう。病気なんだ」

「神にでも祈らせときゃいい」

「ああ、そうしているだろう。博士は自分の病気について、きみが何か知っているかもしれないと思っている」

「なんだと？」ホワイトは低くしゃがれた声で笑った。「おれは何も知らねえよ」こちらに身を乗り出す。「けど、あそこの住人の願望なら知ってるぜ」笑い声がやんだ。「何がほしくて、何をしてるかを」

わかりにくいことばの裏に隠された意味があるように感じた。「どういう意味かな」

ホワイトはひと呼吸置いてから言った。「あの女に訊けよ。あのいかれた女が司祭の弟を殺したんだ。何か知ってるとしたら、あの女しかいねえさ。なんせ亭主をやったんだぞ。あんたらはホワイト家の人間には正義なんて必要ないと思ってる。まあ、そんなもんをよこされても、すぐに食らっちまうけどな」唇を吸うような音を立て、ドアを閉めようとした。シメオンはドアを手で強く押さえた。

「きみのいとこが死体で発見された」

「いとこ？」

「ジョンだ。行方不明だっただろう」

ホワイトは目を険しくした。「ああ。どこで見つかったんだ」

「干潟で。ターングラス館に運んである」

ホワイトは小ばかにしたように息を吐いた。「あそこに運ぶしかねえだろ」それからシメオンの手を乱暴に払い、ドアを閉めた。

シメオンはホワイトの言ったことについて考えた。たしかに一連の奇妙な出来事はターングラス館を起点として起こっている。邪悪で不吉な家だという父のことばが、ますます真実味を増してきた。もう一軒の家へ向かうあいだに、歩きながら頭を整理しようと思った。

メアリー・フェンの家は小さくて均整がとれていた。玄関にシメオンが現れたのを見て、メアリーは驚きで目をしばたたき、それから家のなかへ招き入れた。来客などめったにないにちがいない。身なりのよい訪問者となればなおさらだ。夫は金属加工の職人か何からしく、作業台の向こうからシメオンを一瞥したが、なんの関心も示さずにすぐ作業にもどった。

シメオンは室内を見まわした。なかなかきれいなしつらえの部屋だ。質素な家具がいくつか置かれ、板張りの床に目の粗い絨毯が敷いてある。「フェンさん」メアリーがまた激しくまばたきをする。

「わたしは医師のリーです。オリヴァー・ホーズ司祭を診ています。二日前、屋敷の外にいるわたしたちを、ストルードから見ていらっしゃいましたね」シメオンは返事を待った。激しいまばたきが繰り返されるだけだった。「なぜあんなことを？」

「特に意味はなかったんです。ほんとに」

「では、なぜ？」

メアリーはかぼそい声で答えた。「司祭さまはあたしらをきらっておられます」

シメオンはメアリーの夫が金属の粉末を少し木皿に入れ、ほかの物質と混ぜ合わせるのを見ていた。小さなガラスのスプーンで混合物をすくう。「なぜそう思うんですか」

「なんとなく」メアリーは怯えたように答えた。

ホーズを楽しそうにあざ笑っていたチャーリー・ホワイトと比べて、あまり多くを聞き出せそうもない。「ホーズ博士が体調を崩していらっしゃることは知っていましたか」

「そんな話を聞きました」

「どんな話ですか」

「ただ具合が悪いとしか」

「病気になったいきさつを知っていますか」

「いえ」

「あの家のことを何か知っていますか」

「あたしは何も」

シメオンは話題を変え、ジョン・ホワイトを知っているかと尋ねた。まばたきがいっそう激しくなった。もちろん知ってるけど、友達じゃありません。では、いとこのチャーリーは？　付き合いがありません。質問はつづいた。

「このあたりの人たちは司祭館での出来事について話したりしますか」

「噂は……聞きます」夫がテーブル上の箱に並んだ鋼のナイフの柄に混合物を塗りはじめる。シメオンはその作業で気が散った。

「どんな噂を？」

「ええと、なんて名前でしたっけ、あの女の人……」

シメオンはすぐに察した。「フローレンス」作業台の男の動きがどうも気にかかる。

「そう、その人。だんなさんを殺したって」あの男は鋼に何を塗っているのか。

「そのことは公文書に載っています。わたしが知りたいのは……ちょっと待って！」シメオンは立ちあがり、作業台のほうへ向かった。仕事を中断させられ、メアリーの夫が驚いて顔をあげる。「そのナイフですが」シメオンは刃物を指さした。「銀鍍金を施しているんですか」夫は妻と同じように激しくまばたきをする。夫婦共通の癖なのだろう。シメオンはかぶりを振った。信じがたいことだが、この夫婦の不運の原因は悲しくも単純なものだったのか。シメオンは加工職人の肩に手を置いた。

「娘さんを何人も亡くしたそうですね」やさしい声で言った。目の前の男は深いため息を漏らす。

「おふたりは……赤ん坊に毒を盛ったと疑われてきましたね」咎を責めて傷をえぐるのは気が進まないが、避けて通ることもできない。

「そんなことを言う人も——」

「残念なことです。ただ、あなたはたしかに赤ん坊に毒を与えていたんです」シメオンは未加工のナイフの一本を手にとった。「あなたが加工に使っているのは」ナイフで木皿の側面を軽く叩く。「銀と水銀を混ぜたものですね」

「はい」

「しかし、銀粉は無害だが、水銀は——」

「赤ちゃんがぜったいさわらないように気をつけてました！」メアリーが言った。

シメオンは同情をこめて柔らかい声で言った。「そのとおりでしょうが、水銀は厄介な金属で、形状がたやすく変わるんです。気化して空中に漂い、人が吸いこむ可能性があることもいまはわかっています」メアリーを見て言う。「お気の毒ですが、あなたが妊娠中に吸った水銀が血液に溶けこんで、お腹の子に影響を与えたんでしょう。子宮から出てきたとき、すでに水銀中毒に冒されていたと考えられます」

「あの子たちは……」夫が口を開いたが、愕然としてことばを切った。

「ほんとうにお気の毒です。大人であれば、空中に漂う程度の毒なら吸っても耐えられますが、赤ん坊だとそうはいかない」シメオンは加工職人の肩に手をかけ、この事実で少しでも心が慰められることを願った。シメオンのことばは宙に浮いたままで、夫婦は声も出せずに顔を見合わせている。「またお子さんがほしいなら、どうすれば安全かを教えますよ」

どうやら、メアリー・フェンに対するホーズの疑念には根拠がなかったようだ。一方、チャーリー・ホワイトが邪悪な企てと無縁だとは言いきれない。


屋敷へもどると、ホーズは上体を起こし、書簡を胸に押しあててすわっていた。すぐそばにペンが落ちている。なんの書簡かをホーズは話そうとしなかった。「強壮剤を持ってきます」シメオンは脈を測ってから言った。自室へ行ってグラスに薬を注いだものの、効果はあまり期待していなかった。医学校で教わったのとはちがい、強壮剤を飲んで楽になるのは体ではなく心だといつも実感している。

数分後にもどったところ、ホーズは目を閉じて何やらひとりごとを言っていた。

「これを飲んでください、叔父さん」シメオンは言い、ホーズの口にタンブラーを押しあてた。

ホーズは急に目を覚ました。グラスをほうり投げて、粉々に割った。

「ちくしょう！　だれかがわたしに毒を盛っている！」ホーズは叫んだ。「わたしは殺されかけている。あの女にちがいない！」両腕を空中でばたつかせる。シメオンはそれを押さえようと苦闘した――ついさっきまで衰弱しきっていた人間とは思えない力だ。瀕死の虎を連想した。

「あの人はあなたに近づくことすらできません」シメオンは言った。「一年以上前から、ガラスの壁の向こうに閉じこめられているんですよ。仮にあなたが毒を盛られているとしても、犯人は別のだれかです」

「だったらそいつを見つけろ！」ホーズは怒鳴った。「見つけるんだ！　このまま主のもとへ行くわけにはいかない」聞きとれない声で何かをつぶやく。それからまた大声でわめいた。「わたしが死んでも、あの女を外へ出すんじゃないぞ。判事から監禁を解いてはならないと言われている。さもないと病院送りだと。外へ出さないと約束しろ。ワトキンズと当局のあいだで話がまとまるまでは」

「叔父さん――」

「誓ってくれ」

「誓う？」

「ああ。判事との取り決めを無視して解放などしたら、どういう結果を招くか考えてみろ」

誓いを強いられるのは気に食わなかったが、シメオンは折れた。適正な手続きを踏まえるべきだというホーズの主張はもっともで、それを無視すれば、自分はその後の決定にまったくかかわれなくなるだろう。

「誓います」

「よかった。これを頼む。送ってもらいたい」ホーズは書簡をシメオンの手に握らせた。「読んでもかまわない」

それは主教宛の書簡だった。

主教閣下

私事（わたくしごと）でお手紙を差しあげる無礼をお許しください。わたしは不浄なる犯罪の標的にされております。正体不明の人物が忌まわしい毒物を用いてわたしを亡き者にしようと企んでいるのです。

そう、毒物です。まちがいはございません。どうか調査官を派遣して、悪魔の正体を突き止めていただきたく存じます。長らくわたしの庇護のもとにあった女性が、まさにその関係ゆえに、わたしに対して激しい憎しみをいだいております。その女性を精神科病院へ送りたくない一心から後見人の役を引き受けたにもかかわらず、彼女が奸計をめぐらしているとわたしは信じて疑いません。仮にその女性ではないとしたら、使用人や村人のなかに、わたしへの憎しみをひそかに募らせている者がかならずおります。甥のシメオン・リー医師に、わたしの死を望んでいるにちがいない者たちの身元を伝えました。

閣下をお手本にして、わたしは教会の慎ましき僕(しもべ)でありつづけます。

オリヴァー・ホーズ神学博士

「わたしにこれを送れと？」シメオンはたじろいで尋ねた。

「ああ。それから警官を呼んでこい。何人かに尋問を受けさせるんだ。口を割らなかったら、重苛酷拷問(ペイン・フォルト・エ・デュール)を加えればいい」

拷問だと？　いまは十四世紀ではない。「そんなことをする根拠は薄いと思いますよ」

「いや、根拠はある。とにかく書簡を送るように」

タバーズ夫人がはいってきた。「何かが壊れる音が聞こえましたので」不安げに言う。

ホーズはソファーの端から身を乗り出して嘔吐した。タバーズ夫人が駆け寄り、エプロンのポケットから布を取り出して拭くと、ホーズは生気を取りもどし、目をぎらつかせた。

「わかりました、叔父さん」シメオンは言った。指示にはまったく納得できないが、議論している余裕はない。これほどの強迫観念の裏にいったい何があるのか――死に瀕した人間の脳が常軌を逸した反応を示し、ときに妄想を生み出すのは珍しいことではない。だが、ホーズの体調不良の裏にほんとうに何者かがいるとしても、それはフローレンスではありえない。いつも同じ場所にいるのだから。

とはいえ、こうなると、毒物の可能性も否定できなくなった。感染症だとしたら、これまで見たこともない種類のものだし、ホーズと接触しただれにも症状が出ていない。内臓の損傷や疾患の可能性もあるが、解剖してみないとわからない。「タバーズさん、今夜はここに泊まってもらえないだろうか。二十四時間の見守りが必要になりそうだ」

「もちろん承ります」

「ティロンだ！」ホーズが叫んだ。「ティロンを連れてこい。あの男なら、わたしをこんな目に遭わせた犯人を見つけるだろう」四角い眼鏡を顔からむしりとり、熱くてたまらないかのように投げ捨てる。

「ティロンとは？」シメオンは困惑し、タバーズ夫人に尋ねた。はじめて聞く名前だが、死の床にある人間はただの顔見知り程度の相手に会いたいとは思うまい。

「わかりません」タバーズ夫人は掃除にしか関心がないようだった。

シメオンは身をかがめてホーズに顔を寄せた。「ティロンというのはだれでしょう。大切な人ですか？　その人が……毒を盛った犯人を知っていると？」

「あいつが見つけると言ったろう！」

「では、居場所を教えてください」だが、ホーズは目を大きく見開くばかりで、背中をソファーに預けてまぶたをきつく閉じた。またすべての力が抜けたかのように、胸が大きく沈む。驚くべき光景だった。

「ホーズ夫人なら知っているだろうか」シメオンはタバーズ夫人に訊いた。

「さあ、どうでしょう」

シメオンはフローレンスの監房の冷たい壁の前に立った。無意識のうちに、反射するガラスへ手を伸ばした。

それを待っていたかのように、フローレンスが私室部分から出てきて、視線をこちらへ向けた。その目は以前よりも深みを帯び、力強さを増している。まるで本来の自分にもどりつつあるかのようだ。

「ホーズ博士のいまの状態をご存じですか」

フローレンスは微笑んだが、何も言わなかった。このような反応は予想できた。しかし、これは何かを隠しているということなのか、それとも、ほんとうに知らないのか。どちらかわからない。

シメオンは質問を変えた。「ティロンとはだれです？　ホーズ博士が会いたがっているんですが」

ガラスの向こうの女は顔を少しあげて喉を伸ばし、小さく笑った。長く美しい首の線が見える。それからこちらに背中を向け、緑のシルクのドレスがこすれ合うかすかな音を立てて、奥の私室へもどっていった。

8

「お願いします、先生！　早く来て！」

　シメオンは体を揺さぶられ、不快な気分で目を覚ました。夜が明けてすぐの薄青い光のなか、タバーズ夫人の顔が見えた。

「タバー――」

「ホーズ博士が亡くなりそうです！」

　シメオンはふらつきながらベッドを出て、寝間着の上に何もはおらずに、医療用具のはいった鞄をつかんだ。

　図書室の壁にガス灯がともっていたが、明かりは弱く、室内は黄色い光にぼんやり照らされている。ひと目見ただけで、自分の患者が生死の境をさまよっているのがわかった。

「叔父さん！　ホーズ博士！」シメオンは大声で呼びかけた。灰色のひげが残った頬を叩く。「起きてください！」まぶたをめくり、タバーズ夫人の掲げたランプの光に瞳孔が反応するかを確認した。反応がない。鼻の下に炭酸アンモニウムを置いたあと、肺へ空気を吹きこみ、胸を強く押して鼓動を取りもどそうとした。

　だが、どうにもならなかった。教科書どおりの処置をしたところで、患者が絶命しているのは明らかだった。唇から血色が失われ、手首にも首にも脈動がない。もはやホーズは音を発することも怒りを爆発させることもない。

シメオンの力ない指示を受け、タバーズ夫人がマーシー島の田舎家までケインを呼びにいった。シメオンは肘掛け椅子にどさりと体を沈めた。急に強い憤りがこみあげ、八角形のテーブルに載った医療用具を払い落とした。とりどりの舌圧子、役立たずの聴診器、不発だった強壮剤の重い瓶が、いっせいに床に転がった。

つまり、いまこの屋敷にはふたりの死者がいるわけだ。目の前には、本来ならきょうは日曜日の礼拝で話しているはずだった司祭がいて、外の厩舎には、引きずりこまれたぬかるみに劣らず冷たくなったジョン・ホワイトがいる。ターングラス館は遺体安置所と化した。

「悲しまないで、シメオン」

部屋に声が響いた。あらゆる方向から同時に聞こえた気がする。入り江の暗い水とアマモのなかを漂うような、低く冷たく響く声だ。ついに聞くことができた。

「フローレンス」シメオンは相手ではなく、自分に対して言った。暗いガラスをじっと見る。その奥は見えないが、彼女がいるのはわかっていた。

そして、また声が響いた。「その人はずっと、天国へ引きあげられるのを夢見ていた。そしていま……」

フローレンスがオイルランプをともし、闇に火花が散った。奥の空間に柔らかな光が満たされ、粗い影が床に伸びる。シメオンは立ちあがって近づいた。自分の姿が映るのが二度見えた——一度目はガラスに、二度目はフローレンスの瞳に。

「話す気がないものだと思っていました」

「でも、こうして話してる」その声には、名士の娘らしい上品さの下に、この地方の訛りがたしかに宿っていた。穏やかな水面の下で力強く動く海藻だ。

シメオンはソファーの上の遺体をちらりと見た。「司祭が亡くなったからですか」

長く重い沈黙があった。「ええ。その人が亡くなったから、わたしは声を取りもどした」

「死因を知っているんですか」

フローレンスは愉快そうに首をかしげた。「あなたは医者よね」話をはぐらかして楽しんでいる。

「何か思いあたることは？」

「ここにいて？」フローレンスは手をひらりとさせた。「こんなところにいるわたしに、思いあたることなどあるはずがないでしょう？」

それがほんとうなのかどうか、シメオンは迷っていた。「じゃあ、なぜいまになって話す気になったんですか」

フローレンスは腰をおろし、オイルランプの炎を見つめた。「そうしたかったから。自分の声を聞きたくなったのよ」

「あなたを助けたいと思っています、フローレンス」

「あなたはオリヴァーを助けるために来たのよ、シメオン。だけど、うまくいかなかった」薄笑いを浮かべる。

「わたしの医学の知識ではこれが限界でした」

「ええ、そうね。ふたりの医師がわたしを診察して、この仕切りのなかに閉じこめた」フローレンスは身を乗り出し、ランプをガラスに軽く打ちつけた。「知識のある人たちがね。豊富な経験に基づいて、わたしをここに閉じこめるのがいちばんいいと判断したの。わたし自身やそのふたりやほかの人たちを危険にさらさないために」

タバーズ夫人はまだだろうか、とシメオンは思った。ケインの家はどれくらい遠く、あのふたりはいつここにもどるのか。

「その医師たちも最善を尽くしたはずです。人間にできることは——教室で学びきれませんから」

フローレンスは死んだ司祭を一瞥した。「ええ、まったく同感よ。人はときに信じられないことをする。わたしがしたことも、この忌まわしい土地に住む人たちがしたことも。そんなことになるなんて、夢にも思わなかった。ほんの少しも」

シメオンは眉をひそめた。相手はあまりにも多くのことを隠している。「なんの話ですか。フローレンス、何か知っているなら教えてください」反応がない。「ティロンとはだれです？」シメオンは訊いた。「ホーズ博士がここに呼びたがっていました」

「でしょうね」

「じゃあ、知っているんですね」

「会ったことならある」

「どこにいるんですか。ホーズ博士は、その人が毒を盛った犯人を見つけるだろうと言っていました」わかったところで、もはや治療の役には立たないが、裁判と刑罰には間に合う。

フローレンスは藍色の寝椅子に深くすわりなおした。「二度と会いたくない。あの人がわたしに何をしたかを知ったら、あなたもそう思うはず」

シメオンは一瞬ためらったが、ここで引きさがるわけにはいかなかった。「どこにいるかご存じですか」

「ええ」

「なら、ぜひ教えてください」

フローレンスは返事の代わりに、静かで物悲しい讃美歌を口ずさみはじめた。〝**日暮れて　四方(よも)は暗く　わが魂(たま)は　いとさびし　寄る辺(よるべ)なき　身の頼る　主よ　ともに宿りませ**〟

シメオンは途方に暮れた。からかわれている気もする。どうすれば聞き出すことができるのか。「ホーズ博士はあなたによくしてくださったはずです。おかげであなたはベドラムへ送られずにすんだ」

「そこがわたしの行くべき場所だと思ったことは?」

シメオンは驚いたが、本心からのことばだろうと確信した。ホーズの死後すぐに自由にしてくれと言わなかったのも、これである程度説明がつく。「あなたは自分が何を言っているかわかっていない」

「どういうこと?」

「わたしはあのおぞましい病院へ行ったことがあります。そこで何が起こっているか、あなたには想像もできないでしょう」相手がゲームを仕掛けていることに、シメオンは苛立ってきた。

「ご教示くださる?」

「ご教示だと?」一気に怒りがこみあげた。「ああ、いいとも、教えてさしあげましょう。床掃除用の硫酸を飲んで命を絶った男を何人も見ました。その断末魔の叫びがどんなふうだったか、知りたいですか?」返事を待たずにつづける。「出産した女性が、ここから出してくれと懇願して、監視の男たちにわが子を差し出すのも何度も見ましたよ。あんな場所へだれかを引き渡すぐらいなら、路上で物乞いをするほうがまだいい。だからあなたであれ、ほかのだれであれ、あんな目に遭わせたくない」

シメオンは部屋をゆっくり歩きまわったあと、ホーズの屍の前に立った。助けられなかったからこそ、せめて死因はなんとしても突き止めたかった。医学校で受けた講義の数々を思い出す。ひとりの年配の教授が、やる気に満ちた若い学生に、原因を探るときは〝環境に注目する〟ことが大切だと説いていた。いまの環境のなかに、何か見落としているものがあるのだろうか。ホーズは再三再四、自分が毒を盛られていると訴えていた。仮にそれが事実だとして、人の手によるものではなかったら? 毒素はたやすく家のなかへはいりこむ――壁紙に含まれた砒素や、ナイフの柄に塗られた水銀などがその例だ。

シメオンは部屋の隅々を探りはじめた。

ガラスの箱から笑い声が響くなか、椅子を逆さにし、本棚から本を出し、絨毯を剝がした。

「何をさがしてるの？」フローレンスがあざけるように言った。

「あなたの義兄の命を奪ったものを」

「インド絨毯をめくっても、どうにもならないでしょうね」


三十分後、シメオンは痛む腰をさすった。何もない。秘密を隠しているのはこの家だろうか。それともホーズ本人だろうか。鍵つきの書記机が目に留まった。

ホーズがポケットから小さな鉄の鍵を取り出すのを、前に見たことがある。そう、いまならあけても問題はあるまい。ホーズのズボンのポケットから鍵を抜きとり、机の錠に差しこんでまわした。前面のパネルが手前に倒れると、たくさんの抽斗が現れ、中にインクなどの各種筆記用具がはいっていた。実に立派な家具だ。整理棚には、小鳥や果物や武器がかたどられた真鍮の装飾が施されている。並んだ抽斗を支える天板には、輝く北極星のもとで王冠を戴いて眠る男のレリーフが彫りこまれ、その下に男の名前――〝アーサー王〟――が鮮やかに記されている。しかし、これを作った職人のみごとな腕前もシメオンにとってはなんの意味もなく、手がかりが見つかるという望みは打ち砕かれた。

何か有毒なものはないかと室内の捜索を再開したが、そのあいだずっと、ガラスの向こうからフローレンスが見守っているのを感じていた。壁紙や椅子の革や絨毯をもう一度調べたものの、取り立てて怪しいものは見つからない。

そのとき、また書記机に目が留まった。天板のレリーフがどうも気になってならない。眠りに就いたアーサー王。どんな子供も知っている伝説だ。アーサー王は死んだのではなく、アヴァロン島で眠っている。人目につかない隠れた島だ。

シメオンはホーズの椅子から立ちあがって書記机の天板を調べ、指の関節で軽く叩いた。そう、この響き方！　この下には空洞がある。書記机に空洞があるなら、それは秘密の隠し場所にほかならない。

だが、天板を持ちあげようと一時間近く試行錯誤したものの、思いどおりに事は運ばなかった。こうなったら机を叩き壊すしかないと、手斧をさがしに厩舎へ行こうとしたそのとき、華やかな真鍮の装飾の表面に指がふれた。ボタンが隠されているかもしれない。押したり引いたりしているうちに、シメオンは偶然、ふたつの小さな像を同時に押した。

カチリという音がして、天板が倒れた。

声が背中を這いあがってきた。「うまくいったのね、シメオン」

どうやら、司祭はほんとうに秘密をかかえていたらしい。空洞の隠し場所にあるものを見て、シメオンは衝撃を受けた。それは吸引の道具だった。長くてまっすぐな象牙とテラコッタのパイプが、四角いテラコッタの皿に差しこまれている。シメオンは同じようなパイプを見たことがあったので、これがどういうものかを知っていた。それにしても、このパイプはみごとだ——からみ合う花の繊細な彫刻が象牙に施され、醜悪な道具を優美な逸品に変えている。

「ああ、すごいのね、シメオン」

「感謝しますよ、フローレンス」相手のことばからにじみ出る皮肉に負けないよう、シメオンも皮肉をこめて言った。

「ご褒美をあげなくちゃね」

シメオンはパイプから目をあげた。「どういうことですか」

「ある意味で、それにぴったり合いそうなものがあるのよ」

「あなたが読みかけてるあの本」

フローレンスは寝椅子に横たわったまま、いちばん高い本棚を指さした。

「教えてください」

シメオンは赤い革装丁に金の文字で『黄金の地』と記された奇妙な中編小説を思い出した。作者はO・トゥックで、一九三九年に母親をさがして大西洋を渡る男の物語だ。この前、フローレンスはその本について説明するのに、ひとことも発さずに〝予感〟という単語を丸で囲って見せてきた。シメオンは時空を飛び越えるその風変わりな物語をためらいもなく本棚にもどしていたが、その本をいまフローレンスが指で示している。

「あの本がどうしたんですか」

「読み終えるのが早すぎたのよ」

「どういうことですか」シメオンは本を棚から抜き出し、真ん中あたりまでめくった。


ニューヨーク行きの船は一週間先までなかった。わたしは海岸沿いのバーにかよい、どこかの船が忽然(こつぜん)と現れてすぐに乗せてくれるのを待った。来る日も来る日も、指先でテーブルを叩きながら水平線に目を凝らし、毎朝、思いがけぬ幸運に恵まれることを期待して港長事務所に問い合わせた。むろん、そんな幸運は訪れなかった。結局、もともと予定していた〈フローティング・シティ〉に乗るしかなかった。それは千人以上の乗客を収容する大きな船で、亜鉛で覆われた巨大なスキー板で波を切って進んでいく。

ほかの乗客と交流する気はなかった。殺人犯が犠牲者の亡霊と交流しないのと大差はない。なるべく自分の寝台にとどまり、客室の外へ出るのは食事のときと散歩のときだけだった。筋肉が衰えないよう、甲板を一時間ばかり歩きまわるのを日課にしていた。他人と口をきく機会を最小限にしたいので、歩くのは日が暮れてからだった。もっとも、その心配はなかった――わたしの不機嫌そのものの表情を見て、だれも近づこうとしなかったからだ。空の列車でカリフォルニアへ飛んで、悪魔と対峙するのが待ちきれなかった。

「もっと先よ」フローレンスが言った。

シメオンは物語の最後までページをめくった。話は本の真ん中で終わっていて、その先のページは空白だった。

そこにあの男がいた。わたしもいた。互いのあいだにあるのは、熱した石炭のように燃え盛る憎しみだけだった。全能の神に感謝の祈りを捧げながら、相手のあばらにナイフを突き立ててやりたかった。その男は愛と忠義を誓っていたものの、わたしに罵声を浴びせながら同じことをするかもしれない。問題は、計画を立てて実行に移す胆力があるのはどちらかということだ。結局、それはわたしだった。

「この先は白紙ですが」

「そう？　ひっくり返してみて」フローレンスは手ぶりで促した。

シメオンは本をひっくり返した。赤い革装丁の裏表紙にはなんの文字もない。だが、そちら側から開いてみたところ、標題紙が現れた。青いインクの達筆な文字で、まったく異なる書名が記されている。

オリヴァー・ホーズ神学博士の日記

「なぜいままでだまっていたんですか」シメオンは怒りをあらわにした。「司祭の病気の原因を調べるうえで、重要な手がかりになったかもしれないのに」

「だからだまってたのかも」

不快なあてこすりだった。「でも、いったいなぜ本の後ろに書いたのか」

「人の目から隠すのに最適だからよ」フローレンスの言うとおりだった。教えられなければ、一世紀経っても気づかなかっただろう。

「日記か」シメオンはつぶやいた。

「あの人は夜になると、わたしにそれを読み聞かせてたの。わたしを楽しませるために」そのことばが悪臭を放ってでもいるかのように、フローレンスは鼻で笑いながら言った。「あなたがその本を見つけた夜も、わたしに読んで聞かせていたのよ。そしてこんどはあなたが読む番になった。どうぞゆっくり」そう言い残し、奥の私室部分へ消えた。

シメオンはホーズの書いた文章にざっと目を通した。祈りに費やす日々のささやかな出来事や、教会の運営に関する記録が大半を占めていた。しかしそのなかに、目を惹く記述がいくつかあった。

一八七九年四月十六日
本日、とても興味深い論文を受けとった。アングリカン・コミュニオン通信協会から届いたもので、古い〝罪食い〟の儀式について書かれていた。この儀式はかつてイングランド東部で広くおこなわれ、いまも一部の地域に残っている。一般に、身分の高い人物の葬儀には、貧しい男女が金銭と引き換えに参列する。小さなケーキを焼いて死者の体の上に置き、それを〝罪食い人〟の男女が食べる。そうすることによって、罪食い人は死者の罪を引き受け、審判の日には死者に代わって裁きを受けることになる。罪食い人は神の敵に劣らぬ悪を体内に蓄えるので、隣人たちから忌み嫌われている。おのれの肉体を長らえるために、永遠の魂を差し出したというわけだ。哀れな取引である。

一八七九年四月十九日
ジェイムズのことが心配でならない。また賭博に手を出している。ロンドンへ行っていかがわしいクラブ――あるいはもっと忌むべき場所――に入り浸り、父が遺した財産を浪費している。いくら負けたのかをわたしに言おうとしないが――負けたに決まっている。賭博でいったいだれが勝つというのか――きっと莫大な額だろう。きょうの午後、暖炉で書簡を燃やしているのを見た。封書の上部に見えた紋章は、ジェイムズが口座を持っているウェストミンスター銀行のものだったと思う。弟のために祈るほかない。

一八七九年五月三日
ひどく心が騒ぐ。いまは明け方の三時で、ジェイムズは三十分前に帰ってきた。雨が降っていないのに、ジェイムズのズボンはびしょ濡れで、海水のにおいがした。海にはいっていたにちがいない。このあたりの海に深夜はいるのはなぜか。理由はひとつしかない。

わたしはジェイムズを問いつめた。

「心配しないで、兄さん」ジェイムズはこうしたときにいつも使う子供っぽい口調で言った。

「おまえのことが心配でたまらない。おまえの肉体も、永遠の魂もだ」

「ああ、そうか。でも魂については、ひとつ言いたいことがある」それを聞いたわたしが恐れをいだいたのを認めよう。わたしには予感があり、ジェイムズが何を言おうとしているかがわかっていた。せめて口には出さず、自分の胸に秘めていてもらいたかった。「兄さんの言う天国、兄さんの言う神。

全部戯言（たわごと）なのがわからないか？　人間は生き、人間は死ぬ。それだけだ。それがすべてなんだよ！　死んだら石ころと同じだ」

　わたしはずっと、ジェイムズが無神論者ではないかと察していた。それでも、本人の口から聞かされると体が凍りついた。主はむろん、ジェイムズの心をお見通しなのだから、ことばに出そうと出すまいと罪深いことに変わりはない。しかし、なんと傲慢なことか！

「だったら肉体はどうなんだ！」わたしは鋭く言った。「神の法は無視できても、国家の法はないがしろにできまい？」

「老いぼれワトキンズや収税吏のことか。あいつらは何もできないさ」

「見つかったらどうなる？　おまえが取引している商品だかなんだかが見つかったら？」

「委託販売品だよ。おれたちは委託販売品と呼んでる。そうだな、もし収税吏に出くわしたら――時間と場所にはじゅうぶん気をつけてるから、そんなことはありえないが――そのときはこいつがある」ジェイムズは上着の前を開いた。ベルトに装弾ずみの拳銃が差してあった。わたしは即座に、そんなものを家に持ちこむなと強い口調で言った。「どうして？　おれが兄さんを撃つとでも？」

「殺人の話を冗談でするな」わたしはきびしく言った。怒りを覚えていた。そのこと自体が重い罪だが、今回ばかりはわたしに理があろう。

　ジェイムズは薄笑いを浮かべ、階段をのぼって自室へ向かった。今夜はもうこれ以上、ジェイムズの声を聞きたくなかった。しかし机に向かってこの日記を書いているいま、上階の部屋から音が響く。いやでも耳にはいる大きな音だ。何かがきしむ音、笑い声。肉の営みの音。彼女の声も聞こえる。

一八七九年五月五日

　椅子にすわって日記を書こうとしたまさにそのとき、ほろ酔いのジェイムズがおぼつかない足どりではいってきた。わたしはとっさに本を閉じてひっくり返し、未来を舞台にした奇妙な小説に見せかけようとした。どうにか間に合ったものの、ジェイムズはこちらの不審な動きに気づき、わたしの手から本をひったくった。「おや、兄さん、何を持ってるんだ」ジェイムズは笑った。椅子に腰をおろして読みはじめたので、わたしは仰天した。読んでいるあいだずっと、ジェイムズが本をひっくり返して日記を見つけるのではないかと気が気ではなかった。恥じるようなことはまったく書いていないが、人はおのれの内に思いをとどめておきたいものであり、だからこそわたしはこうしてひそかに記している。ふつうの日記帳に書いて鍵のかかる場所に隠しても、ジェイムズは鍵を見つけて盗み見をするに決まっている。そう、この聡明な手法はどんな鍵よりも確実にわたしの内面の告白を守ってくれる。ジェイムズは『黄金の地』を三時間かけて読みきったが、本の後ろのページに綴られた日記にはまったく気づかず、わたしはこの手立てが有効だと確信した。本を読み終えたとき、ジェイムズの酔いは少し醒めていた。「おれたちもこんなふうに、いつか空を飛べるんだろうか」本に出てくる空飛ぶ乗り物について言った。

「それが神の思し召しなら」

「ああ、そう、そう、なんでも〝神の思し召しなら〟だったね」いかにも小ばかにしている口調だ。

「この物語そのものはどう思うかな――復讐の物語だけど」

「復讐するはわれにあり（ローマ人への手紙第十二章第十九節）、と主は言われた」わたしは引用した。「つまり、われわれ罪人(つみびと)ではなく、神がなさることだ」

「いや、おれたちには自分を傷つけたやつに報復する権利があるさ。この本の主人公みたいにね」ジェイムズは本を振った。まるで『黄金の地』が申命記に劣らぬ強力な権威だとでも言いたげだ。「主人公は母親にまつわる真実を見つけようとして、さんざんひどい目に遭ったんだ。復讐に値するよ。それが当然の権利だって、おれはこの本から学んだ。本を読むのは物事について考えるためだろ？」

「それはただの娯楽本だ。わたしはもっと神聖な本に書かれたことを重んじる」

ジェイムズはあきれたように目をぐるりとまわし、そのさまがこちらをひどく苛立たせた。「だとしたら、いったいどういうつもりで聖書以外の本を読んでるんだ？　心はもう決まってるんだろ」

わたしはジェイムズに出ていくよう言った。それでも、深く考えずにはいられなかった。そう、この奇妙な中篇小説の著者が、虐げられた者には復讐の権利があると考えているのは明らかだ。では、復讐にまつわる聖書のことばには、どこまで解釈の幅が認められるだろう――たとえば、正当な復讐を実行するうえで、人間は神の道具になりうるのか。この赤い革表紙の本の著者――O・トゥック――は、暑いカリフォルニアの風景やガラスでできた家の描写にまぎれて、われわれに大きな問いを投げかけているのではあるまいか。それについてもっと深く考えなくてはならない。

午前中の出来事を記すつもりだったが、とるに足りないことに思えてきたので、やめることにする。

一八七九年五月九日
教区の仕事でコルチェスターへ行き、充実した時間を過ごす。主教から事務的なことで助言を求められたので、喜んで申しあげる。ひとりで食事をとり、八時ごろ帰宅。

一八七九年五月十日
教会で強欲に関する説教文を考える。ジェイムズの良心に響かせたいものだ。たとえ忌まわしい無神論者であっても、多少の道徳心は残っているはずだ。自分のことばが人々のもとへ飛翔するさまを想像しやすいので、わたしは説教壇で説教文を書くのを好む。きょうもそのようにしていたところ、身廊の後部座席に男がいるのに気づいた。祈るわけでもなく、ただ静かに坐している。そのときは特に気に留めなかったが、一時間近く経って顔をあげたとき、男はまだそこにいた。わたしは説教文にさらに取り組み、しばらくして最後のことばを書き終えたが、男はまだ会衆席にいた。二時間近く、じっと動かずにすわっていたのだ。

わたしは説教壇をおりて男に話しかけた。何しろ、マーシー島で住民以外の者を見かけることはめったにない。祈りもせずに二時間も教会に居すわる者となればなおさらだ。

「教区司祭のホーズ博士だが」

「お噂はよく聞いてますよ、司祭」男はどこか荒々しい声で言った。

「どんな噂かな」

「ああ、とてもいい噂です。いいことしか聞きませんよ。霊的な導きを与えてくれる人だって」

「いや、とんでもない！」お世辞にちがいないが、うぬぼれは堕落の第一歩なので、わたしはつねに気をつけている。

「いやいや、ほんとうです」男は言った。「信仰に生きる立派な人だって、つねづね聞いてますよ。だから、こうして訪ねてきたんだ」

「名前を教えてもらえるだろうか」

「おれの？」

「そうだ」

「ティロンです」

「アイルランドの県と同じの？」

「ええ、そのとおりです」

「子供のころに行ったことがあるよ」

「そうでしたか」

「わたしの父は軍を辞めたあと、公務に携わった。その関係で、三年間住んでいたのだよ。父は収税の仕事をしていた。あの地での日々はほんとうに楽しかった」

　会話がはずんだ。わたしたちは——何を聞いたか思い出せないが——ティロン氏の身の上や、聖職者のつとめについて話した。ティロンはわたしの仕事をことごとく高く評価した。

「さて」やがてティロンが言った。「そろそろ失礼しなきゃ」

「どちらまでお帰りかな」

「コルチェスターです」

「わたしに会うために、はるばるここまで？」わたしは少し驚いて尋ねた——まんざらでもなかったことは、神の御前で認めねばなるまい。

「はい」ティロンは立ちあがって帽子を手にとった。「足を運んだ甲斐がありましたよ」

一八七九年五月十二日
　ジェイムズとフローレンスが小声で話すのを偶然耳にした。いくつか聞きとれたことばから、ふたりが『黄金の地』について話しているのがわかり、驚きを覚えた。あまりに奇異に感じたが、忘れることにした。タバーズ夫人に同行し、コルチェスターまで日用品の買い物に出かける。あそこはまちがいなく盗人の街だ。寝室用のリネンがいまやばかげた価格に跳ねあがっている。

一八七九年五月十四日
　ジェイムズの勧めで、フローレンスが実に奇妙な絵を描いている。わたしがひそかな日記を綴っているのとまさに同じ本から着想を得た絵だ。
　その油絵の一枚が、どういうわけか玄関広間の暖炉の上に掛けられていた。父の代から飾られていたのどかな狩りの絵がはずされ、その絵が掛かっているのを見て、わたしは危うく倒れそうになった。

「くそっ、これはいったいどういうことだ」われを忘れて叫んだ。わたしは新鮮な空気を吸いに島を軽く散歩して帰ってきたところで、屋敷にはいるところをフローレンスが見ていたらしい。そして、異様としか呼びようのない笑い声をあげた。「お義兄(にい)さまがそんなことばを使うなんて、想像したこともありませんでした。どう、お気に召しました?」フローレンスは階段の上に立っていた。わたしは頬が赤らむのを感じながら、絵をじっと見つづけることしかできなかった。そこに描かれているのはフローレンスで――ひと目見ればだれでもわかる――背景は『黄金の地』の舞台になった場所にちがいない。ほぼガラスだけで造られた大きな屋敷が崖の上に建ち、その前にフローレンスがいる。強い日差しが降り注ぎ、いかにもカリフォルニアの情景らしい。イングランドよりインド諸島に気候が近いのだ。フローレンスが着ている服は体の線がすっかりあらわになるもので、このような姿は世話をするメイドぐらいしか目にしない。わたしは驚愕していた。

「好きでもきらいでもない」無作法にならないよう答えた。本人にとっては大切な絵だろうから、機嫌を損ねたくなかった。

シメオンはそこまで読み、思いをめぐらしながら日記を閉じた。階段をおりて油絵を見る。カリフォルニアの日光がたしかにガラスの壁に反射して、架空の屋敷全体がランタンのように輝いている。シメオンはしばらくその場に立っていた。時計が時を刻む音も聞こえなかった。この絵に描かれた風景は、なぜかドアの外にひろがる景色よりも現実めいて感じられる。いまにも自分が額縁のなかへはいって崖の上に立ち、姿を消した女性をさがす旅に出そうな気がする。

物思いから覚めると、シメオンは図書室へもどって椅子にすわり、もう一度日記を手にとった。ありふれた日常の出来事がつづいたあと、ありふれたとは言いがたい話が綴られていた。

一八七九年五月十七日
今夜はもう我慢できない。坐したまま、ジェイムズがどんな厄介事をわが家へ持ちこむかと気を揉んでいた。深夜まで蠟燭をともさずに自室にいたので、ジェイムズはわたしが眠っていると思うかもしれない。そのときジェイムズの足音が響き、わたしの部屋の外で止まった。わたしは息を殺した。床板のきしむ音が遠ざかり、ジェイムズが家を出ていったのがわかった。
わたしはまず、忍び足で階段をのぼってジェイムズの寝室へ行き、フローレンスがぐっすり眠っているのをたしかめた。数分後、わたし自身も急いで屋敷を出た。ジェイムズはランプを持っていったので、あとを追うのはたやすかった。
ストルードをひたすら進み、やがてハードに着いた。ジェイムズは海岸へおり、そこで待った。わたしは木の陰に隠れて監視をつづけた。すると、停泊中の舟から、七、八人の男がおりてきた。男たちはわたしに近づき、

そのとき、なんの前ぶれもなく、あたりが真っ暗になった。本も、それを押さえていた手もまったく見えない。壁のガス灯が消えたのだ。

医学書にあるとおり、人間の五感がひとつ失われても、不思議なことにほかの感覚がそれを補うものだ。何も見えないいま、聴覚が鋭敏になった。自分の鼓動が聞こえる――ふだんより速く強く打ち、逃げるか戦うかの事態に備えて、体じゅうに血液を送り出している。

だが、聞こえるのは自分の心臓の音だけではなかった。

「どうしたの、シメオン」フローレンスが闇の奥から冷ややかに訊いた。

「ガス灯が消えただけですよ」もちろん、それだけではないかもしれない。もしガスが漏れているのなら、中毒になるか、爆発が起こって建物がまるごと吹き飛ぶ危険もある。シメオンは立ちあがり、

出口と思われる方向へ手探りで歩きだした。けれども、木でできた何かにつまずいて転び、テーブルで頭を強く打った。シメオンはうずくまり、打撲の痛みが引くのを待った。そのとき、別の音がした。図書室のドアが開く音。そして足音だ。だれかがはいってくる。

「ケイン?」シメオンは呼びかけた。「タバーズさん?」正体はわからないが、相手は返事をせずにいきなりランプの蓋をあけ、シメオンの顔を照らして目をくらませた。「ガスが切れたのか?」シメオンは尋ねた。しかし、相手は何も言わない。そして室内をさっと照らし、書見台へ明かりを振り向けた。シメオンはまだ目がよく見えず、相手が無言を貫いていることに腹が立ってきた。「ガスが切れたのかと訊いたんだよ」

つぎの瞬間、ランプが消え、部屋はふたたび完全な闇に包まれた。ランプを持った何者かが室内を歩きはじめた。シメオンはよろめきながら、なんとか立ちあがった。

「ケイン、何か言ってくれ」

返事はなく、ぎこちなく部屋を歩く音だけが聞こえる。ほんの数インチ先でまたランプに火がつき、シメオンは目に鋭い痛みを感じて後ろへよろけた。何者であれ、相手は敵意をいだいている。シメオンは相手の体をつかもうとしたが、手は虚空をつかんだ。侵入者はすばやく部屋を出て、階段へ向かっている。

「待て!」シメオンは叫び、懸命にあとを追った。ランプの光とともに、侵入者が玄関にたどり着いて外へ飛び出すのが見えた。シメオンはふたたび闇のなかに取り残された。相手がガス管の栓を締めたのはまちがいないが、元栓の場所がわからないのでどうにもならない。やむなく手探りで階段をおり、テーブルにオイルランプが置いてあった覚えのある玄関広間へ向かった。ランプを見つけて火をつけ、急いで外へ出た。

目に映ったのは、閑散としたストルードと空を飛ぶカモメたちだけだった。屋敷の外を一周して厩舎ものぞいたが、何も見つからない。

シメオンは玄関広間へもどり、ガスの元栓をさがした。やがて見つかり、栓をひねってガス灯をつけた。「だれだったの、シメオン」図書室へ足を踏み入れるとすぐ、フローレンスが尋ねた。

「わかりません」シメオンは頭頂部をさすった。じきにジャガイモほどの大きさのこぶが生えるだろう。

「何が目的だったかわかる？」

シメオンはソファーへ向かった。見当はついている。やはりオリヴァー・ホーズの日記が見あたらない。

「目的はわかりました。でも、動機がわからない。いまはまだ」ソファーに腰をおろす。「なんとも奇妙な土地だ。本を盗む泥棒。女をガラスに閉じこめる男。原因不明で死ぬ司祭。なぜみんな、別の土地に住もうと思わないのか」

「レイ島、マーシー島――ここの住民は外の人たちとはちがうの」

「わたしもそんな気がしてきました」シメオンは立ちあがった。頭蓋全体を締めつける痛みを覚えて顔をしかめながらも、部屋を出ていこうとした。

「どこへ行くの」

「どこへ？　寝室ですよ」

「さっきの男を野放しにしたまま？」

「第一に、男だったかどうかはわかりません。第二に、とにかく寝室へ行きます」

だがそのとき、何かが床に落ちているのが目にはいった。さっきの騒動のせいで気づかなかったのだろうか。書見台の下に一枚の紙がある。シメオンは紙を拾いあげた。

青い便箋の上部に〝ロンドン、ボウ・ストリート、首都警察裁判所判事〟の印が押された、オリヴァー・ホーズ宛の手紙だ。日記のあいだにはさまれていたのが、盗まれたときに落ちたにちがいない。

一八七九年十二月十四日
ホーズ博士へ
貴殿の義妹の身柄をワトキンズ氏と貴殿に託してから、およそ六カ月が経ちました。あいにくワトキンズ氏の住所が不明のため、本状をお渡しいただけると幸甚です。参考のために、その女性の現況をお知らせくださるよう願います。刑事裁判を受けたのか、あるいはあのとき言及なさったように、精神科病院に収容されたのか(また、その女性といっしょだったアニー・ホワイトはどうしているでしょうか)。
お手数をおかけして恐縮でありますが、ご返答ください。

大英帝国二等勲爵士、治安判事
ナイジェル・ガント卿

アニー・ホワイト? シメオンは思いあたった。ケインの話によると、ジョンにはマーシー島を出ていったアニーという妹がいるという。これはいったいどういうことなのか。

「ナイジェル・ガント。警察裁判所判事」シメオンは言い、フローレンスへ目を向けた。

フローレンスは唇を小さく震わせたが、すぐに平静を取りもどした。「聞いたことがない名前よ」

シメオンはフローレンスをじっと見た。患者の症状を診るときと同じく、顔色の変化と体の動きを冷静に観察する。「嘘をついていますね」

フローレンスは何も言わなかった。

その夜、シメオンはまた夢にうなされて目を覚ました。ジョン・ホワイトの死体を泥から引きあげると、いきなりまぶたがあき、口から音が漏れてことばを発したのだった。非難。告白。罵倒。だれを非難し、だれを罵倒しているのかはわからないが、それはバベルの街のことばだった。あらゆる言語でありながら、どの言語でもない。音のぬかるみのなかで、ひとつだけ聞きとれる単語が見え隠れした。フローレンス。

シメオンは寝具をはねのけてベッドを出た。図書室へ行かなくてはならない。

裸足のまま、かつてホーズの聖域だった場所へ向かった。前回、夜に来たときと同じように、その部屋はぼんやり明るかった。そしてそのときと同じように、フローレンスがこちらに背を向けてすわっている。だが今回はシメオンより先に口を開いた。

「こんばんは、シメオン」

「こんばんは、フローレンス」

「今夜はお互いに眠れないようね」フローレンスは上体をひねってこちらを見た。

「また絵を描いていたんですか」シメオンは言い、テーブルの上の紙と鉛筆に目をやった。フローレンスが首を一方へ傾ける。「何を描いているんです?」

「ちがう時代のちがう家よ」

『黄金の地』に出てくる、海を見おろす場所に建つ奇妙なガラスの宮殿だ。「なぜいつもその場所を描くんですか」

「なぜあなたは悪夢を見るの?」

シメオンはことばに詰まった。「わたしが悪夢を見ていることをなぜご存じなのかを知りたい」

「真夜中に起き出す理由はほかにないでしょう? それとも、だれもいない時間にわたしに会いにくるため? だれにも邪魔をされない時間に」

「何が言いたいんですか、フローレンス」
「何が言いたいのかしらね、シメオン」

9

朝食のあと、シメオンは父に手紙を書き、ホーズの葬儀と屋敷の処分を自分が手配すると伝えた。ケインから悲報を聞いたワトキンズが、今後の相談のためにやってきた。

「何より問題なのは」シメオンは言った。「あなたの娘さんをどうするかです」

「外へ出してはならない！」ワトキンズは強く言った。「まだいけませんよ。法の制約があるうちは」

「法の制約……」

「そうです。娘が自由になったことがアラダイスの耳にはいれば、わたしとの合意は反故になります。フローレンスは拘束されて精神科病院へ送られるでしょう」

そのことはホーズとも約束していたが、シメオンはワトキンズの翻意を漠然と期待していた。ともあれ、ガラスの奥に閉じこめられてもう二年が経つのだから、あと数週間この状態がつづいても大差はない。満足してはいないが、その程度なら許容できる。

「わかりました。では、つぎはジョン・ホワイトの件ですね」

「そうです」

ふたりは厩舎へ向かった。そこでは死者がふたり、棺に横たわって葬儀屋を待っている。シメオンは午前中に遺体をくわしく検分したあと、きれいに拭いて埋葬布でくるんでおいたが、腐敗臭が漂いはじめていた。「不自然な点がありますか」

「なんでしょうか」

「まず、ジョンは地元の青年でした。道に迷ってレイ島の入り江で溺れたというのは、少々無理がないでしょうか」

「いや、ありえます」ワトキンズは言った。「ありえますよ」

「それは否定できませんから、わたしもいったんは不運な事故と見なしました。ところが、ほかにも気になる点が見つかったんです。見てください」シメオンは埋葬布をめくり、死者の横隔膜のあたりを指した。ワトキンズは裂けた肉を見て動揺しているらしい。「傷の奥をよく見てもらえますか」

「それはつらい。必要なのですか」

「恐縮ですが、お願いします」シメオンはポケットにはいったブリキの容器からペンを取り出すと、ホワイトのみぞおちの傷を大きく開き、その奥を示した。ワトキンズは気分がすぐれないようだが、シメオンが示す先をのぞきこむ。「肋骨です。見てください。何か気づきませんか」

「肋骨であることしかわかりません」

「どんな状態です?」

「勘弁してください。わたしに何を言えと?」

「ほら、ここと、ここ」二本の肋骨の下側に小さな鋭い傷がいくつかあり、シメオンはそれらをペン先で軽く叩いた。第三肋骨の先端はすっかり失われている。体の奥か、ぬかるみのなかに埋もれているのだろう。「傷がいくつもありますね」

「泥に混じった石で切れたんでしょう」

「それはありえません。転んで岩に激しくぶつかったとしたら、肋骨は折れたとしても、こんな小さな傷はつかない。これはナイフの傷です。硬い刃で少なくとも三回か四回刺されています」

ワトキンズは愕然としてシメオンを見た。「ほんとうですか」

「わたしはロンドン市内で働く医師です。ナイフの刺し傷を毎週のように見ているんですよ。ワトキンズさん、ジョン・ホワイトは密輸にかかわっていたんですか」ワトキンズは無言で後ろへさがり、馬の水桶にどさりと腰をおろす。

そう、それが答だった。ワトキンズの義理の息子だけでなく、厩舎の死者も密輸にかかわっていた。さらに深いつながりが見つかりそうだ。

「おそらくそうです」ワトキンズは意味ありげな沈黙のあと、ささやくように言った。「みんな、そうです」

「ご足労くださって、ありがとうございました」シメオンはワトキンズを見送り、それから厨房へ行った。タバーズ夫人とケインが羊乳のチーズを食べている。この湿地帯で飼育されているのは羊やヤギだろう。牛を育てるには向かない土地だ。「ふたりに訊きたいことがある」シメオンは言った。ケインが難問を待ち受けるかのように体をこわばらせる。「この土地には密輸商人がいるね」

「そうなんですかい」ケインはぶっきらぼうに言った。

「取引の場所はどこだ。日時は?」

「わたしたちはかかわっておりませんよ、先生」タバーズ夫人がおどおどと言った。

「それはわかっているよ。ただ、なんとしても知りたくてね」

「なら、知ってるやつをさがすしかねえ」ケインがぼそりと言った。

シメオンは苛立ってきた。「手間をとらせないでくれ」長く重い沈黙があった。「ジョン・ホワイトもかかわっていた。そうだな?」

タバーズ夫人はチーズと皿を片づけはじめた。ケインは顎を左右に動かしている。「そうなんでしょうよ。で、なんだというんです」

「ホワイトは死んだんだぞ、ケイン」

「溺れたんですよ。泥地じゃ、よくあることだ」

「この土地で生まれ育った人間は、ぬかるみで溺死などするはずがない。きみは危険を感じるか？そんなことはあるまい」

「よくわからん」ケインは鋭くシメオンを見返した。

「わかっているはずだ。言っておくが、ホワイトは刺されていた。それが死因だ。泥のせいでも水のせいでもない。ナイフなんだよ」三人とも、ケインがチーズを切るのに持っていたナイフへ目をやった。「事故死などという戯言を聞く気分じゃない。あの男は殺された。そして密輸に手を染めていた。さあ、関係者はどこにいる？」

「わかりましたよ」ケインは不承不承言った。「おれは共犯でもなんでもねえから、名前は知りません。でも、今夜、何かあるかもしれねえ」

「何時だ」

ケインはまた不機嫌そうに答えた。「満潮の真夜中過ぎですよ。四点鐘だ」目をぎらつかせる。

「あんたには二時と言ったほうがわかりやすいかもな」

「ハードで？」

「ほかにどこがあると？」

夜中の二時か。病院で働いていれば、もっと遅くまで起きていることもある。

シメオンは厨房を出て図書室へ向かった。足を踏み入れたとき、囚われ人は手の届かないところに並んだ窓を見あげていた。どんな思いが胸中を行き来しているのだろうか。フローレンスが自由に動かせるのは胸中の思いだけだ。

はじめて見るものがテーブルに載っていた。奥の私室から持ってきたにちがいない。小さな家の完璧な模型で、全体がガラスでできている。本に出てきたあの家、絵に描かれたあの家と同じだ。本物の家のように、上階の部屋のドアにさまざまな色が塗られている。緑、青、赤。それぞれのドアの奥には、チェスの駒サイズの人形がある。小さな立像がゲームの開始を辛抱強く待っている。序盤の手を打ち、キングをとるために。

「ロンドンでどなたか待ってるの？」フローレンスがだしぬけに尋ねた。

「どなたか？」何を訊きたいかはわかったが、はっきり認めないことにした。フローレンスにもっと話させたい。

「あら、わかってるでしょう」フローレンスはこれまで見せたことのない表情を浮かべた。はじめて舞踏会に出かける十六歳の少女のような、はにかんだ顔だ。間仕切りに近づき、口をあけて冷たいガラスに息を吹きかけると、表面が白く曇った。フローレンスは指をなめ、曇った表面に簡単なハートのマークを描いた。ハートは数秒間残り、やがて消えた。

シメオンは嘘をつかないことにした。とはいえ、すべてを打ち明ける必要はない。心の内側にはいりこまれたくはない。

「いいえ」シメオンは言った。

「これまで付き合ったお相手は？」

「いますよ」

「その話を聞かせて」

「やめておきます」

「恥ずかしいの？」

「そんなことはない。でも、あなたには関係のないことです。聞いたところで、なんにもなりませんよ」

フローレンスは意味ありげに微笑んだ。「ふうん、わたしの過去は知りたがるくせに、自分の過去は内緒にするのね」

「ここへ来たのは、今夜ハードで監視をすることを伝えるためです。そこで違法な取引がおこなわれるとケインから聞いたので」

「へえ。ジョン・ホワイトとわたしたちのかかわりについて、まだ考えてるわけ」

「そうです」

「勇敢な人ね。幸運を祈ってる」フローレンスは心臓に手をあて、あの讃美歌を口ずさんだ。〝**寄る辺なき　身の頼る　主よ　ともに宿りませ**〟シメオンはそのとき、フローレンスがなぜそれを繰り返し歌っているかを悟った。風に乗ってその旋律が聞こえてくる。マーシー島の教会の鐘の音にちがいない。それは物悲しい諦念の歌だ。

「フローレンス、叔父のオリヴァーが亡くなりました。あなたが殺すことは不可能でしたが、それでも犯人扱いされるかもしれない。ガラスの檻に閉じこめなくてはならないほどの凶悪な女性と見なされているからです。よくて精神科病院送り、最悪の場合は絞首刑もありうる。それがわからないんですか」

「わかってる」フローレンスは認めた。

「それなのに、わたしが真実を探るのに手を貸そうとしない。いったいなぜですか」

フローレンスは表情を曇らせて考えた。「自分でそう決めたからよ、シメオン。失うのはわたしの命だもの」

「ほんとうに失いますよ！　ベドラム病院であれ、タイバーンの絞首台であれ、このままではひどい目に遭う！」

「なら、それでかまわない」

確実に言えるのは、この家でだれよりも事情を知っているのがフローレンスだということだ。どうすれば口を開かせることができるだろうか。シメオンは思案した。なだめすかしても、将来について脅してもだめだった。では、取引ならどうだろう。そう、取引だ。それにはこちらから何か差し出す必要がある。しかし、何を？

10

深夜零時を少し過ぎたころ、シメオンは黒い外套のボタンをいちばん上までかけ、濃紺のズボンを穿いた。ランタンを持っていくのは危険だ。姿を見られてはならないが、今夜は雨のやむ気配がないので、うまくいくだろう。

レイ島でただひとつの人家をあとにし、ストルードへ向かった。潮が満ちてきて、島と外をつなぐ唯一の細い土手道に海水が迫っている。レイ島に来てまだ一週間程度のシメオンにとっては、干潮と満潮の時間を把握するのはむずかしかった。

進むにつれて地面が柔らかくなり、一度か二度は硬い芝生を踏みはずして膝まで泥に浸かった。昼なら十五分で行ける距離を一時間かけて歩いた。ようやくマーシー島に上陸し、教会の巨大な影の横を通り過ぎた。

そのあいだじゅう考えをめぐらし、この一週間に起こった出来事と、フローレンスがそこで果たした役割を解き明かそうと試みた。考えれば考えるほど『黄金の地』が気になる。フローレンスとジェイムズはなぜあの中篇小説に深くかかわっていたのか。そして、なぜフローレンスはガラスでできたアメリカ版ターングラス館の絵を描き、模型を作るのか。

いまや雨は激しく地面を打ち、シメオンはずぶ濡れになっていた。顔をぬぐうのをあきらめ、雨が頬を流れ落ちるにまかせた。大荒れの天気だったが、シメオンは意に介さず、この先に待ち受ける大きな危険に意識を集中させていた。

犯罪者にもさまざまな性質がある。今夜現れる連中は臆病なのか凶暴なのか。だが、厩舎に置かれたジョン・ホワイトの他殺体を思い出すにつけ、軽率な行動は慎まなくてはならない。ホワイトを殺したのがだれかはわからないが、その男――あるいは女――が屋敷に侵入してガス灯を消し、司祭の日記を持ち去ったのだとしてもおかしくない。もしそうなら、犯人は切羽詰まっていて、さらに人を殺すのもためらうまい。

ハードは小石だらけの細長い浜だった。干潮のときは砂利と泥の上を半マイルは歩けるが、いまは波が海岸線を洗っている。荒涼とした救いのない景色がひろがり、風から身を守るものと言えば、波に向き合ったふたつの木の防波堤しかない。シメオンはその一方の陰にうずくまり、両腕で体を抱いて暖をとろうとした。ひと晩ここにいて徒労に終わらないことを祈るばかりだ。

一時間が過ぎるころには、足の感覚が完全になくなっていた。それでもその場にとどまり、最後まで見届けるつもりだった。さらに一時間が経ち、血流が滞らないよう体を小刻みに動かした。

だが午前三時近くになり、ようやく低い地平線に何かが現れた。いくつかの黒い影がこちらへ勢いよく近づいてくる。つぎに音がした。彼方から響く馬の鼻息だ。しかし地面を踏み鳴らす音は聞こえない――ひづめに布が巻かれているのだろう。シメオンは腐りかけた木の防波堤の陰でさらに身を低くかがめ、馬とそれに乗った者たちがこちら側に来ないことを願った。

一行はたちまち海岸に到着した。五人が鞍からおりる。ひとりが鋭く口笛を吹くと、別の方角――防波堤のシメオンがいる側――から馬が走る音がした。シメオンは砂利だらけの地面に体を押しつけた。六人目の人物に連れられて、重そうな荷物を背負った五、六頭の小柄な馬の列がこちらにやってくる。その後ろでは二頭の馬が荷車を引いている。

雨空の弱い月明かりでは一行の顔がよくわからず、ときおりちらりと見えるだけだったが、どうやらひとりの男が仕切っているらしく、最初に口を開いた。

「さあ、やろう」聞き覚えのある声だが、だれだったか思い出せない。一行は馬から荷物をおろし、砂浜に並べはじめた。ひとりが油に浸した布を松明に巻き、それに火をつけて空中に掲げた。舟が品物を受けとりにくるにちがいない。シメオンの予想はすぐに的中した。

大きめの短艇が暗闇から現れ、岸へ向かってきた。男たちは物音ひとつ立てずに待っている。馬はその二十ヤード余り後ろの小道で一カ所に集められていた。上陸までには少し時間がかかるだろう。好奇心を掻き立てられたシメオンは細心の注意を払いながら、体を起こして砂利浜をこっそり渡った。男たちがまだこちらに背を向けているので、シメオンは隙を見て、馬に積まれた荷物のひとつをあけた。羊毛だ。課税を逃れてフランスかオランダへ運ばれるにちがいない。そして、見返りとして酒と煙草を受けとるのだ。

シメオンは体を低くして隠れ場所にもどり、松明に背中を向けた仕切り役の男を観察した。あの男の正体を突き止めなくてはならない。ジョン・ホワイトが無残に殺された事件の鍵を握っているはずだ。つぎの瞬間、男が仲間たちのほうを向き、炎がその顔を照らした。知った顔だったので、シメオンは仰天した。モーティだ。この土地へやってきた最初の日、〈ペルドン・ローズ〉で会った渡し守の男の顔が、悪魔のように真っ赤に輝いている。

では、ジョン・ホワイトとジェイムズ・ホーズを含む密輸団を率いていたのは、あの男だったのか。だとしたら、ふたりの死について何かを知っているはずだ。たしかに驚愕の事実ではあるが、シメオンは安堵してもいた。モーティは粗野な男だが——まだ警戒をゆるめてはならないとはいえ——人をナイフで刺して泥土に埋めるようには思えない。

シメオンはモーティが荷おろしと荷積みを指示するのを見ていた——すべてがすばやく、ほとんど音も立てずにおこなわれている。やがて短艇が沖へ引き返し、密輸団は馬に乗る準備をはじめた。

「〈ローズ〉に集合だ」モーティが低い声で言った。脚の遅い小柄な馬の列をみずから引き連れて、岸沿いの小道を歩きはじめる。ほかの連中は馬で走り去っていく。シメオンにとって好機が訪れたわけだ。男たちの姿が夜の闇に消えると、シメオンはモーティのあとをこっそり尾けた。数百歩進んだところで、モーティは馬から離れて波打ち際へ行き、ズボンのボタンをはずして小便をはじめた。

シメオンは足音を忍ばせて馬の列へ近づき、鞍にさげた荷をたしかめた。予想どおり、蒸留酒の瓶がぎっしり詰まっている。そのうちの一本を取り出し、栓をはずした。ブランデーだ。後ろめたさを覚えつつ、瓶を小石だらけの地面へ落としてわざと割った。

モーティが振り返った。ズボンのボタンをかける手が途中で止まっている。「なんだ?」早口で言う。

「武器を持っているか」シメオンは尋ねた。

「いや」モーティはすっかり混乱していた。

「ごていねいに答えるとはな」シメオンはまた一本取り出して、地面へほうり投げた。瓶がふたつに割れた。

「やめろ!」モーティはシメオンに突進しようとして、ためらった。いまは仲間がいないし、六十代で体も大きいほうではない。

「心配しなくていい、モーティ」シメオンは言った。「わたしは警官でも収税吏でもないんだ」

「じゃあ、いったい何者だよ」月の光はあまりに弱く、雨で霞んで相手の顔がよく見えない。

「先週会ったじゃないか。司祭を診にきた医者だ」

「医者?」

シメオンは月明かりでも互いの顔が見えるところまで近づいた。しかし念のため、腕を伸ばしても届かない距離にとどまった。「脱税行為には興味がない。荷の中身など、どうでもいいんだ」

「じゃあ、何を狙ってる」

「あるものを見つけた。レイ島のぬかるみに埋まっていた」

「なんだと？」

「ジョン・ホワイトの死体を発見したんだよ」

空気が一変した。モーティは頭を垂れた。「見かけはどんなだった」

嘘をつく意味はない。「よかったとは言えない」

「ああ、やっぱり。泥のせいだな」

唯一の切り札を使うときが訪れた。「死んだのは泥のせいじゃない」

「というと？」

「ぬかるみや入り江で溺れたわけじゃない。刺されたんだよ」

沈黙がおりた。聞こえるのは風と雨と波の音だけだ。モーティはうなるように言った。「なんであんたにわかるんだよ」

「この目で傷を確認したからだ。何者かがジョンを殺すことに決め、確実に仕留めた」

「だれが？」

「わからない。でも、突き止めるつもりだ。協力してくれたら、犯人を見つけられるだろう。思いあたる人物は？」シメオンは尋ねた。

「思いあたる人物？ ああ、いるさ。教えてやる」モーティは吐き出すように言い、シメオンとの距離を縮めた。顔に苦々しい表情が浮かんでいるのが見える。

「だれだ」

「あんたに教えていいのかな」モーティの声には嫌悪がにじんでいた。

「わたしに言いたくないなら、ワトキンズさんに言ってもいい」

モーティは思案した。それから口を開き、思いきりゆっくり引き伸ばすように言った。「ジェイムズ・ホーズ」

　シメオンはさほど驚かなかった。この島のどこかに邪悪な企みがあるのはたしかだ。「そう考える理由は？」

　モーティはうなった。「ジョンはいなくなる何日か前に、ジェイムズのことを裏切り者の一族だと言った」

「裏切り者？　何かを密告しようとしていたのか」

「どういう意味だったかはわからん。でもそのときから、おれはジェイムズ・ホーズを見張ってたよ」

「それで？」

　モーティは肩をすくめた。「何も怪しいとこはなかったさ」**ジェイムズが狡猾で信用できない人間だったからかもしれない。**「けど、そのあとジョンが姿を消した。だからおれはジェイムズに、おまえはもう仲間じゃねえと言ったんだ。取引から手を引けってな」

　ジェイムズにしてみれば不本意だっただろう。「ジョンは正確にはなんと言っていたんだ」

　モーティは口ごもったが、真実を話すほうが身のためだと思ったようだ。「おれたちは〈ローズ〉にいたんだ。ちょうど仕入れたばかりの品物を片づけてたよ。ジェイムズが手伝いに来るところだってジョンに言ったら、やつはひでえことばを言って唾を吐いてな。どういうことだ、っておれは訊いたんだ。そしたら、ホーズ家の人間を取引にかかわらせちゃだめだってさ。いくら聞き出そうとしても、ジョンはそれ以上何も言わなかったよ。いまになってみりゃ、ぞっとする話だよな。おれもあんたとまったく同じことを考えたよ、先生。ジェイムズはワトキンズさんに告げ口してたんだろうって。もっとひでえことをしてたかもな。もしかしたら、おれたちを全員始末して、取引をひとり占めするつもりだったかもよ。ジェイムズは賢いやつだ。おれは賢い人間を信用しねえんだよ。信用しちゃだめだ」

賢い男。そして、凶暴な男でもあったのか？　だが、ジェイムズ・ホーズはほんとうに仲間たちを裏切って、ジョン・ホワイトを殺害したのだろうか。推測の根拠は、死んだ男のことばだけだ。たとえ事実だったとしても、いまターングラス館に安置されているふたつの遺体のうち、一方の死因を説明しているにすぎない。

11

翌日、葬儀屋が馬車で屋敷に現れ、ジョン・ホワイトとオリヴァー・ホーズの遺体をうやうやしく棺に納めて運び出した。シメオンもいっしょに乗った。

「予定を少し変更したい」馬車のなかでシメオンは言った。葬儀屋が唖然とする。「コルチェスター王立病院へ行ってもらえないだろうか」

葬儀屋は難色を示したが、結局は了承し、数時間後、ふたつの遺体が磁器の解剖台に並べられた。台のまわりを浅い溝が取り囲み、遺体を切り刻むときに排出される血液やほかの体液が流れるようになっている。

シメオンはメスを握った。濃い顎ひげを生やしたこの病院の幹部医師のひとり、ブリストル氏が後ろに立ち、解剖を見守っている。別の医師の意見はたしかに参考になるので、シメオンは立ち会いに異を唱えなかった。

父のいとこである最初の遺体に苦もなくメスがはいった。シメオンはいつも、適切な道具を用いれば人間の体が簡単に原型を失うことに驚きを覚えずにはいられなかった。髪の毛ほどの薄さのメスが、バターを切るようにたやすく真皮と表皮を切っていく。

シメオンにとって、死は生の一部であり、先立って訪れる生と同じくらい興味深かった。切って、引いて、持ちあげる。だがどれだけ調べても、ホーズの内臓に異状はなく、四十代の男性としてごくふつうだった。消化管のねじれも腎臓の表面の影も見あたらず、あの激烈な症状を、ましてやその後の死をもたらした原因は特定できない。肩に引きつった傷があるが、古いものなので関係はなさそうだ。

つぎに胃の内容物を調べることにした。ホーズは自分が継続的に毒を飲まされていると信じていた。すべての化合物を調べるのはとうてい無理だが、除外できるものもある。シメオンはホーズの体内から消化しかけの野菜の塊とスープ状のものを取り集め、塩酸のはいったビーカーに入れたあと、悪臭のする溶液に細長い銅板を差しこんで待った。

「それで何がわかるんですか」ブリストルが尋ねた。

「表面が銀色になる場合は、水銀が使われたと言っていい。黒っぽい皮膜がついたら、砒素か、ひょっとしたらアンチモンが含まれている可能性があります――エセックスの田舎ではあまりなじみのない毒ですが」シメオンは銅板を抜き出し、照明の下で調べた。「いや、まったく反応がありませんね」

「期待どおりの結果ですか」

「ただの結果にすぎません」

シメオンは鞄のなかから、赤褐色の液体を入れて密封した小ぶりな広口瓶を取り出した。「患者の書斎にあったブランデーです」ブリストルに説明する。「何も出ないと思いますが、念のために調べます」やはり何も検出されなかった。

「毒物はほかにもたくさんありますよ」ブリストルが言った。

「もちろんそうです。しかし、患者の瞳孔は開いていなかったので、アトロピンではないでしょう。シアン化物なら、数日もかからずに即死していたはずです。ストリキニーネによる痙攣もない。植物から抽出した何かでしょうか」シメオンは一考した。「その可能性もありますが、ネズミの駆除用と言って薬局で砒素を買えばすむのに、わざわざそんな面倒なことをするでしょうか。とはいえ、徹底して調べるべきです」

　そこでシメオンとブリストルは、数時間にわたってありとあらゆる毒性化合物の検出を試みたが、なんの成果も得られなかった。ふたりは疲れきり、仮にこの体内に毒物がひそんでいるとしても、正体は不明だと結論づけた。「では、つぎの遺体を見ましょう」シメオンは言った。

　ふたりはジョン・ホワイトの解剖に取りかかった。やはりシメオンがメスを握った。皮膚と筋肉を折り返すと、肋骨があらわになった――泥に長時間埋まっていたので、黄色くくすんでいる。シメオンは骨の損傷を拡大レンズ越しに観察した。「下の三本の肋骨に斜めの傷があるのが見えますか」

「見えます」ブリストルが言った。

「傷はいちばん下が深く、上へ行くほど浅くなります。凶器を上へ、前方へ向けて刺したんでしょう。犯人がこの男の後ろから襲ったということです」

「卑怯だな」

「同感です」シメオンは首の皮膚を持ちあげた。「ああ、やはりそうだ。見てください、C3の頸椎が折れている」上部の骨のひとつを示した。

「なるほど」

「襲撃者はこの男の背後から襲いかかり、首をつかんで頸椎を折ったうえで、刃物を三回か四回、下から胸郭に突き立てたんでしょう。かなり頑丈な刃物だったらしい――ずいぶん硬い骨なのに、この端が欠けていません」ふたりはさらに肉を引き剝がして肺を調べた。泥に埋まっていたおかげで保存状態がよく、左の肺が肋骨越しに刺されたのがはっきりわかった。「これが死因ですね」

「まちがいありません。発見されたときの状況は？」

「干潟に沈んでいました。堆積した泥が潮で流れたんでしょう。泥で覆われたままだったら、永遠に見つからなかったかもしれません。酔っぱらいの喧嘩などではないでしょう――犯人は明確な殺意を持ち、凶器を持参して手際よく使用した。事件当夜にジョンを殺害する計画を立てていた者や、常時ナイフを持ち歩いて使えるようにしていた者をさがしているところです」

「ひどいことをするものだ」ブリストルは言い、顎ひげをなでおろした。

レイ島へもどる道中、シメオンはまた考えにふけった。フローレンスが生きた情報の宝庫なのはまちがいない。どうすれば話を引き出せるのだろうか。交渉の材料が必要だ。そのとき、あの家の薄明かりに包まれたなじみ深いフローレンスのイメージが頭に浮かんだ。うまい手があるかもしれない。

屋敷にもどるや、シメオンは暖炉の上に掛かったフローレンスの自画像を一瞥し、それから階段を駆けあがった。最初にここに来た日、色の異なる革張りのドアを三つ見た。ドアは自分がいま使っている寝室、ホーズの寝室、そして図書室のものだ。ほかにもいくつか寝室があり、ごくふつうのドアがついている。だが、もうひとつあるはずだ。シメオンは壁を調べながら進んだ。そう、これだ。楡(にれ)の鏡板の壁に小さく細長い四角形の枠が目立たぬ形であり、ちっぽけな鍵穴がついている。

「タバーズさん！」シメオンは階下に向かって興奮した口調で叫んだ。タバーズ夫人が息をはずませてのぼってきた。

「こんどはなんでしょうか」

「これは屋根裏部屋の出入口だね？」

「屋根裏部屋？　ええ、そうですけど」

「行ってみたいんだ」

「どうして？」夫人の声には疑念よりも当惑がにじんでいた。

「ただの気まぐれだよ」

夫人はまた息をつき、エプロンのポケットから鍵束を取り出した。細い鉄の鍵を錠に差しこんでまわす。夫人がさがると、シメオンはすばやく中へ飛びこんで、屋根裏へつづくせまい螺旋階段を勢いよくのぼった。

屋根裏部屋は箱とほこりと鳥の糞だらけだった。部屋の一方の隅をねぐらにしているムクドリたちが、シメオンに驚いて鳴き声をあげた。

「ごめん、ごめん」シメオンは鳥たちに言った。「すぐに出ていくから」それから箱やトランクの蓋をあけはじめた。壊れた家財道具や古いリネンなど、人生の無常を感じさせるものが詰まっている。やがて、明るい色のものが詰まったトランクを見つけた。蓋を閉めて持ちあげ、階段をおりて図書室へ向かった。

「ジョン・ホワイトは他殺でしたよ」トランクを引きずって図書室にはいるなり言った。

「そうかもね」フローレンスは寝椅子にすわってシメオンを待っていた。

シメオンは相手のはぐらかすようなことばを無視した。「犯人はだれですか」

フローレンスは窓を見あげた。「この場所にも窓があるといいのに。窓は採光のためだけのものじゃないのよ。換気の役割もある。わたしが吸う空気は最初から汚れてる。ここに届くのは、あなたやタバーズ夫人やケインが吸って吐いた空気よ。わたしは外の新鮮で清らかな空気を吸いたいの」

「わたしにはどうすることもできません」

「そうね」フローレンスは悲しげに言った。「でも、いつかは」テーブルに載った紙の横にある鉛筆へ手を伸ばした。芯に指先を添えて紙の上を何度か走らせ、できあがった絵をながめた。仕上がりに満足すると、間仕切りに近づいて、ガラスの下部の小さな窓から紙を差し出した。

シメオンはひと目見て、なんの絵かを察した。フローレンスとジェイムズがなぜか強い関心を持ち、そのせいで司祭を怒らせたカリフォルニアのガラスの屋敷だ。フローレンスの自画像とはちがって、この絵の屋敷は猛吹雪に包まれている。灰色や黒の細い線だけで描かれているが、それでもどういうわけか、紙の向こうの人々が住む別世界へ吸いこまれそうだ。ある男が母親の運命にまつわる真実を追い求める世界へ。

幻が消え、シメオンは現実に返った。フローレンスは顔に白粉（おしろい）をつけて、きのうよりも赤く唇を塗っている。「書記机で見つけたものについて考えていました。あのパイプです」シメオンは言った。象牙とテラコッタの珍しいパイプを見たときは驚いたものだ。「阿片パイプでした。これまで中毒の患者をたくさん診てきましたが、症状は悲惨です。ホーズ博士は隠しておきたかったんでしょうね」

「ええ、そのとおりよ。どこで手に入れたかもあなたは知りたくてたまらないのね」フローレンスは愚弄（ぐろう）するように言った。

「ご教示ください」

「なぜわたしが？」

そのことばの乾いた響きにシメオンは打ちのめされた。

「くわしく教えてくれたら、お礼に贈り物をします」

フローレンスは眉を高くあげた。「必要なものはなんでもここにあるのよ。オリヴァーから聞かなかった？」悪意のひそむ声だった。

「いや、これならほしいと思うはずですよ」シメオンはトランクの蓋をあけた。黄金色のシルクの光沢がふたりを隔てるガラスに反射した。「一年以上、その服一枚で過ごしているんでしょう」

シメオンは、玄関広間の絵のなかでフローレンスが着ていた黄色いドレスを持ちあげた。ぬくもりのある色合いだ。その下に桃色のドレスが、さらにその下に深紅のドレスがはいっている。

フローレンスは唇の端をあげた。「シメオン、あなたのために着飾れということ？」ドレスを見つめ、寝椅子に腰をおろした。「度胸があるのね。ええ、取引しましょう。わたしは服を、あなたは情報を手に入れる」ことばを切って考える。「ロンドンへもどって、ライムハウス（テムズ川北岸の当時きわめて不潔で治安が悪かった地域）へ行きなさい。川岸に赤いランタンを飾った建物がある。正確な住所は知らないけど、行けばわかるはず」

シメオンはドレスを折りたたみ、ガラスの小さな窓から奥へ滑りこませた。フローレンスは黄金色のシルクのドレスを受けとろうとして、一瞬シメオンと指先がふれ合ったが、すぐに手を引っこめた。

12

朝食はこってりした羊のパイで、タバーズ夫人がオーブンからそれを騒々しく取り出した。昼食用でしたけれど、先生が日帰りでロンドンへお出かけになるなら、いま食べてくださってかまいませんよ、と夫人は言った。シメオンは大げさに礼を言った。

皿に残った濃い肉汁をパンにつけて食べたあと、旅行用の外套を着て首都へ出発した。外へ出て新鮮な空気を吸ったそのとき、なんの前ぶれもなく、建物の煉瓦が揺れた。どこからか鋭い破裂音が聞こえ、外壁に三、四度反響した。たじろいだシメオンは胃が縮むのを感じ、くるりと向きを変えた。

「タバーズさん！」大声で呼ぶ。「ケイン！」

ケインが厩舎の出入口に現れた。腕に二連式ショットガンをかかえている。「なんですかい」

シメオンは駆け寄った。「いまのはなんだ」

ケインはいたずらっぽい笑みを浮かべた。口から茶色い五本の歯と黒っぽい隙間がのぞいている。

「ああ、あれか。こっちへどうぞ」シメオンは恐怖を覚えながら、一方の銃身に弾が残ったショットガンから目を離さず、ケインを追って厩舎へ足を踏み入れた。「ほら、こいつですよ」藁敷きのせまい馬房がふたつあり、ひとつはジョン・ホワイトの遺体を保管するのに使っていたが、いまは空っぽだ。もうひとつの馬房には子馬の死骸が横たわり、頭が半分吹き飛ばされている。「生まれたときから脚が悪くてな。こうするのがいちばんだ」ケインは言った。「半端な動物に用はねえさ」

にやけたその表情から、都会から来たシメオンをあざけっているのが感じとれた。

「銃に気をつけてくれ」シメオンは小声で言い、むごたらしい現場をあとにして、重い足どりでストルードへ向かった。

〈ペルドン・ローズ〉に立ち寄り、二輪の軽馬車を手配してコルチェスター鉄道駅へ行った。そこから急行列車でロンドンへ行き、午後の中ごろにボウ・ストリートの治安判事裁判所に着いた。

「警察裁判所判事のガントさんにお目にかかれますか」シメオンは郵便物を低い山に仕分けている守衛に声をかけた。

「きょうは出廷なさいません」

「つぎはいついらっしゃいますか」

守衛は予定表を調べた。「月曜日です」

月曜は五日も先であり、そんなに長くは待てない。ガントはオリヴァー・ホーズに手紙を書き、フローレンスと、ジョン・ホワイトの妹アニーのことを尋ねていた。かつて、ロンドンでの法律上の交渉を経て、フローレンスの身柄をホーズに託したと考えられる。「喫緊の要件があるんです。住所を教えてもらえないでしょうか」

「住所を！　判事の住所を軽々しく教えると思いますか？　そんなことをしたら、裁判で逆恨みした連中が真夜中に判事の家に押し入りますよ。断じて教えるわけにはいきません。イングランド銀行の鍵を渡せないのと同じです」

想定内の返事だった。ガントの名前は『紳士録』に載っているはずなので、所属クラブを調べて手紙を出すこともできるが、それでは月曜まで待つのとあまり変わらない。そのとき、壁に掛かった案内板が目に留まった。各法廷や執務室の場所が記されている。これを使う手があるかもしれない。

守衛が郵便物の整理にもどったのを確認し、シメオンは案内板に記されたある場所をひそかにめざすことにして、建物の地下へ通じる階段に向かった。

資料室はかならず地下にあることを、シメオンは経験から知っていた。紙の保存に適した温度だというのもあるだろうが、それより、資料室で働くような人間は日光の不足に文句を言わないからではないか。むしろそれを歓迎する者が多そうだ。

階段をおりると、気温がさがって湿度があがった。薄黄色の煉瓦壁の下に結露ができている。最初にモップやバケツが置かれた物置部屋がふたつ、つぎに男性用と女性用の化粧室がそれぞれあり、そこを通り過ぎると、奥にまだら模様のガラスのドアが見えた。白いペンキで〝資料〟と雑に書かれている。最新式のばね錠が使われていて、うっかり忘れてもドアがしっかり施錠される。腰の高さに別の取っ手があった。ドアが半開きになっていたので、シメオンは中へ忍びこんだ。

室内が無人で自由に調べられることをシメオンは期待していた。ところが、資料がぎっしり詰まった棚の迷路のなかで、ひどく太った男が台車を押しながら、白い紐で結んだマニラ紙の書類ばさみを所定の位置につぎつぎ入れている。男は作業を中断し、驚きでまばたきをした。

「ゴッドフリーさんにお会いしたいんですが」シメオンは言った。

「だれですって?」

「あなたじゃないんですか」男が首を横に振る。「すみません、あなたのお名前は?」シメオンは太った男から見えないように錠前に手をかけ、取っ手を静かにまわして閂を引いてから、掛け金を押して固定した。

「ハリソンです」

「失礼しました」シメオンは言い、資料室から退散した。

建物を出てロング・エーカーを進むと、郵便局があった。シメオンはそこでボウ・ストリート治安判事裁判所のハリソン氏宛に、自宅で災難があったので至急帰るようにという偽の電報を打った。それから、ゆっくり歩いて裁判所へもどり、待っていると、三十分後に電報配達の男が建物へ駆けこみ、その一分後、太った男が走って出てきた。シメオンはそれを見届けてから、ばね錠に細工を施した資料室へ向かった。室内に歩み入り、掛け金をはずしてドアを閉めた。

ハリソンはおそらく郊外――ストックウェルかクラッパムあたり――に住んでいるだろうから、資料をさがし出して、判事がフローレンスとアニー・ホワイトの身柄をホーズに託すことになったいきさつを調べるのに、たっぷり一時間半の余裕がある。だがハリソンの家がもっと近かったら、そうもいかない。シメオンはさっそく取りかかった。

資料は犯罪が発生した日付と地区に基づいて整理されていた。しかし、フローレンスとアニーの少なくとも一方がかかわった事件がほんとうに起こっていたとしても、その場所がどこであるかは見当もつかなかった。となると、日付を頼りに調べるしかない。ガントからの手紙には、フローレンスとアニーを託してから六カ月になると書いてあった。おそらく事件が起こったのは、ふたりを託した少し前だろう。つまり一八七九年の六月あたりということだ。

シメオンは数々の保管箱をざっと見て、その時期の資料をさがした。刻々と時間が過ぎるなか、四十分後にようやくそれを見つけた。

フローレンス・エミリー・ホーズ。ワトキンズ治安判事のもとから逃亡したところを発見される。エセックス州マーシー＆レイのターングラス館に住む夫ジェイムズ・ホーズを殺害した容疑がある。

これは興味深い。ワトキンズは娘の逃亡を報告し、捜索を依頼したというわけだ。この前、そんなことはおくびにも出さなかった。ワトキンズは弱い人間で、自分の言動にすら自信を持てないのか。

フローレンス・エミリー・ホーズはまた、

鍵が錠に差しこまれる音が聞こえ、シメオンは驚いた。箱の蓋を閉めて棚へ押しこみ、書類ばさみを外套の内側に滑りこませる。ハリソンが息を切らし、苛立ちもあらわに駆けこんできた。自宅はすぐ近くだったらしい。シメオンはひとまず棚の後ろに隠れたが、ずっとこうしているわけにもいかない。ここは図太くふるまうしかないだろう。

厚手の外套を脱いでいるハリソンに、シメオンは大きな足音を立てて近づいた。

「なぜドアを施錠しなかった？」ハリソンがさっと振り向き、シメオンを見て驚きのあまり何も言えずにいる。シメオンは声に怒りをこめて言った。「ガント氏の代理として、しっかり報告させてもらうからな！」きびしい声で言い、出口へ向かう。「つぎからはしっかり鍵をかけろよ」勢いよくドアを閉めて、通路をゆっくり進んだ。

ハリソンの声が背中から追いかけてきた。「あの、すみません」しかしシメオンは無視し、階段をのぼってすばやく通用口から建物の外へ出た。コヴェント・ガーデンへ通じる細い路地を見つけ、追われたり声をかけられたりしないよう、人混みにまぎれて進んだ。しばらくして立ち止まり、後ろを振り返ったが、追っ手はいなかったので、シメオンはフローラル・ストリートのガス灯がともったコーヒーハウスに腰を落ち着け、書類ばさみを開いた。

「何をお持ちしましょうか。特別にご用意できますよ」女がシメオンに流し目を送ってきた。店の隅で若い娘がふたり、借り物のドレスを着て震えている。栄養不足のせいだろう、胸が平らで谷間がない。

「コーヒーを頼む」シメオンは言った。「それだけでいい」

女は肩をすくめてさがった。

シメオンは資料の読みかけの個所に目を落とした。つづいて数行が綴られている。

フローレンス・エミリー・ホーズはまた、先ごろガント治安判事の指示によって施設に収容された売春婦の脱走を幇助(ほうじょ)したとされている。売春婦の名はアニー・ホワイト。

奇妙だ。なぜフローレンスはジョン・ホワイトの妹の〝脱走を幇助した〟のか。さまざまな可能性が頭に浮かんだが、どれも筋が通らず、シメオンは考えるのをやめて資料を読み進めた。

フローレンス・エミリー・ホーズ、アニー・ホワイト両名は、居住地の行政区で裁判を受けるため、聖職者のオリヴァー・ホーズ博士に身柄を託される。

わけがわからなかった。なぜフローレンスはロンドンへ逃亡し、〝ガント治安判事の指示によって〟収容された名称不明の〝施設〟からアニー・ホワイトを連れ出したのか、これでは説明がつかない。

シメオンは隅に立つふたりの売春婦に目をやった。ひとりは顔が青白く、目に力がない。おそらく淋病にかかっている。シメオンはその娘を手招きした。娘が歩きだそうとしたとき、女主人がすかさず現れた。

「お代をいただきますよ。銀貨一枚です」娘が困惑の表情を浮かべる。

シメオンがテーブルにクラウン銀貨を滑らせると、女主人は満足し、ハエのたかったミートパイが載ったカウンターの後ろへ消えた。

シメオンは椅子を引いて娘をすわらせた。「気分はどうかな」

「元気です。ありがとうございます」これほどかしこまった会話を、ふだん客と交わすことはないのだろう。

「体調が悪そうだが」

「わたしは病気じゃありません。ちゃんと証明されてます」

医師が常駐し、女が客をとる前に体を検査すると謳っている〝何某夫人の館〟の広告をシメオンもよく目にしていた。ふつうに医師として仕事をするよりも、ずっと稼げるにちがいない。そうした宿の常連客は支払いを紙幣でおこなう紳士だ――それどころか、判事や警察幹部が庶民を締め出して、貸し切りで利用することもよくあるらしい。

「わたしは医者だよ」娘の体がこわばるのが見てとれた。「どうしたんだ」

「すみません。でもわたしは、お客さんの相手としてふさわしくないです」

「いや、ちがう、わたしは客じゃない。きみの具合が悪そうだから、力になりたいと思ってね」

娘は立ちあがって隅へもどった。もうひとりの娘が恐ろしい形相でシメオンをにらんでいる。女主人がやってきた。

「どうしたんですか」

「自分は医者で、どこか具合が悪いんじゃないかと訊いたんだ」

「医者？」

「ああ」

女主人の表情が険しくなった。「そういうことならお引きとりください」

シメオンはまず驚き、つぎに興味を覚えた。「なぜだ」

「悪さをする医者がいるから」

「ああ、悪い医者ならわたしも会ったことがある。でも、どういう医者かな」

女主人はしばらくシメオンをにらんでいた。「女を切り刻んでる」

「それはどういう意味だ」

女主人は肩をいからせた。「すぐそこの通りよ。みんな、そいつは医者だって言ってる。刃物の扱いに慣れてるし。女を殺して楽しんでるって」ふんと鼻を鳴らし、シメオンの前に銀貨をほうった。

「あの娘に王立無料病院へ行くよう伝えてくれ。治療してもらえるから」シメオンは言った。あそこの医師は知り合いだ。治療費なしで、できるかぎりのことをしてくれるだろう。

女主人はもう一度、シメオンに鋭い一瞥をくれた。

シメオンは資料を手にとって、店をあとにした。外へ出てから、女たちを〝切り刻んでる〟と女主人が言っていた通りをながめた。すぐ横は花市場だ。美しさとおぞましさがすぐ近くで共存している。

フローレンスが言っていた場所へ行ってターングラス館の秘密を探るには、まだ時間が早すぎるので、暇をつぶさなくてはならない。シメオンは市場をぶらついた。あらゆる花や香辛料が露店で売られている。国じゅうから集まっているのだろう。黄金色や焦げ茶色や明るい緑色の香辛料が、籠にはいって積まれている。おそらく、コヴェント・ガーデンに来てゆっくり市場をながめるのは、これがはじめてかもしれない、とシメオンは思った。そこからフローラル・ストリートをそぞろ歩いた。そこにも女たちが立っていて、手招きする者もいたが、シメオンは店の窓に並んだ品をながめながら進んだ。

いつの間にか、東のキングス・カレッジ病院へ足が向かっていた。ストランドを歩き、グラブ・ストリートの自宅の前を通り過ぎて、いかめしいセント・ポール大聖堂の影にはいったあと、パターノスター広場でソーダ水を買い、鉄柵にもたれかかって飲んだ。近くの建物の窓を見あげる。あの窓の向こうでは、研究の補助金をめぐって競っている相手のエドウィン・グローヴァーが、表や計算式を前に頭をひねっているにちがいない。グローヴァーの研究に価値がないとは言わないが、現実の世界では役に立たない。シメオンは飲み残したソーダ水を捨てて病院へ向かった。

　二十分ほど病棟を歩きまわったすえ、同居人のグレアムを骨折患者のベッドが並ぶなかに見つけた。男の患者の脚を診察していた。血色のよい顔から察するに、患者はワイン商人だろう。痛みに顔をゆがめているが、グレアムは気に留めていないようだ。

「シメオンじゃないか！」グレアムは大声で言い、ごわついたシーツに患者の脚をおろした。患者が心底ほっとした顔をする。「もう帰ったのか」

「きょうだけだよ。ちょっと調べたいことがあって」

「調べ物ばかりだな」

「たしかに」

「で、エセックスのほうはどうなんだ」

　シメオンは奇妙な状況をざっと説明した。友の顔に驚きと恐れの表情が交互に浮かんだ。「信じられないな」グレアムは言った。「病気の司祭の面倒を見るだけだと思ってたのに」ベッドの患者が愕然として口を大きくあけている。

「ああ、それならどんなによかったか。だが、もっと恐ろしいことが背後に隠れている気がするんだ」

「そうか、気をつけろよ。藪をつついてとんでもない目に遭わないように」

　シメオンはわかったと言い、ふたりはしばらく雑談をした。やがて目的地へ向かう頃合になった。

　病院を出ると、陰鬱な夜の光景がひろがっていた。幾千の家の炉から立ちのぼる煙が、テムズ川の水面（みなも）に浮かぶ霧と混じり合っている。その濁った緑の色合いが豆のスープのようだと、地元の人々は痰を吐きながら冗談を言う。丈の短い外套を着た貴婦人や瀟洒（しょうしゃ）なネクタイピンをつけた紳士がスモッグのなかでつまずくのがぼんやりと見え、その面々のために若い街路清掃人が視界不良で馬糞だらけの道を掃除している。

シメオンは貸し馬車を呼び止め、ライムハウスへ行くよう御者に告げた。

「本気ですか」御者は言った。「ひどく治安の悪い場所ですよ。あなたのような紳士の行く場所じゃない」

「ありがとう。わたしならだいじょうぶだ」

「お客さんがそう言うなら」

御者は馬に鞭を打ち、濃い霧を切り裂いて進んだ。シメオンは旅行用の外套のポケットに手を入れ、書記机で見つけた花の彫刻入りのパイプを取り出した。そして、待ち受けている仕事に備えて、パイプをふたつに折った。

13

二輪馬車に乗りこむと、シメオンは襟巻きで顔を覆い、なるべくスモッグを吸いこむまいとした。馬車の向こうがほとんど見えないので、窓の外を見ても意味がない。道中、最新の心理学の教えや、人間はみな心のなかで本能的な欲求と意識的な道徳の闘いを繰りひろげているという考え方について、思いをめぐらした。シメオンは悪というものを、叔父のように信仰に生きる者とはちがう目で見ていた。言うまでもなく、人間の行動には善もあれば悪もあるが――それに異を唱える者はいまい？――それらが人格に消えない染みを残すわけではない。

「このへんでおりてもらえますか」御者が大声で言った。

「ここがどこか、さっぱりわからない」シメオンは言った。

「ええ、わたしもですよ。でも、川に落ちたくないんで、これ以上は進めません。顔の前にかざした自分の手も見えないんですから」

シメオンは折れ、扉の閂をはずして跳びおりた。馬車のランプの光がスモッグを黄色く照らしたが、せいぜい手の届く範囲しか見えない。ロンドンの波止場地域に行き着くとは不思議なものだ。これまでも数回来たことがある――ふだん診察している地域ではないが、研究に役立ちそうな珍しい症例があると聞いて、足を運んだことがあった。きょうは医師としてではなく、おぞましい館の客を装ってやってきた。

近くでだれかが言い争う声がする――どちらも女だ。「返せよ、このくそ女！　返せってば」

「あたしのだよ！　あの人にもらったんだから！」

「返さないなら痛い目に遭わせてやる！」

シメオンは声のする方向から顔をそむけた。

「ほんとにここでいいんですか」最後にもう一度、御者が尋ねた。

「ああ」

「命を大切に」

シメオンは御者の懸念が的中しないことを願った。ライムハウスでは命の危険にさらされるようなことも珍しくあるまい。運賃を手渡すと、御者は帽子を軽く鞭で叩いた。

シメオンは道に流れる水を切るようにして歩いた。何かがブーツの上を横切り、蹴ると甲高い鳴き声をあげた。ここにはたくさんの生き物がうごめいている。姿が見えないうえに罪深い。これから自分は新たな罪が古い罪を覆い隠す場所へ行く。

阿片パイプの奴隷になった人間はロンドンじゅうにいる。むろん、いまでは阿片のほとんどが広い意味の大英帝国、つまりインドで製造され、清の皇帝の意に反して中国へ輸出されているが、ロンドンで阿片窟を営むのは中国人だ。

理髪店から金物店に至るまで、阿片の販売が薬事法で全面的に禁止されてから十年が経つにもかかわらず、流行の快楽が過去の遺物になることはない。この通りや隣の通りには十を超える阿片窟がある。いくつかに足を踏み入れたところ、三、四軒で、パイプの販売はしていないと丁重にことわられた。販売しているところも数軒あったが、シメオンが見せたようなものは扱っていないという。一軒の主人に至っては、質問をいっさい受けつけず、さっさと立ち去れとシメオンを追い返した。

最後にことわられたあと、シメオンは濡れた玉石の上を手探りで歩いていった。川面の霧越しにときおり大きな影が見える。それは巨大なスクリュー蒸気船で、行き先は広東かカリフォルニア――ターングラス館の住人たちが魅入られた地だ。実のところ、シメオン自身もカリフォルニアへ行こうと考えたことがあった。三十年前のゴールドラッシュで、ひと握りの者が巨万の富を築き、だれもが強欲に駆られたが、シメオンにとってカリフォルニアは、息苦しい医学界やつまらない人間関係の軛（くびき）から逃れて好機を追い求められる場所だった。そして、何にも増してそれを――自分の足跡（そくせき）を残す好機を求めていた。

　そのとき、めざしていた場所が見つかった。

　かつては船員向けの教会だったのだろう。黄色い煉瓦造りのずんぐりした不恰好な建物を赤い屋根が覆っていて、壁には小さな窓が二列並んでいる。広い入口の両脇に黒人の船員が立っていて、ちょっとした顔見知りであるかのようにシメオンにうなずいた。フローレンスの言ったとおり、入口の上に赤いランタンが掛かっている。

　はいってよいかと尋ねる暇もなく、小柄なマレー人の男が、客の来訪に狂喜するかのようにあわただしくシメオンを奥へ招き入れ、内扉から大きな広間へ通した。壁に並んだ二段ベッドは痩せ細った男女でいっぱいで、濃く青い煙霧が唇から立ちのぼり、小さなランプの上でふつふつ音を立てるパイプからも噴き出ている。

　大半は男で、そのやつれた顔は中年以上に見えるが、阿片は老化を加速させるので、見た目から十歳引いたぐらいが実年齢だろう。貧困も戦争も病気も、人を破壊することにかけては阿片にかなわない。まず獣の顔になり、やがてことばを発するサルと化して、あらゆる人間らしさが消え失せる。

「いやあああ……ちゃんと……ちゃんと……払うってば。ここにあるから……」数少ない女のひとりが、ベッドから引きずりおろされながらぼやいている。女は通りかかったシメオンに目を留めた。

「お兄さん、貸してちょうだい……ねえ、貸して……」シメオンの目の前で膝から崩れ落ちた。

　シメオンはかがんで女の脈をとった。「落ち着いて」女に話しかけた。心拍は遅いが安定している。

ポケットから硬貨を二枚取り出し、マレー人の男に渡した。「一枚はきみの手間賃で、もう一枚は貸し馬車の運賃だ。この人を近くの安宿へ送り届けてくれ」

マレー人は会釈して硬貨を受けとり、女を通りのほうへ駆り立てた。シメオンはそろそろ財布の中身が心配になってきた。この調査はずいぶん高くつきそうだ。

広い部屋にはかすかなぬくもりがあるが、熱源は奥の粗末な暖炉で、そのまわりで十人余りがまどろんだり正体を失ったりしていた。ひとりかふたりが骨まで冷えた体をあたためて外の世界へもどる準備をしている。体も懐も空っぽになったにちがいない。ひとりの男がふらつく足どりで歩きながらつぶやいている。「おれはだれだ。だれなんだ？」空の寝台に倒れこむや、そこにあったパイプをつかみ、唇にあてて強く吸いはじめた。冷たくて中身がないことにまったく気づいていないらしい。ズボンだけを身につけた男がそこへ近寄り、寝台の男の足首をつかんで引きずりおろす。「おれのパイプだぞ」憤然と言ったが、どこの訛りなのかシメオンにはわからなかった。

別の寝台にいる男に目が留まった。ほかの面々とちがい、阿片を吸うのではなく、緑の瓶から飲んでいる。口唇裂のせいで、中身が顎へ垂れている。

「お試しになりますか」男はにやりとし、欠けた歯を口からのぞかせた。教養を感じさせる言い方なので、大学を出ているのかもしれない。「下層階級の連中は阿片の煙を吸いたがります。わたしはブランデーに入れて飲むのが好きでしてね」

「そのようですね」シメオンは言った。「しかし、阿片チンキにも中毒性があるので、注意したほうがいい」

「おやおや、ご高説には及びませんよ。わたしは王立外科医師会の正会員です」

シメオンは嘆息した。医師仲間が自分の扱う薬物に依存するのをこれまでも何度か見てきた。破滅が待ち受けていることを知る人間が、それでも薬物に溺れるのは、はなはだしい悲劇だ。「では、くれぐれも気をつけて。医学の知識を忘れず、阿片には快楽だけでなく危険もともなうことを考えてください」

「気をつけているよ」男の口調が乱暴になった。

「どのように？」

堕落した外科医は最初の印象よりも錯乱しているようだった。「どのように？　だから気をつけてるんだよ！」汚れたシャツから長いスプーンを取り出し、瓶に突っこんで中身を強く掻き混ぜる。

「こうやってよく掻き混ぜる。そうしないと、阿片が底にたまって、飲んでいくうちに一回の摂取量が増えてしまうからな。重要なことだ」またひと口飲み、シメオンに勧めた。「ほら、飲んで」

「遠慮します」シメオンは暗い気持ちになった。この男が本来すべきなのは、周囲にいる瀕死の人々を治療することであって、仲間に加わることではない。この地獄の入口から引きずり出してやれれば、いまならまだ依存から抜け出して、以前の職業にもどれるかもしれない——とはいえ、阿片中毒から脱却する過程では、尋常ではない体の震えと発汗を経験する。「代わりに連絡してもらいたい人はいますか。家族か友人か。昔の同僚で力になってくれる人でもいい」

「力になる？　なんの力に？」男は驚いたように言った。「わたしはこの上なく幸せだ。最高の気分だよ！　ここにいたい！　このままでいたい！」シャツをつかんできたので、シメオンは男の指をそっとはずした。

「では、お好きになさってください」

「ああ！　そうするよ！」

すでに屍となった者と議論をしてもしかたがない。シメオンはうんざりした。

「うちでは珍しいお客さまですね」若い女の声がした。中国語の訛りがある。シメオンが振り返ると、修道服を着た女がいた。

「あなたもライムハウスでは珍しい女性ですね」シメオンは返した。

「これのことですか」女は頭巾を引っ張った。「わたくしは広東の修道院で育ちました。心はいつも、そこの人たちとともにあります。パイプをお持ちしましょう」

「パイプなら持っている。ただ、壊れたから新しくしたいと思ってね」シメオンはポケットからパイプを取り出して見せた。

女はパイプを手にとり、ふたつに折れたそれをしげしげと見た。「象牙とテラコッタのパイプは珍しいですね。磁器を好むかたがほとんどです」シメオンの目を見つめる。「あたたかい煙が出ますからね」

「ここで作られたものかな」

女は蜂蜜のように甘い声で答えた。「これはわたくしが作ったパイプです。かつて、わたくしのものでした。いまはあなたのもの」

「見覚えがあるのか？」女がパイプにそっと指を這わせ、花の彫刻された軸をなでる。象牙の折れたところに指が差しかかると顔をしかめた。女はうなずく。「つまり、兄はここに来ていたということか」シメオンは言った。

「ええ、そうですね」

「兄を覚えていないかな」

「たくさんの男性を覚えています」

「ふつうの客とはちがう。司祭だ。名前はオリヴァー・ホーズ」

女は一瞬ののち、その名前を舌の上で転がした。「わかりません。でも、パイプのことは覚えています。別の名前の人が買っていきました」

「だれが？」女はしばしその場にたたずんだあと、奥の部屋へシメオンを案内した。故郷の内装そのものだ。ピンクの絹布が背もたれのない椅子にゆるやかに掛けられ、ごく小さな磁器の動物が炉棚に並んでいる。部屋はジャスミンの香りでいっぱいだ。「だれが？」シメオンはもう一度尋ねた。テーブルにギニー金貨を置いた。いよいよ財布の紐を引き締めなくてはいけない。

女が緑の翡翠の箱をあけると、中に煙草が整然と並んでいた。それぞれの半ばあたりまで、細長い茶色の筋がついている。巻かれているのは煙草だけではなさそうだ。

「遠慮しておくよ」

女は一本取り出して火をつけ、煙を天井まで届かせてから、別の箱をあけた。そちらには画材道具がはいっていて、女は紫のインクの壺を手にとった。その横の三本のペンは、ペン先の太さの順に信じられないほどていねいに並べられている。女は先端の最も細いペンを選んでインクに浸し、紙の上を走らせた。シメオンは待った。女はふたたびペン先にインクをつけ、曲線を描いていく。何度もペン先を浸しているうちに、紙の上に顔が現れた。西洋人の顔立ちで、まるい目と立派な鼻が際立つが、この女が描くと東洋の皇帝の衣装をまとっているように見える。それでも顔立ちは西洋人だ。

「これがおさがしの人です」女は言った。

「名前は？」

「ティロンさんです」

叔父が死に瀕して叫んでいた名前を、ここでまた聞くことになるとは。ティロン。

「どういう素性の人だろう」

「どういう素性？　お客さまにあれこれ尋ねたりはしません」女は言った。

「それはわかる。でも、何か思い出せることはないかな」

女は手のひらを差し出した。オイルランプの黄色い光と暖炉のオレンジの炎を反射して、肌がくすんだピンクに見える。シメオンが最後のクラウン銀貨を載せると、女は開いた手を握りしめた。

「ここへお越しのお客さまの多くには、どこか欠けたところがあります」女は言った。「けれど、ティロンさんは何もかも欠けていました。どういう意味かおわかりですか」

「わかると思う」

「わたくしはお客さまを気の毒に思うことがよくあります。でも、ティロンさんに対しては、まったく思いません。空っぽの人間を憐れむことはできません」

空っぽの人間。シメオンはそのような患者の治療にあたってきた。つらく苦しい人生の終わりに差しかかり、ずいぶん前に死んだも同然なのに、ただ体だけが動き、呼吸し、食べている。フローレンスとホーズ一家に降りかかった悲劇の中心にいるティロンという男も、そうした人間なのだろう。

「その男に会いたい」

「問題を起こす人ですよ。そんな人をさがす手助けはしたくありません」

「またここに来られても困るだろう」

女は口をつぐみ、どこからともなく小さな呼び鈴を出して鳴らした。ピンクの壁紙が貼られた壁の一部が横に開いた。部外者にはわからない出入口から、髪が黒っぽく体つきのがっしりした男が現れた。女はシメオンに視線を据えたまま、男に声をかけた。

「最後にティロンさんを見たのはいつ?」

「ティロン?」男の訛りは、口にした名前と同じくらいアイルランドを連想させた。「あのくそ野郎にはまだ貸しがあるんですがね。もう一年かそこら会ってませんよ」

「貸しというのは?」シメオンは問いかけた。

女が部下に向かってうなずき、答えるよう促した。

「何か大事なものを取り返したいと言うから、セント・ジョージズ・フィールズへ助っ人を送ったんだ。あいつの話では、簡単に片づきそうな仕事だった。ところが蓋をあけてみたら、とんでもなく厄介で――話がまったくちがってたんだよ。あんた、あいつに会うのか？　〈レッド・ランタン〉のフランクがおまえのことを忘れてないと伝えてくれ」

「わたくしどもがお手伝いできるのはここまでです」女が言った。

建物を出たシメオンは、貸し馬車をさがして歩いた。さまざまな映像が脳裏に浮かんでは消える――ティロン、阿片パイプ、横たわったジョン・ホワイトの死体、『黄金の地』、そしてガラスの向こうに閉じこめられたフローレンス。ターングラス館の砂時計型風向計を流れる砂のように、それらが渦巻いている。

シメオンは埠頭のへりに沿って進んだ。背後の建物が川面に映っている。さざ波が立って建物の像が揺れる。像が崩れてはまたすぐに回復するのを見ているうちに、ある考えが矢のように心に刺さった。焼けつくような感覚とともに、シメオンはオリヴァー・ホーズ殺害の真相を理解した。自分は司祭の死をまちがった角度から見ていた――本だらけの部屋の奥にある、暗い鏡面に映った像を見ていたのだ。ホーズの死に至るいきさつがついにわかった。

14

シメオンは急いでレイ島にもどった。頭のなかで騒々しい演劇が繰りひろげられている。役者たちが舞台へ走り出て、無秩序な台詞を叫び、木のナイフで刺されて命を落とし、別の衣装を着てふたたび登場する。

屋敷に着くと、タバーズ夫人が居間へやってきて、魚のシチューを食べるかと尋ねた。シメオンはそれには答えず、逆に質問を投げかけた。「司祭が樽のブランデーを飲み終えるのに、どれくらいの期間がかかっただろうか」

「ひと樽ですか？　あまり飲むかたではありませんでしたから、ゆうに一年はかかったかと」

「やはりそうか」シメオンは言った。「わたしでもそれくらいかかるだろう。それから、シチューは遠慮するよ」

タバーズ夫人は困惑した目でシメオンを見て、居間から出ていった。シメオンは窓の外をながめた。レイ島の蕭条（しょうじょう）とした風景が屋敷のガス灯に照らされている。心は決まりかけているが、ようやくわかった真実は、外の景色と同じくらい殺伐としたものだ。

すべてはこの環境のせいなのか？　シメオンは自問した。**荒涼たる土地に住む男女。そのせいで人の心もすさんだものになるのか？**

シメオンはピーター・ケインを呼んだ。ケインは汚れた手にシャベルを持って現れた。「死んだ子馬を埋めてましたよ。病気の動物に用はねえんでな。あんたもやりますか？」不遜な口調で言った。

シメオンはいますぐワトキンズを呼ぶよう指示し、階段をのぼって図書室へ向かった。フローレンスは小さな八角形のテーブルの前にいた。その上にガラスの屋敷の模型が載っていて、人形が三つ、出番を待つ役者のように、上階の彩色されたドアの奥にそれぞれ置いてある。暖炉に火がともされ、シメオンが選んだ黄色いシルクのドレスの上で赤い火影が踊っている。フローレンスはまたあの讃美歌の一節を口ずさんだ。**〝寄る辺なき　身の頼る　主よ　ともに宿りませ〟**

シメオンはとっさに本棚から地図帳を取り出し、南北アメリカ大陸のページを開いた。カリフォルニアに人差し指の先を置き、岬の部分を軽く叩く。いまは名のない岬だが、いつの日かデューム岬と呼ばれることになるだろう。

「行かないで、シメオン」フローレンスがささやくように言った。

「なぜですか」

「いい結末を迎えないからよ。あなたとご家族に悲劇が待ってる」フローレンスは自分で作ったガラスの模型を両の手のひらでなでた。

「なぜそう言いきれるんですか」

「ああ、シメオン、お互いにわかってるはずよ。何もかも『黄金の地』に書いてある。むずかしいことじゃない。ささやかな野心、ひそやかな憎悪。罪が蓄積され、やがて屋敷が炎に包まれる。空中に舞うほこり。それが血を汚すのよ」

十時ごろ、ようやくワトキンズが到着し、シメオンが勧めた飲み物を受けとった。

「さて、ワトキンズさん。本を返していただけますか」

「なんの本ですか」ワトキンズは足もとへ目を落とした。

フローレンスが三つの人形をターングラス館の模型から取り出し、その前にひとつひとつ並べた。

「無駄に時間をつぶすのはやめましょう。あなたが持ち去ったことはわかっている。そして、その理由も」

「なんのことだか――」

「よくおわかりのはずだ。オリヴァー・ホーズの日記ですよ」

ワトキンズは当惑顔で黙していたが、やがて力を奮い起こして言った。「そうですか。だとしたら、どのようにその結論に至ったのかを説明してもらえますか」

「いいでしょう」シメオンは少し間を置いて、考えをまとめた。「オリヴァー・ホーズの死因がどうしてもわかりませんでした」フローレンスが人形のひとつを倒し、テーブルの天板でそれが少し転がる。「まず感染症を疑いましたが、もしそうなら、何に感染したのか。思いあたるものは皆無でした。それに、周囲のだれにもそんな様子はなく、みんな健康そのものです。また、解剖をおこないましたが、深刻な内科疾患の徴候は見られませんでした。だから結局、わたしはホーズ博士の主張が正しかったと確信するに至りました。先月、毒を盛られたという主張です」ワトキンズは見るからに衝撃を受けていたが、シメオンは無視してつづけた。「とはいえ、その手立てがまったくわかりませんでした。ホーズ博士はケインとタバーズ夫人と同じものを食べていましたが、ふたりにはなんの症状も出ていなかった。もちろん、ふたりのうちどちらかが犯人である可能性もありますが、わざわざ雇い主を殺害して収入源を失うようなことをする理由がない。仮にそうだったとしても、もっと簡単な方法があったはずです――寝ているときに窒息させれば、だれにも悟られない」

ワトキンズは反論したそうな顔をしたが、何も思いつかないらしい。シメオンはつづけた。「ホーズ博士しか口にしていないものが、ひとつだけありました。寝る前に飲むブランデーです。新しい樽に交換された翌日に体調を崩しましたが、わたしの指示で飲むのを中止してからも、一週間以上にわたって症状がどんどん悪化していった。試しにケインの犬にも樽の酒を飲ませてみましたが、酔っただけで無事でした。後日、コルチェスター王立病院へ持ちこんでわたし自身の手で調べたものの、やはり何も検出されませんでした。そう、樽に毒物は混入されていなかった。先月オリヴァー・ホーズに毒を盛った者はいなかったわけです」

「何が言いたいのですか」ワトキンズはようやく気持ちを奮い立たせて言った。

「簡単なことですよ」

「だったら教えてくれ！」

「一年前に毒を飲ませた人物がいたんです」シメオンの口調が少し熱を帯びた。この結論に至ったことに怒りを覚えていた。

「一年前に？　ありえない。だれが？」

「あなたの娘さんですよ、ワトキンズさん」シメオンは重荷をおろした気分で、フローレンスに目をやった。

「フローレンス」ワトキンズはあえぐように言った。ゲームは終了らしい。

フローレンスがガラスの人形をすべて床へ払い落とし、テーブルには透明な家の模型だけが残った。

「はい。そうです」シメオンはフローレンスに視線を据えたまま言った。「一年以上前、最後にガラスの監房を出たときに、オリヴァー・ホーズに毒を盛ったんです」

ワトキンズは椅子に崩れ落ちた。「でも、いったいどうやって……」声が小さくなって消えた。

そのとき、葬列の歩みのようにゆっくりと、フローレンスが両手をあげて手のひらを合わせた。**パチ、パチ、パチ。**「おみごとよ、シメオン。あなたは鋭いナイフそのもの」その声も鋭いナイフを思わせた。「ほかに何かわかった？」

シメオンは視線を返した。「では言いますが、わたしはジョン・ホワイトの死にこの家の人たちがかかわっていたのではないかと強く疑っています。ジェイムズも含めてです。それから、あなたが口ンドンまでさがしにいった、ジョンの妹のアニーのことも気になる。いまどこにいるんですか。なんとしても答えてもらいたい」

ワトキンズが大声で言った。「アニーの身にもよからぬことが起こったと？」

シメオンはガラスの向こうの女から目をそらさずに言った。「ええ、そうです。あなたもそう思っているでしょう、フローレンス」くわしく説明はしなかった。ワトキンズは娘よりつねに三歩遅れている。「アニーを見つけたあと、何があったんですか」フローレンスが微笑む。「ホーズの日記に全部書いてあったでしょう？」そこでシメオンはワトキンズに向かって言った。「だからあなたは日記を盗んだ。娘を守るために。かつて果たせなかったことをするために。というのも、わたしが日記を読めば、フローレンスが殺人を犯したことがわかってしまうからです」ワトキンズは小さくうめき、グラスの中身を飲み干す。フローレンスは軽やかに笑っている。だが、シメオンの頭には日記のことしかなかった。「オリヴァーの死後、フローレンスが日記の内容をあなたに教えたんでしょう」ワトキンズは、今回は反論しない。「こんな茶番は早く終わらせましょう。さあ、日記を渡してください！」

「わたしは……」

「この人に渡しましょう、お父さま」ガラス越しのフローレンスの声は、これまでにないほど明瞭だった。「いまさら何を気にしてるの？　もうどうだっていいのよ」無造作に手を振る。

「ケインにあなたのお宅へとりにいかせます」シメオンは言った。

「その必要はない」ワトキンズは小声で言った。「ずっとこの部屋にあります」

「なんだって？」シメオンは激高した。この部屋にあったのか！　どこへ持ち去られたのかと、ひたすら考えつづけてきたのに。

ワトキンズは額の汗をぬぐった。「逃げるとき、あなたに追いつかれるのではと思ったのですよ。

だから暗闇のなかで、この部屋の安全な場所に隠した。そこなら、あなたに見つからないだろうから」

シメオンはしばし黙考した。ワトキンズは日記をこの部屋に隠したと言っているが、自分の目に留まることがありえない場所とは、いったいどこなのか。いや、一カ所だけある。シメオンはガラスのほうを向いた。

「本をこちらへください、フローレンス」シメオンは言った。「オリヴァー・ホーズのもうひとつの人生について知りたい」

フローレンスはテーブルのガラスの家に手を載せ、横に倒した。「シメオン、あなたは人間が自分の運命を自由に操れると思ってる？ きっとそうでしょうね。でも、それはまちがってる。わたしたちは他者に操られるおもちゃでしかないの」声がまたアマモにからまれたようにくぐもった。「もうひとつの人生と言ったけど」

「ええ。日記に書かれていたのはそれでしょう？」

「そうかもね」

フローレンスは奥の壁に並んだ棚に近寄ると、いちばん上の段に指を這わせて、赤い装丁で背に金の文字が並ぶ薄い本の上で止めた。私室へ持っていけば、こちらの視界からすっかり消えるのに、シメオンがここへ出入りするたびに、その本が見えているのに見えていないという状況に陥れるのを楽しんでいたのだ。フローレンスは本を引き出し、食事の運ばれる小窓に歩み寄った。ワトキンズもこの窓から本を渡していたにちがいない。それからフローレンスは青白い手で本をこちらに押しやった。またしても指と指がふれ合ったが、一瞬ののち、フローレンスはゆっくりあとずさりして自分の世界へもどった。

「なぜ隠したんですか。前はわたしに読ませたがっていたのに」

「父が言ったのよ、すべての真実をあなたに知られるわけにはいかないって。わたしの命よりも自分の評判を守るためでしょうけど、かわいそうになってね」ワトキンズの体がさらに小さく縮んだように感じられた。

シメオンは何も言わなかった。まだ読んでいない日記の内容を早く知りたくてたまらない。本をひっくり返して裏表紙をめくり、オリヴァー・ホーズの秘密の日記を開いた。読みかけていた個所の先へ目を走らせる。

一八七九年五月十九日

今夜、例のティロンが声をかけてきた。わたしは会計の諸問題について地方参事と話をするためにコルチェスターへ出向き、〈ブリックレイヤーズ・アームズ〉で食事をしていた。ニラネギのスープを飲みながら、教会信者の貧困に関する論文を読んでいるところだった。「やあ」わたしは顔をあげて言った。特別室は人でにぎわっていたが、本来なら一般席にいるべき客が大半だったように思う。

「あなたをさがしてたんです」ティロンは言った。

「ほう、どうしてかな」

ティロンは椅子に腰をおろした。「腹がぺこぺこだ」そう言って、わたしの手からスプーンをつかみとり、スープを飲んだ。「このところ忙しくしてるもので」

「なぜ忙しいのかな」わたしはスプーンをとられて気分がよくなかったが、相手が何か重要なことを言おうとしている気がしたので、大目に見ることにした。

「確認です。いろんなことを調べてましてね。ひとつ申しあげましょう。おれたちには――いや、あなたには――ちょっとした気晴らしが必要だ」

「どういう意味だろう」

「お見受けしたところ、あなたは自由じゃない」

「自由ではない？　ばかげている」相手の強引な物言いに、正直なところ、わたしは少し苛立ってい
た。「この手首を見てみなさい——鎖がついているか？　ドアをご覧なさい——鍵がかかっている
か？　その気になれば、いますぐ席を立ってドアをくぐり、馬に乗って帰宅できるのだよ」

「ええ、手首を鎖で縛られちゃいませんね」ティロンはわたしのほうへ身を寄せた。その息から死臭
のようなにおいがした。「それでも……」表面のざらついた長椅子に深く腰かけた。わたしはつづき
を待ったが、ティロンは何も言わずにいた。そのとき、わたしは理解した。ティロンは長年わたしを
悩ませてきた問題の核心を突いてきたのだ。天の父からわれわれに与えられた自由意志の問題だ。

「それでも？」わたしは先を促した。

「それでも、あなたにはできない。聖書の教えに反するからです」たしかにそのとおりだった。

「どういうことだろうか」わたしは深皿を脇へ押しやった。もう食べる気がしなかった。

「あなたはおれが持つものを求めておいでだ」

「きみはそれほど裕福には見えないが」

「金の問題じゃない！」ティロンは憤然と言った。「あなたが求めるのは、おれが真に手にしている
ものだ。つかみとって思いきり吹かす自由。好き放題に浮かれ騒ぐ自由」口調が熱を帯びてきた。

「なぜわたしが人生にそうしたものを求めていると？」

「あなたが来る日も来る日も聖書を読むのを、おれは見てきました」

「それは気がつかなかった」わたしはいささか驚いて言った。

「教会の後ろの席にすわってましたからね」

「なるほど」信じてよいものかどうか、わたしは決めかねていた。

「そして毎回、あなたの目に、あるいは口の端に何かが浮かぶのを見たんです。大罪や戒律のひとつ

ひとつに対し、あなたは……」

「何が浮かんだって？」

腹立たしいことに、ティロンは質問に答えなかった。「おれは世界じゅうを航海したんですよ。あなたは新天地へ近づいたときの船乗りと同じ顔だ――早く上陸して楽しみたいとうずうずしてる」

わたしはスモール・ビールをひと口飲み、グラスのふち越しにティロンを見た。「そうか」体の力をゆるめる。「ああ、でも、きみはわたしをからかっているのだな。この哀れな田舎の司祭を」

「哀れだって！　とんでもない！　まったくそんなことはありませんよ。たしかに田舎の司祭かもしれないが、哀れなんかじゃない。とんでもないことだ」

そう、そんな薄っぺらな話ではあるまい。わたしは立ちあがって特別室を出た。ティロンがついてくるのはわかっていた。

「きみの話は興味深い。それに従うつもりはないが、話の行き着く先は知りたいものだ」

「すぐにわかりますよ」ティロンはどこか謎めいた口調で言った。少しばかり案内したいと思っていた場所がありましてね。そのときが来たようだ」

「わたしは忙しい人間だ。無駄足を踏まされるのはごめんだよ」

「ええ、そうでしょうとも」ティロンは言った。「でも、損はさせませんせん」

気がつくと、地方参事などの名士から招かれて一、二度来たことのある高級住宅街を歩いていた。わたしは寒さから身を守ろうと、旅行用の外套の前を深く合わせた。しじゅう他人から病気をもらうからだ。

前を歩いていたティロンが明かりのついた建物へ向かった。ノックをすると、仕着せに身を包んだ執事がドアをあけた。

「なんのご用でしょうか」執事が尋ねた。

「この屋敷のことを耳にしてね」ティロンは言った。奇妙な言動に思え、わたしは連れの非礼を詫びようとした。

「そうですか。何をお聞きになったのでしょう」

「いいから、そこをどけ」ティロンは強い口調で言った。わたしは呆気にとられた。てっきりティロンの友人の家だと思っていたのだ。このような男――聖餐式につねに参加していても、倫理観に疑問のある人間――にも友人はいる。

「どなたのご指示でお越しかをうかがうまでは、動くわけにまいりません」執事は言った。

「ご指示? ご指示だと? こちらの紳士のご指示だよ」ティロンの言わんとするところをわたしが理解するまで、少し時間がかかった。ティロンは財布に手を入れ、ギニー金貨を取り出した。こんな高価なものを渡す人間がいるとは! そのとき強い風が吹き、ティロンのことばがよく聞きとれなかったが、何を言ったにせよ、執事は脇へよけてわたしたちを奥へ通した。

屋敷のなかには驚くべき光景がひろがっていた。まるで王子の住居のようだ。そこかしこに豪華な革張りの肘掛け椅子――わたしの図書室にあるものよりはるかに上等だ――や、ふたり掛けのソファー、鉢植えの植物が置いてある。そして、広い大理石の階段が上階へつづいている。「いつまでコルネ河口みたいに大きく口をあけて、そこに立ってるつもりですか」ティロンは言い、笑い声をあげた。「さあ、行きましょう。お楽しみが待ってますよ」

テーブルに酒の瓶やグラスが置かれていたので、飲み物が待ち受けているのは予想できたが、ティロンがほかの何かも指しているのかはわからなかった。

ティロンはテーブルのひとつに近づき、シェリー酒入りとおぼしきデカンターを手にとった。

「物品税を払ってるとは思えない」ティロンはつぶやいた。

「それは同感だ」

わたしはふと顔をあげ、階段のほうを見た。大理石の階段だ。三人の若い女が年長の婦人に連れられて、軽やかな足どりでおりてくる。オペラか何かに出かけるときのようないでたちで、みな見目麗しく、美しく着飾ってもいた。詩人なら小鳥のようだと形容しただろう。

「こんばんは」年長の婦人が言った。みごとな宝石のネックレスをつけていて、歩くたびにドレスの裾が大きく揺れる。

「こんばんは」ティロンは言った。「楽しませてもらうよ」

ティロンは長椅子に腰をおろし、わたしにもすわるよう促した。わたしは少し迷ったが、従った。

「かしこまりました」婦人はわたしと司祭服を見たが、まったく動揺する様子はなかった。むしろ、おもしろがっているように見えた。若い女たちのほうへ手を振る。「イザベラ、クラリス、アメリアはまだ新人ですが、きっと満足していただけると思います」

「新人だと？」ティロンは大声をあげた。「へえ！　それならいいがね。先月、その黄色っぽい髪の女にお相手を願ったんだが、なかなかよかったよ。また同じ女にしよう」ティロンは立ちあがり、後方にいる若い女のほうへ向かった。

「お客さまはどうなさいますか」婦人は司祭と呼びかけず、わたしから聖職を剝奪した。

わたしが口を開く前に、ティロンが言った。「おれが代わりに選ぶ」婦人がわたしを見て、ほっそりした眉を片方あげる。わたしが何も言わないので、異論はないと思ったようだ。

「お好きにどうぞ。イザベラ、そちらの紳士のお供をして」

婦人が階段をあがりはじめたが、ティロンが追った。「待ってくれ」ティロンは言った。「イザベラという名前は好きじゃない」

「お気に召しませんか」婦人は言った。

「ああ。別の名前がいい」

「どんな名前がお好みですか」

ティロンは答えず、わたしを見た。

「フローレンス」わたしは言った。

「フローレンスですか？」娘が言った。北部訛りの明るい声だった。

「そう」わたしは言った。「きみはフローレンスだ」

15

シメオンは読むのを中断して顔をあげた。なんと異様なのか。フローレンスはシメオンの心を読んでいるようだった。

「謎の日記、謎の男」フローレンスは言った。

「たしかに」シメオンはつづきを読んだ。

一八七九年五月二十五日
教区の仕事でまたコルチェスターへ行き、〈ブリックレイヤーズ・アームズ〉で食事をすることにした。店にはいると、客はティロンだけだった。

「ホーズ博士」ティロンは陽気に挨拶した。実のところ、いつもより陽気で快活だった。その理由がわかった。村に住む牡蠣漁師の娘のアニー・ホワイトがエールをついでいる。あえて言えば並みの娘だが、このあたりの男たちの求めるものを満たすにはじゅうぶんだろう。「アニーを知ってますよね」

「もちろんだよ。元気かい、アニー」

「はい、おかげさまで。ありがとうございます」

貧しい人々の卑屈な態度――形ばかりで中身がない――は気分がよいものではない。「お母さまもお元気かな」

「はい、元気です」

「よかった。羊のシチューをもらおうか」

「舞台に立てばいいのにと勧めてたんですよ」ティロンが言った。それには賛成だ。どんな卑しい女も、本人にその気があれば、粗野な男たちの視線にさらされることで生計を立てることができる。

「コルチェスターの舞台に立つアニーを見たくありませんか？　ロイヤル・シアターでね。いや、ロンドンでもいい！」

アニーの目が輝きを帯びた。ハードから大きく離れた世界での人生を夢見ているのだろう。

わたしは悠然と微笑んだ。「わたしは聖職者だから、そうしたことには疎くてね」それから声をひそめて言った。「教会はそういった場所を、あらゆる不信心者の集まる大鍋と見なしているよ」それを聞いてアニーはおかしそうに笑った。

ティロンとわたしはテーブルに着き、ちょっとした話をした——この店に来る客のことや、わたしが予定している南海岸での短い休暇のことなどだ。やがてティロンが話題を変え、前回訪ねた屋敷のことを持ち出した。

「神の食卓で夕食をとるのと同じですよ」ティロンは言った。「だから罪でもなんでもない」

「そうだろうか」わたしは疑念を覚えて言った。

だが奇妙なことに、ティロンは純粋な宗教論議としてそれが正しいと主張した。いわく、聖書にはヘブライ人の族長が数多くの女性との交渉を楽しんだと書かれている。救世主がはっきりと戒めていないのだから、その族長たちを行動の手本とすべきではないか、と。

「しかし、男女の関係は神聖な結婚の枠内でのみ許されている」わたしは反論した。

「じゃあ、神に代わって結婚を認めるのはだれか。神の代行者ですよ」むろん、わたしのことだ。

「人間である聖職者が結婚を宣言するのでは？　だとしたら、神聖かどうかは聖職者が決めることだ。

ほかの聖職者に祝福を与えることは神もお望みのはずで、それなら自分自身を祝福していけないはずがない」

わたしに説教するとは、この男はいったい……しかし、考えてみると、わたしはこの男が仕事で商船に乗ってきたことぐらいしか知らない。それなのに、いまのことばには神学的な重みが感じられた。

「そうかもしれないが、われわれは高位聖職者も気づかう必要がある」

「ほう、じゃあ高位聖職者はどうやってその地位を得ると？　熟考と検討を重ねて任命されるのでは？」

わたしはそれについても考えた。またしても主張に説得力がある。わたしたちは外へ出て、歩きながら話をつづけた。

「今夜はごろつきが多いな」ティロンは振り返って背後を確認し、戸口へ目をやった。

「ふだんよりも？」

「ええ。さっきも男が殴られて、命を落とす寸前だった」

「どんな理由で？」わたしは衝撃を受けて尋ねた。

「いや、何も。おかしな目で相手を見ただけです。いまの世は犯罪だらけだ」

「それはそのとおりだ」わたしも無用な暴力事件を伝える新聞記事をたびたび目にしていた。

「そう。それで考えてたんですがね。これを携帯したほうがいい」ティロンは言った。わたしはティロンの手のひらに目をやった。気味の悪い短刀が載っている。わたしは口を大きくあけた。

「なぜこんなものを持てと？」わたしは訊いた。「人を傷つけるつもりはない」

「でも、傷つけるつもりの相手からは身を守らないとね。このあたりには、暴力を振るいたくてたまらない連中が山のようにいる」

わたしは重いため息を漏らした。ティロンの言うことはまたしても正しい。それに自己防衛は罪ではない——自殺とは神から与えられた命を身勝手かつ恩知らずに捨てる行為のことであり、喉に刃物を突きつけられたときに自分の身を守るのはやむをえないことだ。わたしはしぶしぶナイフを受けとった。細長いものだが、刃は剃刀並みに鋭い。これまで何に使っていたのかは尋ねなかった。外套の内側のポケットに入れたところ、ぴったりおさまった。

一八七九年六月十四日
ハードでティロンと落ち合う。最後に会ってから二週間以上が経ち、わたしは前回の議論のつづきを楽しみにしていた。イエス・キリストが明確な指針をお示しになっていないのだから、女性との関係ではヘブライ人の族長を手本にすべきというティロンの主張について、もっと語り合いたかった。ふたりで歩いてわが家へ向かい、ストルードからちょうどはずれたところだった。

「司祭！」だれかが背後から大声で呼びかけた。帰宅するさなかに背中に向かって敬称を叫ばれるのは、めったにあることではない。しかも穏やかな口調ではなかった。「司祭！」

わたしはティロンに目をやった。ティロンは険しい目でわたしを見た。

「さあ、隠れて」ティロンは言った。

「そんなことはしない」

「ばかな。とんでもない」ティロンはうなるように言った。「おれは隠れます」

わたしは呼び声など聞こえなかったかのように、足どりを乱さず歩きつづけた。ティロンは小道から離れて、干潟へおりていく。薄暗がりのなか、そこにいることを知らなかったら、霜降り（しも）の黒い服を着たティロンの姿はほとんど見えなかっただろう。いるのを知っていたわたしでさえ、よくわからなかったほどだ。

重く荒々しい足音が近づいてきた。わたしは無視した。足音の主がだれであれ——見当はついていた――じきに追いつき、わたしは向き合うことになる。われわれ聖職者が〝父〟と呼ばれるのには理由がある。よき親のように、ときに導き、ときに叱責しなくてはならないのだ。

獣を思わせる不規則な足音をそれ以上無視できなくなり、わたしは足を止めて相手が来るのを待った。

「司祭!」その男は叫んだ。わたしは相手の頭から足先まで視線を走らせた。人間の肉をまとった若い牛だ。大柄で愚鈍な男。何を言うつもりかに興味がなかったので、こちらから声はかけなかった。ようやくわたしに追いついた男は息を切らしてあえぎ、いまにも倒れそうだった。乱れた呼吸が少し整い、どんな戯言がその口から飛び出すのかを辛抱強く待っていると、男は背筋を伸ばしてわたしの顔を見据えた。「おれの妹に」男は怒鳴り声で言った――わたしはまちがっていた。この男は牛ではなく野犬だ。「おれの妹に何をした」

「何もしていない」わたしは言った。それはまぎれもない真実だった。この男の妹――だれのことを指しているかはもうわかった――に何かしたのはティロンであり、わたしは何も指示していない。わたしの良心は清らかだ。

「アニーは……結婚するはずだった」

「なら結婚させてやればいい」わたしは言った。「わたしが喜んで司宰をつとめよう」

「もうできない。妹は純潔じゃないんだ!」

わたしはやりとりに辟易してきた。「きみたちにとって、それはたいした障壁ではあるまい。おそらく、きみの妹はこの地域のふつうの花嫁の五倍は〝純潔〟だ。さて、そろそろ失礼するよ。説教文を書かなくてはならない」

そのとき、男は大きな誤りを犯した。家へ向かおうとしたわたしのフロックコートをつかみ、引きずりもどそうとしたのだ。力が強く、わたしは危うく転びそうになった。このあたりの男たちは土地を耕したり、魚を大量に獲ったりができるように育てられていて、体は上等だが、頭はそうはいかない。「わたしに手をあげるのは教会を攻撃することだぞ」わたしは男を叱責した。激しい怒りに男はひるみ、攻撃の手をゆるめた。男の鈍い頭に、会衆席で長年、わたしやほかの司祭が神の目から見た善悪を説くのを聴いていた記憶がよみがえったのだろう。

だが、すぐに険しい獣の表情にもどった。「いや、司祭。あんたが妹を穢した」

そして、胴衣から何かを取り出した。皺くちゃの紙に脂っぽい親指の跡がついている。何か別のものから引きちぎったらしい。ひどく読みにくい筆跡で書きなぐった短い手紙だ。

〝とってもかなしいです。あなたはこいびとだとおもってたのに。あたしはもうだれともけっこんできなくなりました。あなたとけっこんしたかったです。アニー〟

憐れみを感じるべきだったのだろうが、わたしは思わず噴き出した。「幸せな田園生活を夢見ていたのか。おまえのふしだらな妹がよき司祭の妻になれるとでも？　まったく、おまえのばかげたふるまいのおかげで、きょうは輝かしい一日になったよ。だが、あとは勝手にやってくれ」わたしは立ち去ろうとしたが、男はわたしの体に両腕をまわして、命を絞り出すかのようにきつく締めあげた。わたしの両手は自由だったが、相手の腕力の前では役立たずも同然だった。

「ふざけるな、司祭」男はふたたび野犬のようにうなった。「妹は何かを飲んだ。そのせいで眠った。起こしても起きない」

わたしは肺から空気が抜けていくのを感じた。相手が腕に力をこめるたびに、肺が悲鳴をあげる。本気でわたしを窒息させるつもりなのか。助けを求めて顔を動かし、相手の目を見ると、そこには見たこともないほど強烈な憎しみが宿っていた。そのとき、わたしに押しつけられた体から力が抜けるのを感じた。一瞬のうちに互いの体勢が変わり、崩れ落ちる男の体をわたしが支える恰好になった。手のひらにあたたかいものがひろがる。見おろすと血だった。相手の脇腹にあいたいくつもの刺し傷から、血が流れ出している。ティロンのナイフによる傷だ。ホワイトはふらつきながらわたしから離れる。怒りの権化さながらのティロンが後ろから飛びかかり、ホワイトの首に腕をまわしてから、背中に深く二度、短刀を突き立てた。襲撃者の体が力なく地面へ崩れ落ちた。

わたしは呆然とその場に立ちつくした。しかし、すぐに平静を取りもどした。周囲にだれの姿もなかったことを神に感謝する。

「ナイフを持ち歩けと言ったのに」ティロンは言った。「これで必要な理由がわかったでしょう」足もとの男に唾を吐く。ホワイトがまだ動いているのを見て、わたしは動揺した。喉をごろごろ鳴らし、苦しげな息をしている。「平気だって。おれにまかせてください」ティロンは小声で言った。わたしは一歩後ろにさがって、場所をあけた。すぐ目の前で、ホワイトの命が消えつつある。そして、完全に消えた。

「何も言わないで」ティロンはわたしより先に言った。「これはおれの仕事だ。この先もおれがやります。あなたはだまって見てりゃいい」腰をかがめて襲撃者の命が抜けた体を持ちあげ、尻を地面につけた恰好でぬかるんだ入り江へ引きずっていった。わたしは自分もかなりの血を浴びているのに気づいた。あとで洗わなくてはならない。この服を家政婦にはとても渡せない。ティロンが泥土の上で死体をさらに引きずっていくのが見えた。あのあたりの地面は液状化していて、何もかも呑みこんでしまう。ティロンの上着で隠れていたが、わたしはジョン・ホワイトの手が泥に沈んでいくところを想像した。そして、そのとき以来、だれもホワイトの姿を見ていない。

ティロンがわたしのもとへもどり、笑い声をあげた。「これがあとで必要になる」そう言って、わたしの胸にアニーが書いた手紙――あれをそう呼べるなら――を押しつけた。「ホワイトの舟に細工をしてきますよ。転覆したように見せるために」

「気をつけてくれ」わたしは言った。シャツの胸についたホワイトの血が、押しつけられた手紙の端に染みてきた。わたしは血をぬぐった。ティロンがこの手紙をどう使うつもりなのか、なんとなく察しがついた。あとで計画を聞いたとき、わたしの勘は正しかったと知った。それは狡猾な計画だったと言わざるをえない。そしてわたしは、けっして偽証をしないと心に決めた。

そう、窮地に陥ったわたしにティロンを与えてくださった主に感謝しなくてはならない。よき羊飼いの力と恵みは瞠目すべきものだ。

ティロンが仕事を終え、わたしは小道を引き返して、マーシー島の村にあるホワイト家へ向かった。兄が言っていた妹の心身の状態をたしかめるためだ。外套のボタンを上まで掛けると、血の染みがうまく隠れた。

小さく心地よい田舎家に着くとすぐ、盲目の老女——アニーの仲間たちはみな、この同じ母親から生まれたように感じられた——に案内されてアニーの寝室に着いた。医者ではないわたしにも、アニーが兄のいまの居場所へ近づいているのがわかった。アニーの額に手を置いた。汗ばんでいて、ひどく冷たい。薄い寝間着の生地越しに乳首が上下するのが見える。多くを与えてくれる娘が世界から消え去るのは残念だが、それが神の御意志なのだ。

わたしはアニーを祝福して辞去した。すでに神の手の内にある。天国でともに過ごすか、地獄で責め苦に遭うかを決めるのは神であり、ほかの何人(なんぴと)にも決められない。とはいえ、アニーを訪ねた判断は正しかった。これでわが友の計画の見通しがさらによくなったからだ。

ハードのあたりには、たいがいひとりかふたりの与太者がいて、日雇いの仕事を待っている。どこから流れてきたかは知らないが、いつの間にか現れて、数日間ぶらついたのち去っていく。きょうはそのなかのだれかに仕事を頼みたかった。

わたしは司祭服の襟をはずしてポケットに入れたあと、ひとりの男を手招きした。小銭を稼げそうと思ったのか、男は意気ごんで駆けてきた。「この手紙をすぐにレイ島の屋敷へ持っていき、家政婦に渡してくれ」わたしは皺だらけになったアニーの手紙と、〈ペルドン・ローズ〉で飲み食いできるだけの金を渡した。男をストルードへ向かわせ、軽快な足どりで発つのを見送った。それから海岸でしばらく時間をつぶし、帰路に就いた。聖霊がわたしを歓喜で満たすのを感じた。

一時間後、玄関広間に足を踏み入れたとたん、バンシー（家に死者が出るときに大声で泣いて予告する女妖精）のように泣きわめく声が聞こえた。

「どこの女よ？」フローレンスの声だ。家が揺れるほどの大声で叫ぶのは珍しいが、まったくないことでもない。

「どうかしてるぞ」ジェイムズが怒鳴り返す。

ティロンは実に狡猾だ。

「あなたとの結婚を決めたときのわたしは、たしかにどうかしてた！」

激しく言い争うふたりにはかまわず、わたしは書斎へ行ってシャツを着替えた。

南インドでの布教に関する論文を読みはじめて五分もしないうちに、ジェイムズが書斎に飛びこんできた。頬に押しあてたハンカチが赤く染まっている。それを見てわたしは、タバーズの目につく前にシャツを捨てなくてはならないことを思い出した。「たまらないよ、オリヴァー！　あいつが何を言ってるのか、さっぱりわからない」ジェイムズは言い、椅子にどさりと腰をおろした。

「話してくれ」

ジェイムズは憤然と言った。「ぼくがもてあそんだとかいう女のことで、質問攻めに遭ってる」

「もてあそんだのか？」

「ほとんど知らない相手だ。ジョン・ホワイトの妹だよ。ぼくがその女をたぶらかして、結婚を約束しておきながら、履き古した靴みたいに捨てたという内容の手紙か何かが届いたそうだ。ばかばかしいにもほどがある」ジェイムズはサイドテーブルを蹴った。「前からこのテーブルがきらいだった。

薪にしたほうがましだ」

「で、どうなったんだ」

「フローにデカンターを投げつけられたよ。床がジンでびしょ濡れだ。先月、フランドルから取り寄せた上物だったのにな。残念でならない」

「その頬は？」

「骨が折れてるんじゃないか。顔に投げつけやがった。でも生き延びてやる」ジェイムズがハンカチをとると、乾きかけた血が皮膚についていた。

善悪の境界線で正しい側にとどまるのは、ときとしてむずかしい。だが、自分の良心に問いかけても、わたしにやましいところはない。偽りはひとことも口にしていないからだ。

一八七九年六月十五日
平穏な一日だった。昼まで会計の仕事をする。教会堂の管理人を雇う予算を教区に要求していたが、届いた返事は色よいものではなかった。屋根の修理を延期しなければならないようだ。ジェイムズが傷の痛みを訴えている。

一八七九年六月十六日
しばらくジェイムズの世話をする。あまりの痛みに腹を立てていたが、怒ったところでどうにもならない。ジェイムズは夕食を食べなかった。アングリカン・コミュニオン通信協会から届いた、植民地の教会一致主義に関する短い論文を読む。得るところが多かった。

一八七九年六月十七日

きょうはとても暑い。ジェイムズの体調が悪化している。フローレンスがデカンターをぶつけたところの筋肉が黄色くなっている。ジェイムズは主の手のなかにあり、わたしたちはその御意志を受け入れるばかりだ。ジェイムズはうわごとを言っている。わたしは管理人を雇う予算を再度申請し、必要とする理由を詳述する。

一八七九年六月十八日
〈ペルドン・ローズ〉で盗みを働いた放浪者が逮捕される。つぎの四季裁判にかけられるだろう。ジェイムズの病状が悪化する。深刻な容態だ。

一八七九年六月十九日
喜びを味わうことは悪逆ではない。予期せぬ恩恵にあずかるのは罪ではない。わたしはカインとちがって、弟を殺すわけではない。それでもジェイムズは殺されかけている。まだ息をしているが、あまり長くはあるまい。犯人はだれか？　妻だ。フローレンスが負わせた傷はいまや緑に変色し、悪臭のする汁を垂らしている。周囲の皮膚は黒ずんで腐り、そこから歯と骨がのぞいている。地元の医者——酒浸りで、薬草医よりはまだましという程度だ——を呼んだが、祈るしかないと匙を投げた。もちろん、わたしはずっと祈っている。ジェイムズは発汗と震えを交互に繰り返し、唇は乾いてひび割れている。ときおり叫び声をあげるが、ありがたいことに、発することばは支離滅裂だ。

そばへ行って手を強く握ると、ジェイムズはわたしを見た。「オリヴァー」弱々しい声で言う。「フローレンスを頼む」

「わかった」わたしは言った。

あすかあさってには弟を安置室に横たえ、神の手に委ねることになるだろう。

村でも新たな動きがあった。アニー・ホワイトが回復したらしい。歩けるようになるとすぐに、ロンドンへ行く、また連絡する、とだけ言い残して家を出たという。神はあの娘の口を封じてくださった。ありがたいことだ。

16

シメオンはページをめくったが、何も書かれていなかった。そこから先は白紙だ。しかし、よく見ると、何枚もの紙を切りとったようなあとが本の背の裏に残っていた。

「残りのページはどこですか、フローレンス」シメオンは訊いた。フローレンスはガラスの模型を持ちあげた。下に小さな紙の束がある。日記の本体と同じく、何日も前から視界にはいる場所に置かれていたのだ。まんまとしてやられた。フローレンスのほうが一枚上手だった。「渡してください」

「どうしようかな」

フローレンスの狙いは明らかだった。「取引をしたいんですね」

「鋭いのね、シメオン！　なんてすてきな心理学者なの」

「わたしがことわったらどうするんですか。ランプの火で燃やす？」

「そうするかも」

「見返りはなんですか」

「玄関広間の暖炉の上に掛かってる絵よ」

シメオンは驚いた。「絵がほしいと？」興味深い要求だ――しかし、それならお安いご用だ。

「わかりました」

暖炉の上に掛かった小ぶりな絵は、アメリカの日差しが降り注ぐ想像上の風景のなかにフローレンスが描かれた何年か前のもので、壁からはずすのは簡単だった。石炭のバケツを持って通りかかったケインがじろじろ見ていたが、シメオンは気づかぬふりをして絵を図書室へ運んだ。

「ああ」シメオンがもどったのを見て、フローレンスが深く息をついた。「誠実な人ね」

シメオンが上げ蓋から絵を奥へ押しやると、フローレンスは若き日の自分の姿をじっと見た。それからサイドテーブルに載ったタンブラーへ手を伸ばし、テーブルに打ちつけて粉々に割った。いちばん大きな破片を床から拾いあげるのを見て、シメオンはフローレンスが自殺を図るのでないかと案じた。ところが、フローレンスはその破片を絵と額縁のあいだに刺し、カンバスを切り裂いていった。

「何をしているんです」シメオンは尋ねた。

「すぐにわかる」

フローレンスのほんとうの目的は絵の下にあった。手紙の束だ。

「それは？」

フローレンスの目に涙が浮かぶのが見えた。「これ？ ジェイムズがわたしにくれた手紙よ。まだふたりとも若かったころにね。ここに入れておいたの。そうすれば……」

「……絵を見るたびに、そこにあることを思い出す」シメオンは引きとって言った。

シメオンはのぞき見をしている気がして、古い恋文を読むフローレンスを残して立ち去った。自由の身にしてやることはできないが、過ぎ去った日々を懐かしんで、愛する夫との思い出に浸る時間ぐらいは与えてやりたい。

一時間後、図書室へもどった。フローレンスは本棚にもたれかかり、手の届かない窓の列をながめていた。

「ありがとう」フローレンスが言い、シメオンはうなずいた。フローレンスは視線を合わせずに日記の残りのページを上げ蓋から押し出し、シメオンはオリヴァー・ホーズの知られざる過去の日記をまた読みはじめた。

一八七九年六月二十日

きょうジェイムズを埋葬した。みな、沈鬱な顔をしていた――わたし自身、こうした結末を迎えたことが悲しかった。とはいえ、わたしたちは主の道具であり、疑問をいだいてはならない。

みなが喪服を着て、遺体が安置された奥の居間に立っていた。わたしはふと、一部の地域に見られる罪食い人に関する論文を思い出した。金銭と引き換えに、死者の上に置かれたケーキを食べ、そのすべての罪をわが身に引き受けるみじめな人々のことだ。神と悪魔の目から見ると、死者の罪の記録が生者の罪の記録へ移されることになり、審判の日にその咎(とが)を罪食い人が背負う一方、死者はなんの咎めもなく天国へ引きあげられる。そんな仕事を引き受けるのは無神論者に決まっている。棺がこじあけられて、魂が最後の審判を受けるとき、その者たちは恐怖で震えあがることだろう。

わたしは司祭としてのつとめを果たし、フローレンスも含めた参列者に衷心からの慰めのことばをかけた。何もかもわたしの裁量にまかされていたら、フローレンスに夫の死を悼む時間を与えていたかもしれない。しかし、葬儀が終わった直後こそ実行するいちばんの好機だとティロンが言い、それにはは納得できた。

そのため、数時間後、わたしは図書室のガス灯の明かりで本を読んでいた。フローレンスは頭をすっきりさせるために散歩に出かけていた。ティロンが隅に腰かけて、品のないしぐさで爪を切っていた。

雨の多いこの地域でも、これほどの雨はめったに降らない。さらに激しくなれば、方舟(はこぶね)のノアその人でさえひるんでいただろう。部屋にいたのはティロンだけではなかった。わたしはワトキンズを食事に招いていて、そのワトキンズはいま、アフリカの野獣のようないびきをかいて部屋の隅で眠っている。ワインをたくさん飲ませ、少し休んでから帰ったほうがいいとわたしが勧めたのだ。使用人たちはすでに帰宅させてあった。

「気の滅入る夜だ」ティロンがぼそりと言った。「あの女、耐えられるかな」

「あまり長くもたないかもな」わたしは言い、モーセ五書の解説書から顔をあげた。「きっと弱っているだろう」

「そんなの、くそったれでもわかりますよ」

「この屋敷にいるときは、酒場で罵るようなことばを使わないでもらいたい」わたしは言った。「いまはふさわしい場面ではない」

「すみませんね」ティロンは不満そうに言い、また爪を切りはじめた。「どれくらい経ったかな」しばらくして言った。

わたしは部屋の隅の時計へ目をやった。「一時間近くか。そろそろ限界だろう。骨まで凍えているはずだ」わたしは本を閉じて眼鏡をはずし、神経を集中させた。フローレンスの泣き叫ぶ声がまた聞こえてきた。最初は怒鳴っていたが、つぎに哀れな声を出し、いまはこちらを脅迫している。「ドアをあけないなら皮を剝いでやる、このならず者！」下で叫んでいる。小石が窓ガラスにあたっているが、ガラスが割れるほど大きな石は見つからないらしい。それに、聖書に描かれたような大雨のなかでは、ほとんど何も聞こえない。

「淑女とは言えないな」ティロンが言った。「三シリングで体を売るロンドンの女みたいだ。そうそう、おもしろい女がいましたよ！　ジェシーって名前で、これがまた好き者でね。その女がいま──」

わたしは怒りで本をテーブルに打ちつけた。「そうした不快な話はするなと言っただろう。いいかげんにしないと、出ていってもらうぞ！」

「そうかっかしないで」ティロンはぼやくように言った。「おれのことを食べ物並みに必要としてるんだろうに」

「そんなことはない！」

近ごろのティロンの無礼な態度には我慢がならない。フローレンスのことが片づいたら、この男もどうにかしたほうがよさそうだ。主客が転倒したかのように思われたら、危険な事態になりかねない。

「なんであんな性悪女のことを気にかけるのか、さっぱりわかりませんよ」ティロンは言った。

「これ以上フローレンスが堕ちていくのを見たくない」わたしは言った。「宗教裁判のような展開は不快だろう？」

「なるほど、宗教裁判ね。あんたの狙いはそれか。へえ！」ティロンは下品な目つきでわたしを見た。

「おれは帰りますよ。あんたとあの女で好きにやったらいい。船員たちがジェシーにしたみたいに、たっぷりかわいがってやるとか」足を踏み鳴らして部屋を出ていった。ワトキンズが目を覚ましかけたが、すぐに眠りにもどった。

そのとき、けたたましい音とともに、窓ガラスが割れた。石が飛んできて部屋を横切り、暖炉へ飛びこむ。ガラスの破片を浴びたせいで、ワトキンズが悲鳴をあげて跳ね起きた。残念なことに、暖炉のまわりのタイルが何枚も割れた。不愉快きわまりない。

窓ガラスの障壁がなくなったので、女の声が響き渡って部屋を揺らした。「ドアをあけなさいよ、この人でなし。あけないなら壊すよ！」

割れた窓からつぎつぎと小石が投げこまれた。いくつかが体にあたり、ワトキンズが跳びあがって叫んだ。「何事だ！」

わたしも驚いたふりをした。「あれは……おそらく娘さんの声かと」

「フローレンスの？　ああ、そうだ、娘の声だ！」

わたしたちは割れた窓へおそるおそる近づいた。雨が部屋に吹きこんで、カーテンが大きく波打っている。わたしはまた嵐のなかのノアを想像した。海へ投げ出され、一族の生存を祈っている。

「あなたたちは獣よ。ドアをあけなさい。首を絞めてやる！　悪魔の力で絞め殺してやる！」

「あの子はいったいどうしたのか」ワトキンズは度肝を抜かれていた。ふたりとも、割れたガラス越しに外を見た。泡立つ海に落ちたかのように、フローレンスが服をずぶ濡れにして窓の下に立っている。悪魔の憎しみがこもった目で、こちらをにらんでいる。

「ちゃんと見えてる！」フローレンスは叫んだ。「ふたりとも、この手でやってやる！　ドアをあけろ！」首を絞めると言わんばかりに、両手を頭上へ伸ばしている。つぎの瞬間、驚いたことに、虚空をつかむのをやめて外壁の石に手をかけた。サルのように壁をよじのぼって、この窓からはいろうとしているのだ。けれども、石に巻きついた蔓の助けを借りて数歩あがったところで、びしょ濡れの地面へ落ちていった。

　ワトキンズとわたしはたじろいだ。まるでティロンが航海中に見たという人間もどきの獣ではないか。

「あんな娘を見るのははじめてです！」ワトキンズはかろうじて言った。ことばがはっきりしない。まだ酒で頭がぼんやりしているところに、逆上した娘の姿が目にはいり、ひどく怯えているのだろう。

「わたしもそう言えたらよかったのですが」わたしは静かに言った。

「ということは、これまでにもあったと？　以前も似たことがあったのですか」わたしは無言で深いため息をひとつつき、尊敬すべき治安判事がみずから答を導き出すにまかせた。ワトキンズは動揺を隠せぬ顔でつづけた。「ジェイムズとの一件だけだと思っていました」

「そうだったらどんなによかったか」わたしは暗い声で言った。ティロンの指示どおりだ。「下へ行って屋敷に入れてきます」

「危険はないでしょうか」ワトキンズはこわごわ言った。だがすぐに、大の男が自分の娘を恐れることの愚かさに気づいたらしい。「いや、ぜひそうしてください。わたしが娘を落ち着かせます」

　わたしは階段をおりて玄関へ向かった。煉瓦の隙間から風が吹きこみ、家そのものが苦悶のうめき声をあげているかのようだ。

　フローレンスはどうにか中へはいろうと、ドアを強く叩いていた。オーク材の分厚いドアだが、攻撃があまりに激しいので、いまにも破られそうな気がした。どうやったら素手でここまで強く叩けるのだろう。ところがそれからまもなく、目の前でドアが割れはじめた。長い亀裂がはいるのを見て、わたしは驚きで足を止めた。つぎの瞬間、フローレンスの手にした道具がドアを突き破った。それは大きな火打ち石で、庭から持ってきたにちがいない。フローレンスはそれを手斧として使っていた。わたしはしばし命の危険を感じた――相手の理性がドアと同じように壊れているとしたら、この家で命を奪われるのはジェイムズが最後ではないかもしれない。

　そのとき、ティロンが厨房の入口で目に怒りを浮かべているのを見て、わたしは勇気が湧きあがるのを感じた。そして、足を速めてドアへ向かった。

　錠前に鍵を差してまわしたとたん、風の勢いでドアが開いて一気に壁にぶつかり、変わり果てたフローレンスの姿が視界に飛びこんだ。

　なんという姿だろうか。翻意したわけではないが、大きく心を掻き乱されたことは認めねばならない。服が体にまとわりつき、白いリネンの生地越しにバラ色の肌が透けて、何も着ていないかのように見える。この打ち捨てられた森の精のような美しさを隠しておくのはもったいない。

「ああ、かわいそうに！」わたしは叫んだ。「鍵を持っていかなかったのか」

「なんで鍵を持ってなきゃいけないのよ」フローレンスは言い、火打ち石をほうり投げた。血のしずくが垂れた――ドアを何度も叩くうちに、手のひらを怪我したのだろう。フローレンスはわたしを押しのけて玄関広間へはいった。

「使用人たちはもう帰ったよ」わたしは言った。

「わたしの叫び声が聞こえたでしょう？　一時間も外にいたのよ」

「嵐で聞こえなかった」

「嵐？　嵐なんてくそ食らえよ」フローレンスは服を脱ぎ捨て、肌着姿になった。「見たかったら見ればいい。好きにしなさいよ！」それから薄い肌着の紐をほどきはじめた。

「フローレンス！」上のほうから大声がした。フローレンスが女の肉体を、義兄でも司祭でもあるわたしの前でさらけ出そうとするのを見て、階段の上から父親が言った。「やめなさい！　服を着るんだ！　何を血迷っている？」

「あら、あら、お父さま」フローレンスは苛立ち混じりに声を抑えて言った。「嵐のあとはお小言というわけね。ここはわたしの家よ、お父さま。イヴみたいに裸になるのもわたしの勝手でしょう。わたしのこんな姿は、お父さまだって何度か見たことがあるはずよ」ワトキンズが動揺のあまり体をよろめかせながら階段をおりてくる。「でもときどき、自分がほんとに生まれてきたのかどうか、わからなくなることがある。お母さまはいまのお父さまみたいに、酔っぱらってたのよ、きっと」

「なんということを！」ワトキンズは叫んだ。階段をまたひとつ踏みはずし、懸命に手すりをつかむ。

「服を着なさい。ジェイムズが亡くなって、みながつらく思っているのはわかるが――」

「わたしの百分の一も悲しいと思ってないくせに」フローレンスは毒づいた。「お父さまは――あの人を――知ってたの？　居酒屋でお酒をおごられて、おもしろい話を聞かせてもらった？　そんなの、わたしにとってのあの人となんの関係もない。これからはあの人じゃなくて、だれか別の人とビールを飲みながら、あばずれの話でもしてもらえばいいでしょ？　わたしにはできないの。だから夫の死をどう悼むべきかとか、家のなかでどうふるまうべきかとか、わたしに指図しないでちょうだい」

　そして、フローレンスは階段をあがって寝室へ向かった。気の滅入る夜だったが、終わりは愉快だった。

一八七九年六月二十一日

けさ、衝撃を受けた――今後はこうした出来事がないよう祈っている。ティロンが部屋に踏みこんできて、まどろんでいたわたしを揺り起こし、フローレンスがけさ列車でロンドンへ発ったと告げた。わたしはこの思いあがった男がますます増長していることが気になっていた。シーザーに刃向かうカシウスにさせるわけにはいかない。

「行き先の心あたりは？」ティロンがうなるように言った。

わたしは一考した。「アニー・ホワイトをさがしにいったのではないか。たしかにまずい事態だ」

「これからどうする？」

「あとを追ってロンドンへ行こう――フローレンスより先に獲物を見つけるためだ。アニーがまずいことを言う前に手を打たなくては」わたしは言った。覚悟を決めたことにティロンが感心しているのがわかった。

準備をすませ、ほどなくわたしたちはコルチェスター発ロンドン行きの午後の列車を待っていた。

「こんにちは」ホームで駅長に声をかけた。マーシー島の出身で、少しだけ面識がある。

「こんにちは、司祭」

「先にロンドンへ向かった義妹を追いかけている。宿泊先を教えてくれるはずだったんだがね」

「忘れたんですか」駅長は小声で笑った。

「そのとおり」

「女はそういうものですよ、司祭。自分の名前も忘れてしまう」

「そうだな。もしかして、何か聞かなかっただろうか。ほかの手がかりになりそうなことでもいい」

「いえ、何も」駅長は首を横に振り、わたしは踏板に足をかけた。「あっ、そうだ！　ひとつ思い出しました。ロンドンのどこの駅でおりればいいか訊かれたので、リヴァプール・ストリート駅だと教えたんですよ」わたしはつづきを待ったが、駅長はかかとにパイプを打ちつけて煙草のかすをはじき出すのに夢中だった。

「それから？」わたしは先を促した。

「それから」駅長はまだパイプに気をとられていた。「コヴェント・ガーデンまでどのくらいの時間がかかるかとも訊かれました」なかなかの答だ。さらなる情報が得られるだろうか。「パンチとジュディの人形劇でも観にいくのかと尋ねたら、ちがうと言っていましたよ。〝人をさがしにいくの〟ってね。だから、貸し馬車で二十分だと教えました」

人をさがしにいく。わたしは神の摂理に感謝した。

とはいえ、これは大変な旅だ。首都ロンドンでの滞在はたいがい楽しくはあるものの、不慣れな旅でいつも疲れ果て、二度と来るまいと思うのだ。今回も同じだろう。

列車は早めの夕方にリヴァプール・ストリート駅に到着し、わたしは駅の郵便窓口へ向かった。わたしには計画があった。窓口にいた背の低い薄汚れた身なりの男に指示を与え、一ポンド札を渡した。

それからコヴェント・ガーデンの市場へ向かった。フローレンスに見つからないようにするため、わたしはふつうの服を着て、つばの深い帽子をかぶった。ティロンは黒いハンカチで顔の下半分を覆っていた。これなら人相がわからないし、盗人の巣窟であるこの街なら注目を集めることもない。だが、わたしにはロンドンで耐えがたいものがひとつあった。スモッグだ。それが街全体を覆い、街灯の光がかろうじてそれを貫いている。

フローレンスはコヴェント・ガーデンでアニー・ホワイトをさがしているらしい。アニーのような女がここへ流れ着く理由は決まっている――夜の女はこの街でもウィーンでも有名だ。そして、売春婦が路上に立つのは夜にかぎらない。「こっちよ、お兄さん！」「幸せにしてあげる！」なんと安っぽい罪か。ティロンとふたりで歩いているとき、あらゆる世代の百人もの着飾った女から声をかけられた——近づいて見ると、十二歳ぐらいも五十歳ぐらいもいた。

「またあとでな！」ティロンは叫んだ。「たっぷり楽しませてやるから、そのつもりで」猫のような甲高い笑い声がいっせいにあがった。ティロンはすぐにでも楽しみたかったのだろうが、わたしたちはまず、市場とまわりの路地をざっと調べた。アニーの姿もフローレンスの姿も見あたらなかった。もっとも、そんなに簡単に見つかるはずもない。それからもふたりで歩きまわり、注意深く人に尋ねたが、何も手がかりがつかめず、近くのホテルへ引きあげた。

一八七九年六月二十二日
捜索を再開して数時間歩きまわったとき、大きな動きがあった。

「女をお求めですか」今回は女の声ではなかった。薄闇のなか、ささやき声のした戸口に近づくと、痩せた男が立っていた。これほどまで痘痕(あばた)だらけの顔は見たことがない——どこもかしこもでこぼこで、まだ生きているのが不思議なほどであり、よからぬものをうつされないよう、わたしはこの男の息の届く範囲に近寄らないようにした。

「いや」わたしは後ろにさがり、相手の反応を待った。

男がにたりと笑って邪悪な顔がふたつに割れ、声音が変わった。どことなく、わたしのことを知っている口ぶりだった。「わかってますよ。ふたりの女をおさがしでしょう。遠くから来た女を」そう言ってすぐ、戸口の奥の暗がりへ消えた。

わたしはこの男のねぐらにはいるべきかどうか躊躇(ちゅうちょ)した。「行きゃあいい」ティロンが言った。

「まったく知らない相手だぞ」わたしは言った。

ティロンは冷たく笑った。「やっぱり腰抜けだな」

「だまれ！」わたしは鋭く言った。

「まあいい。おれが行ってくる」ティロンは言った。「あんたはここで待っててくれ」

ティロンは胴衣のふくらみの下に手を入れた。そこにアニーの兄を始末したナイフがはいっていることをわたしは知っていた。ティロンはそれを妹にも使いたくてたまらないのだ。

ここは申し出に従ったほうが賢明だと思い、わたしは道の反対側で待つことにした。「さあ、どうぞ二階へ」女衒がわが友に声をかけるのが聞こえた。

果物や花の荷車が一台だけ通れる幅のせまい路地でわたしは待った。丸石が濡れているのは、日々の汚れをできるだけ落とそうと、だれかがテムズ川の水を流したからにちがいない。わたしは建物の二階を見あげた。雨戸のついた窓の奥で蠟燭の火が燃えている。ティロンはあそこにいるのだろう。

通りの端の街灯の下に別の女が立っていた。「たった三シリングよ！」女が呼びかけた。「ベッドでね。立ったままなら二シリング」

「だまれ、あばずれ」わたしは強い口調で言った。

二分近く待ち、寒さが身に染みはじめたころ、ティロンがあわてて飛び出してきた。「逃げよう！」きびしい声で言い、わたしの外套をつかんで通りを引っ張っていこうとした。

「何があったんだ」わたしは尋ねた。

「話す時間がない」わたしはティロンをじっと見た。ガス灯の明かりがその目に映り、炎が燃えているかのようだ。わたしはティロンの手を振り払い、戸口へ走った。あれをしろとかするなとか、だれからも指示を受けるつもりはない。

すばやく階段をのぼり、二階にひとつだけある部屋に足を踏み入れた。きっと散らかった寝室で、女衒とその手駒の売春婦の仕事場だろうと予想したが、まったくちがった。そこは死体置き場だった。

ベッドの上に喉を掻き切られたふたりの売春婦がいる。身につけているのは肌を淫らに露出した商売用の服だ。ふたりとも無造作に簡易ベッドに横たわり、血が床だけでなく壁にも飛び散っている。女のどちらも、アニーにもフローレンスにもまったく似ていない。

ところが、まだ生きている者がいた。「ああ、ああ……」うめき声が聞こえた。丸椅子に女衒がもたれかかっている。わたしに向かって一方の手を伸ばし、もう一方の手で、こぼれ落ちる内臓を押さえているようだ。「頼む……」その声が、ヘビが発するような音に変わった。たしかにこの場にふさわしい。ここにはまちがいなく悪魔がいるからだ。

「逃げようと言ったじゃないか」

知っている声だ。ティロンがわたしを追ってきて、後ろに立っている。

「これはいったいどういうことだ」わたしはきびしく問いかけた。

「声をひそめろ」ティロンはきっぱりと命じた。「こういうことはおれの仕事だ」

「あの……水を。先生」女衒はまだ息があり、苦痛でうめいている。ティロンがわたしの目を見た。わたしは背を向け、ティロンは床にへたりこんだ男へ近づいた。それきり声は聞こえなくなった。

「こういうことはおれの仕事だ」ティロンは繰り返した。それから、何かの金属を拭くような、布のこすれるかすかな音がした。

わたしは現場をもう一度見まわした。これは〈ペニー・ドレッドフル〉(十九世紀に発行された安価な大衆小説のシリーズ。犯罪や超自然現象などがよく扱われた)の世界だ。旧約聖書に出てくる大虐殺の場面のようでもある。だが、それは当然だ。古(いにしえ)のイスラエルと同じように、この部屋でも神の手が働いているのだから。

それにしても、ティロンへの怒りがおさまらない。

「二度とこんな真似をするな!」わたしは言った。「きみは一線を踏み越えている」

「だからこそ、あんたにはおれが必要なんだよ!」ティロンはわたしと同じくらい激怒していた。

「どういう意味だ」

「どういう意味？」ティロンはあざけるように言った。「あんたもわかってるはずだ。おれはあんたの罪食い人なんだよ」

わたしは仰天し、しばし黙した。「なぜそのことばを知っている？」

「なぜだと？　おれが育ったところじゃ、みんな知ってるさ」

「ああ、たしかにこれは罪深いことだ」わたしは言い、手を振って血の海を示した。いまは神学の議論をする気分ではなかった。

「こいつらは毎日四十回は罪を犯してる」ティロンは吐き捨てるように言った。この連中の命など、どうなってもよいと言いたげだ。それから、一方の売春婦の足を軽く蹴った。女の足が少し揺れ、ベッドのへりから垂れさがった。「罪からは逃れられないさ。おれは覚悟ができてる」

「わたしはちがう」

ティロンは不気味に笑った。「だったら覚悟を決めたほうがいい」そのことばに、わたしはぞっとした。「さあ、行くぞ」ティロンはわたしの上着をつかみ、こんどは有無を言わさず引っ張った。邪悪なナイフを暗闇で握りしめ、戸口に立って通りに目を走らせる。「だれもいない」わたしを手招きする。外へ出ると、ティロンは胴衣の下に隠した革の鞘へナイフをもどした。わたしたちは足早に通りを進んだ。

「その気になった？」さっきわたしを誘惑しようとした街娼だ。「準備ができてるように見えるけど」

だが、答えたのはわたしではなくティロンだった。「ああ、そうだな」そう言ってわたしを驚かせた。「準備万端だよ」さらに驚いたことに、女に近づこうとした。

「正気か」わたしは小声で言い、ティロンを押さえつけた。

「ああ、ただ飢えてるだけさ」ティロンは含み笑いした。わたしの手を振りほどき、女――建物の上階で切り裂かれたふたりよりも若そうだ――のところへ行くと、何も言わずに両手を肩にかけて後ろを向かせ、前かがみの姿勢にさせて犬のようにいきなり貫いた。わたしは目をそらした。こんなものを見せられていることにも、こういうときにあまりに軽率であることにも、はらわたが煮えくり返る思いだった。

「六シリングやるよ」ティロンの声が聞こえた。「二階にいるお仲間にも何か飲ませてやってくれ。ブラック先生からのおごりだ」わたしのほうを振り返り、にやりと笑った。

「お客さんも先生もありがとう」女はうれしそうに言った。

ティロンがわたしの背中に手をかけ、そろそろ行こうと言った。わたしは大股に歩きだし、かつては友と見なしたこの男が運命の裁きを受けるのを見届けるまで、あとどれくらいかかるのかと考えた。まちがいなく絞首刑だ。

わたしはなるべく人目につかぬようにして、意に介さぬふうのティロンとともに、リヴァプール・ストリート駅近くのホテルへもどった。ティロンはすっかり上機嫌で、街へ出たがっていた。「セント・ジェイムズ・パークへ行こう。街娼がもっとたくさんいるぞ」わたしに言う。「生け垣のあいだにうようよいるさ。ちょうど食べごろに熟してる」ティロンが鞘にはいったナイフの柄に手をかけていなかったら、わたしはことばだけでなく、もっと強い方法で警告していただろう。だがわたしは愚か者を表す五つの異なる単語で罵倒するにとどめ、引きずるようにしてホテルへ連れ帰った。そのときもあとを尾けられたり、万が一にも警察に身元を突き止められたりしないよう、わざわざ遠まわりをした。ティロンは首を縄で絞められることなど気にも留めていないように見えたが、わたしは考えるだけでぞっとした。

ホテルに着き、主人から夕食を勧められた。しかし、主菜がガチョウの串刺し料理だと言われたとき、ティロンが大笑いし、わたしはすばやく蹴ってだまらせた（gooseには〈ガチョウ〉売春婦という意味もある）。

一八七九年六月二十四日

長時間にわたって、ティロンとふたりで獲物をさがしまわった。下宿屋や売春宿や修道院へ行ったが、何も見つからない。わたしはひたすら怒りを募らせた。ティロンはどこかの売春婦がフローレンスを匿っていると信じていて、いくらでも躊躇なく切り裂きそうだったが、わたしはそれを押しとどめた。注目を集めてもろくなことがない。それに、ようやく風向きが変わってきた。

三日目の朝、ティロンがわたしのもとへやってきた。前夜はずっと出かけていて――行き先は知りたくもない――情報を集めて帰ってきた。今夜までホテルで待っていれば、フローレンスとあの村娘を連れてもどるという。わたしは神に感謝した。

わたしは言われたとおりに辛抱強く待ったが、ティロンはふたりの逃亡者を連れ帰るどころか、肩に深い傷を負って真夜中にもどってきた。請け合っておきながら、企てがみごとに失敗したのだ。この男のことばや約束は、今後いっさい信用してはならない。わたしは腹を立ててベッドにはいったが、その夜はほとんど眠れなかった。

しかし、また神に感謝するときが訪れた。

朝八時ごろ、以前リヴァプール・ストリート駅にいた背が低く薄汚い身なりの郵便局員に起こされた。寝室へ招き入れたところ、男は手紙を持っていた。

「先日のご依頼の件ですが」男は手紙を掲げた。「きょう早朝のコルチェスター行きの列車に託されました。おっしゃっていた住所宛になっています」

まちがいなく、われらがワトキンズ治安判事宛だ。娘の筆跡であることは言うまでもない。

「よくやってくれた」わたしは言った。

「ご存じでしょうが」男は罪のない口調で言った。「郵便物を盗むのは法律に反します」

わたしは大きく息をついた。「もうひとりの紳士が見返りを渡すよ」

「もうひとりの紳士?」愚かな相棒は鸚鵡(おうむ)返しに言って、あたりを見まわした。

くだらない遊びに付き合う気分ではなかったので、わたしは枕の下から財布を取り出して六シリングを与えた。ふと、この前の夜にティロンが同じ額を売春婦に渡していたのを思い出した。

「ご苦労だった」わたしは言った。

「はい、師父さま」男はその簡単なことばを口にしながら、どこかとまどっているようだった。よく知らない無作法な人間から〝師父さま〟などと呼ばれるのをわたしは好まない。義務はないのに、精神的な導き、さらには聖職者としての導きを与えなくてはならない気分にさせられる。

わたしは手紙を開いた。

「フローレンスから?」ティロンが訊いた。

「まちがいない」

わたしはじっくり読んだ。この三日間にフローレンスの身に起こった出来事が書かれている。興味深い内容だった。そのうえ、きわめて重要な情報が得られた。その手紙はホテルの便箋に綴られていた。

そして、フローレンスの居場所を苦もなく突き止めることができた。ビショップスゲートのクラウン・ホテルだ。

17

シメオンは日記から顔をあげ、これまで読んだ内容、控えめな田舎の司祭についてわかったことを頭のなかで整理した。オリヴァー・ホーズは臆病だったので任務を放棄して軍を追放された、と以前ワトキンズが語っていたことがふと思い出された。最新の心理学に、そうした屈辱の体験がその後の人格形成に影響するという仮説がなかっただろうか。だが、そうしたことはあとで考えればよく、いまはもっと情報が必要だ。「あなたがお父さまに宛てた手紙のなかにロンドンでの出来事が記されていたと日記にありますが、詳細は書かれていません。教えてもらえますか」

「思い出したくないの」

「気持ちはわかります。何があったのかは知りませんが、ひどい目に遭ったはずだ」フローレンスがうなずく。「何かわたしにしてもらいたいことはありませんか」

「たとえば？」

「なんでも言ってみてください」

フローレンスは一考した。「オリヴァーの死体はどうなってるの？」

「さしあたり、コルチェスター王立病院の遺体安置所に置いてあります」

「家族の墓に埋葬するのね」

「そのつもりです」シメオンは言いながら、フローレンスに何か考えがあることに気づいた。「別の案が？」

「ええ。代わりにジョン・ホワイトを埋葬してもらいたいの。あの人をちゃんと葬ってあげたい」

驚くべき要求だった。シメオンは最初、そんなことはできないと思ったが、考えてみれば、さほどむずかしくはなさそうだ。牡蠣漁師のホワイトの遺体を棺に納めてその棺を墓所へ運ぶのを、自分が取り仕切ればいい。棺のなかにだれがいるのかを知っているのは自分しかいない。そのようにしなければ、ホワイトは共同墓地に入れられる。

「で、オリヴァーの遺体は？」

フローレンスの黄色いシルクのドレスが炎光を受けて輝いた。まるで本人が炎に包まれているかのようだ。「ジョンが見つかった干潟に埋めるのよ。沈んでしまえばいい。深くまで沈んで、だれにも見つからないように」

ワトキンズが耳を覆った。

フローレンスの案は正義の均衡を取りもどすものだと言える。そして、ほかに自分で何ができる？

「わかりました」シメオンは言った。しばらく沈黙があった。「では、何があったか話してもらえますか」

「聞く時間はある？」

「いくらでも」

シメオンは司祭の椅子にすわり、静かに待った。

「アニーが書いた抗議の手紙があったでしょう。自分じゃなくてジェイムズがもてあそんだと見せかけるため、オリヴァーが家に送り届けた手紙よ」フローレンスは記憶をたどりながら、自分自身に言い聞かせるように言った。「あとで考えたら、その手紙が届いたのと同時にお兄さんが事故に遭い、アニーが自殺を図ったというのは、偶然にしてはできすぎの気がしたの。だから真相をたしかめたくて、アニーを訪ねたのよ」

「なるほど」

「もちろん、アニーは体調がとても悪くて、まともに話ができなかったけど、少し聞けた話からは、手紙の内容だけでジェイムズを責めるのは無理があったんじゃないかって気がした。でも、アニーにしかわからないこともたくさんある。だから、アニーが回復してすぐにロンドン行きの列車に乗ったと聞いたとき、あとを追うことにしたの」フローレンスは水差しから少し水を注いだ。「まずは尾行を撒くことにした。そう、わたしは悪賢いキツネよ、シメオン。そして、アニーのような娘ならロンドンのどこにたどり着くだろうかと考えた。答は悲しいほど明らかよね。もしあなたが若い女で、家から追い出されたり家族の助けが得られなかったりしたら、路上に立って経験不問の仕事をするしかないでしょう。だからわたしは、たくさんの貧しい女が商売をしてるコヴェント・ガーデンに向かうと見せかけた。わたしを追ってくる者は、アニーがそこにいるという情報をわたしがつかんだと思うはず」

「みごとな戦略だ」

「ええ。実際には、アニーがどこにいるかなんてさっぱりわからなかった。たしかに路上に立ってるかもしれない――だけど、ホワイトチャペルでもキャムデンでもメイフェアでもおかしくないでしょう？　夜の仕事場は無限にある。そこでわたしは、ジェイムズの金庫から持ち出したお金を使ってアニーをさがす計画を立てた。最初に専門店へ行って、あなたたち男性が許さないものを買ったの」

「ほんとうに許さないと思いますか」

「そうに決まってる」そう言ったあと、フローレンスは少し折れた。「ほとんどの人はね。まあ、すぐにわかるはずよ」いったんことばを切る。「そこの店主から、ある男を紹介されたの。ソーホーの裏通りに事務所があった。煙草屋の二階で、そこの煙とロンドンの淀んだ空気が混じり合って、わたしはいまにも気を失いそうだった。紹介された人の名前はナサニエル・ブレント。〝ほんとうの苗字は自分でも知らねえんだ。拾われた場所がブレントだったから、この名前がつけられたんだよ。苗字なんかどれでもいいしな〟って、その人は言った」フローレンスはロンドンの荒くれ者の口ぶりを真似た。

「そのブレントというのは何者ですか」

「ブレントは――苗字はなんだっていいけど――自分のことを〝調査員〟だと言ってた。つまり、傷を負ったシカを追跡したいなら、持ってこいの人ってことよ。痩せて背が高かった。なんだか威圧感があってね。わたしはかつての使用人をさがしてるって伝えたの。よくある問題に巻きこまれたらしいからって。

ナサニエル・ブレントは椅子にすわってた――部屋に椅子はその一脚しかなかったから、わたしは立ったままで、ちょっと失礼だと思った。〝不思議だな。ここへ来る客は全員、そろいもそろって同じ話をするが、蓋をあけてみたら、真実はぜんぜんちがうんだ〟わたしは顔が赤くなるのを感じ、そんな自分に腹が立った。〝さて、そのアニー・ホワイトとやらをさがしたいほんとうの理由を教えてくれねえか。一度聞いたら、お互いに忘れるってことでいいさ〟」シメオンは思わず顔をほころばせた。「どうしようかと思ったけど、機転のきく人だってことはわかった。だからほんとうのことを話したの。〝ひでえ話だ〟わたしにというより、自分自身に言っているように聞こえた。〝かわいそうな女だ。わかった。あんたは宿にもどってろ。何かわかったら教えるから。おれはクーリアンって名前を使う。それ以外の名前で訪ねてくるやつがいたら、でかい悲鳴をあげるんだ。よく覚えておけよ。クーリアンだ〟

〝知らない人が訪ねてきたら、悲鳴じゃなくてこれで応じるつもり〟わたしはバッグをあけて、その午後に専門店で買ったものを見せた。装弾数四発のかなりしゃれたマフピストルよ。小さくて筒状手袋（マフ）にぴったりおさまる。頭に一、二発撃ちこまれるまで、相手は銃があったことにすら気づかないでしょうね」フローレンスはシメオンに視線を据えた。「これについてはどう思う?」「このご時世に生きるには必要なものですよ」フローレンスが強烈な反応を待ち望んでいるのはわかっていたが、シメオンは肩をすくめて言った。

「ええ、そのとおり」フローレンスは小さく首をかしげてワトキンズを見た。「ごめんなさい、お父さま。刺繡をするような娘に育てたつもりでしょうけど、時代は変わるのよ」

ワトキンズが何か言おうとしたが、無言で椅子にもたれかかった。

「とにかく、わたしは宿にもどって待った。知ってるかしら、シメオン。ロンドンの街には軍隊が控えてて、老若男女の依頼を引き受けてる。少しのお金を払って、相手の名前や特徴を伝えれば、ロンドンじゅうの病院や宿屋やお屋敷の勝手口へ行ってさがしてくれるの。ほとんどが空振りだけど、そのうち真実を見つけ出す」

「知りませんでした」シメオンは言った。

「でも、ほんとうなのよ。数日後、ナサニエルが情報を持ってやってきた。それはサザークのセント・ジョージズ・フィールズの住所だった」

セント・ジョージズ・フィールズ。シメオンはすぐに理解した。自分も行ったことがあり、そこにいる人たちに同情を覚えた。「どこの住所かわかりました」

「でしょうね。ナサニエルから、その場所のことを知ってるかと訊かれたの。何かで読んだことはあるけど、まさか自分が行くことになるとは思わなかった、と答えた。

〝だろうな。ふつうは行かない〟とナサニエルは言った。

とにかく、さっそく翌日、わたしは二輪馬車に乗ってそこへ向かった」

シメオンは話をさえぎった。「マグダレン悔悛娼婦収容病院ですね。忘れられない名前だ」

「そうね。それでわたしは、煉瓦造りの大きな建物の前に立った。まるで刑務所みたいだった」フローレンスは監房のなかで、立ちふさがるガラス板に手を這わせた。「中にはいったことはある？」

「いいえ。でも、医師仲間たちからいろいろ印象深い話を聞きました」

フローレンスは納得したようにうなずいた。「どこもかしこも施錠されて、閂が差してある。窓に木の日よけがかかってるから、部屋のなかは見えない。収容者に病院内で商売をさせないためよ」

「そう聞きました」

「男の人は堕落した女を見て興奮するみたいね。わたしはそのとき、ジェイムズもやっぱり興奮するのかと考えた」フローレンスはそっと首を振った。「話がそれてしまった。わたしは閂に近づいて、病院に寄付を考えてるから、その前に院内を見せてもらいたいと言ったの。ねえ、お父さま、被告人が裁判にかけられるときのあなたの口調を、がんばって真似たのよ。尊大で得意げな口調をね」

それを聞いたワトキンズが、なけなしの威厳を掻き集めて言った。「それが法なのだよ、フローレンス。法を尊重しなくてはならない！」

つぎの瞬間、フローレンスが怒りを爆発させた。シメオンの知るかぎりはじめてだった。「法ですって？　へえ！」叫びながら手のひらでガラスを叩く。「その法がわたしをここに閉じこめたのよ！その法のせいで、わたしは二度と外へ出られない。そうでしょう？　理由が精神疾患だろうと殺人だろうと、何も変わらない。わたしはここにいるしかないの。死ぬまでずっと！」

ワトキンズは目をこすった。「すまない、フローレンス。わたしはだまされた」

「あなただけじゃありませんよ」シメオンは言い、その場の熱気を冷まそうとした。「あなたの前にもあとにも、たくさんの人がだまされた」

ワトキンズがシメオンに謝意を述べ、ふたりはフローレンスが感情を鎮めようとして胸を上下させるのを見ていた。フローレンスは急に顔をそらし、しばらくしてまたふたりを見たが、目には冷たい怒りが浮かんでいた。

「つづけることにする。でも、あとで話をしましょう、お父さま。あとでかならず」ワトキンズがシメオンの目を見る。「すると、痩せた貪欲そうな女の監視員が――自分の懐にお金を入れたかったんでしょう――わたしの求めに応じたの。いくつか質問をしたら、嬉々として答えてね。収容者の三人にひとりが十三歳以下だって知ってた？」

「胸の悪くなる話だ」シメオンは言った。「何より困るのは、助ける術がないに等しいことです。患者の家族は選びようがない。入院させなければ餓死する」

「ええ。とにかくわたしは、完全に悔悛したわけじゃない収容者への罰をどうするかって話を持ち出したの。監視員はうさんくさそうにわたしを見た。訊いてはいけないことだったみたいね。〝天国もあれば地獄もあります。神は褒美と罰をお与えになり、神の道具であるわたしたちはそれを受け入れなくては〟とわたしは言った。すると監視員は、ささやかな罰について話しはじめた――食事を減らしたり、私語を禁止したり、一日の労働時間を十四時間から十六時間に増やして洗濯室で皺伸ばし機を回転させたりって。〝軽すぎますね〟わたしは言った。〝それぐらいじゃ、ふしだらな女の性根は変わりませんよ〟それから、別のところへ寄付する可能性をにおわせたの。すると監視員は焦ったようで、〝仕置き部屋〟と呼ばれる場所のことを口にした。ほんとうは教えたくなかったはずよ。ナサニエル・ブレントから、まさにその部屋をさがせと言われていたんだもの。〝それは何？〟とわたしは尋ねた。

〝ほんとうにたちの悪い女性が行く部屋です。仕事をさぼったりとか。水風呂に入れられ、完全に隔離されます。ただ、その部屋へ入れるのは退院できない患者だけですよ〟

〝どうして退院できないの？〟

〝理由はいろいろあります〟監視員は言った。〝いまもひとりはいっていまして、その女性はお客から金品を奪おうとして捕まったんです。裁判官に泣きついて、ここへ来て神の前で悔い改めるという条件で絞首刑を免れました〟

〝ずいぶん配慮のある裁判官ね〟

〝そう思います〟

〝その患者はどうして仕事をさぼってるの？〟

〝さあ。死にかけているわけではありません。死にそうな患者は、出ていかせますから〟

監視員は平然とそう言ってのけたの」シメオンはそう聞いてもまったく驚かなかった。「〝その部屋を見せてちょうだい。患者と会って、悔悛が本物かどうかをたしかめたい〟わたしは言った。もちろん監視員は拒もうとしたけど、わたしが食いさがったら、観念して案内した。建物のなかをくねくね曲がり、廊下の突きあたりにある鉄の扉へ向かったの。近づくにつれ、不思議な音が聞こえてきた。話し声でも泣き声でもない。そして監視員が扉の鍵をあけたとき、恐ろしい光景が目に飛びこんできた。全裸のアニーが床にうずくまってたのよ。歯ががたがた鳴るのが止まらないから、すすり泣く声が切れぎれになって、いかれた小鳥のさえずる声みたいだった。

〝水風呂です〟監視員は言った。信じられないことに、誇らしげに言った。〝もうすぐ仕事にもどらせます。皺伸ばし機をまわす仕事に〟それからアニーに向かって、子供に話すみたいに大きな声でゆっくり言ったの。〝もうじき仕事にもどってもらいますよ。それがいやなら、タイバーンの絞首台行き〟

そのとき、アニーがはじめて顔をあげた。わたしのことがわかるまで少し時間がかかったけど、すごく驚いた顔をしてた。しゃべろうとしても、声が出ないようだった。歯が鳴ってるせいだけじゃなかったと思う。一カ月のあいだに、自殺を図り、兄がこの世を去り、ロンドンへ逃げ、盗みを働いた街娼として逮捕され、こんなむごい場所に閉じこめられるという経験をしたのよ。そんな立場で、身も心も強いままでいられる人がいると思う？」フローレンスは横を向いて監房の壁を見つめてから、話のつづきにもどった。「〝この子はわたしが連れていきます〟わたしは言い、膝を突いてできるだけやさしくアニーに話しかけた。〝家に帰りましょう。アニー、いっしょに帰るのよ〟

〝どういうことですか〟監視員は言った。〝何をおっしゃっているんです〟

〝この子を母親のもとへ連れて帰るの。言うとおりにしなかったら、予審判事からカンタベリー大主教まで、あらゆる人に手紙を書いて、この病院が患者の信頼をどれほどひどく裏切っているかを知らせます。さあ、この子の服を持ってきて。連れて帰るから〟」フローレンスはそのときのことを思い出して微笑み、シメオンもつられて笑みを漂わせた。

「監視員は大あわてよ。それから十分もしないうちに、アニーとわたしは病院の正門を出てた」フローレンスは図書室の窓の列を見あげた。はるか遠いロンドンまで見透かしているかのようだった。

「わたしたちは病院の外で、建物に背中を向けてしばらくすわってた。アニーが消耗しきってて、それ以上歩けなかったからよ。〝アニー〟わたしは言った。〝あなたを家へ連れて帰るから〟でもアニーは、わたしの顔を見るのが精いっぱいだった。それから一時間以上、何もしゃべらずにふたりでそこにいたの。行商人からスモール・ビールとパイを買ってあげたんだけど、アニーがあんまり早く食べるものだから、もどすんじゃないかと心配でね。だけど、それで少し元気が出て、ようやく立ちあがって歩きだした。ああ、それがわたしたちの苦難の終わりだったら、どんなによかったか」

「なんとなく、はじまりにすぎなかった気がします」シメオンは言った。

「勘がいいのね。通りを歩いてたとき、あたたかい夜だったのに、アニーは震えてた。そのとき、道の反対側に男がいたの。全身黒ずくめで、大きな帽子を目深にかぶり、顔をスカーフで覆ってた。仮に知り合いだったとしても、わからなかったと思う。でも、特に気がかりなことはなかったから、アニーとわたしは通りを歩きつづけてテムズ川へ向かい、新しい橋を渡るつもりだった。そこでふと気になって、あの恐ろしい病院のほうを振り返ったの。すると、あの黒ずくめの男がまだついてきてるのが見えた。すぐに逃げたほうがいいと直感して、わたしはアニーの腕をとって走りだした。

後ろへ目をやると、男が足を止めてここまでの道を振り返ってるのが見え、何か変だと思った。すると、男は腕をあげ、急に馬車が現れて、すごい勢いでこっちへ向かってきた。あんな速さで走るなんて、御者に自殺願望があったとしか思えない。男は走る馬車の踏板に跳び乗って、そのままこっちへ突進した。どれほど恐ろしかったか、とうてい言い表せない」

「そうでしょうね」

「わたしはアニーに走りなさいと叫び、反対側の路地へ向かってふたりで駆けだした。もしアニーが元気だったら、逃げきれた気もする。でもひどく弱ってたから、足手まといになった。馬車が一ヤードのところに迫り、男が飛びかかってきて、ふたりとも地面に倒された」フローレンスはしばらく黙して荒い息をつき、心を落ち着かせてから話を再開した。「アニーは男にひどく蹴られて、意識を失ったように見えた。金髪の大柄な御者が馬車から跳びおり、こっちへまっすぐ来て殴りつけたから、わたしは息ができなくなった。御者がわたしの両手を背中で縛って、頭巾をかぶせようとしてるのがわかった」男がフローレンスを獲物のように押さえつける場面が目に浮かび、シメオンは激しい怒りに駆られた。

「黒ずくめの男が〝こいつらを馬車に乗せろ〟と叫ぶのが聞こえた。それから、わたしは立たされて馬車へほうりこまれた。〝怪我をしたくなけりゃ、おとなしくしてろ〟

勇敢に抵抗したと言いたいところだけど、わたしは恐怖のあまり何も考えられなかった。何者かと訊いたけど、返事は〝おまえには関係ない〟だけだった。それから首筋に冷たいものを感じた。刃物だとわかったから、逃れようと馬車の床に体を押しつけた。揺れながらもすごい勢いで進んでるようだったけど……行き先はわからない。男がわめいてた。〝もっと急げ！　速く！〟馬車の屋根をどんどん叩く音も聞こえた。わたしは床に打ちつけられて、もう少しで歯が折れそうだった。〝ここで止まれ！〃男が言って、馬車は急停止した。小鳥の鳴き声が聞こえた。川のそばだったと思うけど、勘ちがいかもしれない。〃ところで、こいつの値段は？〃わたしは売られるんだと思った。どれほどこわかったか、わからないでしょうね。監禁される？　海外へ送られる？　殺される？　でもそのとき、顔を隠した男が耳もとでささやいた。〃さて、ホーズ夫人〃男は言った。〃自分の値段はいくらだと思う？〃」

「そいつらはあなたを追っていたわけですね」シメオンは言った。

「そうよ。通りで無防備な女をふたり、適当にさらったんじゃないとわかって、恐ろしさが何倍にも募った。〃ずっと仰向けで過ごす人生も楽じゃないな〃男は言った。気のきいたことを言ったつもりだったと思う。わたしはお金なら払うと言った。〃父は裕福なの。それに治安判事よ。こんなことは法律が許さない〃

〃治安判事？　ああ、知ってるよ、ホーズ夫人。酒浸りの治安判事だろ。とるに足りないやつだ〃」

フローレンスは父親へ目をやった。「あの男はお父さまのことを知ってたのかどうか」

「ああ、フローレンス」ワトキンズは悲しげに言った。

フローレンスは手をひと振りしてはねつけた。「〃ああ、フローレンス〃しか言えないの？　わたしはその男に、父にはたくさん友達がいると訴えた。男は〃友達？　ワトキンズに？　へえ！〃としか言わなかった。その蔑んだ言い方で、わたしの恐怖はさらに増した。相手が法律も懲罰も意に介さないのがわかって、この先のひどい苦しみがはっきり目に浮かんだのよ。想像する時間もあったしね。そこには何時間もいたように感じられたけど、何が起こってるのか、何が待ち受けてるのかはわからないままだった。ただ、遠くから音が聞こえた――馬車が揺れながら通り過ぎる音、犬の吠える声。自分に与えられたものが時間しかないときには、その重みがずっしりのしかかる。わたしはそのことを、あの馬車とこの監房のなかで学んだの」フローレンスは父親をじっと見た。「やがて男が口を開いた。〝ホーズ夫人、こっちは準備ができてるぞ〟

〝お願い、やめて〟わたしは言った。

〝思う存分泣いて頼めよ。ぞくぞくする〟もう何もかも終わりだと思った」

「しかし、そうはならなかった」シメオンは言った。

「ええ。運命がはっきり決まったと思ったとき、すべてが逆転したの」

「どういうふうに？」

「縛られて床に倒れ、恐怖で息もできなかったとき、耳をつんざくほどの爆発音がしたの。馬車そのものが吹っ飛んだんじゃないかと思ったくらい」フローレンスはことばを切り、シメオンとワトキンズに自由に想像させた。「だれかが激痛で悲鳴をあげてた。心臓が口から飛び出しそうだったけど、何が起こってるのかわからなかった。わたしは力のかぎり叫びながら、手首の縄をほどこうとした。でも、縄はきつく結ばれてた」シメオンは脈が速くなるのを感じた。「それからナイフが――たぶん首に突きつけられてたものだけど――手首を刺したの。〝お願い、やめて！〟わたしは大声をあげ、手首に血が流れるのを感じた。ところが、返ってきた声は予想とちがった。〝落ち着いて、ホーズ夫人。だいじょうぶよ。わたしです。アニーよ〟そして手首の縄がぷつんと切れた。アニーが頭巾をはずしてくれ、馬車の床が見えた。すると、すぐ横に、さっき飛びかかってきた粗野な金髪男の顔があった」フローレンスの唇に冷酷な笑みが浮かんだ。「たしかに顔はあったけど、半分なくなっていた。そのとき、マフに隠しておいた拳銃が目にはいったの。それはアニーの手のなかにあり、銃口から煙があがってた」

18

シメオンはフローレンスの目を見た。「いい買い物をしましたね」

フローレンスの目がきらりと光った。「ずたずたになったキツネを何度か見かけたことがあるけど、わたしはなんとも思わない。顔がずたずたになって肩に落ちたその男のことも、まったく何も感じなかった。ほかの縄をアニーがようやく切ってくれたとき、馬車に乗ってるのはわたしとアニーと死んだ男の三人だけだとわかった」

「驚くべき運命の逆転だ」シメオンは言った。

「〝もうひとりは？〟わたしはアニーに尋ねた。〝あの男も仕留めたの？〟

〝いえ、逃げました〟アニーはあいた扉を指さした。その男の姿はどこにも見えなかった。外をのぞいたら真っ暗で、そこはテムズ川沿いの雑木の生えた空き地だった。アニーに体調はどうかと訊くと、〝だいぶよくなりました、ホーズ夫人。あれはだれだったんですか〟と言ったので、わたしはわからないと答えた。がんばって考えたところ、あの黒ずくめの男が言ってたことから、何もかもがこのレイ島での出来事に端を発してるとわかったのよ。だとしたら、真実を知る必要がある。〝アニー〟わたしは言った。〝みんな、わたしの夫があなたを……貶めたと言ってるんだけど〟アニーは呆然とわたしを見た。〝ほんとうにジェイムズがそんなことを？〟

アニーは首を横に振った。〝いえ、ホーズ夫人。ご主人じゃありません。司祭なんです〟やっとわかったのよ。アニーをもてあそんだのも、ジョンを殺したのもオリヴァーだったってことが。

〝アニー〟わたしは言った。〝わたしたちは……〟言い終える前に、アニーがわたしの肩をつかんだ。〝そこ！〟アニーが叫び、わたしは振り返った。黒いスカーフの男が馬車の反対側の扉をあけていた。まだ終わってなかったのよ。わたしはアニーの手から拳銃をもぎとり、狙いを定めて引き金を引いた。ああ、あの音が忘れられない」フローレンスは笑みを浮かべた。「鼓膜が破れそうになり、拳銃が跳ねて手から落ちた。硝煙越しに、銃弾が男の肩に命中したことがわかった――シャツが破れて血で染まってたから。でも、相手がまだあきらめてないのがわかった。スカーフからのぞく目でこっちを見据えてにらんでたのよ。そして、また勢いよく扉をあけた」

「痛みを感じなかったんだろうか」シメオンは言った。

「そんなそぶりは見せなかった。ただ〝こっちへ来い！〟と怒鳴って近寄ろうとしたから、わたしは拳銃をつかんでもう一度撃ったの。こんどは男がすばやく銃弾をよけた。アニーの悲鳴があがった。男がまた扉のところに現れたんで、わたしはつぎは命中させると自分に言い聞かせた。それで深く息を吸い、拳銃が手の一部だと想像して、まっすぐ男に向けたの。心臓めがけてね。〝こんどははずさないから〟わたしが唾を吐きかけると、相手はじっと見返した。こちらが本気だとわかったはずよ。わたしは引き金を引こうとしたんだけど、ぎりぎりの瞬間に相手が後ろへ身を投げ出して馬車から離れたから、指を止めた。最後の銃弾をとっておきたくてね」

「それから？」

「男が走り去る足音が聞こえた。数秒待ってから、わたしは外を確認した。男の姿が見えなかったから、拳銃を構えたまま馬車の外へ出たの。いきなり男が馬車の下から出てきて、飛びかかってこようとしたけど、わたしは身をかわして御者席へよじのぼった。男が立ちあがるのが見えたから、わたしは手綱をつかんだ。馬が跳ぶように走りだし、わたしたちは逃げたってわけ」

「フローレンス」シメオンはあまりの驚きで、そのひとことしか言えなかった。

「そう、わたしたちは勝った」フローレンスは言ったが、すがすがしさはなかった。「でも、勝利は長つづきしなかった」

「どうして？」

フローレンスはしばし黙してから言った。「オリヴァーの日記の残りを読んで」

シメオンは視線を落とした。フローレンスの話に聞き入っていて、手に持った紙の束のことをすっかり忘れていた。

「一言一句読まなきゃいけないのか」ワトキンズが感情を爆発させた。「やつは殺人犯だった。その頭のなかにあったものを、ごていねいに全部読んでやる必要があるのか？」

「読むべきだと思います、ワトキンズさん」シメオンは言った。「真実を知るために」

ワトキンズはまた苦しげな声をあげ、両手を垂らして降参した。「だったらお読みなさい。わたしなら暖炉にほうりこみますがね」

「読んだあとでそうしますよ」

残りはあと数ページで、フローレンスが父親に宛てた手紙をホーズが横どりして、フローレンスのロンドンでの滞在先ホテルの名前を知ったところからつづいていた。

そして、フローレンスの居場所を苦もなく突き止めることができた。ビショップスゲートのクラウン・ホテルだ。〝お父さま。おわかりのとおり、わたしはいまロンドンのホテルにいます。その理由をこれからお話しします〟手紙はそうはじまって、そのあと、数日間の出来事がくわしく綴られていた。ワトキンズがこの手紙を読むことはないのに、なんと無駄な労力か。

だがティロンは前夜、力ずくでフローレンスを連れ去ろうとして失敗したようだ。フローレンスと、ティロンがもてあそんだあの村娘をつかまえられない場合、どうするのがいいのか。答は法の番人の力を借りることだ。

行政区の警察裁判所判事はずいぶんな高齢で、何年も前に引退していてもおかしくないように見えたが、割に合わない名誉職なので、内務大臣も後任を見つけるのに苦労していたにちがいない。わたしは判事を訪ねて事情を説明した。錯乱状態でわたしの弟を殺害した義妹がロンドンへ逃亡し、どういうわけか、マグダレン悔悛娼婦収容病院から、前科のある売春婦を連れ出しました。わたしは教区司祭として、そして義理の兄として、地元の治安判事である義妹の父親から義妹をわが教区へ連れもどすように依頼されました。そこで義妹は法の裁きと温情を公平に受けることになります。売春婦も連れ帰るつもりです。同じ教区の出身ですし、感染症をひろげうる者を隔離したいという思いもあります、と。

すべてが事実であり、偽証などいっさいしていないので、わたしは自分のとった策に満足していた。首都ロンドンはソドムのような街で、判事はわたしのことばに眉ひとつ動かさず、逃亡者を確保するために、ビショップスゲートのクラウン・ホテルまでふたりの警官を同行させるよう、ただちに手配した。また、ワトキンズに手紙を書いて、娘が精神的に不安定な状況にあることと、わたしが保護するので心配無用であることを伝えると約束した。

わたしは礼を言い、宿へ引き返した。途中でティロンが波止場近くの不快な場所に立ち寄った。強力な阿片チンキの瓶と漏斗とゴム管を持ってもどり、これらがあとで役に立つと言った。

イングランドの警察のなんと優秀なことか！　警官は獲物について知りつくしていた——四時間も経たないうちに、われらが二匹の雌猫はコルチェスター行きの列車に乗せられていた。激しく威嚇してきたので、あらためて先が思いやられた。

「喉を掻き切ってやる、このろくでなし！」こんなことを金切り声で叫ぶのは平民の娘だと思うかもしれないが、それはちがう。悪魔も尻尾を巻いて逃げるほどの悪態をついているのは、フローレンスだった。しかし、強烈な抵抗を見越してこちらも準備をしていた。職務に忠実な警官がフローレンスを押さえつけ、わたしは漏斗とゴム管を使って阿片チンキを飲ませた。すばらしい効き目だった！一分もしないうちに、フローレンスはぬいぐるみ人形のようになった。もうひとりの女は手がかからず、おとなしく飲んだ。むしろ飲みたかったのだろう。それからふたりは、まどろむ子羊のように従順になった。

わたしはせまい客室を予約してあった。守衛は少しばかり面食らったようだが、わたしの司祭服と警官の姿を見て安心し、本人のことばを借りれば、すべて〝乱れなし〟と納得した。

警官が去り、わたしたちは出発した。数時間の列車の旅は予想どおり退屈だった。コルチェスター駅に到着して二輪の貸し馬車に乗り、ティロンの指示で人気（ひとけ）のない道を通って〈ペルドン・ローズ〉の近くでおりた。わたしがなぜここでおりるのかと尋ねると、ティロンは村娘を指さして言った。

「最後にもう一度、こいつと楽しみたい。異論はあるか」

「どうしてもというなら」わたしは言った。「フローレンスにもう一服飲ませる」

「いい考えだ」

わたしは路傍に立って待ち、ティロンはアニーを雑木林へ連れていった。フローレンスはわたしの足もとに横たわっている。三十分が経ち、わたしは人目につかないかと心配になった。結局、荷物をそこに置いたまま、半ば意識のないフローレンスを引きずってティロンをさがしにいった。「何をしている」闇のなかにティロンの背中が見え、わたしは大声で言った。「もう行くぞ」だが近づいてみると、アニーの姿がないことに気づいた。「あの女はどこにいる」わたしは尋ねた。

「もう用ずみだ」ティロンは言い、わたしの腕をとって通りへもどった。「いまごろ兄貴を慰めてるさ」歯を見せて笑った。「唯一知ってる方法でな」

たしかに、アニーがいないほうが身軽だった。そして、考えてみれば、ワトキンズ宛の警察裁判所判事の手紙には――そろそろ届いているだろう――わたしたちがアニーを連れ帰るとは書かれていないから、あの村娘を待つ者はだれもいない。そう、またしてもティロンは正しいことをした。ただし、意図してそうしたかどうかは疑問だ。

屋敷に着き、わたしはワトキンズを呼んで、フローレンスが逮捕されたいきさつを説明した。ジェイムズを死に至らしめたうえに、本人の精神状態が明らかに不安定だったということだ。ワトキンズはわたしに娘の面倒を見てくれと懇願し、わたしは了承した。すばらしい薬のおかげで、いっしょにいるあいだはおとなしかったことも伝えた。そのあいだじゅう、フローレンスはまどろんでいた。一度か二度、何か言おうとしたが、ことばにならなかった。わたしはワトキンズに、しっかりした医療をフローレンスに施してこの家で世話をすると言った。

その夜、フローレンスとわたしは図書室で見つめ合った。「きみのためにいいものを用意しよう」わたしは言い、頭をなでてやった。フローレンスがついにそれを気に入ったのはまちがいない。「きみが暮らす場所だよ」もう一度阿片チンキを与えると、フローレンスはおとなしく飲み、頭を垂れて眠った。この上なく満ち足りた顔をしていた。天の父の前で誓うが、これほどの満足を覚えたのははじめてだったはずだ。

19

シメオンは読むのをやめ、顔をあげてフローレンスを見た。

「その日記をわたしに読んで聞かせてたのよ」フローレンスは言った。「毎晩よ。最後まで読むと、また最初から繰り返すの。わたしがジェイムズに手を出すきっかけとなったアニーからの手紙を届ける場面を、いつもゆっくり時間をかけて読んでいた。ジェイムズの頬に傷をつけたのは、オリヴァーの嘘だった。そして毒が血にまわって、ジェイムズはわたしの腕のなかで死んでいった。オリヴァーはすべてを知りながら、どん底に落ちたわたしを見て楽しんでたのよ」

「心の痛みは何よりも苦しい」シメオンは同情をこめて言った。「わたしには想像もつきません」

「時間が経てば何事にも慣れるって、よく言われるでしょう？」

「ええ」

「でも、それは嘘よ、シメオン。わたしは毎晩、オリヴァーがわたしの苦しみを得意げになぞり、どうやってジェイムズの命を奪ったかを語るのを聞かされた」フローレンスの表情に影が差した。「そして毎晩、血に炎が――本物の炎が――たぎるのを感じた。罵声を浴びせる気力のある日もあったけど、そうすると翌日、あの男は阿片チンキの量を増やしたの。それを飲まないと、ほかの飲み物をもらえなかった。喉が渇くから飲むしかなかったのよ。だけど、いやでたまらなかった。そのうちどうなったと思う？」

答は明らかだ。「阿片チンキに耐性ができたんでしょう」

「そのとおり。だんだん頭がはっきりして、思考が鋭くなった。でも、それを表には出さなかったの。自分を取りもどしてることをオリヴァーに悟られないように」

「賢明でしたね」

「だけど、あなたは気づいてたでしょう、シメオン」

シメオンはうなずいた。「時間はかかりました。はじめてこのガラス板を見たとき」シメオンは互いを隔てる冷たいガラス板にふれた。「自分の姿が映っていました。もうひとりの自分がね。でもそのうち、この部屋でもうひとりの自分がいるのはわたしだけじゃないと気づいたんです」

「いつ気づいたの？」

「あなたに言われて〈レッド・ランタン〉へ行ったときです。オリヴァー・ホーズとティロンの関係をわたしに理解させたくて、あそこへ行くよう言ったんでしょう？　その狙いはあたりましたよ」

「酔って機嫌がよくなると、あの男は阿片窟の話をしたのよ」フローレンスは目をぎらつかせた。いまこの瞬間を味わっている。

シメオンは上着の内側から、紫のインクで描かれた男の似顔絵を取り出した。「そこの女主人が描いたティロンの絵です。二度と会いたくないとのことでした」

「そう」フローレンスはインクの絵を見つめた。「才能があるのね」

シメオンも同感だった。描かれた目を見つめていると、阿片窟の女主人も含めて、ティロンに会ったことのある全員が、この男のなかに何を見たかがわかる。「絵が人間の本質をとらえるとは不思議ですね」シメオンは言った。「この男の魂が見える。女主人はティロンのことを空っぽの人間だと言いました。そのとおりだと思います」

「ええ」フローレンスは言った。「そのとおりよ」

シメオンは暖炉に歩み寄り、冷たい火床（ひどこ）へ絵をほうって、火をつけたマッチをためらいもなく投げこんだ。「あなたがオリヴァーを殺した方法がわかったのも、〈レッド・ランタン〉へ行ったときでした」

「もっと話して、シメオン」フローレンスは笑い声をあげた。「お願い」

「わかりました。あなたは毒を盛ってオリヴァーを殺したのではなく、毒を奪って殺した」フローレンスが満面の笑みを浮かべる。「本人はそんなことをまったく知らなかった。そうですね？」

「なんだって？」ワトキンズが啞然として言った。

「阿片チンキよ」フローレンスは楽しげに父親に言った。「くわしい成分を知ってる？」

シメオンが教えた。「ふつうはブランデーと阿片と酢酸を混ぜて作ります」フローレンスの話の先はわかっていたが、喜びの瞬間を味わわせることにした。

「正解。投与する方法は？」フローレンスは言った。

「経口摂取です。あたためても冷たいままでもいい」

「ただし……」

「ただし、瓶の中身をしっかり搔き混ぜなくてはいけない。そう、そのことも阿片窟へ行ったときに思い出しました」

「わかってるのね」フローレンスは満足そうに言った。

「はい」シメオンはフローレンスに視線を据えたまま、わけがわからずにいるワトキンズに説明した。「阿片が瓶の底に沈むから搔き混ぜるんです。そうしないと、液体の上のほうはブランデーだけに、底のほうは阿片だけになってしまう」フローレンスの顔を、頰を、顎をゆっくり見た。「一年前、オリヴァーがまだあなたを部屋のこちら側へ入れていたとき、あなたは阿片チンキをブランデーに混入した」フローレンスは過去の日々を吸いこむように深呼吸をする。「最初は何も変化が起こらないが、オリヴァーは樽の上から寝酒をすくい、阿片は底にたまっていたので、寝酒を飲むたびに阿片の濃度があがっていった」

　フローレンスは遠くを見るような顔をした。思い出して気持ちが高ぶっているのだろう。「オリヴァーが眼鏡を落としたのよ」入り江を漂うかのような声だった。「眼鏡がないと何も見えないから、十秒か二十秒ぐらい、床の上をさがしまわってた。その隙に、わたしはいつも飲まされてた阿片チンキを瓶から樽へ注ぎ、混ざるまで少し待ってから、空いた瓶に樽の中身を入れたの」フローレンスは含み笑いをした。「でも、わたしの瓶にはほとんど阿片が含まれてなかった」

「その一方で、樽の中身が尽きそうなころ、オリヴァーは濃厚な阿片を飲んでいた」シメオンは柄杓（ひしゃく）で飲み物をすくうしぐさをした。「自分でも知らないうちに、重度の阿片中毒になっていたはずだ」

「そうね」

「そして先月末、樽が空になり、その夜に阿片が切れた。関節に激痛が走り、吐き気を催し――体が阿片を求めて悲鳴をあげた」

「でも、もう阿片はなかった」

「でも、もう阿片はなかった」シメオンはそのまま繰り返した。「それで死に至るかどうかはわからず、激しい痛みに襲われるだけだったかもしれない。だが、ついに心臓が止まった。そして、死因に不自然な点はまったく見あたらない」

　しばしの沈黙があった。「ひとりの女が、昼も夜もここにすわっていた」フローレンスはシメオンに言った。「女には考える時間があった。計画を練る時間がね」ごく小さな笑みが唇をよぎった。

「あり余るほどの時間が」

〈完〉

訳者なかがき

この訳者あとがき、いや、なかがき、をいまご覧になっているのは、どんな人だろうか。

エセックス篇だけを読み終えた人？

エセックス篇、カリフォルニア篇までを読み終えた人？

エセックス篇、カリフォルニア篇を読み終えて、もう一度エセックス篇を読みなおした人？

ひょっとして、どちらから読んでもいいということで、あえてカリフォルニア篇だけを読み終えた人？

ネタバレになるようなことは書かないつもりだが、まだ一方しか読んでいない人は、できれば両篇を読み終えて、カリフォルニア篇のあとにある（たぶん、いまは逆さに見える）村上貴史さんの解説を読んで、もし忘れていなかったら、ここにもどってきてください。

ほんの少しだけ、訳者としての雑感めいたものを書かせてもらいます。

The Turnglass という不思議な本の翻訳依頼が来たのは、二〇二三年の十一月のことだった。一作だけの依頼なのに、なぜかＰＤＦファイルが三つ添付され、それぞれに〝Turnglass Essex〟〝Turnglass California〟〝Turnglass Whole〟というタイトルがついていた。Whole（全体）のファ

イルがあるならひとつでじゅうぶんだろうと思い、そちらだけを読み進めようとしたら、後半がまるごとひっくり返っていたので、PCの前で逆立ち――まではしていないが、白状すると、上半身を懸命に横へ傾けたものの、数秒後に断念して、残りふたつのファイルに目を通していった（そこではじめて、三つある理由がわかった）。

メールにはそのほか、四十秒程度のプロモーション動画も添付されていて、重厚な音楽に合わせて、文字がひっくり返ったり、ターングラス（砂時計）がまわったり、本が裏返ったり、とにかく異様なほど興奮を掻き立てられた（これは、Turnglass Gareth Rubin などのキーワードで動画検索すれば、ネットで簡単に観ることができる）。

――なんだ、これは？

最初は、そんなことばしか出てこなかった。ただ、その瞬間に脳裏に浮かんだのは、時空を飛び越える奇作『飛蝗の農場』（ジェレミー・ドロンフィールド、創元推理文庫）であり（理由は『飛蝗の農場』のあとがき&解説参照、今年新装版が刊行された）、さらに言えば、文字がひっくり返る趣向ですぐ思い出したのは『天使と悪魔』（ダン・ブラウン、角川文庫）のアンビグラム（逆さにしてもまったく同じに見える文字群）だった。どちらも自分にとって、あまりにも思い入れの強い傑作中の傑作であり、この『ターングラス』への期待はいや増した。

実際に読み進めていくと、外枠の趣向のおもしろさを抜きにしても、たぐいまれなるページターナーだと感じた。理由としては、読者自身にいまどこの世界にいるのかと不安にさせるような語りや、情報を小出しにするタイミングの巧みさなどがあるが、登場人物について言えば、なんと言っても謎の女性フローレンスの造形の妙が大きいだろう。

まったく先の読めない独創的な二部構成で書かれたこの作品は、両篇が互いとからみ合い、随所にそのヒントがちりばめられていて、それが明かされたときのカタルシスは大きいが、かならずしもすべての謎が解明されるわけではなく（というより、あえて解明せずに謎のまま残し）、ある種のリドルストーリーとしての側面を具えていると思う。その意味では、読書会の課題書などに最適であり、ぜひこの本についておおぜいで語り合っていただきたい。

作者のガレス・ルービンはジャーナリスト出身のイギリス人作家であり、執筆したフィクション作品としては、この『ターングラス』が三作目にあたる。第一作 ***Liberation Square*** はソ連占領下のロンドン、第二作 ***The Winter Agent*** はDデイ前夜の占領下のパリを舞台にしたスリラーで、第三作である本作は《サンデー・タイムズ》紙のベストセラーとなり、世界各国で翻訳されている。

これにつづく第四作は、なんと ***Holmes and Moriarty*** というタイトルで、その名のとおり、シャーロック・ホームズとモリアーティ教授が登場し、宿敵であるにもかかわらず、ある事件の解決のために協力関係を結ぶ。ホームズの相棒ワトソン医師と、モリアーティの右腕モラン大佐が交互に語り手をつとめ、ほかにも何人か、ホームズ作品の常連が登場する。アンソニー・ホロヴィッツの『シャーロック・ホームズ　絹の家』『モリアーティ』（どちらも駒月雅子訳、角川文庫）につづいて、アーサー・コナン・ドイル財団から公式認定を受けたという。日本でこの『ターングラス』が翻訳刊行されるのとほぼ同じ時期に、本国で刊行される。

そして、第五作として予定されているのが ***The Waterfall*** で、これは『ターングラス』の続篇とも呼びうる作品になるらしい。版元による紹介文によると、「物語のなかの物語のなかの物語のなかの物語」であり、「それぞれの物語に部分的な手がかりがあって、それらを合わせると完全な手がかりとなる」とのことだ。四つの物語は、十六世紀の詩人マーロウやシェイクスピアが登場する時代ミステリ、十九世紀のゴシックホラー、二十世紀前半の警察小説、そして『ターングラス』カリフォルニア篇の主人公ケン・コウリアンが再登場するスパイ・スリラーであり、二〇二五年の秋に刊行される予定だという。

第四作、第五作ともに、早く読みたくてたまらない人が（わたしも含めて）数えきれないほどいそうだが、まずはこの『ターングラス』を堪能し、できれば反芻しつつ、既読の人同士であれこれ語り合ってもらえるとうれしい。

二〇二四年八月

ガレス・ルービン
越前敏弥［訳］

ターングラス
鏡映しの殺人

The
TURNGLASS
Gareth Rubin

早川書房

訳者略歴　1961年生，東京大学文学部国文科卒，翻訳家　訳書『解錠師』ハミルトン，『天使と嘘』ロボサム，『災厄の町〔新訳版〕』『フォックス家の殺人〔新訳版〕』『十日間の不思議〔新訳版〕』クイーン（以上早川書房刊），『ダ・ヴィンチ・コード』ブラウン，『ロンドン・アイの謎』ダウド他多数。著書に『名作ミステリで学ぶ英文読解』（早川書房刊），『翻訳百景』『越前敏弥の日本人なら必ず誤訳する英文〔決定版〕』など。

ターングラス
―鏡映しの殺人―

2024年9月20日　初版印刷
2024年9月25日　初版発行

著　者　ガレス・ルービン
訳　者　越前敏弥（えちぜん としや）
発行者　早川　浩

発行所　株式会社　早川書房
東京都千代田区神田多町2－2
電話　03 - 3252 - 3111
振替　00160-3-47799
https://www.hayakawa-online.co.jp

印刷所　精文堂印刷株式会社
製本所　大口製本印刷株式会社

定価はカバーに表示してあります
ISBN978-4-15-210362-8 C0097
Printed and bound in Japan
乱丁・落丁本は小社制作部宛お送り下さい。
送料小社負担にてお取りかえいたします。

ターングラス―鏡映しの殺人―〔カリフォルニア篇〕

ハナへ

tête-bêche

テート・ベーシュ。名詞。反対向き、上下逆さまに印刷されたふたつの部分に分かれる本。

語源――フランス語「頭と足が接した」。

十八世紀、出版業者は二冊の本を反対向き、上下逆さまに印刷して合わせる手法を用い、それを〝テート・ベーシュ〟の小説と呼んだ。今日(こんにち)それを読むと奇妙な味わいがあり、現代の愛書家たちは心をざわめかせながらひとつの物語を読み進めたあと、本をひっくり返して反対側からもうひとつの物語を読んでいく――そして、知っていると思っていたあらゆることが真実の転倒であったと悟るのだ。

――G・ブランズウィック『小説の新たな歴史』(プリンストン大学出版、一九二二年)

ひばりだった。朝を告げる鳥だ。
ナイチンゲールじゃない。ほら、あの東のほう、
ちりぢりの雲をつなぎ合わせるのは嫉妬(しっと)深い光の筋。
夜空にまたたく灯火(ともしび)は燃え尽き、陽気な朝日が
靄(もや)のかかる山の頂(いただき)から爪先立って顔をのぞかせている。
行かなければ、とどまれば死ぬだけだ。

――ロミオ、『新訳 ロミオとジュリエット』第三幕第五場
(シェイクスピア著、河合祥一郎訳、角川文庫)

登場人物

ケン・コウリアン……………………役者志望の若者
オリヴァー・トゥック………………カリフォルニア州知事。ガラス王
オリヴァー・ジュニア………………作家。オリヴァーの息子
フローレンス…………………………オリヴァーの妻
アレグザンダー………………………オリヴァー・ジュニアの弟
コラライン……………………………オリヴァー・ジュニアの妹
シメオン………………………………オリヴァー・ジュニアの祖父
ピアーズ・ベレン……………………プロデューサー
ジェイクス……………………………刑事
チャーリー・ホワイト………………マーシー島に住む老人
ピート・ウィアー……………………クエーカー教徒

1

ロサンゼルス、一九三九年

　ケン・コウリアンの乾いた芝のような淡緑色の目が、コーヒーの染みがついたページへ向けられていた。そのページからはコーヒーのにおいも強く漂い、だれかが飲み物をこぼしたというよりも、十二時間か十四時間にわたってカップに浸していたかのようだった。

「作品名は〈ダウンヴィル包囲戦〉」

「ええ、それでぼくは――」ケンが口を開きかけた。

「戦争から帰ってきたばかりの兵士だ」

「どの？」

「というと？」

「どの戦争ですか。世界大戦か、それとも――」

「南北戦争だよ。南北くそったれ戦争だ」

「わかりました。で、ぼくは南軍ですか、それとも――」

「北軍！　北軍の役だ。だから……おい、きみは自分で台詞を読むのか、おれが読んでやるのか、ど

っちなんだ」

　これは何カ月ぶりかの大きなチャンスであり、部屋の外には順番待ちの列ができていたので、ケンは北部の発音で台詞を読んだ。負傷したとか、死ぬ前に一度でいいから恋人に会いたいとか、そんな内容だ。ひどい台本だと思ったが、判断を急ぎたくはなかった。何しろ、映画には一度も出たことがなく、舞台だって、名前が出たのは学生時代と卒業後数年のあいだにボストン界隈で出演した二流作品だけなのだから。

「どこの出身かね」太りすぎのその男が、額に荷札を貼っておけと言わんばかりの目でにらみながら、机越しに尋ねてきた。

「ジョージア州です」

「ジョージア！」男はボタンがはち切れそうなシャツの上から腹を掻いた。「なのに北軍兵の役をあてがわれたのか？　なんで南部の奴隷使いのろくでなし野郎の役じゃないんだ」

「わかりません」ケンは言った。目は台本を見つめている。

「おれだってわからんさ」アシスタントプロデューサーであるその男が煙草の吸い殻を脇のバケツへ投げ入れると、吸い殻から茶色い筋がにじみ出た。「なあ、きみ、きょうは運がなかったな。また別の機会に来てくれ」

「かならず来ます」ケンは答えた。そのつもりだった。ケン・コウリアンはくじけて悲観するような人間ではなく、まだ二十六歳で、悲観主義が体に染みこんではいなかった。

　ジョージアで過ごした子供時代、ケンは遠い山並みをながめながら、あの山々に隔てられた向こうでギリシャの戦いや海を渡る冒険が繰りひろげられているものと思っていた。やがて成長するにつれ、その山々が〝まだ見ぬ人生〟の前に立ちはだかる壁に見えてきた。だから冒険に出ようと決め、家族のなかではじめて大学へ進学した人間となった。そして、卒業後五年目のいまも、両親とふたつの銀

行に学費を一回数ドルずつ返済している。

ケンは帽子を手にとり、映画の成功を祈っていますと言い残して、ひどい台本を持ったまま撮影所の敷地を抜けて出ていった。すれちがったふたりの男は、飼い猫ほどの大きさの口ひげを装い、北軍の軍服に身を包んでいた。あの映画に出ることをうらやむべきか、憐れむべきか、ケンにはわからなかった。

撮影所を出ると、通りを路面電車が走ってきたので、ビーチ方面行きであることを祈りながら跳び乗った。この街に来てもう何カ月にもなるのに、ロサンゼルスとハリウッドの地理については運頼みでしかなかった。故郷の町は人間より楡の木のほうが多く、楡の木は駆けずりまわって歩道で人を突き飛ばしたりしないし、ある場所へあわてて行った人間に別の場所へ行けと命じてくることもない。ボストンにも八年住み、大学にかよったり、そのあと少しばかり教えたり演じたりしていたが、ケンの足はいまも落ち葉に覆われた柔らかな小道を求めている。もっとも、カリフォルニアでは湿った砂浜がその代わりをしてくれる。

「これ、ビーチへ行きますか」ケンは車掌に尋ねた。

「どこだって?」

「ビーチです」

「ビーチは逆向きに十マイルだよ。ビーチへ行きたいなら、これをおりて反対方向へ行くのをつかまえな。八駅乗って、別のに乗り換えるんだ」

複雑すぎるように思えた。「これはどこへ行くんですか」

「これ?　どこだと思ってるんだ。ダウンタウンだよ。サンセット大通りを通ってね。で、ダウンタウンへ行きたいのか、ビーチなのか、どっちだ」座席にいる女が切符を買うのに五ドル札を出し、車掌に受けとらせようとしている。「両替はできないんだよ、お客さん。運賃は十セント硬貨だけだ」

「じゃあ、あたしが乗る前にそう言えばよかったじゃない」女はむっとして言い返した。「乗る前？　どうやったらそんなことができる？　おれは電車に乗ってたんだよ。道路であんたの横にいたわけじゃない。さあ、小銭はあるのか、ないのか、どっちだ」

「ダウンタウンへ行きます」ケンは車掌に言った。

「ダウンタウンは十セント。五ドル札だと釣りは出ないよ」

ケンは金を払い、そのまま乗っていった。

乗りおりする客をながめ、それぞれが何者なのか、映画業界の人間か、靴職人か、会計士か、港湾労働者か、株式仲買人かなどと考えながら十分ほど乗っていると、木が果てしなく連なる場所が目にはいった。

「あれはなんですか」ケンは車掌に尋ねた。

「あれ？　なんだっていいじゃないか。ダウンタウンへ行くんだろ」

「あれが何か知りたいんです」

車掌は不服そうに言った。「エリシアン公園だよ。あそこには近づかないほうがいい」

「どうして？」

「リンカーン・ハイツの黒人どもでいっぱいだ。財布をかっぱらわれて、どんなに愛想よく頼んだって返してくれやしない」

「へえ」ケンは言った。ケンの父は自分の印刷会社で白人とともに非白人も雇い、同じ給料を払っていたが、ケンは高校時代にクラスでその仕組みの正しさを説こうとして、まじまじと見られたあげくに笑われたせいで断念した。大学では、わけ知り顔で賛同した者も何人かいたが、そうだね、これからはきっとそうなるよと言っておきながら、その面々が後日雇った黒人執事の給料はピンクの肌をした人間の三分の二だったので、ケンは何も言わなければよかったと思ったものだ。「どうしてもあそ

こへ行きたいんです」

「あんたの好きにすりゃいいさ」

そこで、身長六フィート一インチ、田舎育ちの健康な筋肉と細い顎とボストン大学の文学の学位を具えたケン・コウリアンは、路面電車を跳びおりて楡の木が並ぶほうへゆっくり歩いていった。

車のタイヤが溶けるほど暑い日だったが、公園は木々が青々と茂って涼しかった。雑草やシダの感触が、ドラッグストアの鎮静剤のように心を落ち着かせてくれる。ケンの足を悩ませ、新しいエナメルの革靴の底に不快さを与えていたものがなんだったにせよ、それは消え去り、ここでは裸足になって下生えのなかを歩きまわれそうだった。

木は何本あるのだろう。一万本か。十万本か。数時間にわたって掻き乱された心を少し鎮めたかったので、広い木陰があるのがありがたかった。さっきは撮影所の門のあたりで、パラマウント社が新しい大作映画のキャスティングをしていると聞いたのだった。名乗り出れば端役に選んでもらえるかもしれないと思った。それは〝家畜招集(キャトル・コール)〟と呼ばれる集団オーディションで、聞こえはよくないが、追い払われるよりはましだった。

「まあ、農家で働いたこともありますから」ケンは言った。

「じゃあ、わが家も同然だな」

その役は逃した。残念にはちがいないが、機会はまたあるだろう。映画の製作は年々規模が大きくなっていると聞いた。そうなれば、キャストの数も増える。辛抱強くがんばればいいし、とりあえず《LAタイムズ》紙の広告記事を書く仕事があるから、慎ましい家賃を払うのはその稼ぎでじゅうぶんだ。それに、新聞社で娯楽欄のデスクのあたりをうろついていれば、これから製作される映画の話が耳にはいるから、いち早く撮影所に駆けつけてオーディションを受けさせてもらおうと目論んでい

た。そうだ、たぶんそれでうまくいく。

ケンは四月の午後のただなかを歩いた。木々の鳥たちが大合唱を終えていっせいに飛び立ち、餌や水や、カリフォルニアの暑い日に鳥が求める何やらをさがしにいく。この午後をどう過ごそうかとケンは考えた。このまま市街地にぶつかるまで歩きつづけるか、また路面電車に跳び乗ってダウンタウンの下宿へ帰るか。下宿のそばには裏口で密造酒を売っているらしい食料品店があり、そのうちのぞいて品ぞろえを見てみようかと、おもしろ半分に考えたこともある。

ケンはそのまま歩きつづけた。

ふたたび目をあげると、いつの間にか公園を反対側まで通り抜け、路上の喧騒が蚊のようにまとわりついていた。引き返してまた木々のなかへ消えようかと思ったが、喉が渇いていたし、道路脇の安食堂のネオンサインが誘っていた。

店にはいると、遅い昼食の時間にぶつかったのか、混み合っていたせいで、空いているテーブルはひとつしかなかった。角のボックス席で、千マイル以内に牛などいそうもない工場で作られた、濃い金色の合成皮革が張られている。ケンはそこへ向かったが、近づいてみると、すでにひとりの若い女がいた。壁にもたれてすわっていたせいで、目にはいらなかったのだ。女は目立つのを避けているように見えた。

ケンは歩みを止めた。女は何かを期待するように、焦げ茶色の両目をケンに向けた。

「ここ、すわってもいいかな」ケンは尋ねた。

「もちろん」女は言ったが、途中で気が変わったのかと感じさせるほどのんびりした口調だった。

ケンは感謝の会釈をして席についた。女はミルク入りのコーヒーを飲みながら、トーキー映画の雑誌をめくっていた。ほっそりとした体と、熱い飲み物にひるんだかのような小ぶりな口をしていて、クリーム色のターバン、クリーム色のブラウス、クリーム色の細身のパンツを身につけている。ケン

はテーブルの端へ手を伸ばし、ガラスの筒にはいったメニューをとった。

「ここの名物はピーチパイよ」訊かれるのを待たずに女が言った。

「それはおいしいということかな」

「ただ名物だってこと」

ウェイトレスがメモ帳を構えてケンのすぐそばに現れた。「ピーチパイを頼む」ケンは注文した。

「名物だそうだから」

「ええ、そうですよ」ウェイトレスは書きながら小声で言った。「ほかに何か？」

「要らない」

ウェイトレスは短くなった鉛筆で、向かいにすわる女を指した。「この人のぶんもお客さんが払うんですか」

クリーム色の女とケンの目が合った。ケンが払わないいなら払う者はいない、と女の目のなかの何かが告げていた。

「うん」ケンは言った。

「その値打ちがあるといいけど」ウェイトレスはそう言って歩き去った。

ケンと女は数秒のあいだ見つめ合った。「ありがとう」女が言った。

「礼はいいよ」

「でも、お礼は言わなくちゃ。だって、また食い逃げしなきゃいけないのを助けてもらったんだもん。ロサンゼルスで食い逃げしたことがないのは、もうこの店だけかも」

「ぼくはこの街に来てまだ八週間だ。食い逃げはほとんどしたことがないな」

女の顔が輝いた。「あら、すごくいいことなのに！」女は力説した。「だって、乏しい資源の再分配なんだから」

「昼食の勘定を払わないのが、乏しい資源の再分配だと？」

「そう聞いたのよ。とある……」最後のことばは声に出さずに口だけ動かしてみせた。「共産主義者から」

ケンもひとりやふたりは大学で会ったことがある。情熱あふれる若者たちで、ひげを伸ばすのに余念がなく、ソヴィエトの奇跡について熱心に語っていた。いっしょにいて楽しい連中ではなかった。

「そいつも食い逃げしたのか」ケンは尋ねた。

「いいえ、家族がお金持ちだったの」軽く返せることばがなかったので、会話は途切れ、ケンはいまや不要となった〈ダウンヴィル包囲戦〉の台本を上着の内側から取り出してテーブルに置いた。女はそれを見てにっこり笑った。「俳優なのね！」

「まあね」また会話が途切れ、ケンは女が真偽を見きわめようとしているのだろうと思った。「オーディションを受けてきたところだ」

「役はもらえたの？」

「だめだろうな」

女は椅子に深くすわりなおした。取り澄ました表情を顔いっぱいに浮かべて言った。「有力者と知り合わなきゃだめよ。大物と付き合うの。それが成功の秘訣」

その〝あたしは進んで、あんたは遅れてる〟と言いたげな口調は、コーヒーをおごった側からすると、よけいに癪にさわった。しかし、ケンはロスで過ごしたわずかな期間で、それが初対面の相手と話すときの基本姿勢だと学んでいた——ある種の自己顕示の戦いであり、路地裏のごみバケツの前で鉢合わせした二匹の野良猫が、バケツの中身を争って格闘するようなものだ。

「たしかにね」ケンは言った

「そうなりたい？」

「あしたの名前はグロリア」

「ぼくはケンだ」

「行くよ」ケンは言った。

この街では友情なんて安いものだ。ケンは台本を見おろした。その下にはパンくずが散らばっている。

「ナイトクラブで紹介されたの」

「よく会うのか」

「そうよ」女は自慢げに言った。

「じゃあ、知り合いなんだね」

オリヴァー・トゥック。オリヴァー・トゥック。ああ、そうか。そうだ、ラジオの書評番組で聞いたことがある。だが、なんの本だったか、司会者がどんな意見を言っていたかまでは思い出せなかった。

「とにかく、オリヴァー・トゥックがあしたパーティーを開くのよ。毎日のようにやってる。あたしがあなたの入場券ってわけ」

正直なところ、その名前にはかすかに心あたりがある気がしたが、ケンはうかつなことを口にしたくなかった。「へえ」他人事のように言った。

「だって、あたしにはそれができるんだもん。できるの」女は身を乗り出して早口で言った。「あした、ビーチパーティーに行くの。オリヴァー・トゥックの家よ」女は反応を待った。「ほら、作家の」

「ぼくは……」

2

翌朝、ケンはグロリアと、相手のアパートメントの外で落ち合った。グロリアはタオルと水着がはいった包みをリボンで結わえて腕にかかえていた。海緑色のカフタンに、同じ色のブラウスとバギーパンツといういでたちだ。単色で合わせるのがグロリアのスタイルらしい。

「自分をずっと覚えていてもらえるようにかい」ケンはグロリアの身なりを指して尋ねた。

「あなたもやってみなさいよ。成功するには自分のスタイルが必要だもん」

いささか無理がある気もするが、ケンは自分もいつかほんとうに〝スタイル〟が必要になるだろうかと考えた。自分のイメージを固定すれば――小さな町の出身だから、それを生かして素朴な田舎者の役を狙えるかもしれない――最初の足がかりにはなるだろう。祖父がチェロキー・インディアンだとまで言うつもりはないが、ジョージアの農場育ちの役があれば、カウボーイブーツを履いて参上し、全部の単語がつながるほど母音を長く伸ばした南部訛りで話すのもやぶさかではない。大学で教育を受け、前世紀のイギリス文学に傾倒していることを見逃してもらえれば、うまくいってもおかしくない。

「パーティーはどこでやるんだ」

「オリヴァーの家の裏のビーチ」グロリアが言った。もはや〝オリヴァー〟と呼び捨てだ。「うっとりしちゃう場所よ、ほんとに。海岸をずっと行ったところだから、タクシーに乗らなくちゃ」

ケンは自分のタオルと水着の包みを脇にはさみ、財布を探った。中はすかすかだ。「そこまで五ド

ルかからずにすむといいな。じゃなきゃ、帰りは歩くことになる」

「帰りの心配は要らない」グロリアは説明した。「だれかが車で送ってくれるから。いつもそうよ」

通りかかったタクシーにグロリアが手を振ると、そのタクシーが急停止し、そのせいで後続車が隣の車線へ大きくよけざるをえなかった。クラクションがけたたましく鳴る。「デューム岬へ」グロリアがタクシーの運転手に告げ、ふたりで跳び乗った。

「で、どんな人？」ケンは尋ねた。

「オリヴァーのこと？」

「そう、オリヴァー」

グロリアは考えをめぐらした。「いんちき野郎よ」タクシーは車の流れに乗ろうとしている。「あたしは好きじゃない」

グロリアがオリヴァーをいんちき野郎と呼ぶのは、ちょっとした皮肉だった。「いんちきって、どんなふうに？」

「オリヴァーが何か言っても、ほんとに言いたいのは別のことなのよ。そういういんちき」

「ああ、そういういんちきか」

四十分後、タクシーは海岸沿いの幹線道路をおり、細くて地図でインクの染みにすら見えないような道にはいった。そこから太平洋に突き出た岬へ進んでいく。デューム岬の断崖が切り立つさまは、体を弓なりに持ちあげたトカゲのようで、地表もどことなく、緑の鱗(うろこ)に覆われた肉食の爬虫類を思わせた。そこに立って、もっと鋭い歯の生き物がひそむ波間を見おろせば、最果ての地に来たと実感するにちがいない。

岬でただひとつ、人間の存在を感じさせるものがあった。三階建ての大きな家で、見たところ、今

世紀にはいったころに建造されたらしい。低い崖の上に建っているが、その家がとにかく際立って感じられるのは、ほぼ全体がガラスでできているからだ。外壁はガラス、内壁もガラス。ドアもすべて、わずかな添え木以外はガラスだった。幹線道路から歩いてのぼっていくと、この家を透かして向こうの海まで見通せるだろう。上階にある何枚かの磨りガラスだけが透視を妨げていた。家の屋根には風向計がひとつあり、それもガラスでできていて砂時計の形をしている。そよぐ風に回転して風向きを示し、その方向は絶えず変化する。この上なく美しい建物だが、ケンにはなんとなく、おかしなところがあるように思えた。本来の特徴からわずかに逸脱したものが感じとれる。

「なるほど、これが近代建築か」ケンは言った。

「えっ？　いえ、これはオリヴァーの家よ」グロリアが言い返した。それにどう返事すればいいか、ケンが何も思いつかずにいると、グロリアはじっと見つめてきた。「ばかなことを言って、あたしに恥をかかせるのはやめてね。相手はオリヴァー・トゥックなんだから。ここにはプロデューサーや監督もいっぱい来てるし」

「気をつけるよ」ふたりの相性がよくないことがはっきりしてきた。ケンは最初、グロリアが自分の恋人になるのではないかと思い描いていたが、魅力的ではあるものの、どうも気が合わなかった。玄関のドアの脇に電気式の呼び鈴があり、その上に吊られた金属の表札に〈ターングラス館〉と記されていた。「これを鳴らすのかな」

「いや、みんなビーチにいるの」

グロリアが先に立って裏手へまわった。建物の脇を進むにつれて地面が乾いていき、裏庭へ出ると、広い下り坂の先に欠けた月のような形の専用ビーチがあった。一面にひろがる水平線はケンが見慣れたものだ。幼いころから、水平線の前でよくキャンプをしてきた。しかし、ボストンにいたときですら、海辺に住んだことはない。耳を傾ける者がいようがいまいが、海は揺らぎ、波打ち、うなりをあ

げていた。なぜ海から離れられない人間がいるのか、ケンには理解できた。

ビーチは三十人ほどの水着姿の若者でにぎわっていた。デッキチェアにすわっている者もいれば、波打ち際で水しぶきをあげる者もいる。しゃれたジャズカルテットがBGMを奏でていた。

「あの人、見つかった？」グロリアが訊いた。

「どんな顔か知らないんだ」

「ああ、そっか、知らないのね」

ドリンクバーがあり、スカイブルーの制服を着た接客係がカクテルやフルーツを配っていた。そこへ行けば、だれでも酒を頼めるにちがいない。グロリアは近くをさがしまわった。「どこにいるのよ、いったい」ピンクの上下の服を着た女をすれちがいざまに引き止める。「オリヴァーはどこ？」

「うーん、あたし、酔っぱらっちゃって、自分がどこにいるのかもわかんなくて」女がまくし立てた。

ケンはそれを招待と受け止め、飲み物のテーブルへ忍び寄った。「ここの人たちは何を飲んでるのかな」バーテンダーに尋ねた。

「みなさん、トムコリンズをお召しあがりです」

「じゃあ、ぼくもトムコリンズを」バーテンダーがカクテルを手渡す。「パーティーのホストはどこかな」バーテンダーは海を指さす。百ヤード沖の波間に何かあるのが見てとれた。それは不思議な光景だった。岩の上に灯台のような白い建築物があり、海から突き出て見える。幅は二、三ヤードで、高さはもう少しあるようだ。振り返ると、グロリアは若者のグループに混じって甲高い笑い声をあげている。そこに加わる気にはなれなかった。しかし、姿を見せないホストのオリヴァー・トゥックは、会う価値のある男だと思われる。そこでケンは、更衣用の木造の小屋へはいり、一分後に縞模様の海水パンツ姿で出てきた。

「ケン！」背後からグロリアの呼ぶ声がしたが、ケンは聞こえないふりをして、波のほうへまっしぐ

はおよそ十二フィート、高さは二十フィート——浜辺から見た印象よりやや大きかった。不均衡な土

そばで見ると、建物は幅と奥行きの長さがほぼ同じで、立方体の石を積みあげて造られていて、幅がせいぜい一ヤードの小さな防波堤があり、ケンはそこにおり立った。

ボートが接岸すると、操縦士がその男に綱を投げた。

優勝しそうもないが、なぜか印象に残る男だった。

枠に寄りかかっている。長身痩軀、ほっそりとした顔、なでつけられた黒髪。美男子コンテストでは

い戸口にひとりの男が立っているのが見えてきた。白いズボンのポケットに両手を突っこんで、ドア

操縦士がレバーを前方へ倒し、ボートは白塗りの建物をめざして動きだした。近づくにつれ、せま

ケンは小型の灯台を見やった。「そのようだ」

「離岸流ですよ」若い操縦士が言った。「前ぶれもなく来ましてね。大変危険です。書斎塔へ行かれるんですか」

るんですか」

きあげた。

る。モーターの音が止まり、ボートが近くへ寄せられると、ケンは舷側の短い梯子をつかんで体を引

あげると、赤い高速モーターボートが近づいてくるのが見えた。操縦士は接客係と同じ制服を着てい

が落ち着くのを感じた。立ち泳ぎで呼吸を取りもどしているうちに、機械のうなる音が聞こえて顔を

せられながらも、どうにかビーチと平行に泳ぎ、二十ヤードほど懸命に進んだところで、一気に流れ

れるのを感じた。潮の流れは雄牛よりも力強い。だが、力を振り絞ったケンは、うつろな海へ吸い寄

潮のなかにはいったとたん、ケンは夢に浸りかけていた。その瞬間、荒波につかまった。

岸も美しい。泳ぎながら、漏斗状の水流に吞まれ、すさまじい勢いで外海のほうへまっすぐ引か

つ、ロスで持て余していた筋肉をここぞとばかりに使い、力強く波を掻いて進んだ。美しい日で、海

らに駆けだした。河川の多い町で育って泳ぎが大の得意なケンは、目や口に塩が染みるのを楽しみつ

台が黒っぽい巨石の岩場を広々と覆い、屋根の下をぐるりと取り囲む窓が、歳月によって押し縮められた灯台の趣きをさらに強めていた。

「やあ」白いズボンの男が言った。来客に驚いた様子はまったくない。

「どうも」ケンは髪を後ろへなでつけて、海水を少し絞り落とした。

「中へどうぞ」

「ありがとう」

何を期待していたわけでもないが、それでもケンはせまい建物へ足を踏み入れて驚いた。これは灯台などではなく、凝縮された図書館、それもケンが大学で古い小説を読みふけっていたような図書館だ。幾筋ものほこりっぽい光が、うっすらと塩をかぶった窓から鋭く差しこみ、海を恐れるかのように本棚にしがみつく何千冊もの書物を照らしていた。

「これはすばらしい」ケンは言った。

「これが？」男のほうが驚いた声を出し、この場の異常さにたったいま気づいたかのようにあたりを見まわした。「そうかもしれないな」男は手を差し出した。小指に銀の印章つき指輪がはまっている。

「ここは祖父が建てたんだけど――あの家といっしょにね――ぼくが自分用にこうしたんだ。ぼくはオリヴァー・トゥック」

「ケン・コウリアンです」ケンは握手をしながら言った。相手の手はひんやりとして、血液の温度が常人の半分しかないかのようだった。

オリヴァーは少し眉をひそめた。「コウリアンというのはイディッシュ語の名前かな」

「アルメニア語です」

「アルメニア語？」眉間の皺が深くなった。「ケズ・ドゥール・エ・ガリス・イム・トゥニー（わたしの家を気に入りましたか）」正しく発音できているといいのだが、と表情が語っていた。

ケンは声をあげて笑った。「すばらしいですよ。ひとことでもアルメニア語を話せる人に会ったのははじめてです」

「アルメニア人の知り合いが何人かいてね」それでアルメニア語を話せる理由の説明がつくかのように、オリヴァーは言った。

「で、あの家の話が出ましたが」ケンは顔を動かし、低い崖に鳥がとまったかのようなガラスの建物を見やった。「なんだか……」言いかけて口ごもる。

「……不気味だと？」オリヴァーはつづけて言った。飾らない男だ。それはまちがいない。

「そこまでは言いませんが」

「そうか？」オリヴァーは本棚に寄りかかった。軽い調子で、まるでそのことは考え抜いて、とうの昔に結論が出ているとでも言いたげだった。「あの家には何か醜いところがあると思わないか」

「醜い？」

「ぼくはいつもそう思うんだ」

「どうしてですか」

「うん、どこか堕落したところがある。有毒というか」オリヴァーは家が建った年を述べるのと変わらない口調でそう言った。ケンは興味をそそられた。的確かどうかはさておき――あの家の評価としては、的はずれでもないが――家族の住まいに対する反応としては異様だった。家そのものが堕落するなどということがあるだろうか。まあ、あるのかもしれない。オリヴァーは話題を変え、戸口へ顔を向けて言った。「ここへはだれかといっしょに？」

「グロリアと」ケンは答えた。

「ああ、いつも単色の服を着ている子かな」

「そうです」

「二回話したことがある。いや、三回だったか、どうかな」だがケンは、オリヴァー・トゥックがだれと何回話したかを正確に覚えているのではないかと感じた。どの会話も一言一句たがわずそらんじられる気がする。しばしの沈黙があった。「本を見たいのか」

心を読まれたにちがいない。「ええ。ほかの人がどんなものを読んでるのか、いつも興味があるんです」

「ぼくもだ」オリヴァーはクルミ材の書記机の前に置かれた真っ赤な革張りの肘掛け椅子に腰をおろした。部屋の反対側には寝椅子がある。ケンは部屋をめぐりながら、人差し指を漂わせて蔵書をなぞっていった。外科手術の技法からフランスの詩、料理法まで、幅広いテーマが網羅されている。持ち主の万物に対する飽くなき好奇心が見受けられるが、そのほかにこれらの本をひとつに束ねるものはないだろうか、とケンは思った。あらゆることに同時に興味を持つのは健全ではない気がした。「他人の本棚に興味を引かれるのはなぜだと思う?」オリヴァーは尋ねた。

「たぶん、どんな本を読んでるかを知るほうが、休暇をどこで過ごしたとか、投票表紙のどの四角に印をつけたとかを知るよりも、その人のことがよくわかるからですよ」

オリヴァーは同意の表情を見せた。「きみは南部の出身だね」

「ジョージア州です」ケンは気後れした。ある種の人間はかならずしも南部が好きとはかぎらない。

「そうか。でも、大学も出てるよね」

「ええ」

「どこの?」

「ボストンです」

「ケンブリッジではなく?」

「いえ、ボストン大学です」

「うれしいよ、ケン。ハーヴァードの連中に会ったことがあってね（ハーヴァード大学があるのはボストンの隣町であるマサチューセッツ州ケンブリッジ）。あんな間抜けに会ったことがないほどのやつらだったんだ」

「それはぼくも感じたことがあります」ふたたび沈黙があり、ケンは壁の本棚へ視線をもどした。

「また戦争がはじまると思うかい」オリヴァーは真剣な様子で尋ねた。またしても話題の飛躍だ。けれども、ケンはそれが上っ面のやりとりではないと確信した。この男の思考はほんとうに、あるものから別のものへどんどん移っていく。

「ドイツとですか。ヒトラーはいかれてるみたいだけど、また戦争となるとどうかな。わかりません」

「ニュースを作るのは、いかれたやつらだ。あの男を侮っちゃいけない」

「わかりました」

「わからないやつもいるんだよ」オリヴァーは言った。だれかを思い浮かべているような言い方だ。そして、また別の話題。「きみはロスに来たばかりなんだろう？　映画に出たいのか」

まあ、通りを歩く人間の半分が、ユナイテッド・アーティスツのつぎの作品で一行でも台詞をもらいたいと願っているのだから、いまのはありふれた質問だ。「安食堂で隣り合わせた田舎者のご多分に漏れずね」

「なるほど。きみには目立つ何かが必要なんじゃないか」

「いつも単色の服を着るとか」

「そんなことだ」

ケンは書記机に目をやった。自分を招き入れてくれた男は何か仕事をしていたらしい。そこに置かれたタイプライターから一枚の紙が突き出し、文の途中で終わっている。「お邪魔でしたか」ケンが指さしたタイプライターは、上の面に〈レミントン〉という文字が金箔のゴシック体で堂々と記され、

その下には〝アメリカ合衆国、ニューヨーク州イリオンにて製造〟とある。ケンはそれをながめるうちに、はさまった紙は脚本でも小説でもなく、手紙だと気づいた。どこかの修道院に宛てた手紙だ。

オリヴァーは手を伸ばして紙をさっと引き抜き、裏返して机に置いた。「すまない、私信なんだ」

「どういたしまして」ケンはクッキーの瓶に指を突っこんだところを見つかったような気まずさを覚えた。「そろそろ失礼しないと。お仕事もあるでしょうし」

「そうか、ありがとう。また泳いで帰るのがいやなら、ボートで送らせるよ」オリヴァーは微笑んだが、少し冷めた調子だった。

「ありがとうございます」ふたりは小さな防波堤へ向かった。

「でも、また来てくれるね？　来週の月曜にパーティーを開くんだ。夜にね」

その晩、ケンは下宿へ帰った。下宿には住人があと六人いて、夫に先立たれたフランス人の家主は、六十歳を軽く超えているのに朝昼晩のいつ見ても完璧な装いをしていた。

その建物がカリフォルニアにあったのは幸運だった。というのも、ケンの部屋には七、八カ所の壊れた窓や傷んだ壁やむしばまれた天井から外気がはいってくるからだ。食事をするのもその部屋で、ブリキの皿とボーイスカウト時代の古い折りたたみ式ナイフを使い、食後にそれらを洗ってトランクにしまっていた。

疲れきって帰宅したケンは、ベッドに体を投げ出して、頭の後ろで両手の指を組んだ。帰るときにグロリアに挨拶するのを忘れたので、あす電話して謝ろうと考えていた——なんと言ってもパーティーに誘ってくれたのはグロリアなのだ。そして、心に残る午後となった。

少し眠ったあと、ケンの平穏は隣の部屋から響く荒々しい音でさえぎられた。隣人はモントリオールから来たカップルで、ベッドで行為にふけるあいだじゅう、かわるがわるフランス語で容赦なく罵

り合うか、相手を殺そうと暴れるのだが、その夜はいつもよりはじまるのが早かった。ふたつの趣味のどちらが噴出するか、ケンが見きわめるのに少し時間がかかった。逆上して罵る声が聞こえたので、ケンはほっとし、そのままつづけさせることにして、夜は喫煙室になる階下の共用部屋へおりていった。そこでは家主が片づけの最中で、ケンにあたたかい笑顔を向けた。

「こんばんは、コウリアンさん」

「こんばんは、マダム・ペッシュ」

「若いお嬢さんとお出かけでしたの？」家主の英語は完璧だったが訛りがひどく、わざと誇張しているのではないかとケンは疑っていた。前世紀からロスに住んでいる人なのだから。

「なぜご存じなんですか」

家主は盛大に息をして、においを吸いこんだ。「フルール・ド・パリ」家主が言った。「お高くない香水よ」

ケンは笑った。グロリアのかけらがくっついていたわけだ。「何もかもお見通しですね、マダム」

家主は映画でフランス人の女がよくやるように、少し肩をすくめた。「香水(パルファン)の話となると、そうね」

ケンは古い雑誌を一冊手にとり――以前の住人たちが残していった雑誌がつねに何冊か転がっていた――あの殺気立った騒音がましになっていることを祈りながら自室にもどろうとしたが、そこでふと家主を振り返った。「マダム、オリヴァー・トゥックという人のことを聞いたことがありますか」

家主の両眉があがった。「もちろんよ。どうして？」

ケンはくたびれた革の肘掛け椅子に腰をおろした。「今夜、会ったんです。でも、その人のことをあまり知らないもので」

「会った？　州知事に？」

「知事？」ケンは頭が混乱した。オリヴァー・トゥックが州知事だとしたら、途方もなく若く就任したことになる。しかも、作家の仕事もあるのに？　「そんなことはありえませんよ。ぼくが言ってるのは、二十八歳かそこらの男のことです」

「ああ！」納得の表情が家主の顔にひろがった。「知事の息子のことね。そう、あの悲劇の男の子」

混乱が深まるばかりで、ケンは説明を待った。「ずいぶん昔のことよ。あなたは生まれていた？　どうかしら」

「いつですか」会話をはばむ鎧戸がやがて開くことを念じつつ、ケンは尋ねた。

家主は一考した。「たしか、うちの孫息子が生まれたばかりのころよ。だから、二十五年くらい前」

「ぼくは二十六です」ケンは答えた。

家主は深く息をついた。「ほんとうに気の毒だった」そう言って、なんであれ、頭のなかの考えを振り払った。ケンは自分がそれを知りたいのかどうか、よくわからなかった。「トゥック知事。知事になる前だったけれど……。ほら、そこに窓ガラスが見えるでしょう？」ケンはうなずいた。「たぶん〈トゥック・ガラス〉製よ。ひところはカリフォルニアじゅうの窓をほとんど全部あの会社が作っていたのよ。お金持ちで、それはもう大金持ちでね。だけど、そんなことはなんの役にも立たなかった」

「なぜです？」

家主は悲しげに微笑んだ。「だって、オリヴァー・トゥックには息子がふたりいたんですもの。ひとりは父親と同じ名前で、もうひとりは……」唇をすぼめて考える。「たしか、アレグザンダー。そっちが弟で、アレグザンダー。でも、奪われてしまった」

「どういう意味ですか、〝奪われてしまった〟って」

家主はめったに使わない単語を頭のなかでさがしていた。そして、言いづらそうに声に出した。

「誘拐よ。殺されたの」

「どうやって？」

家主はまた肩をすくめた。「思い出せない。ずいぶん昔のことだもの。トゥック知事にお目にかかったの？」驚いた声だった。

「いえ」ケンは言った。「息子に会ったんです」

「ああ、そう、そう」家主は自分の忘れっぽさに舌打ちした。「息子さんに会ったのね。生き残ったほうの息子に」

3

翌朝八時、ケンは自分のデスクにいて、男性の汗を止めるというふれこみの広告の仕事に汗を流していた。ところが、ドイツ語風の社名のクライアントは、〝発汗〟〝水分〟〝湿った〟などのことば、そしてもちろん〝汗〟自体も禁止(ファーボーテン)だと要求していた。意味を伝えるのに必要なことばをいっさい使わずに何かを言い表す方法を、ケンは見つけなくてはならなかった。意味が——ぎりぎりで——伝わりそうな記号言語として、〝輝く〟を使うことにした。電話の鳴る音が部屋じゅうに響いていたが、ニューヨーク出身の広告マンで、太陽を求めて西海岸にやってきた上司が大声で叫ぶまで、ほとんど耳にはいらなかった。

「ケン。電話だ」

ケンは自分を仕事から引き剝がして、重い受話器をとった。電話がかかってきたことはほとんどないし、暑さと仕事への苛立ちでエネルギーが枯渇している。「ケン・コウリアンです」

「ケン。〈ダウンヴィル包囲戦〉だ。きみのオーディションはお粗末だったが、もう一度チャンスをやろうという人がいてな。二時間以内にここに来い。いいな?」名乗りもせず、なんの前置きもなく、わめき声がそう言った。

「はい。わかりました。ありがとうございます」ケンは言いながら呆気にとられていた。受話器を架台に叩きつける音が聞こえる。「出かけなきゃいけなくなりました」ケンはニューヨーク男に告げた。

「出かける?　どこへ?」

「パラマウントです」ケンは答えた。

「きみの仕事は広告か役者か、どっちなんだ」

「たぶん、どちらでもありません」ケンは言った。


一時間後、ケンは先日オーディションを受けた部屋にいた。例のアシスタントプロデューサーが、ガソリンとマッチをいじるサルでも見るような目つきでケンをじろじろ見ている。ようやく、その男が口を開いた。「お友達がいるんだな、きみには」

「おっしゃる意味がわかりませんが」

「お友達だよ、この業界の。じゃなきゃ、ここにもどれるはずがない」

「心あたりがありません」ケンは懸命に考えた。もしかしたら……

「けさ、電話があった。朝の六時にだ。まあ、それはいい——おれは五時には起きてるからな。一日のなかでいちばんいい時間だよ。それにしても——仕事の電話には早すぎる。かけてきたのはプロデューサーで、別のだれかの友達だかなんだかが、端役(はやく)のひとつにぴったりの若い役者に会ったらしい」ケンは口をはさみかけた。「ただ、その役はもう端役じゃない。三十かそこらの台詞がつくことになった。台本の直しをきょうの午後にやる予定だ。これでぴんときたか？」

ケンは椅子の背にもたれた。喜ばしいニュースだ。この業界に大物の友人ができるなんて、二十四時間前には一縷(いちる)の望みもないと思っていた。

「おれは知りたくもないがな。さあ、衣装係がきみを待ってる。行くんだ。きみは北軍の将校だ」

「北軍ですか？　ジョージアの出身なのに」

「おれだって何度もそう言ったさ」

ケンは血に飢えた上級将校たちのなかで理性の声となる中尉の役をもらい、おかげでそれから五日間、衣装合わせをしたり台詞を覚えたりで昼休みがつぶれることになった。そして訪れた撮影当日——その日はオリヴァーのパーティーもあって、大地がひっくり返るほどの忙しさになるはずだった——ケンが支度をすませて下宿の前で待っていると、洟（はな）を垂らした伝令係が現れ、撮影が二十四時間延期になったから自宅で待機するようにと告げた。

緊張とその後の落胆で力尽きたケンは、またベッドにもぐりこんだ。仕事を一日休みにしたのが無駄になったが、まあ、少なくとも夜のパーティーに備えて休息をとることはできる。グロリアがまたいっしょに行こうと連絡をよこし、タクシーで迎えにくるよう言っていた。なぜ前回は自分をほったらかして帰ったのかと、怒り心頭だった。下宿の門限までに帰宅しないと玄関を施錠されてしまうからだ、とケンは弁解したが、それは口から出まかせに聞こえ、実際にそうだった。

「ねえ、こんどは家まで送ってよね」グロリアは言った。

「わかった」ケンはそれがことばどおりの意味にすぎないことを願って言った。

ジャズが夜の空気に染み渡るなか、流れる車が一台、また一台とオリヴァーの家の前で停まった。ケンは夜気を吸いこみ、これが人生初となる本物の映画業界のパーティーかと胸を躍らせた。肌と肌、麻薬、スキャンダル。《LAタイムズ》紙のゴシップ欄をにぎわすたぐいのパーティーだ。

グロリアが着ているミニのドレスには、深紅の羽根飾りがアマゾンのオウムも顔負けなほどくっついていた。ケンの一張羅のスーツについた毛羽（けば）をグロリアが払いながら、ふたりは白黒のタイル敷きの廊下を進んだあと、上階へ向かう広い階段の横を通り——どうやらその階だけで二階ぶんの高さがあるようだ——〝舞踏室〟と呼ばれる部屋にはいった。広々とした部屋は白い大理石で飾られ、一角に置かれた小型のグランドピアノは弾き手があとを絶たない。いまだれが弾いているかわからないが、

外科医が扁桃腺の処置を知りつくしているように、鍵盤の扱いに精通していた。

反対の隅には床を掘った室内プールがひろがり、察しのよい美女たちが水着同然の恰好やただの下着姿で水に浸かっていた。それすら身につけていない者もいるようだ。

部屋はどこもかしこも人がひしめき合い、踊ったり、ささやき合ったり、言い争ったりしていた。グロリアは今夜こそ家まで送れと命じていたくせに、五秒と経たないうちに仲間たちを見つけて、ケンをバーに置き去りにした。ケンのほうもまったく意に介さなかった。

見まわすと、ウイスキー、ジン、ベルモットの明るく色づく瓶が隊列をなし、それらがいまかいまかと出陣を待つ横に、蓋をかぶせた小さな銀皿が並んでいた。ケンは蓋をひとつ持ちあげた。現れたのは短い線を形作った白い粉で、金属のストローが添えられている。ケンは蓋をもどした。大学でコカインを勧められたことはあるが、当時はその気になれず、いまも吸いたいと思わない。今夜、ほかの客が羽目をはずしたい気分になったら、好き勝手にすればいい。

ケンは飲み物を手にとり――いまはみんな、ブラックベリーがたっぷりはいったマティーニを飲んでいる――あたりを見てまわった。外へ目をやると、さがしていた男がビーチへの坂をのんびりおりていくのが見えた。しかし、ケンが人混みを掻き分けて庭に出たときには、オリヴァーの姿は消えていた。

「ケン！　来て！」グロリアだった。麻カバーのかかったソファーで、男にしなだれかかって手招きしている。隣の男はおそらく美形なのだろうが、両頰が垂れさがり、十歩離れたところからでもわかるほど目が充血している。「ケン・コウリアン、こちらはピアーズ・ベレン。ワーナーのプロデューサーよ」グロリアは片目をつぶった。さりげないウィンクのつもりらしい。

「お会いできて……」

「あたし、お化粧を直しにいかなくちゃ」グロリアは言ったが、鼻をこするしぐさが、トイレへ行く

目的はそれではないと物語っていた。「でも、この人を逃がさないで」

すばやく立ちあがり、ケンを男のもとに残していった。男は汗をかいて――《LAタイムズ》紙の広告風に言えば〝輝いて〟――いて、シャツ、ネクタイ、ヴェスト、スーツのジャケットまで湿っていた。

「ご機嫌よう、ベレンさん」

「ご機嫌は最悪だ」相手は憤然と言った。

面倒なやりとりになりそうだ、とケンは察した。「何か特別な理由でも？」

「きょうのふざけたコード会議だ」

「なんですって？」話の見当はついたが、ケンはすでにこの男を持ちあげないと心を決めていた。

ベレンは文句を並べ立てた。「ヘイズ・コード（一九三四年から実施されたアメリカ映画の自主規制条項）だよ。あれがひどいことになってきた。おれたちみんなを破産させたがってる。映画でセックスはだめ？ 神を冒瀆するな？ レイプなし？ いったい何を映画にしろっていうんだ。おれたちがこの国にどれだけ貢献してるか、議会はまるでわかっちゃいない」

ケンはもううんざりだった。「どんな貢献をしてるんですか」

「夢だよ。どえらい夢だ。おまえみたいな田舎もんには〝かんちゃ〟してもらいたいもんだ」ベレンの教育程度が自分よりはるかに低いと確信していなければ、ケンはこの侮辱にもっと深く傷ついたことだろう。「いったいなんだってここに来た？ なぜ農場に引っこんでなかったんだ」

「ぼくは農場育ちじゃありませんほんとうは農場育ちだが、ベレンのような相手には嘘をつくのも一興だ。

だが、ベレンはひるまなかった。「そうか。でも、知り合いには山ほどいるだろうよ。この国はな、どえらい夢なんだ。あのユダヤの女は自由の女神になんと書いた？ 〝自由を憧憬する群衆をわれに

与えよ〟だろ（エマ・ラザラスの詩〝The New Colossus〟の一節）？　おまえ、〝憧憬〟の意味を知ってるか？」

「意味なら知って――」

「夢を見るってことだ。群衆には夢が必要なんだ。おれたちは群衆に夢を与えてる。十セントでな。十セントぽっきりでやつらは夢を見て、メキシコへ飛んだり、十五回もコース料理を食ったり、グレタ・ガルボとやったりできるんだぞ。飢えがどうした。請求書の支払いがどうした。ここにはそんなものはない。何もないんだ。問題でもあるか？」

「いくつか」ケンは言った。腹を立ててはいなかったが、まだ一分足らずとはいえ、暴走する会話にくたびれていた。

「なら、言っとくが――」

「言ってもらうことは何もありません」

「なんだと？　おまえは――」

「ねえ、ぼくはあなたに会って三十秒ですが、だれだってもうたくさんと思うはずですよ。ぼくはカクテルカウンターへ行きます。あなたに何を飲むか尋ねてもいいけど、まあ、勝手にやってください」ケンは立ちあがり、人混みを掻き分けて家のなかへはいっていった。

「ベレンに潮時ってものを教えてやったようだね」

オリヴァーがクーペットグラスを片手に現れた。グラスには明るい琥珀色の液体と氷が漂っている。

ケンはため息を漏らした。「利口なやり方じゃないですよね。プロデューサーなのに」

オリヴァーは飲み物に口をつけた。「あいつ、まだそんなことを言っているのか」

では、あの男はいかさま師の家畜野郎なのか。「ほんとうは何者なんですか」

オリヴァーはケンの肘の内側に手をかけて引っ張り、海岸のほうへおりていった。「秘書だ」

「だれの？」

オリヴァーは隠し事を明かそうかと思案するようにためらった。「忘れたよ」だが、ケンはそのことばを七ドル紙幣並みにしか信用しなかった。とはいえ、オリヴァーのことだから、いつか話してくれるだろう。白虎のような波が打ち寄せるかたわらで、ケンは話したいと思っていたことを切り出した。「先週、パラマウントから電話がありました」

「ああ、それで？」

「ある作品で役をもらいました。だれかがぼくを推薦してくれたんです」返事はない。「ありがとうございます」

「礼には及ばないよ」

「でも、感謝しています。ぼくには大きなことなので」

オリヴァーはゆっくりと近くのドリンクテーブルまで歩いて、クーペットグラスを置き、代わりにクレマンワインの瓶を一本とフルートグラスをふたつ持ってもどってきた。針金をはずしてコルクを抜くと、瓶のふちからワインが少しこぼれた。「きみはいいやつだと思うよ、ケン。だから、こっちはできることをしたまでで、もっと大きな仕事につながることを願っている」

「そうなるかもしれません」ケンが何かを夢見ることはめったにない。けれども、いまは先行きが楽しみだった。

オリヴァーは一瞬ためらったのち、海を見やって手を振った。その合図を受けて、海上で8の字を描いていた小型ボートがコースを離れ、乾いた砂浜から数ヤードのところまで来て停まった。「きょうは夕焼けがきれいだ」海をながめてオリヴァーが言った。寄せる波に踏み入ってふたりがボートに跳び乗ると、ボートはぐるりと旋回し、沈みゆく太陽がオレンジ色に染める波の上を荒々しく進んでいった。「きみを主演にした映画の脚本をぼくが書けばいいのかもな」書斎塔へ向かいながら、エンジンの轟音に抗ってオリヴァーが大声で言った。

「きっと大変でしょうね」

「脚本は書いたことがないんだ。小説のほうが儲かる。いまのところはね」

「お金はそんなに重要ですか」

「ぼくは金があるなかで育った。中毒なんだよ。ぼくから金をとったら、自滅するさ」

その発言は驚きだった。実のところ、ケンは金銭に苦労する青春を——大恐慌と呼ばれた死ぬほどきびしい年月を——送ってきたが、金に困ったことのない人間は金に無頓着なものとばかり思っていた。「でも、じゅうぶんにお持ちでしょうに」

「中毒者にじゅうぶんなんてものはない。そういうのが中毒なんだよ。もっと酒を、もっと麻薬をってね。どんなにあっても足りないんだ」

「それなら、家業に専念すればいいのでは？　ガラス会社ですよね」

「そう、ガラス。この家を建てたガラスだ。まあ、会社にとっては、ぼくがかかわらないほうがいいんだろうな。いまのままで、これからも窓ガラスを世に送り出し、金が転がりこむ。おかげで、ぼくには書く時間がある」

ボートはふたりをトゥック家所有の岩だらけの飛び地におろし、ふたりは建物にはいっていった。オリヴァーがオイルランプを掲げて火をつけると、ランプは小さな音を立てて息を吹き返し、並んだ本に熱い光を投げかけた。「新しいものを書いているんだ」オリヴァーは言った。「それはぼくが……」そこまで言うと、物思いにふけるように口をつぐんだ。

「どんな作品ですか」ケンは先を促した。

オリヴァーは部屋をすばやく進み、書記机の前へ行った。細い鍵を取り出して錠をあけると、低く積まれた本の山が現れた。ページの角を折った最近のペーパーバック——私立学校の生徒が教師の目を盗んで読むようなくだらない本——もあれば、革の装丁が剝げかけた、いかにも神聖そうな本もあ

る。

オリヴァーがその山から抜き出した一冊は、安っぽい大衆小説だった。『女よ、死んでくれ』と書かれた燃え立つようなけばけばしい表紙には、路地に向かって四五口径のリボルバーを構える探偵が描かれている。その下には金髪の女がいて、スカートが腿までめくれあがっている。

「なんの本だと思う？」オリヴァーは尋ねた。

「たぶん私立探偵が……」ケンは本を開きかけた。しかし、その手からオリヴァーが本を引き抜き、逆向きにして、またケンの手に押しこんだ。

「こんどはどうかな」ケンは大ざっぱなあらすじと主人公であるタフガイの説明でもあるのだろうと思いながら、視線を落とした。ところが、目にしたのはまったく別の本だった。こんどは『女は殺したい』の文字が躍っている。こちらは拳銃が小さなデリンジャーで、さっきと同じ金髪の女の手に握られ、女はまっすぐ立ってそれを探偵の背中に向けている。ケンはその本が二冊から成り立っていることに驚き、また逆向きにして最初の表紙を見なおした。「本の作りが……おもしろいだろう？」オリヴァーは言った。「ひとつの物語があり、逆向きにすると別の物語があるんだけど、それは最初の話の、いわば鏡映しになっている。別の視点から見ると、たぶん登場人物がまったくちがうように感じられるんだ」

「そうでしょうね」

「ぼくがいま書いているのは、そういうものだ。言ってみればね。視点が変わることで人も変わる。ある年からほかの年へ」オリヴァーは戸口の外の岩場へ打ち寄せる黒い波を見やった。「人はたしかに変わるものだ」その声には思慮深そうな、どこか遠い響きがあった。

「いや、たいして変わりませんよ」

「そう思うかい？」オリヴァーは一瞬、思索にふけるように黙してから、ことばをつづけた。「ぼく

は幼いころ車椅子に乗っていたんだ――重いポリオでね。車椅子にくくりつけないと転げ落ちていたそうだ。いまは元気だけどね。体が順応して成長したから」

「よかったですね」ケンは相手のことばに言外の含みがある印象を受けた。手にした本を振り動かした。「これはあなたが書いたんですか」

「この本？　いや、ほかのだれかだ」

「なんと呼ぶんですか。こういう本のことを」

「〝テート・ベーシュ〟だ。本全体としてね。発想としてはかなり古くて――昔はこんなだった」オリヴァーは山のいちばん上に積まれた本をとって、ケンに渡した。ひび割れた栗色の革装丁に金文字が刻まれ、ほとんど消えかかっているものの、まだ判読できた。表は新約聖書で、読むだけで頭が痛くなるほど字が小さい。逆向きにすると、讃美歌の本だった。「いまより宗教色が濃かったわけだ」

「たしかに」ケンはそれを『女よ、死んでくれ』と並べて持った。

「いまでは出版社の小細工さ。一冊の値段で二冊ぶん、ってね。もちろん、そうは言っても、よく考えたら――ページ数は同じなんだが」ケンはその探偵小説をめくりながらオリヴァーは机の上に散らばったものをいくつか片づけた。

「読んでみたいな」ケンはその探偵小説をめくりながらオリヴァーに言った。

「どうぞご自由に。なんなら、好きなのをどれでも持って帰るといい」オリヴァーは親指を突き出して本の山を指し示した。

ケンはその山のいちばん下に、ほかとは少しちがった白いノートがあるのに気づいた。それを引き出す。表紙に手書きで『反転硝子（ターングラス）』とあるが、新聞スタンドで『女は殺したい』ほどは売れそうもない。ケンはオリヴァー・トゥックの作品をよく知っているわけではないが、大衆向けの探偵小説とは少し傾向がちがうのではないか。まあ、何か新しいものに挑戦したくなったのかもしれない。

ケンは最初のページを開いた。〝シメオン・リーの灰色の目が……〟と、その物語ははじまってい

た。

だが、オリヴァーの手がそれをさえぎり、静かにノートを閉じた。「まだ途中なんだ」オリヴァーは言った。「結末をどうしたらいいか、まだよくわからなくてね」オリヴァーがノートを取りあげて、本の山のいちばん下にもどすのを、ケンはおとなしく見守った。オリヴァーは書記机にまた鍵をかけた。

「でも、書き出しは決まってるんですね」

「もちろん。でも、結末のほうがはるかに重要なんだ」オリヴァーは答えた。「もうすぐ出版される。そうすれば読めるよ」

「結末がわからなくても出版できるんですか」

「ああ、わかっているとも、いないとも言える。いずれにせよ、六月末になれば書店に並ぶさ」

まだ書き終えていないにしては、ずいぶん出版が早い。この手の大衆小説は刊行までの日程が短いのかもしれない、とケンは思った。「ほかのと同じように、逆向きにすると別の話があるんですか」

「そうだけど、ぼくが書いたのはその一方だけだ。もうひとつは出版社が別のだれかに書かせている――ぼくのに合いそうなものをね。でも、いつか、対になる作品を自分で書くつもりだ。同じ話を別の方向から語るんだよ。鏡映しにして」

「ぼくなら、出版前に読もうと思えば読める。そうでしょう？」ケンは書記机を指して言った。「錠をこじあけて押し入ればね」

「それはそうだ」オリヴァーは認めた。「でも、きみはそんなことをしない」

「なぜですか」

オリヴァーは両手をポケットに突っこんだ。「きみは善悪をじゅうぶんにわきまえているからね。思うに、ぼくがここで必要としているのはまさにそれなんだ。とにかく、近いうちに読めるさ」

「そうですね」目が部屋の暗さに慣れてきたケンは、隅にしまってある意外なものに気づいた。イーゼルがあり、覆いのかかった絵が載っている。「こういう趣味をお持ちなんですね」

「絵は頭がすっきりするんだ」オリヴァーはまるで詫びるような口調で言った。「実を言うとね、ケン、ぼくはパーティーを開くとくたくたに疲れてしまって、途中でしばらくここで過ごしたくなるんだよ。お祭り騒ぎで盛りあがっているときは、ぼくがいなくても、みんな、なんとも思わないようだし」

「わかります。パーティーのことですけど。ホストほど大変な仕事はない」

「なんとなくその役割に陥ってしまってね」そうなったことにオリヴァーがあまり満足していないのは明らかだった。

ケンの目には、オリヴァーが注意深くボートを呼んで海へ出て、半時間ほどカンバスやタイプライターに向かって過ごす姿が浮かんだ――パーティー用の笑顔を整えなおし、わが家からあふれ出る戦場へ向かうために。「見てもいいですか」ケンは絵に近づきながら尋ねた。

「どうぞ」

覆いを持ちあげると、中判の絵が現れた。描きはじめの段階で、絵具より鉛筆の線が目立ち、画家が筆を入れるのを待っている。どうやら、崖上のガラスの家を背景にした、女の肖像画のようだ。

「これはどなたですか」

「特にだれというわけじゃない」

そんなことがありうるだろうか、とケンは考えた。画家というものは――素人画家であっても――ただ適当に人物を描いたりはせず、かならず特定のだれかを心に留めて描くものだ。だから、その女の正体がまだ気になっていた。

パーティーの残りは、歌と水浴びと、騒音に抗って声が嗄れるほど叫ぶ人々が渾然となって、時が流れていった。

そのあいだにケンは家のなかを少し探索してみた。上階には寝室が五つ、図書室がひとつ、バスルームがふたつあった。どの部屋もドアは不透明な磨りガラスで、それぞれに赤や緑や青の色がついている。夜半過ぎにグロリアが舞踏室に現れた。白い粉の線が幾筋かある銀皿を手にしていて、ケンに試せと迫ったが、それに劣らぬ頑なさでケンが拒みつづけると、あきらめたグロリアは口をとがらせてケンを退屈な腰抜け野郎と呼び、今夜また自分を家に送るのを忘れたら後悔させてやると罵った。ところが半時間後、グロリアがまたやってきて、ピアーズ・ベレンが――「あなたがとんでもない態度をとったワーナーのプロデューサーよ」――家まで送ってくれると言った。ケンの無礼を非難しながらも、いっしょに乗せてやってもいいと言ったという。もうすっかり疲れていたので、ケンは話に乗った。

ベレンはすでにヨーロッパ製の白い小型車の運転席にいて、ケンは後部座席に乗りこんだ。人間より愛玩犬に適した座席に体を落ち着けようとしていると、ベレンの目が見えた。家から届くかすかな光のなかでさえ、瞳孔が縮んでいるのがわかり、鼻孔の下には白くまばらな汚れがふたつあった。車が道を飛び出さずにわが家まで――せめて近くのどこかまで――たどり着けますように、とケンは祈った。

「喉が渇いた。腹が減った」海岸通りが後ろへ飛び去っていくなか、ベレンが大声を張りあげた。

「それはお気の毒に」ケンの返事に混じる皮肉は相手に通じなかったが、グロリアは察知してにらみつけた。

「ハンバーガーが食いたい」車は肉の広告看板の前を通り過ぎる。「コークも飲みたい」

「それはもうたっぷりやったでしょ?」グロリアが笑った。しかし、ベレンの顔には困惑しか浮かば

ない。

「なんだと？」

「だから、ほら、白いコークよ。粉。わかるでしょ、クスリよ」

「そうか！」ベレンが顔を大きくほころばせ、げらげらと笑いながらアクセルを踏みこんだので、車はさらにスピードをあげ、一段とふらつきながら道路を突き進んだ。そのとき、ベレンがいきなりブレーキを踏んだ。

「うわっ！」ケンはうめきながらグロリアの座席の背に激突した。

「あったぞ！」ベレンは言い、終夜営業の肉料理店の駐車場に狙いを定めてハンドルを切った。

ベレンはハンドブレーキを引き、店の入口へ駆けていった。ケンとグロリアはついていくしかない。ベレンはクロム鍍金（めっき）のドアを蹴りあけて、ふたりを振り返った。レモンにかぶりついたかのように顔が凍りついている。「黒ぴか野郎だ」大声で言った。

「なんだって？」ケンが応じた。

ベレンは持ち帰りカウンターへ向かう黒人の男と連れの女を指さした。

「黒ぴか野郎め。どこにでもいやがる」ベレンは店じゅうに響き渡るように言った。もちろんその黒人の男もそれを聞き、ベレンに険しい視線を投げてから、ウェイトレスとの会話にもどった。

「おれは黒ぴか野郎がどこにでもいると言ったんだ！」こんどは絶叫した。

「もう勘弁してくれ」ケンはつぶやいた。すぐにも立ち去りたかったが、どこへ行こうにも何マイルも離れていて、交通手段はピアーズ・ベレンしかない。

そのとき、ベレンがさらにギアをあげた。「おれたち白人。おめえら黒人。おめえら、あとまわしだぜえ！」黒人の口調を真似てがなり立て、汗ばんだ腕をそのカップルとカウンターのあいだに突っこんだ。

黒人の男はベレンをにらみつけ、言い返した。「おれたちが先にここにいた。おまえがあとだ」そして、突き出された腕を同じ強さで押しのけた。とはいえ、その男はベレンが何を吸引していたかも、それが脳にどう作用しているかも知らなかった。突然、ベレンのこぶしが――腕の振り方からして、力はあるが不慣れなパンチだ――褐色の肌にふれたが、格段に引き締まった肘がベレンのみぞおちに強烈な返り討ちを食らわせたので、ウェイトレスが警官を呼び、グロリアが大声で叫び、ケンは帰宅する別の手立てが見つかるよう神に祈った。

二時間後、ケンはその夜の騒動で汗まみれになって、ユニバーシティ通りの警察分署のベンチにすわっていた。足もとにはコーヒー染みの残る紙コップが三つ転がっている。すでに相手のカップルは取り調べと手続きを終えて、追い返されていた。ベレンは公衆電話でまた怒鳴っている。

「くそ忌々しい黒ぴか野郎がおれを殴ったんだよ、トゥック。くそ忌々しい……。あいつら、生意気になりやがって。ぜったいに、やつらを解放なんかすべきじゃなかったんだ。あの野郎、おれに一発食らわせたんだぞ、聞いてんのか?」オリヴァーが口をはさんだのか、短い沈黙があった。「あたりまえだろ、ばかなのか? ここに来て、おれを保釈させろよ。腑抜けの警察に保釈させるんだ」また数秒の静寂。それからベレンは声をひそめ、脅すような調子で言った。「そうしなきゃ、おれが見つけてやった情報がおまえの手にはいらないんだよ。何が起こったかわからずじまいになるぞ」そして、気味の悪い声色で、甘く誘う女の高い声を真似た。「ああ、オリー、かわいいオリー。あたしはどうなってしまったの?」そこでさっきのひそひそ声にもどした。「何が起こったか知らなきゃ、おまえは何もできないってだけのことだ」そして、受話器を叩きつけて電話を切った。

ベレンは口もとに引きつった笑いを張りつけて、ケンとグロリアがぐったりとすわって待つベンチへ勢いよく歩いてきた。「トゥックが来る。二十分こっきりでな」

なんとも不思議なことに、オリヴァー・トゥックはほんとうにやってきた。それも二十分こっきりで。

4

　ケンは午前六時に〈ダウンヴィル包囲戦〉のエスタブリッシング・ショット（シーンの冒頭で場所や状況を観客に伝えるショット）の撮影に呼ばれ、新聞社の仕事はもう一日休みをとっていた。眠れたのは二時間だけだった。撮影クルーの腕時計が九時をまわったころ、ケンはすっかり衣装を着こんで日差しに焼かれながら、歩いて通り過ぎるだけの集団シーンを待っていたが、頭のなかでは同じ疑問がずっと鳴り響いていた。いったいどんな理由があれば、ピアーズ・ベレンのような下劣な嘘つきを保釈するために、オリヴァーは真夜中に家から車を飛ばして、ロサンゼルス市警に二百ドルも払いにくるのか。答がどうあれ、あの失意の夜がオリヴァー・トゥックとの友情の終わりを告げている気がして、ケンの心は沈んでいた。

　暑さと睡眠不足、それに頭蓋骨を内側から蹴りつけるマティーニの残りで頭がずきずきし、ケンは重い足を引きずってセカンド助監督のもとへ行った。「すみませんが、どこか涼しい場所で待っててもいいですか」ケンは尋ねた。

　その若い助監督はケンがだれなのかを思い出そうとした。「ブルックス中尉だったかな？」

「そうです」ケンは力強くうなずいた。自分自身にせよ役柄にせよ、何者であるかを言いあててもらえたのははじめてに近い。

「好きなほうを選びな。あそこの日なたにあるベンチか、あっちのトレーラーか。あれはスチール製だからオーブンのなかにいるのも同然だ。どっちもどっちだが好きに選べ」助監督は紙を厚く束ねた

クリップボードをたしかめてから歩き去った。ケンはベンチへ行った。

太陽はケンが怒らせでもしたかのように猛攻撃をつづけた。顔を掻きむしり、布を強行突破して、服の下の体まで焦がそうとしている。耐えきれなくなって立ちあがると、胸の皮膚がひび割れるのを感じた。トレーラーはもっとひどいのだろうか。行ってみると、エキストラが二十人と主役級がふたり、トレーラーの陰に群がっていた。

「おい、まちがっても、そのなかにはいろうなんて考えるなよ」若い男がかすれた声でケンに言った。「二度と出てこられないから」

ケンが身をよじって人々のなかへ割りこむと、左右には、利発で危険な北軍スパイを演じる非白人の女と、補給係役で出ている一本腕の男がいた。男のほうは両軍間の十字砲火で撃たれる唯一の出演シーンをすでに撮り終えていたが、念のためにずっとそのへんにいろ、また出したくなるかもしれないから、と指示されていた。「また出す？　おれは最初の一分で殺されるのに！」男は不満をぶちまけていた。「あの時代にどんな医者がいたっていうんだ。魔法使いの医者か？」

「昼食ですよ、みなさん！」数学の授業が終わって喜ぶ高校生のような少年が金属のメガホンでそう叫んだのが、この日の一番人気の台詞だった。パンとメキシコ風豆料理に得体の知れないソーセージが添えられた皿へとたどり着く途中、ケンは監督が——感情をむき出しにするひどく小さな男で、地球上のだれにも似合わないような口ひげを生やしている——一台のトレーラーから出てくるのを目にし、その一分後には、端役を演じる赤毛の女優が出てくるのが見えた。一時間後に主演女優が麻薬をやってトイレの床に倒れているのが見つかり、あの赤毛の女が代役に抜擢されたという噂が流れてきても、ケンはまったく驚かないだろう。

「ふざけてるよね、そう思わない？」年配の女が話しかけてきた。

「そうですね」

「あんた、こういう撮影ははじめて？」

「はじめてです」

「あたしは先月、三本やった。搾取だよ」

「そうですか？」

「あたしはシェイクスピアもやったことがある。いまはこれ」女は手を振り動かして現場全体を示した。「ただの搾取さ」

その会話はケンを呼びにきたサード助監督にさえぎられ、ケンがその男に追い立てられて行ってみると、あるシーンの撮影がはじまったところだった。「これに出るんだ」ケンは告げられた。

「ぼくが？　台本にはありませんが」

「ちがう台本を見てるんだ。緑を使ってるだろ。いまは黄色なんだよ」助監督は黄色いページの束でケンの胸をはたきながら言った。

「わかりました。台詞はありますか」

「ここだ」助監督は指さした。

「それはぼくじゃありません」ケンはがっかりして言った。

「なんだって？」

「ぼくはブルックス中尉です」

ふたりの視線の先には別の登場人物の台詞があった。「ああ、くそっ」助監督は低くうなり、その役の俳優をさがしにいった。

ケンはどうにかその日を乗りきり、五時過ぎに下宿へ帰った。この日はカメラが別の方向を向いているあいだに、山をひとつ歩いてのぼっていた。家に着くと、自室のドアの下にメモが押しこまれて

いた。家主の古風な手書きの文字だ。

「コウリアンさん。トゥックさんがお立ち寄りになりました。ゆうべは迷惑をかけて申しわけなかった、あなたが元気だといいのだけれど、とおっしゃっていました。金曜の夜八時、〈プラザ・ホテル〉のディナーにあなたを招待したいそうよ。とってもすてきな車でした」むろん、最後の一文はオリヴァーのことばではなく、家主自身の感想だろう。

ケンはその上質紙の便箋をベッド脇の小卓に置き、靴と上着を脱いで、服を着たまま眠りに落ちた。

5

それから二、三週のあいだに、ケンは何度もオリヴァーと会った。ふたりはたびたび高級レストランのディナーに出かけ、そこではオリヴァーがさりげなく支払いを自分の勘定につけた。そのかわり、昼食どきにはケンが移動販売のホットドッグをふたりぶん買った。それでうまくいった。

「きみの本が出るのはあすだよな。あの逆さまの本」ある晩、ケンが尋ねた。ボクシングの試合のリングサイド席にいて、観客が急行列車よりうるさかったので、声を張りあげていた。

少し間があったあと、オリヴァーは答えた。「『ターングラス』だ。そうだよ」

金色のトランクスのボクサーが獰猛なアッパーカットを繰り出し、黒いトランクスの対戦相手を叩きのめした。観客がいっせいに立ちあがって、血祭りにしろと騒ぎ立てた。

「じゃあ、もう結末に満足してるんだ」

「そういうわけじゃ……」オリヴァーはことばを濁した。ふだんはきわめて的確にことばを使う。

「まあね。そんなところだ」

「どんな本か教えてくれるかな」

オリヴァーはためらってから答えた。「ぼくの父方の家族がイングランドから来た話はしたかな」

「いや」

「イングランドから来たんだ。東海岸の州の出身でね。エセックスだよ。そこに一家の屋敷がある——ここの家はその複製で、ガラスでできている。以前はよくその古い屋敷へ出かけていた——レイと

いう小さな島にあってね。うらさびしい場所だよ。こんどの本はそこを舞台にしたんだ」

「おもしろそうだ。どんな話かな」

オリヴァーはまたしばらく黙したあとに答えた。「悲しい話だ」そんなふうに感情をあらわにして話すのは珍しい。ふだんは淡々と語る男だ。

「読者には受けそうなのか」

黒トランクスのボクサーがロープ際から反撃し、大振りのパンチを相手の頬に食らわすと、観客は大きな悲鳴をあげた。「おおぜいにね」オリヴァーはケンに言った。

「で、だれが悲しむんだ」

「ぼくだ」

真鍮のゴングの音が重く響き、試合は金色のトランクスが勝者だと宣言されて終了した。その勝利で会話が打ち切られた感じになったので、ふたりは外へ出て、オリヴァーのよく知る深夜営業の店へ食事に行き、そのあとは涼しい空気のなかで、コオロギの合唱とガソリンの排気ガスに包まれながら、サンセット大通りを散歩した。じめついた沈鬱さがロサンゼルスじゅうを漂っている。時計が午前二時を刻み、酔っぱらいやホームレスがごみの山を漁るなか、ケンは重苦しさを感じながら進んだ。

「あと数時間できみの本が出る」ケンは腕時計を見て言った。

「そのようだね」

「オリヴァー、ぼくはほかの作家をだれも知らない。でも、たいていの作家は新しい本が出るのをもっと喜ぶと思うんだ」

オリヴァーは足を止め、通りを振り返った。いまはひっそりとして、曲がりくねった道を家路に就く車がわずかにあるだけだ。「正しいことかどうか、わからないんだ」オリヴァーは言った。

「なぜ？」

「罪だからだ。ぼくが罪を犯しているから」

ケンは立ち止まり、だれかがわけもなく道路脇に設置したコンクリートのベンチに腰かけた。「なんの罪かな」

「ここにいることだ」オリヴァーは立ったまま、道路の先をじっと見つめて答えた。

「そんなことがほんとうに罪を犯してることになるのか？　生きてることが？」

「ときにはね」

「ばかげてるよ。それなら、なぜきみがそう思うようになったのか、いますぐ教えてくれ」

オリヴァーは迷っているようだった。けれども、それから自分も片側に腰をおろした。「またこんど言う」まるでオリヴァーの一部がごくわずかな時間だけ光のなかに顔を出し、また内側へ押しこめられたかのように、軽い口調にもどっていた。ケンもそれ以上は訊かなかった。心の準備ができたら話してくれるだろう。

とりとめのない話をしながらいっしょに歩き、なんとなくオリンピック通りを進んでいくと、一軒の書店があり、ショーウィンドウに明かりがともっていた。そのなかで、『ターングラス』がひときわ目を惹いた。

「これで何もかもけりがつく」オリヴァーがひとりごとのように言った。

6

ケンがトーキー映画で最初にして最後の台詞を口にしたのは、その週末、カレンダーが七月の初日を告げた土曜の朝のことだった。台詞はケンでさえすぐに忘れそうなものだった──連隊を宿営させる準備が上官のお気に召さないとか、その後、軍隊の行進の時間がどうのこうのとか。だが、監督は聞いていた気配もないままオーケーを出し、早朝のシーンだったので、ケンは十時には下宿に帰り着いた。バス停から歩いていると、驚いたことに、オリヴァーが家の外にいて、腕組みをしながら大きな車のボンネットに寄りかかって待っていた。車はキャデラック・フェートンだ。ケンの家主が賞賛していたのは正しかった。

ケンが近づいていくと、オリヴァーは尋ねた。「父に会ってくれるかな」

父親であるオリヴァー・トゥック知事については、これまで家主から聞いたり、ときどき新聞で読んだりしただけだった。「いいよ」

おかかえの運転手がドアをあけ、ケンは車に乗りこんだ。車は低くなめらかなエンジン音を響かせて、絶え間なく流れる車の列に合流した。「すまない、ケン。忘れていた。きみはたぶんぼくの父がだれなのか知らないよね。父は州知事なんだ」オリヴァーが説明した。ケンは何も言わなかった。「サクラメントから帰ってきていてね。ふだんはあっちの知事公邸に住んでいるんだが、イベントのために帰ってきていて、ここにいるあいだにＣＢＳのニュースのインタビューを受ける予定だ。父は古いわが家で旧家の威光を見せつけたいんだよ」

オリヴァーのガラス壁の家が実は本人のものではないという事実について、ケンはほとんど考えたことがなかった――それはオリヴァーの父親のもので、家具も本もピアノも、すべてトゥック知事の所有物だった。

「どんなイベント?」ケンは尋ねた。

「政治がらみさ。父は来年、大統領選に出馬するつもりだ。共和党の公認を得なきゃいけないから、地元の世話役を何人か集めて、ちょっとした会を催すことになっていてね」

「じゃあ、票を集めてまわってるんだ」

「票? いや、そんな品のないことはしない。父は金を集めてまわっている」

トゥック家は裕福だが、大統領選の予備選挙には一家の潤沢な資金をも上まわる金がかかるのだろう。

道すがら、ケンは先日のトゥック家でのパーティーについて考えた。あの夜はいい終わり方をしなかったが、もしオリヴァーがピアーズ・ベレンの保釈金として二百ドルを出せなければ、もっとひどいことになったかもしれない。家を目の前にして、ケンは言った。「ピアーズ・ベレンに何を握られてるんだ」

そんなふうに穿鑿（せんさく）するなんて、いますぐ追い返されても無理はないと思ったが、オリヴァーは気を悪くしたふうでもなかった。「遅かれ早かれ、その質問が来ると思っていたよ」

「どうして?」

「きみは鋭いから」

「で、答は?」

オリヴァーは見つめ返したが、何も言わなかった。

クルーズ船並みに大きな車は堂々と車まわしに乗り入れ、ふたりはのんびりと家へ歩み入った。玄

関広間でケンの目に留まったものがあった。暖炉の上に、明らかに前はなかった絵が掛かっている。ケンはそれが、書斎塔でイーゼルに載っていた絵が完成したものだと気づいた。三十歳くらいの女の肖像で、この家を背景としている。栗色の髪が両肩に垂れ、目の色は明るい——正直なところ、不自然なほど明るいが、それは目に日差しが飛びこんださまが描かれているからだ。着衣はやや時代遅れなのがケンにもわかった。

「あれは特定の人物なのかな」

「おや、まだぼくの本を読んでいないのか」オリヴァーは説教めいた口調でおもしろがっている。「まだなんだ——映画の撮影があったから。でも、かならず読むよ」

「ああ。上へ行こう」

ふたりは階段をのぼり、長い廊下を歩いて、図書室へ通じる緑の磨りガラスのドアをあけた。ケンは前に一度だけ、この部屋をのぞいたことがあった。壁は黒っぽい板張りで、淀んだ空気を漂わせ、まるで夏の日々が遠くへ過ぎ去って、寒々しい冬が目前に迫っているかのようだった。

「きょうはカリフォルニア州知事のオリヴァー・トゥック氏をお迎えしています」膝の上にマイクをかかえた禿げ頭の男がまくし立てた。「知事、大統領選の予備選挙が近づいています。ご家庭で視聴なさっているみなさんに、知事の考えをお聞かせ願えますか」

頭上の壁には家族の肖像画が掛かっていた。その絵では、立っている知事が、すわっている妻の肩にしっかり片手を置いている。鉄灰色の髪の堂々たる男と、美しくあたたかい顔立ちの女。そして、ふたりの前には子供たちがいる。だが、ケンにはその絵を見て驚いたことがふたつあった。ひとつは、子供の数が、ケンの家主が以前言ったふたりではなく、三人だったこと。五歳にもならない男の子ふたりは瓜ふたつで——そっくりな丸顔に黒い髪がかかっている——もうひとり、赤ん坊が母親に抱かれている。男の子の一方は車椅子に乗っていて、ケンはオリヴァーが幼いころにポリオで車椅子暮ら

しだったと言っていたのを思い出した。

もうひとつ驚いたのは、その絵の女がまちがいなく階下の肖像画の——だれというわけではないとオリヴァーが言っていた絵の——人物だったことだ。

「ひとことで言えますよ。社会の堕落です」知事が答えた。声はほとんどオリヴァーと同じに聞こえ、ちがいは時の流れと煙草の吸いすぎがもたらした変化だけだったが、煙草は歯も小麦色に変えていた。

「残念なことに、その主たる原因は、ここカリフォルニアの映画産業にあります。いや、わたし自身、トーキー映画の大ファンですが、近ごろは若い人たちもおおぜいが映画館へ押しかけて、青少年が観るべきでないものをたくさん観ています」

「どんな映画ですか」

来るぞ、とケンはひそかに思った。ソドムとゴモラ——悪徳と退廃の都。政治家たちは新聞の紙面という紙面を非難で埋めつくしている。

「ええ、若者たちは麻薬に手を出す場面や残忍な暴力描写を観て、その真似をしています。どれもスクリーンであんなにかっこよく見えるんだから、真似をしないわけがない」

「父は暴力犯罪の撲滅に熱心なんだ」オリヴァーが小声で言った。

「そのようだね。本気に見える」

「個人的な事情があってね」

「というと？」

「ぼくには弟がいた」オリヴァーの表情には、悲しみと、何か怒りのようなものが混じっていた。

「ぼくは五歳で、アレックスは四歳だった。弟は誘拐されたんだ」

「ここから？」

「ここ？　いや、そうじゃない。そのころはもう一軒の家にいた。イングランドの家だ。アレックス

はとうとう帰ってこなかった」オリヴァーは窓の外を見つめていた。「あそこは大きらいだ」

白状するときが来た。「実は、そういうことがあったという話は人から聞いてたよ」

「だと思った」オリヴァーは肩をすくめた。「人の口はふさげないからな」咳払いをした。「とにかく、父はそれ以来、犯罪にきびしいんだ」

プロデューサーが唇の前で指を一本立て、ふたりに静かにするよう伝えた。

インタビューが終わった。「きょう大統領に何があったか、お聞きになりましたか」インタビュアーが立ちあがりながら尋ねた。

「車椅子から落ちたと聞いたよ」トゥックがにやにやしながら答えた。「不完全な人間を選出するから不完全な国家になるんだ。アメリカ国民の自業自得だよ」

インタビュアーは鼻を鳴らして笑い、外の庭で少し撮影しようと提案した。トゥックは同意し、海を背景にして崖の上の芝地を息子と並んで歩くところを数台のカメラが撮影した。「このクチナシはおまえのじいさんが植えたものだ」トゥックは話しつづけた。「根がよければ植物は強く育つことを、じいさんは知っていた。強い家族のようにな。いまのわれわれのすべては、じいさんからはじまったんだ」それはマイクとカメラに向けた出まかせだった。そして、まわりには花々が整然と隊列を組んでいたが、ケンはオリヴァーがはじめて会ったときに言ったことばを思い出さずにはいられなかった。この家にはどこか〝堕落〟して〝有毒〟なところがある、ということばを。

それでも、父と子は立ち止まってクチナシを愛でた。ようやく撮影クルーが仕事を終え、知事はオリヴァーに、まだ映画業界の〝男色者(ソドマイト)〟たちと付き合いがあるのかと尋ねた。

「それは一部だよ。みんなじゃない」

「とにかく、やつらは子孫を残せない」

「それはそうだけど」

「わたしはこの国を率いたいんだ」トゥックは背筋を伸ばして言った。「ヨーロッパがああいう状況にあるいま、なんとしても率いなくてはならない――民主党にまかせていたら、またドイツ相手の戦禍に巻きこまれる。なんのために？　百万ものアメリカの男たちがずたずたに引き裂かれるのを見るためか？　おまえが同性愛の連中をお茶に招くのは、わたしになんの利ももたらさん。世間はわたし自身がそういうやつをひとり育てたと見なすだろう」

「来るのを控えるよう頼んでみるよ」

知事はうなずいた。芝地の端に錬鉄の八角形のあずまやがあり、中央には同じ金属でできたふたり掛けの椅子が置かれていた。そこに腰かけて、近づく三人の男を無表情で見つめているのは、黒い髪を腰の近くまで垂らした、目の覚めるほど美しい女だった。白一色に装い、つばの広い帽子が色白の顔にかかる日差しをさえぎっている。一方の腕が椅子の背もたれに沿って横へ伸ばされている。指にはさんだ煙草には火がついていて、三人が近くまで来ると、女はひと口吸って脇へ投げ捨て、頬杖を突いた。

「やあ、コラライン」オリヴァーが言った。女はオリヴァーからその友へ視線を移す。「こちらはケン・コウリアン。ケン、妹のコララインだ」

ケンは片手を差し出し、コララインはその手をとった。「兄のお友達？」声は柔らかなささやきで、まるで手の届く距離にいる相手としか話さない習慣でもあるかのようだった。

「そう思いたいですね」

声が小さすぎて聞きとれなかったのか、コララインはケンをじっと見た。それからすぐに父親のほうを向いて言った。「フレッチャーはいくら出すと言ってるの？」

「じゅうぶんな額ではない」トゥックが不満げに言った。

「お父さまはいつかあの人と対決しなきゃね」つづいて、兄に言った。「しばらくのあいだ、ここに

いようと思うの。サクラメントにはうんざり」自分がよく来るようになったこの家でコラライン・トゥックが暮らすことを思い、ケンの胸の内にささやかな内乱が生じなかったと言えば嘘になる。「トーキー映画に出てらっしゃるの？」コララインはケンに訊いた。

「出ようとしてるんです」

「そんなふうに見える」

「どんなふうに？」

「もうすぐがっかりしそうに」

執事が現れ、撮影クルーが引きあげるのでプロデューサーが少し話をしたがっている、と知事に告げた。知事は執事のあとを追って家へもどった。

「ケンに庭を案内してやってくれるかな」オリヴァーが言った。「ぼくはカルメンと少し話をしなきゃいけない」

「カルメンって？」ケンは好奇心を抑えきれずに尋ねた。

「メイドよ」コララインが答えた。「ええ、おままごとでもしましょう」

オリヴァーは父親の歩いた跡をそのまま進み、ケンとコララインは数分のあいだ、たいした中身のない話をした。庭、天気。他人同士が路面電車を待つあいだに交わす雑談だ。家へ向けたケンの視線が、二階ぶんの高さがある上階でとどまった。アーチ形の大きな窓が二列に並び、窓のひとつにオリヴァーの姿が見える。真剣な顔でメキシコ人とおぼしき老女に話をしていて、老女は泣いているようだった。やがて老女は走り去り、オリヴァーは腹を殴られたかのように立ちつくしていた。

「馬にはお乗りになるの、コウリアンさん」コララインが尋ねた。

「ぼくはジョージアで育ったんですよ」ケンはうわの空で言った。「馬に乗れなきゃ、どこへも行けない」

「よかった」コララインは言った。「乗馬がしたいと思ってたの。きょう乗りましょう」

一時間後、ケンとオリヴァーとコララインは、海岸を数マイル行ったところにある貸し馬屋の厩舎の門をくぐった。三人とも乗馬ズボンを穿き、ケンはオリヴァーの古いズボンに脚を押しこんでいた。

「わたしが物心つく前から、ここにうちの馬を預けてあるの」コララインが言った。

「妹を馬に乗せたら、ぼくの知っているどんな女の子よりも猛々しかったよ」オリヴァーが小声で言った。「心拍数が一分に二十を超えたのは乗馬のときだけだろう」

「オリヴァーは大海原も顔負けなほどのんびりだったのよ」コララインは言いながら、先頭を切って裏へまわった。厩舎の若者が必要な馬具を持って駆け寄ってくる。「ほら。これがベドウィンよ。オリヴァーに似てると思わない？」

「そう」

それは斑毛の去勢馬だった。「たしかに。内面が顔に出てる」

「ありがとう、ふたりとも」オリヴァーは応じた。「ぼくはあそこのリッキーに乗るから、きみは父の馬のステットソンに乗るといい。気の荒い種馬を乗りこなせそうかな」

「この人はジョージアで育ったのよ――馬に乗れなかったら、どこへも行けないんだから」コララインがオリヴァーに言った。ケンはその声にからかいの響きを感じとった。

「どうやら、ぼくはそれを証明しなきゃいけないらしいな」

三人は馬にまたがり、速歩で外へ出た。まだ門も出ないうちに、コララインはベドウィンの脇腹をかかとで蹴りつけ、ビーチめざして駈歩で走らせた。小道はせまくて石が散らばり、馬が簡単に足をとられそうだった。

「ついていかないと置き去りにされるぞ、ケン」オリヴァーは叫びながら、妹に合わせて馬を速めた。

「コラインには昔から思い知らされている」

「だろうね！」ケンは笑って言った。馬は数年ぶりだったが、新しくできた友人と、黒髪をリボンのようになびかせる女とともに走るのは、心が躍った。「これ、よくやるのか？」小道が湿った砂浜に差しかかるあたりでケンが叫ぶと、馬たちは鼻孔に狩りのにおいを嗅ぎとって全力で走りはじめた。

「たまにね。コラインの自殺願望がぼくの防衛本能に打ち勝ったときだけだ」言うが早いか、オリヴァーは自分の馬の両脇腹をかかとの拍車で蹴り、馬は完全に地面を離れて、海へ流れこむ細い小川を跳び越えた。

ケンもそれにつづき、三人が慎重さのかけらも捨て去って一体となる喜びを感じていた。いまや三人は生死をともにし、互いの距離が少しずつ縮まっていく。太陽はきらめき、海は泡立ち、馬たちはいななき、そして……。やがてすべてが消え去り、世界は回転しながら錯乱と混沌と暗黒のなかへ突き進んでいった。

「この人、あまりうまくないいんじゃない？」

声が闇の向こうから聞こえる。無理やりまぶたをあけると、まぶしさと後頭部の痛みにたじろぎながらも、視界が像を結びはじめた。声の主は上から見おろしている。

「だいじょうぶか、ケン」

手が差し伸べられた。ケンは思わずその手をつかんだ。「馬から落ちたみたいな気分だ」ケンはつぶやいた。

「ああ、見た目もそんな感じだ」

「きっとジョージアの馬はもっとのんびりしてるのね」コララインが言った。

「そう育てるんだよ。自分たちの安全のために」息を吸うのが痛い。息を吐くのは二倍痛い。自尊心

のほかに打ち砕かれたものはないかとケンはたしかめようとした。

「少しは同情したらどうだ」オリヴァーが妹を諭した。

「自分がすればいいじゃない。馬に乗ってられないなら、最初から乗らなきゃいいのよ」

「そのぐらいにしてやれよ。鞍がゆるんだんだ」オリヴァーはケンを引っ張りあげて立たせた。「こいつ、いつもこの調子なんだよ」ケンが自分の馬に目の焦点を合わせると、鞍が片側に垂れさがっていた。「家まで手を貸そうか？」

　そんなことをされたら、馬から落ちるより苦痛だ。「だいじょうぶだ」

「ほらね。だいじょうぶだって。大騒ぎはやめなさい」

「ケンがおまえを訴えたらどうする？」

「訴える？」

「あおって競争させたのはおまえじゃないか」

「この人は子供みたいだけど大人よ」

　ケンは頭が痛いながらも、兄妹の言い合いを楽しんでいた。ふたりはこうして暮らしてきたにちがいない――父親は政治活動やら事業やらで疎遠なのではないか。子供たちはおそらく乳母やメイドに育てられ、親よりも互いを頼りにしてきたのだろう。いっしょにいるときは、ほかの人々に接するのとはまったく異なるわけだ。「ぼくは死にやしないさ」ケンはふたりに言った。

「病院の救急へ連れていくよ」オリヴァーが強い調子で言った。

「病院なんて必要ない」

「まあ、キャバレーのショーも必要ないでしょうけど」

「治療が必要だ」

「ぼくはそんな――」

「行くと言ったら行くんだ」

オリヴァーが運転し、三人はカルヴァーシティの南カリフォルニア病院へ行った。コララインは兄がケンの片肘を支えて院内にはいるのを見て、一方の眉をあげたが何も言わなかった。

「だいじょうぶです。こんなの必要ありません」ケンは担当の看護師に事情を説明しながら言った。おそらく必要だとわかってはいたが、どうやって治療費を払えばいいのか見当もつかなかった。

「用心するに越したことはありませんよ、コウリアンさん」

医師が来て、ケンの眼球をのぞきこみ、体温と血圧を測り、そのたびに金額が跳ねあがっていくのをケンの財布は察知した。すべてが終わると、帰ってもよいと言われ、一錠一ドルだというアスピリンをひと袋もらって受付へもどった。「どこで支払えばいいですか」ケンは尋ねた。

受付係は不思議そうな顔をした。「また支払いをなさりたいんですか」そして、オリヴァーの立つほうを見た。ケンは納得し、受付係に礼を言った。けれども、友人には礼を言わなかった。言えば互いに気まずい思いをするだけだ。ことばにしないのも友情のうちと考えたほうがいい。

7

三人は家へもどり、ケンはゆっくりと車からおりて、胸の痛みに感づかれないようつとめた。車まわしには車がもう一台あり、コララインの唇に一片の笑みがひろがった。

「祖父が来ているんだ」オリヴァーが説明した。

階段をのぼると、イギリス流で話すしゃがれた声が図書室から漏れ聞こえた。「……冷静な印象を与えるんだ。力強く、そう、そんな感じだよ。だが、よそよそしくてはいけない」

コララインを先頭にして、つぎにその兄、最後にケンがドアの向こうへ進むと、目に強い光を宿した老人がいた。車椅子に乗って毛布を膝に掛けていたが、その気になればいまにも立ちあがって、軽やかに社交ダンスでも踊れそうだと思わせる何かがあった。知事は机の奥にいて、熱心に耳を傾けていた。

「やあ、コラライン」老人はコララインから頰にキスを受けて言った。

「こちらはケン・コウリアンさん、こちらは祖父のシメオン・トゥック」

「お会いできて光栄です」ケンは言って片手を差し出した。

「わたしもだよ。なぜ足を引きずっているんだね」

「ケンは馬と言い合いをしたのよ」

「どうやら馬が勝ったようだね。アルニカ・モンタナのチンキ剤がいい」老人はケンの腕を軽く叩いた。「どこの薬局でも買える。見たところ、シャツのなかで腫れとあざがひろがりはじめているよう

だが、それによく効く」

「祖父は医者だったんだ」オリヴァーが説明した。

「いまもそうだ」老人は正した。「さあ、子供たち、わたしはお父さんと少し話をしなくてはならない。お父さんが人気を集めたいなら、もう少し大衆を理解する必要があるからな」

「ぼくたちは下にいるよ」

三人はふたりの男を残して部屋を出た。階段をおりる途中、また老人の声が聞こえてきた。「そうだ、大衆は物事を成しとげる男に投票する。だが、大衆が熱烈に支持するのは、一日をともに過ごしたくなる男だ。おまえはもっとあたたかみを出す必要がある。それに、もっと人のために金を使え。そうすれば大衆は喜ぶ。そして忠誠を尽くす」

「父はだれの話よりも祖父の言うことをよく聞くんだ」オリヴァーが説明した。「引退した医者にしては、たしかに政治をよく知っているから」

「いい人のようだな」

「ああ。昔から気前がよくてね。イングランドから来たとき、使用人たちも連れてきたんだが、その子供たちを学校にかよわせてやったんだ。孫たちまでも」三人は下階に着いた。「夕食を食べていくか」

「無理だな。家に帰って傷を氷で冷やさないと」

「もっともだ。あすは来るかい」

ケンはコラインを見ないようにしながら答えた。「ああ、かならず」

8

翌日の日曜日、三人は釣りをして過ごした。防波堤からモーターボートに乗りこむケンに、オリヴァーが手を貸した。「気をつけてくれよ。きのうのあれで、きみはぶっ壊れているんだから」

「はいはい。おもしろいよ」

「ずっとケンをからかってあげることにしたの、お兄さま?」コララインはぴったりとした赤いワンピース型の水着姿で日光浴をしていた。つばの広い麦藁帽子で顔は日陰になっている。

「ずっとというわけじゃない」

「そう聞いて安心したよ」ケンは自分を冷やかしの対象にした事故を恨めしく思った。まあ、コララインだって海に落ちないともかぎらない。

「痛みはずいぶんましになったよ、ご心配ありがとう」ケンはふたりに告げた。「釣り竿はどこかな」

ケンは一本見つけ、クーラーボックスのなかに、もう作ってあるコスモポリタンがたっぷりはいったカクテルシェイカーがあるのにも気づいた。

「それをひとつとってくれる?」コララインが頼んだ。声が半オクターブ低くなり、時速一マイルは遅くなっているのを、ケンは聞き逃さなかった。

「ご自分でどうぞ。忘れたかもしれないけど、ぼくはぶっ壊れてるんだ」

オリヴァーが大笑いし、ケンは自分用になみなみとついだ。しばらくすると、コララインがルビー

色の酒のグラスを干して、そのハイボールグラスをケンの前に置いたので、ケンは無言でおかわりを注いでコラインに手渡した。ふたりとも指がふれ合わないように気をつけた。

こんな日をケンは夢見ていた。洋上の仲間たち、缶のなかで実際に上映されるのを待つフィルム。ボストンを出る長距離列車に乗ったとき、ケンはこのようなシーンを思い描いていた。場所はナイトクラブや競馬場かもしれないが、基本の要素――興奮、友情――はまったく同じだ。ケンはオリヴァーに目をやった。太陽が燦々と輝いているのに、オリヴァーの顔には影がよぎって見えた。

「だいじょうぶかい」ケンは尋ねた。

オリヴァーはたったいま夢から覚めたかのように、ぼんやりとケンを見た。「ああ、もちろん。元気だよ、ケン」

「何か考え事でも？」

「ああ、そうだ」

「どんな？」

オリヴァーはゆっくりと時間をとって答えた。「罪について考えたことがあるかな、ケン」

重い質問だった。「罪？　概念として？　ときどきはある。頻繁じゃないけど」ボクシングの試合の夜、オリヴァーの心に重くのしかかっていたのと同じ問題だ。

「いや、いいんだ、ほとんどの人はそうだと思う」オリヴァーは額をこすった。「父とぼくは……いや、ぼくは罪についてはいろいろ思うところがあってね」

「何かに罪の意識を感じてると？」

「ああ」

「で、そのことについて、お父さんと話がしたいのか」

「そうだ」

「話そうとしてみた？」

「はじめたところだ。あの本は発端にすぎない」

ふたりは背後の動きに気を散らされた。コララインが立ちあがって両腕を伸ばし、鮮やかな飛びこみで水中へ消えた。数ヤード離れた水面にあがってきたと思ったら、仰向けになって、真昼の日差しのなかで浮かんでいる。

ケンがオリヴァーに視線をもどすと、友の顔にもうあの影はなく、あたたかい笑みが浮かんでいた。

「あすの夜は〈喪服の似合うエレクトラ〉のチケットを全員ぶん買ってある」オリヴァーは言った。

「売りきれたと思ってたよ」

「なんとか席がとれたんだ」

いい席だろう、とケンは推察した。


三人は午後遅くに帰宅した。知事の政治集会がはじまろうとしているところで、車まわしにつぎつぎに到着した黒塗りのセダンから、肥え太った十五人の男たちが這い出てきた。人の手を借りなければおりられない者も何人かいた。

知事は台所にいて、登場の前にメモを読み返していた。息子と娘とその友人がはいっていくと、顔をあげた。「二分後にここで人と会う」知事は言った。

「だれと？」コララインが尋ねた。

「バローズだ」

「なんの用で来るの？」

「あいつの用はどうでもいい。あいつにさせる仕事があるんだ」

「四〇二のこと？」

「そうだ」

「あれはおかしな法案だし、支持だって得られてない。わたしは取りさげたほうがいいって――」

「いいか、ときにはな」知事はコララインをさえぎった。「支持されていないことでも実行しなきゃならんのだよ。おまえは政治についてはわかっているが、義務がわかっていない」

「義務？」

「天命だよ。おまえに教えようとしたが腹に落ちなかった。四〇二号法案はわたしの果たすべき義務であり、だれであれ、邪魔も抵抗もさせん。家族といえどもな」

コララインは少し間を置いて言った。「わたしたち、席をはずしたほうがいい？」

知事は一瞬、考えをめぐらした。「いや、いてくれ。おまえたちがいたほうが雰囲気がよくなる」

知事の政治策略がどんなものであれ、ケンはその片棒をかつぎたくなかったので、出口をさがした。それが見つかる前に、太りすぎてヴェストのボタンがはち切れそうな男が足を引きずるようにして部屋にはいってきた。

「知事」太った男がていねいな挨拶の代わりに言った。

「上院議員」太った男が部屋にいる三人の若者を見る。「息子と娘と友人のコウリアンくんに、ここで待ってどんな展開になるかを見ていてくれと頼みましてね」トゥックが言った。

バローズ上院議員は無関心な様子で鼻を鳴らした。この男にはほかの州の訛りがある。自分と同じジョージアである可能性もなくはない、とケンは思った。長い単語を口にするとき、短く区切って言う。「わたしが数人の子供に、恐れ、を、なす、とでもお思いですか」

「わたしは忙しい人間です。仕事の話がしたいものですな」

「仕事？　ああ、もちろん」バローズは背筋を伸ばし、頭頂を一インチ高くした。「大統領のご意向では――」

トゥックは手のひらをあげて話を制した。「それはローズヴェルト大統領のことですか」

その質問にバローズはとまどったようだった。「もちろんです。大統領のご意向では――」

「あのポリオの？　ポリオの罹患者？」バローズがその言い方にたじろぐ。「あの男が車椅子から落ちたのをご存じですか。落ちたんですよ。死にかけの虫けらのように、地べたで脚をばたつかせていたんです」

トゥックは返事を待った。ついにバローズは何か言わざるをえなくなった。「大統領の健康状態は――」

「いや、インフルエンザも健康状態です。痛風も健康状態です。ポリオで体の自由がきかないのは、大統領に選ばれてはならない男だったと言うにじゅうぶんな理由ですよ」

オリヴァーが幼いころにポリオで車椅子生活を余儀なくされたと話していたのをケンは思い出した。横にいる友をちらりと見たが、なんの反応も感じとれない。

「それはどういう意味ですか」バローズが問い返した。

「どういう意味？　自分の足で立てもしない男が一国を率いるべきではないという意味ですよ。内外に敵がたくさんいる国をね。同情はしますよ、ほかの罹患者と同じように。だが、あの男は公職から締め出されてしかるべきだった」

「大統領の健康状態について、あなたが個人的にどのような感情をいだいていようが、事態は変わりません。似非科学に金を出すことに大統領は同意なさらないでしょう。それは――」

トゥックはふたたびバローズをさえぎり、こんどはその頭越しに、ドアロに立っている男に話しかけた。穏やかそうな男で、ずいぶん分厚い眼鏡をかけ、濃い口ひげで口唇裂をほぼ覆い隠している。

「はいってください、先生。さあ、中へ」知事は言い、部屋にはいるよう手招きした。「上院議員、こちらはアーノルド・クルーガー医師です。アメリカ優生学協会からお越しいただきました。先生、

ちょうどいま上院議員とわたしで、あなたのお仕事に資金援助する額を相談していたんですよ」

「知事！」バローズが怒りの声をあげた。「優生学の動きがいまヨーロッパで幅をきかせているとはいえ、この国には断じて根をおろさせんぞ」

トゥックは進み出て、うなるように言った。「わたしの家で声を荒らげるな。ここはわたしの家族が暮らす家で、煉瓦ひとつまでわたしたちのものだ。大声を出すなら、通りで鞭打ちの刑に処してやる」バローズは憤然としているが、口を閉ざす。「それでいい。さて、ご理解いただきたいのは、大統領は病んだ体の病んだ男だということです。いまの立場までのぼりつめるのを許されてはいけなかった。そこで、お伝えしたい。あなたには四〇二を支持してもらいます」

バローズはもうだまってはいられなかった。「なぜわたしがそんなことを？」

「そうしなければ、わたしはこの州のあらゆる選挙区を線引きしなおし、あなたが二度と議事堂に足を踏み入れられないようにするからです。あなたは千票掻き集められれば運がいいということになる」

「投獄してやる！」

「わたしはやりとげますよ。なぜだかわかりますか」

バローズの太った体が怒りで震えはじめた。「なぜだ」

「神が与えしこの科学こそが、わが国を真の民族国家に変容させるからですよ。ローマの栄光は偶然ではありません。血統のおかげでした。そしていま、われわれはその栄光を科学的に実現する方法を手中にしている」

分厚い眼鏡の奥で濃い眉をひそめる医師を、バローズはじっと見つめていた。

その晩、ケンたちは家から砂浜におり、昼に釣ったサンドバスを煙る炭で焼いて食べた。テーブル

はなく、柔らかい地面に布を何枚かひろげただけだ。知事とその父親はサクラメントへ帰ったので、家にいるのは三人だけだった。

仰向けに横たわり、組んだ指に頭を載せて、ケンは近ごろなかったほどの幸せな気分に浸っていた。ロスでの日々はまちがいなく一か八かの冒険で、その大半が孤独なものだった。けれども、あたたかい夜に砂浜で仲間と過ごしていると、この街での自分の未来が見える。

「何を考えてるの、オリヴァー」十一時ごろ、三人が最後のグラスを空けようとしているときに、コララインが訊いた。

「おもにぼくの新しい本のことだ」

「あまり売れないいんじゃないかって心配なの？」

「なんとなく心配なだけだと思う」

「あなたらしくない」

オリヴァーは立ちあがった。「もう寝るよ。ケン、今夜は来客用の部屋に泊まったらどうかな。ジェニングスが八時に来るから、家まで送ってもらえばいい」

「ありがとう」

「そしてあす、ぼくがずっと考えてきたことを話したい。三人そろったときにね。おまえにも関係がある」オリヴァーはコララインに言った。

「どういうことかな」ケンは尋ねた。

「きみの意見が聞きたいんだ。助言がほしい」

「何について？」

オリヴァーはためらった。「だいたい、あの本についてだな。でも、もっと広いことだ」

「話したければ、いま話せるよ」

オリヴァーは一考した。「いや、あすまで待つよ。とにかくひと晩寝て考えたいんだ」そう言うと、挨拶代わりに片手をあげて、家のなかへはいっていった。

コララインがウォッカマティーニをひと口飲んだ。艶めく液体がひとしずく唇に垂れたのを、舌がすっとぬぐいとる。ケンはそれを視界の隅でじっと見ていた。

「暑い夜ね」コララインは仰向けに寝転んで言った。

ケンはうなずいた。「そうだな」むろん、コララインを抱き寄せたかった。しかし、いまはその映像が目に浮かばなかった。「ジョージアはもっと暑くなる。あっちは三十八度だな」

長い沈黙のあと、コララインが言った。

「でしょうね」それと同時に、体をねじって立ちあがった。それから兄につづいて家のほうへ歩いていった。「おやすみなさい」コララインは言った。

「おやすみ」やがてコララインが戸口を抜けると、ケンも立ちあがり、ポケットに手を突っこんで、自分が泊まる部屋へゆっくり進んだ。映像が目に浮かぼうが浮かぶまいが、突き進むべきだったのかもしれない。

ケンの部屋は幅も奥行きもあり、湾を一望できた。シャツを脱いで横になり、しばらく煙草を——ふだんはたしなまないが、酒を飲んだので——吸いながら、オリヴァーの心が沈んでいる理由に思いをはせた。

しばらくすると、機械のうなる音が風に乗って聞こえてきた。カーテンをめくったところ、オリヴァーのボートが書斎塔へ近づいていくのが見えた。ひとりの人影がほの暗いボートを操縦し、もうひとりがその後ろに立っている。何が起こっているんだ？　操縦しているのがオリヴァーだとしたら、こっそりと家を抜け出したにちがいない。

ケンはベッドにもどり、十分か十五分のあいだ、その日の出来事や、コララインの水着姿がどんな

だったかをまた思い出していた。しかし、ふたりの人物がボートに乗っている光景へ何度も引きもどされた。

ほかにできることはない。たしかめなくては、と思った。ところが、部屋を出ると、廊下の向こう端で何かがきしむ音が気になった。コラインの部屋の青いガラスのドアが少しあいている。

ケンは待った。だれも現れず、話し声もしない。ドアがあいているのは閉め忘れだろうか。ただ風を入れるためだろうか。それとも、ほかの理由？　なんとも言えない。ケンはドアのほうへ歩いていった。ドアと枠の隙間はせいぜい一インチだが、あいた窓からの風が漏れ出ている。

指がひとりでに冷たいガラスにふれ、いまにも押しあけようとした。しかし、音が響き、途中で急に止まった。思いがけない音で、不吉な予感に満ちている。遠くで何かが爆発したような音だ。それが一度、二度と湾内に反響した。なんの音かは定かではないが、真夜中に書斎塔へ突き進むボートを目にしたこともあり、何かがおかしいと確信していた。

急いで部屋へもどり、外を見た。書斎塔が紫色の空に黒々と浮かびあがっている。オリヴァーの部屋へ走り、ドアを激しく叩いた。返事はない。ケンはドアをこじあけた。

部屋のなかはきれいに片づいていて、ベッドは使われた形跡がない。ケンは部屋を飛び出すと、大理石の舞踏室を駆け抜け、ビーチへ駆けおりてあの石造の建物へ目を向けた。いまは月明かりにふちどられた景色を背に、凶暴な姿をさらしているように見える。つぎの瞬間、ケンは服を脱いで下着だけになり、波のなかへ飛びこんだ。

波は冷たく、荒く、昼間より高かった。うねる波に何度も持ちあげられては叩き落とされながら、ケンはクロールで短く息を継いで突き進んだ。一ヤード、また一ヤードと、岩だらけの飛び地へ近づいていく。そのあいだじゅう、あのずんぐりした石の塔のなかで何が起こっているのかを知りたくてたまらなかった。

まもなく、酷使された筋肉が痛みだしたが、引き返すには遠すぎた。そして、両手であたたかい岩をつかむところまで来た。そこにボートがないことにケンは気づいた。

真っ暗な部屋へ足を踏み入れたケンは、この前垂木から吊られていたオイルランプを手探りしたが、空(くう)をつかんだだけだった。木でできた何かにつまずき、足がふれたものが金属音をあげた――ランプだ。ケンは何も見えないまま机の上をさがし、マッチをひと箱見つけて炎をともした。ランプがかすかな音を立てて息を吹き返し、黄色い光で部屋を照らしていくと、本が、家具が、そしてオリヴァー・トゥックの動かぬ体が目にはいった。背中を壁に向けて机の奥に腰かけ、首を銃弾で引き裂かれている。ケンは肺から空気が一気に抜けていくのを感じた。

死体を見たことは一度だけあるが、それは棺のなかに横たわる祖父で、一張羅のスーツを着て両手をしっかり組み、まるでデートでめかしこもうとしているかのようだった。十歳だったケンは、その安らかな死体を子供らしい好奇心でしか見ていなかった。

いま目の前にあるのは友の姿だ。命を剝ぎとられ、体を動かしていた血液が本の上にひろがって風を浴びている。机の上には、ひとりの男の喉を引き裂いた小さなリボルバーが、引き金を引いたと思われる手の近くにある。

「おい、オリヴァー。何をしたんだ?」ケンは答を求めて問いかけた。一分とも一時間とも思える時間、そこに立ちつくした。理由を知りたかった。ただただ、理由を。

このことを知るべき者がもうひとりいる。青いドアの寝室で眠っているコララインだ。この知らせをどうやって切り出せばいいのか、まったく思いつかなかった。いまできるのは、ただきびすを返し、海岸への帰路の冷たさと痛みに備えることだけだ。ケンは最後にもう一度、かつてひとりの男だったものへ視線を送り、戸口のほうへ足を踏み出した。

そのとき、何かが目に留まった。部屋の隅に置かれた書記机だ。そこには、一方の表紙にミニスカ

ートの女、もう一方に黒いコートの男が描かれた、あの安価な大衆小説の山があった。いちばん上には、オリヴァーが書いた同じ趣向の仕掛け本である『ターングラス』がある。少し前にオリヴァーが内容についてケンとコララインに話したいと言っていた本だ。いまとなっては、それはかなわない。

撮影と仕事が毎日ぎっしり詰まっていて、ケンはその本を手にとる機会がないままだった。いまはじめてそれを開き、最初の行を読んだ。〝シメオン・リーの灰色の目が……〟そこで本を逆向きにした。オリヴァーが言っていたとおり、その本は別の作家による『滝』というありふれた幽霊物語と組み合わされていた。

なぜオリヴァーは、この本についてケンの助言を必要としていたのか。そしてなぜ、あのとき、あの場でそれを求めなかったのか。もしかしたら、そのことが重要なのかもしれない。この小説のなかに、最近のオリヴァーの精神状態を知る手がかりがあるのかもしれない。だが、それはあとまわしでいい。家にいるコララインのもとへ、痛ましい知らせを届けなくてはならない。モーターボートがなく、泳いで帰るしかない以上、本を持ち帰るのはまず無理だ。ここに置いていくしかない。

ケンは力を振り絞る準備をした。冷たさと潮の引く力を思い出して体が石のようにこわばっていたが、海へ飛びこんだ。

残る力のすべてを費やして、クロールで水を蹴り進んだすえ、息をあえがせながらようやく砂浜へ体を引きずりあげた。視界の隅の、湾に沿って数百ヤード離れたところに、あのボートにちがいないものが見えた。潮に運ばれてきたのかもしれない。

それとも、だれかが岸辺まで走らせて乗り捨てたのだろうか。

ケンはズボンを穿（は）くと、舞踏室と玄関広間を駆け抜け、白い大理石の階段をのぼって、コララインの部屋へ向かった。そのあいだじゅう、これは楽しい日々を過ごした家とは別のものだと実感していた。

ドアは少しあいていて、部屋そのものが呼吸をしているかのように、そよ風に揺れていた。ケンの手がそれを押しあけた。

「あら、ケン」足を踏み入れるとすぐ、コララインが待ちかまえていたように柔らかい声で言った。青い月明かりを浴びたベッドのなかで、体をケンのほうへ向けた。淡い青緑の星飾りがいくつもついたシルクの何かを身にまとっている。ケンは返事をせずに歩み寄った。「ひとこともなし？　招待状もないのに。だまってはいってくるの？」コララインの唇がきらめいた。「ケン？」

「コラライン。すまない」

「どうしたの？」

「困ったことになった」ケンはベッドの端に腰をおろした。コララインのいぶかしむような、おもしろがるような表情が見えた。コララインはつづくことばを待ち、ケンはこれから与える打撃を和らげることばをさがした。いまここで、こうしてふたりでいるときに、こんな事態に陥ったことをケンは呪った。しかし結局のところ、ありのままに話すしかない。「オリヴァーが拳銃で自殺した」

そう言いながらも、ケンはほんとうにそうなのかと自問した。だが、いまは迷っている場合ではない。

コララインは殴られたかのようにたじろいだ。それから、勢いよく起きあがった。「えっ、何？　どういうこと？」

「死んだんだ。残念だよ。書斎塔で見つけた」

コララインは寝具をはねのけた。二度、腹の底まで深く息を吸い、椅子の背に掛けてあったエメラルド色のサテンのキモノをはおる。そして、静かな声で言った。「あなた、かつがれてるのよ。死んでなんかいない。いたずらか何かよ」

いたずら。ああ、そうであってくれたら。

「残念だが、この目で見たんだ」

「オリヴァーがそんなことをするはずがない！」コララインは憤然とつぶやいた。それから勢いよく歩きだし、カーテンを一気にあけた。月が――青白い三日月が――真正面にあり、乳白色の光を海上の石の塔へしたたらせている。コララインはその塔を指さした。「まだあそこにいるの？」

「ああ」少なくとも、コララインはそのことを受け入れたらしい。

「ここで会いたい。連れて帰ってきて」

「それは無理だ」

「どうして？」

「通報しなきゃいけない。救急車も要る」

「いまさらそんなことをして、どうなるの？」コララインは冷ややかに言った。

「しないわけにいかないんだ」

コララインはケンに向きなおった。じっと視線をそらさない。「そんなこと、オリヴァーはぜったいにしない」

ケンは自分の体を塩っぽく感じ、空気から汗のにおいを嗅ぎとった。「警察に電話するよ。通報する義務がある」

ケンが部屋を出ていくのを、コララインは見守っていた。

二十分後、覆面パトカーが家に到着した。「ジェイクス刑事です」がさつな声の警官が挨拶代わりに言った。五十代で体に衰えが見え、口ひげの抜けた部分に色づけをしたかのような鉛筆の跡がある。「どこにいるって？」死体の場所を説明されたジェイクスは驚いて訊き返した。すでに着替えていたケンは、刑事をビーチへ連れ出して指さした。「なんとまあ。そもそもどうやってあそこまで行くの

かね」

「モーターボートです」ケンはボートを指し示した。

ジェイクスはまた毒づいた。「そうか。警察の救急車がこっちへ向かっている。そいつの操縦のしかたはわかるな？」

「ええ、でも……」

「でも、なんだ」

ケンはふと、家を見あげた。コララインの黒い影が見おろしていて、指にはさんだ煙草が赤く光っている。コララインはカーテンを引いて姿を消した。

「あとで話します」

「ご自由に。さあ、出よう」

ふたりは出発した。まもなく波を切って進み、その後、オリヴァー・トゥックの墓場と化した岩場へと苦労して歩いた。ケンは刑事を先に行かせた。オイルランプはまだ燃えていて、部屋はさっきあとにしたときのまま、むごたらしく血のにおいがした。

ジェイクスは現場を丹念に調べたあと、振り返って両の眉をあげた。

「やっぱり、そうですよね」ケンは小声で言った。

「本人のいままでの言動で、こんなことをしそうな節はあったのか」

「いいえ」

「ふむ」ジェイクスは肩をすくめた。「実を言うと、たいていの場合はそうだ。〝あの人はちょっと沈みがちだったけど、自殺するほどでもなかった〟というのがほとんどでね」そこでことばを切った。

「お気の毒さま」

空虚な決まり文句だった。ケンには、ほんの少しでも気の毒がっているとは思えなかった。部屋で

帽子を脱ぐように、礼儀を守っただけだ。

「で、これからどうするんですか」

「まあ、わたしが見るかぎり、不審な点は何もない。凶器もすぐそこ、本人の手のそばにある。あとは陸へ連れ帰るだけだ。お気の毒さま」

「それはもう聞きました」無礼に響いてもケンはかまわなかった。

「救急車が着いて、隊員がわれわれと同じ手段でここまで来るのを待つ手もある。ただ、正直なところ、そうしたからって、われわれだけで遺体を運んで帰るよりも手厚くなるわけじゃない。選ぶのはきみだが」

だとしたら、自分たちでオリヴァーを連れて帰ったほうが、赤の他人に運ばれるのを見ているよりも敬意を示せると思った。救急隊員のほうは、今週だけですでにほかの死体を五つは運んでいるだろう。きょうだけで、かもしれない。何しろ、ここはロサンゼルスだ。

そこで、ふたりはオリヴァーをあいだにかつぎ、小さなボートに載せて岬へ帰ることにした。しかしその前に、ケンはジェイクスが背中を向けた隙を見て、オリヴァー・トゥックの遺作となった『ターングラス』を手にとり、上着の懐（ふところ）に滑りこませた。小さな疑念が蟻のようにいくつも頭に這い入っていたので、本に何が書かれているのかを知りたかったが、この警官が事情を理解してくれるとは思えなかった。

陸にもどると、ふたりは死者を本人のベッドに寝かせ、顎までシーツを引きあげて、銃弾による暴力の跡を隠した。それこそがいま大事なことであるかのように。

ケンがコララインの部屋へ行くと、コララインは隅の肘掛け椅子にすわっていた。「オリヴァーに会うかい」ケンは尋ねた。

コララインはひとことも発せずに兄の寝室へ歩いていき、死体をじっと見つめたあと、自分の部屋

へもどっていった。

「刑事さん」台所へおりながら、ケンは声をかけた。さっき目撃したことについて語るときが来た。

ジェイクスは手帳に何かを書きつけていた。「ああ？」手帳から視線をあげもしない。

「ふたりの人間があそこへ向かうのを見た気がするんです」

「というと？」まだ手帳に集中している。

「ボートに乗ってました。そのボートが出ていくのをぼくが見たとき、ふたり乗っていたと思います」

手が止まった。「思う？　断言できないのかね」

ケンは両目を閉じ、はっきりした映像を懸命に頭に浮かべた。「まちがいありません。ふたりの人間を見ました」

ジェイクスは考えこむように鉛筆で手帳を叩いた。「どうやって？　ここは夜に太陽が出るとでも？」

「月がじゅうぶん明るかったんです」

ジェイクスは酸っぱいものでも嚙んだような顔をして、手帳の作業にもどった。「月明かりじゃ、まったくあてにならんな」

ケンは別の手立てを試した。「オリヴァーはあすの夜の芝居のチケットを、ぼくたち全員のぶん買ってたんです。人生を終わらせようとしている男がそんなことをするでしょうか」

「わたしは精神科医じゃない」

「しかし、もし――」

「いいかね」ジェイクスは手帳を閉じた。「何かの作為があったんじゃないかと言いたいらしいな。まあ、話は聞くが、この件ではそれをにおわせるものが何もない。ゆうべはトゥックさんの心が沈ん

でいたようだと、きみ自身が言ったじゃないか。あのでこぼこの岩場にある妙な別宅へ出かけていって——なぜあれが本人のものだとわかるんですか」

「なぜあれが合法なのか、わたしにはさっぱりわからんが——そこで自分の銃を使ったんだよ」

「何が？　拳銃がか？」

「ええ」

「ちがうと考える理由がない」

「それだけでは不十分です」

「あとは銃弾の入射角だ」ジェイクスは鉛筆で示してみせた。「首の下から発射されて横へ抜けている。ほかのだれかが撃ったとしたら、そいつは被害者の膝の上にすわっていたことになる」

「そうとは言いきれませんよ」

「わかった、わかった」ジェイクスは手帳と鉛筆を胸の内ポケットにしまった。「この件についてのわたしの見立ては、二十五年の刑事人生に基づいていると言っていい。その期間に、拳銃の偽装も、見かけどおりではない自殺もお目にかかったことがないからだ。不幸な男がみずからすべてに終止符を打った。気の毒だ。心からそう思うよ。だが、事実から逃れることはできない」

「それについた指紋を調べてもらえますか」

刑事はしばし黙してから言った。「いいかね、コウリアンくん。調べることはできる。製造元までたどってみることもできる。その気になれば、ここからティファナまで一軒ずつドアを叩いて、何か見なかったかと尋ねてまわることもできる。だが、はっきり言って、そんなことはしない。この件に不審な点は何ひとつないからだ」

玄関の呼び鈴が鳴り、ケンが出ると、警察の救急車が来ていた。運転していた男は時間がかかったことを詫び、途中で自分たちがどこにいるのかわからなくなったので、家があるたびに停まって道を

尋ねなくてはならなかったと説明した。その後は遺体が運び去られ、ジェイクスは車で去ったので、ターングラス館にはケンとコララインだけが残された。ケンが見にいくと、コララインは自室にいて、青緑の星飾りがついたシルクのネグリジェ姿でベッドにもどっていた。

「みんな行ったよ」ケンは言った。

「知ってる」

「お父さんにはぼくから電話しようか」

「伝えるのは、一回や二回しか会ったことがない人じゃないほうがいいと思う」頭ごなしに拒否されたが、いまの状況を考えると、コララインを責めることはできなかった。

「ぼくもアパートメントへ帰るよ。心静かに過ごしてくれ」ケンは言った。

ケンはわずかばかりの自分の持ち物——札入れ、鍵——を手にとり、街へ帰るタクシーを呼んだ。車に乗ろうと身をかがめたとき、一瞬、カーラジオからピアノ曲が流れているのかと思い、消してくれと運転手に頼みかけたが、そのとき、音楽は家のなかから響いていることに気づいた。舞踏室に置かれた小型の白いグランドピアノをコララインが弾いていた。ヨーロッパ風の物悲しい曲だった。

9

ケンは六時ごろベッドにもぐりこみ、そのまま横になって天井を見つめていた。ときどき隣のカップルが言い争っているのが聞こえる。そのふたりはふだんより早く起きた。暑さで蒸し暑いベッドから叩き出されたにちがいない。

あのジェイクスという刑事は自殺だと信じて疑わなかったが、ケンはそれが我慢ならなかった。ただひとりの真の友が自分の命を途中で断ち切ったという考えは、海水と同じくらい苦々しかった。それでも、客観的に見なくてはと思い、オリヴァーがそんなことをするとしたら理由はなんだったのかと考えてみた。金の心配がなかったのはたしかだ。本は売れていたし、仮に借金があったとしても、金なら父親に無心できたはずだ。

恋愛関係が泥沼にはまった？　オリヴァーがだれかとひそかな関係にあった節はまったくない。それどころか、女には――その意味では、男にも――あまり興味がなさそうだった。

しかも、それらはすべて、ケンの脳裏に焼きついた、ふたりの男がボートで出ていった映像とは相容れなかった。たしかに暗かったが、目にしたのはまちがいない。問題は、第二の男はだれだったのか、そして、ふたりがあそこで何をしていたのかだ。

そう言えば、役に立ちそうなものをひとつ、現場から失敬してきていた。オリヴァーは、考えていることがある、ケンとコララインになんとしても話したい、そしてそれは新しい本に関係がある、と言っていた。

『ターングラス』は読者を眩惑させる物語で、あるイギリス人医師が前世紀のエセックス州で――自分の家族はそこの出身だとオリヴァーが言っていた――親族の死の真相を探るという内容だった。作品の舞台は、潮が満ちると本土から孤立する小島の岸辺にある奇妙な家であり、カリフォルニアの家と同じターングラス館という名前がついていた。トゥック家の祖先が住んだ家にちがいない。つながりはほかにもあり、その医師にはシメオンという、オリヴァーの祖父の名前がつけられていた――さらには、オリヴァー自身と同じ名前を持つ人物も登場していた。残酷な物語だとケンは思った。ページをめくるにつれ、ある女の苦しみが浮き彫りになっていく。

わたしは部屋の隅の時計へ目をやった。「一時間近くか。そろそろ限界だろう。骨まで凍えているはずだ」わたしは本を閉じて眼鏡をはずし、神経を集中させた。フローレンスの泣き叫ぶ声がまた聞こえてきた。最初は怒鳴っていたが、つぎに哀れな声を出し、いまはこちらを脅迫している。

奇妙なことに、この物語には作中作まであり、ガラスずくめの屋敷に住むカリフォルニアの一家についての暗澹（あんたん）たる中篇小説だった。題名は『黄金の地』。語り手は母親の死の真相を探っているが、この話はいくつかの断片しか出てこない。そこには、大西洋を渡る船旅、名もなき語り手の内なる葛藤、そして最後に大罪への報いが描かれていた。

『ターングラス』を読みながら、ケンは最初からずっと、意味の奥に隠された意味を探っていた。なんの糸口も見つからないまま三分の一まで読んだところで、目覚まし時計がけたたましく鳴った。八時――起きて新聞社の仕事に出かける時間だ。そんな気分ではなく、立つのもやっとだったが、映画に端役で出るためにとった休みの長さからして、その仕事には首の皮一枚でつながっている。本はベッド脇の小卓にしまわれた。

そして、九時三十分には——遅刻ではあったが、致命的なほどではなかった——ケンは《LAタイムズ》紙の広告部で木の椅子に腰かけて、思考をめぐらしていた。そこで、ある考えがひらめいた。オリヴァーの人生には奇妙で不可解きわまりない点がふたつあり、ゆうべ起こったことの核心にたどり着きたければ、その二点を調べなくてはならない。ひとつは、オリヴァーがピアーズ・ベレンの保釈金を払った理由がわからないことで、それを知るには、あのよく吠える犬の正体を突き止めるしかない。もうひとつは、トゥック家を最初に襲った悲劇についてだ。ケンは電話機のあるところへ行き、内線交換手に資料室へつなぐよう頼んだ。ニュースになったあらゆる話題について、過去の記事やファイルが保管されている部署だ。

「はい、資料室」

「もしもし。ケン・コウリアンです。一九一五年に起こった誘拐事件の記事が見たいんです」オリヴァー・トゥック知事と子供たちの名前を告げた。

「わかった。二時間ばかりかかる。あんた、部署は？」

それを言えば停止信号がともるのはわかっていた。

「広告です」

「なんだって？」

「案内広告課ですよ」

一瞬、声が途切れた。「なのに、いったいなんのために記事が要るんだ」

ケンは話を用意してあった。「広告を出してくれそうな会社が、州内の古い犯罪に関する本を出版する予定なんです。それを手伝うと言ってしまったんですよ。うまみのある契約なんで」出来の悪い作り話だ。

　また声が途切れた。「わかった」明らかに苛立ちのにじんだ譲歩だ。「二時間ほどだ」

「ありがとう」ケンは言った。「それと、もうひとつ」

「こんどは何だ」

「作家のオリヴァー・トゥックについても、ファイルに何かないか調べてもらえますか」

「いつの？」

　それはよくわからなかった。「いつでも」

　回線の向こうの声は、楽しげには聞こえなかった。「これまでの版を全部見ろってことか？」

「過去十二ヵ月ぶんではどうでしょう」

「わかった、わかった」


　四時間後、雑用係がケンのデスクに段ボール箱を置いた。中には事件のことが書かれた一九一五年の《LAタイムズ》紙の切り抜き記事があり、最初の記事は十一月二日付だった。


　ガラス業界の大立者オリヴァー・トゥック氏の幼い息子が、イングランドにある先祖代々の邸宅から誘拐され、警察が捜査している。

　アレグザンダーくん（四歳）は、ふたりのロマの男によって、母親であるフローレンス夫人の腕から奪い去られた。夫人は長男のオリヴァーくん（五歳）もいっしょに庭を散歩していたところを襲われた。イングランド警察は、犯人たちにさらに共犯者がいた可能性があると見ている。家族は身代金の要求など、犯人からなんらかの連絡があるのを待っている。

　一家はエセックス州にある同邸宅で夏を過ごしているさなかで、オリヴァーの父であり、一八八三年にカリフォルニアへ移住したシメオン・トゥック氏もいっしょだった。

エセックス州警察のマーロン・ロング警部は、アレグザンダーくんが家族のもとへ帰るまで、片時も休まず捜査をつづけると語っている。

フローレンス。ケンはその名前を見てはっとした。母親の名前だとは知らなかったが、オリヴァーの物語には同じ名前の女が出てくる。これには何か意味があるはずだ。

つぎの記事は二日後のものだった。

悲痛なるアレグザンダー・トゥックくん誘拐事件で、警察はイングランドのエセックス州一帯のロマのキャンプに踏みこみ、行方不明となっているこの幼児の捜索をおこなった。五十人以上の男が連行されて聴取を受け、うち三人は別件の罪で逮捕されたが、警察の情報筋によると、イングランド警察は依然として子供の行方をつかめていない。ガラス製造会社の創業者である父親のオリヴァー・トゥック氏は、子供の無事保護につながる有力情報に一万ドルの報奨金を支払うと発表した。

その記事には家族の肖像画の写真が添えられていて、ケンはその絵を見たことがあった。ターングラス館の図書室に掛かっていた絵だ。記事では印刷の粗い写真にキャプションがついている――〝トゥック氏と妻のフローレンスさん、子供のオリヴァー・ジュニアくん（五歳）、アレグザンダーくん（四歳）、コララインちゃん（一歳）〟。

ファイルにはほかの記事もあったが、どれも意味のない臆測や焼きなおしばかりだった。その後、一年後にこんな記事があった。

悲劇のトゥック家はイングランドから離れ、ロサンゼルスのデューム岬にある自宅にもどった。幼いアレグザンダーくん（四歳）が誘拐されて以来、一家は大ブリテン島東海岸のエセックス州にある小さな島で先祖代々の家にとどまり、鎧戸を閉ざしていた。オリヴァー・トゥック氏は子供の行方に関する情報提供に支払う金額をたびたび吊りあげ、現在の報奨金は三万ドルもの高額となっている。しかし、進展はない。一家の帰国は、このかわいそうな幼い子供に生きて再会するのを断念したことを示唆している。

そして最後に一枚、無情な切り抜き記事があった。一九二〇年の全段抜きの記事で、見出しにはこうあった――〝またも不幸に襲われるトゥック家、こんどは母親が溺死〟。

ガラス王オリヴァー・トゥックの妻であるフローレンス夫人が、イングランドでの休暇中に溺死した。夫人はエセックス州沿岸のレイ島にある先祖代々の邸宅を家族とともに訪れていた。この一家は呪われているかのような印象を与える。五年ほど前に同じ場所で次男のアレグザンダーくんが誘拐され、おそらく殺害されたと見られているからだ。フローレンス夫人は満潮になる時分に泥土堤を歩いて渡っていて、残酷な潮に呑まれたという。友人たちによると、夫は〝すっかり打ちひしがれて〟いるが、夫妻の残された子供、オリヴァー・ジュニアくん（十歳）とコララインちゃん（六歳）を慰めることに全力を尽くしている。

記事の上にはぼやけた写真があり、舞踏会用のイブニングドレスを着て黒髪をふわりと肩に垂らした細身の女が写っていた。

トゥック夫人は社交界の花だった。フローレンス・ド・ワールとしてニューヨークで生まれた夫人は、印象派のすぐれた水彩画家として評判を博し、数々の美術サロンを主催したが、結婚後は退いて芸術の後援につとめた。近年は西部戦線を描いた画家たちの展覧会を開催していた。中には物議を醸し、敗北主義や背徳行為との批判を受けるものもあった。

箱の底にひとつだけ、若いほうのオリヴァー・トゥックに関する最近の記事があった。それは社交欄の記事で、匿名の筆者があちらこちらのパーティーでの〝売れっ子若手作家〟と二、三人の〝情熱的な女優の卵〟との関係を取り沙汰していた。

だが諸君、オリー・トゥックがバラ色の人生を送っていると思うなかれ。二十年前に起こったトゥック家の誘拐事件をご記憶の向きもあるだろう――弟が誘拐され、見つからずじまいだった事件だ。その数年後には、消えた息子を思って嘆き暮らしていた母親が、心労の果てに命を落とした。となると、オリーが売れっ子なのは、切れ味鋭い表現をひねり出せるからだろうか、それとも家族の知名度や日焼けした容姿ゆえだろうか。はたしてオリーの星は輝きつづけられるのか、あるいは夜空から蹴り落とされてしまうのか。それは時が流れないとわからない。しかし、何を見ればわかるかは明々白々だ！

〝なんだこれは、人をいいように利用して〟、とケンの心の声が叫んだ。〝勘弁してやれよ〟

ケンが考えにふけりながら指でデスクを叩いていると、上司が帰ってきた。「あの、ジョージ。体調が悪いんですけど」ケンは言った。

「どうしたんだ」

「悪いものを食べたみたいで。帰ったほうがいいと思います」

「またオーディションに行くために早退するなら……」

「そうじゃありません。体調が悪いんです」

ジョージは親指で出口を指した。「わかった。あすの朝、できれば早く来て埋め合わせしてくれ」

「わかりました」

ケンが上着を着た瞬間、電話が音をあげて震えだし、ジョージが受話器をとった。「はい、案内広告課」短い沈黙のあと、ジョージは受話器を差し出した。「おまえにだ」

ケンはそれを受けとった。「もしもし」

「こんにちは、ケン」

知っている声だ。ケンに電話をよこす女は数えるほどしかいない──秘書がひとりかふたりだけだ。この声はそれより三十歳は若い。「コライン」

かすかなためらいがあった。「会える？」

この状況では、ケンはなんと答えていいかわからなかった。しかし、すぐに態度が決まった。「もちろん。どこで？」

ジョージが顔をあげ、たったいま耳にしたことの意味はわからないが、とにかく気に食わないと言わんばかりに眉をひそめた。ケンは見なかったふりをした。

「ロデオドライブに〈ヨットクラブ〉ってバーがあるの。三十分後に」

「それなら行ける。じゃあ、そこで」

コラインは電話を切り、ケンも切った。

「体調はよくなったのか」ジョージが嫌味がましく尋ねた。

「ゆうべ、お兄さんを亡くした人なんです」ケンは答えた。デスクの上にある切り抜きのファイルが

目にはいった。ジョージに見つからないことを願った。さもないと、怪しく見えるかもしれない。

「わかった、わかった、行けよ。でも今後は、体調が悪くもないのに悪いなんて言うのはやめろ。おれは鬼じゃない。お互いさまでやっていかないとな」

「わかりました」ケンはいくぶん罪の意識を感じながら外へ出た。

10

バーに着くと、そこは映画の業界人などがひしめく高級店だった。何人かの女優の卵がひとりでカウンターに陣どって、だれかの目に留まることを願いながら、法外な値段の飲み物をゆっくり飲んでいた。

コララインは体に密着した黒いワンピースを着て、シルクのリボンが巻かれたふちなしのピルボックス帽をかぶっていた。「来てくれてありがとう」あらたまって言った。

「平気だよ」ケンは堅苦しさを振り払いたい衝動に駆られたが、自制して、ウェイターに合図した。

「けさはどうしてたんだ」

「遺体安置所へ行って、正式にオリヴァーの身元確認をした。父がお葬式の手配をすることになってる」コララインはミントジュレップのソーダ割りをひと口飲んだ。

「埋葬は?」

そのことばに、ごくかすかにコララインが体を震わせた。「家族の墓地があるの。オリヴァーは信心深くなかったから――わたしもだけど――場所や形式はどうでもいい感じなのよ、実は」ほんとうだろうか。神を悩ませるより、神に悩まされたことのほうがよほど多い人たちでさえ、自分が永眠する場所は気にするものだ。コララインは少し間を置いて言った。「近ごろのオリヴァーは、よく罪について話してた」

「ぼくにも話してたよ。どういうことなのかな」

「気が咎めることがあったのか。わたしにもわからない」コララインはグラスを干し、おかわりを注文した。

危険ではあるが、ケンは思いきって口にした。「じゃあ、きみはオリヴァーが自分でやったと思ってるのか」

コララインは淡い青の瞳でケンを見据えたまま、ナットシャーマンのパックを叩いて煙草を一本引き抜いた。「そうじゃないと考える理由があるの？」声にためらいはなかった。

組み合わせてもうまくはまらない断片がいくつかある、とケンは感じていた。「ふたつばかりね」ケンは言った。「オリヴァーは気が滅入っているようには見えなかった。少なくとも、ぼくにはね。銃を持ってるのは知ってたかな」

「いいえ、知らなかった」

そういうことは、自分の兄についてなら知っているのがふつうだ。しかしケンは、とりあえずその考えを口にしなかった。「だとしたら、本人のものですらないかもしれない」「そうかもね」

コララインは動じることもなく、金褐色のジュレップを半分飲んだ。

「もうひとつ。ぼくはふたりの男がボートで出かけるのを見たんだ」

煙草を唇へ運ぶコララインの動きが止まった。反応を見定めようとして、ケンはじっと見つめた。

「オリヴァーの書斎塔へ？」

「そうだ」

「たしかなの？」

「ああ。でも、残念ながら、ジェイクス刑事は信じてない。暗すぎて見えたはずがないと思ってる」

「それにはどう答えたの？」

「月が出てて、じゅうぶん明るかった、と」

コララインは唇をすぼめて煙草を吸い、ひと筋の煙を横に吐いた。「それじゃ決定的とまでは言えないと思う」

「ああ、言えない」

「で、あなたが見たと思ってるものをほんとうに見たと信じろと？」

「信じてもらうしかないだろうな」ケンはコララインがまた飲み物を持ちあげるのを見守った。「《タイムズ》の記事で、お兄さんのアレグザンダーについて書かれたものを調べてみたんだ。誘拐事件について」

その瞬間、苦痛の色を浮かべたコララインは、飲み物を亜鉛メタルのテーブルに乱暴に置いた。「何よ、探偵にでもなったつもり？」そこで平静を取りもどした。「ずっと昔のことよ」

「きみは――」

「わたしは一歳だった。だから、そう、何ひとつ覚えてないの」ふたりのあいだに重苦しい空気が漂った。

「二、三カ月前に、きみの家のパーティーに行ったんだ。ピアーズ・ベレンという男に家まで送ってもらった――いや、送ってもらうはずだった。その男が途中の安食堂で黒人の男にからんだもんだから、警察署へ行く羽目になってね。オリヴァーがそいつを保釈してやったんだ」コララインはなんの反応も見せずに聞いている。「でも、それより変なことがあって、ベレンがオリヴァーに電話したときに言ったんだけど、オリヴァーは保釈金を払ったほうがいい、さもないと、って……そのあと妙なことを言ったんだよ……ピアーズが手に入れた情報をオリヴァーに教えてやらないとかなんとか」

コララインは考えながら、ガラスの灰皿へ灰を落とした。「その人と話したほうがよさそうね」

「ぼくもそう思う」

とはいえ、ベレンに連絡する手立てがないのだから、まずは本人を見つけ出さなくてはならない。

手立てを知っている人間がひとりいる。

「あのブタ野郎のところにあたしを置き去りにするなんて」電話回線の向こうでグロリアがわめいた。

ケンとコラインはロビーの電話ボックスにいたが、受話器が壊れないのが不思議だった。神経の病に冒されそうな警察署でのあの夜以来、ケンはグロリアと話していなかった。

「あいつといっしょに行きたがってたじゃないか」

「いえ、そんなわけないでしょ！　あいつには二回しか会ってないのよ。ううん、あのときを入れて三回。それだけよ。あいつ、大物プロデューサーだと思ってたのに」

「じゃあ、ほんとうは何者なんだ」

「何者？　くそつまんない政府で働いてるのよ」グロリアは鼻で笑った。「国務省だと思う。あいつと話したいんなら、そこに電話しなよ」グロリアは電話を切った。

国務省。海外の問題を扱う省だ。トゥック一家がイングランドにいた時期と何か関係があるのかもしれない。オリヴァーの弟の失踪だ。可能性はある。

番号案内とワシントンDCの交換台ふたつを経て、ケンはベレンにたどり着いた。

「どこのケンだ？」ベレンがむっとした声で言った。「ああ、パーティーのときの。おまえ、あの黒ピカ野郎がおれに何をしたか見たろ。おれは――」一気にまくし立てる。

「オリヴァーのことは聞きましたか」ケンがさえぎった。

「トゥックか？　あの野郎がどうしたって？」

「死にました」

一瞬の沈黙。「な……どうして？」ベレンの声ににじんでいるのは、ショックではなく怯えだろうか。そうかもしれない。

「海岸から離れた石造の建物で死んだんです。執筆に使ってたあの建物で。銃によって」

「そんな――」ベレンはまるで、片手に棍棒、反対の手に輪縄を持った男が迫ってくるのを見たような声を出した。

だが、ケンは甘やかしてやる気分ではなかった。「教えてくれ、ピアーズ」

ふたたびの沈黙。そして、ゆっくりとした警戒の声。「何を教えろというんだ」

「オリヴァーがあんたの言いなりになってた理由を」

一瞬ためらう。「そんなものはない」

「アレグザンダーのことなのか」

「ア、ア、アレグザンダー？」ベレンは鼻でせせら笑った。「いや、ア、アレグ、ザン、ダー、のことじゃないさ」その言い方が多くを語っていた。そのうえ、ベレンは自分の傲慢さのせいで墓穴を掘ることになった。ケンにつぎの一手を教えることになったからだ。

「なら、ほかのだれかだな。オリヴァーの身近な、ほかのだれか」話しながら、ケンの手は無意識のうちに上着のポケットにある本に手をふれ、ページの端をはじいていた。そのなかのあることについて、ケンはずっと考えていた。登場人物のひとりに、オリヴァーの死んだ母親の名前がつけられていたことだ。一方、ベレンはオリヴァーへの電話で、怯えた女の声を真似ていた。「フローレンスのことだな、そうだろう」ケンは言った。ベレンは答えない。きっと、罪を認めた沈黙だ。ケンの矢は半ば目隠しで放たれたようなものだったが、みごとに的を射抜いた。「フローレンスのどんなことでオリヴァーを脅してたんだ」

ベレンの声に怒りが混じった。「おい、ケツの穴野郎、おれは――」

「あんたはフローレンス・トゥックに関することで、オリヴァーを言いなりにできる何かをつかんでいた。推測するに、それは仕事を通じて手に入れたものだろう。だとしたら、それがなんだったのか

をいま話さないなら、あんたが公務のさなかにちょっとした副業をやってることをぼくはあんたの上司に知らせる」

電話から、しーっという長い音が聞こえた。「やつが知りたがってたのは……母親の死に方だ。正確なところを」

コララインがかすかに体を震わせるのが見えた。

「溺死したんだろう」ケンは言った。新聞記事にそう書かれていた。

「だが、それだけじゃない」ベレンは答えた。ケンは、ブレーキの壊れた貨物列車か何かが店内を抜けて迫ってくるように感じた。「検死審問が開かれた。おれは報告書の写しを取り寄せたんだよ。それをトゥックに渡した」

「そこに何が書かれていたんだ」ケンは促した。

「それには、陪審が……」声が消えていった。

「陪審がどうした」

「陪審が……」事実を漏らしたらどうなるかという恐れが心に湧きあがったのか、ベレンはふたたびためらった。

「話せ」

「陪審が……有疑評決を出したんだ」

何を出したって？　「有疑評決というのは、いったいどういう意味だ」

「陪審が死因不明の評決を出したんだよ。証人のひとりが――家政婦か何かが――トゥック夫人はあの日、すこぶる機嫌がよかったと話したんだ。画材道具一式を持って絵を描きに出かけた、自殺を図るようには見えなかった、とな」ケンはコララインをちらりと見て、そのことばが耐えがたいものではないことを願った。「だから陪審は、事故だったかもしれないし、自殺だったかもしれないと考え

た。もしかしたら……ほかの死因だったかもしれない。そういう意味だ」

もしかしたら……ほかの死因だったかもしれない。そのことばが頭に染みこんだ。聞いていたコラインが見せた反応は、少しうつむく動作だけだった。その程度の感情表現を示すところなら見たことがあるので、ケンはそこから何も推し量れなかった。

「ほかに何を知ってる？」ケンは訊いた。

「それだけさ。何もない。その情報を手に入れるのにずいぶん長くかかったんだ。それに、おれはただ――」

ケンは電話を切った。ベレンがとことんオリヴァーを食い物にしようとしていたのはまちがいない。ゆうに一分近く、コラインは店の奥で映画業界の男たちがその半分の年齢の女たちといっしょにいるのを見やっていた。それから、こう言った。「いつだったか、オリヴァーがしばらくいなくなったことがあるの――たぶん一カ月ぐらい」

「イングランドへ行ってたと思うんだね」

「帰ってきたとき、オリヴァーは……心ここにあらずだった」

「あっちで何かわかったんだな」

「そうね」

コラインが支払いを自分の勘定につけ、ふたりは店を出た。コラインが先頭を歩き、空き地の前に来た。一年以内にビルが建ちそうだが、いまは雑草とホームレスの寄せ集めとなっている。ケンはしばらく声をかけずにいた。「どう思う、ケン？」コラインは目を合わせずに言った。

「きみのお父さんが、お母さんの死にまつわる疑問を口にしたことはないのか」

「もちろんない」

「じゃあ、ぼくたちには知るべきことがたくさんある」ケンは言った。「そして、それはここに立っ

てるだけじゃ見つからない」

コララインは意を汲んだ。「イングランドへ行く必要があると思ってるのね」

「ああ、そうだ」

コララインはハンドバッグのなかに手を入れ、新しいナットシャーマンを一本取り出して、ライターで火をつけた。三度深く吸って煙を吐き出したあと、また話しはじめた。「母のことがあってから、わたしはあそこへ一度も行ってないの」いったんことばを切った。「あの家は大きらい」

「その話をしてくれ」

「何を知りたいの？」

「最初から全部だ」

「あの家は祖父が遠い親戚から相続したの。祖父は――」

「待ってくれ、それは事実なのか」

「どういう意味？」

その瞬間、それがほかのことすべてと同じく、異様に感じられた。「オリヴァーの本のなかに、シメオンというイギリス人医師が出てきて、親戚の家を相続するんだ」

「そうなの？　読んでないのよ。オリヴァーがまだ読むなと頼んできたからだけど、理由は言ってくれなかった。読んでいいときが来たらそう言うからって」

そのこと自体が奇妙だ。あまりにも奇妙だ。

「ターングラス館で何があったのかを話してくれ。イングランドのほうの家で」ケンは言った。「ほんとうに泥に埋まった死体があったのか？」

コララインは怪訝（けげん）な顔でケンを見た。赤の他人が家族の秘密の一部を知っていることにとまどっているのだろう。「ええ、あった。わたしたちが理解できる歳になったころに、祖父が教えてくれた」

「じゃあ、それがあの話だ。『ターングラス』にその話が出てくるんだ。おじいさんの苗字はオリヴァーが変えてあるけど」

コララインはそれを知って冷ややかに笑った。「わが偉大なる家族の伝説ってとこね。でも、ただの伝説じゃなくて、たしかに事実よ。父はその血統を受け継いでることがちょっとした誇りなんだと思う——偉大なる一族はみんな、中世のローマ教皇みたいに、少しばかり殺人や狂気の歴史があるものだから。すべては祖父からはじまった——あの家を相続したあと、しばらくそこに住んでから、こっちへ来たの」

「その家にはフローレンスという名の女性が閉じこめられてたのかな。物語のなかでは、シメオンが叔父と呼んでいた人物の義理の妹なんだが」

「女の人がいたのはたしかよ。でも、母の名前じゃなかった。オリヴァーがそうしたのね」

ケンは考えながらうなずいた。オリヴァーはその女性に母親の名前をつけることで、何を伝えようとしたのだろうか。「ぼくもまだ読みはじめたところだ。最後まで読まないとな。きみもすぐ読んだほうがいい」

「イングランドへ向かう途中に読む」

「わかった。ひとつだけ支障があるんだ」支障というのは、ケンの財力が修道士並みであることを上品に表現したまでだった。

コララインに超能力は必要なかった——履き古した靴がケンの現状を物語っている。「心配しないで。家族のお金で払えるから」

「すまな——」

「気にしないで」

まあ、いい。ケンは旅の現実へ話を移した。「行き方はふたつある」

「話して」

「船だと二週間かかる。飛行艇なら二日だ」

大西洋を横断する旅客機の就航をニュース映画がしきりに報じていた。ニューヨークを飛び立ったあと、ニューファンドランドで給油し、そこからアイルランドへ飛んでさらに給油してから、最後はイングランド南岸の港町サウサンプトンに到着する。内陸の飛行場からではなく、海岸の港から巨大な飛行艇で飛び立つ。

「じゃあ、飛行艇で」

「席がとれればね」

「わたしの父はカリフォルニア州知事よ。席はとれる」

「満席でも？」

「満席じゃないようにしてくれる」

「だろうな」では、いっしょにイングランドへ行くのか。コララインの兄が失踪し、母親が溺死したイングランドへ。何もかもが、そのふたつの出来事の一方に——あるいは両方に——関係しているとしか思えない。ケンは両手をポケットに突っこんだ。いまいる大通りは、食料品店や路面電車の停留所へ向かう人々がおおぜいいて、きびしい質問をするにはふさわしくない場所だったが、ほかにどうしようもなかった。「お母さんが亡くなったときのこと、覚えてる？」

コララインは指にはさんだ煙草をじっと見つめ、それを投げ捨てた。「わたしは図書室にいて、本を読んでたの。イングランドの王さまや女王さまについての本だった」目の前にいる垢抜けた若い女とはちがう少女の姿を、ケンはなかなか思い描けなかった。「そこへ父がはいってきた。すごくゆっくり歩いてきたのを覚えてる。それからはっきりと、母が亡くなったと聞かされた。母は干潟へ出かけてたの。遺体は見つからずじまいだった」ケンはコララインに息をつく暇を与えた。「毎年あの家

へ行ってたのよ。一週間過ごすの。父はいまでも行ってる。ちょうどいまごろの時期よ。わたしはずっと、いやでたまらなかった——わたしたちが出向くかどうかを母が気にしてるみたいで」

フライトを手配するのに三十六時間かかった。そのあいだの一日、ふたりは顔を合わせず、ケンは必要な準備を進めた。まず、新聞社から二週間の無給休暇をもらった。そして、オリヴァーの物語の残りを読み終えなくてはならなかった。

それはある意味で亡霊の物語だった。お化けは出てこないが、過去の霊魂が立ち現れては罪深き生者を苦しめる。それらの霊魂はあらゆるところに、音楽のなかにさえ現れていた。

フローレンスは心臓に手をあて、あの讃美歌を口ずさんだ。〝寄る辺なき　身の頼る　主よ　ともに宿りませ〟シメオンはそのとき、フローレンスがなぜそれを繰り返し歌っているかを悟った。風に乗ってその旋律が聞こえてくる。マーシー島の教会の鐘の音にちがいない。

ケンは登場人物たちを追って、うらさびしい島を渡り、ロンドンの曲がりくねった通りを進んだ。危険と逆転のなかを、親愛と憎悪のなかを進んだ。そして、ついに結末にたどり着いたとき、その物語全体を覆う悲しみを理解した。勝利した者はいない。どこにもいない。埋もれていた真実を掘り起こして何かを得た者もいなければ、罪深き秘密が語られて祝福された者もいない。最後に残った登場人物たちでさえ、多くを失っていた。過去を暴けば、現在が崩壊する。この物語はそう語っていた。

ケンは一考した。オリヴァーが何かの秘密を暴き、のちにそれを後悔していたとしたら、見つけたものをふたたび埋もれさせてはならないなどと言う資格がだれにあるというのか。とはいえ、ケンのなかでは復讐の犬が吠えていた。何がどうあろうと、友であるオリヴァーが死んだいま、報いを受け

るべき者がだれなのかを突き止めたかった。

旅はニューヨーク市へ飛ぶ定期便ではじまって、いったん鉄道でロングアイランドへ向かい、ポートワシントンで大西洋を横断する飛行艇に乗ることになっていた。

ニューヨークでは、フラッシング＝メイン・ストリート駅で列車を乗り換える必要があった。その朝のプラットフォームは、日帰り客や、界隈の店へリンゴや小麦粉の木箱を運ぶ男たちで混雑していた。ここで停まって百人ほどの乗客を乗せていく列車もあったが、ほとんどは全速力でそのまま走り抜けていく急行列車だった。

ケンはその朝ずっと目まぐるしく考え事をしていて、いまはコララインと父親の関係に意識が向いていた。その実態がどうもよくわからなかった。コララインは父親に後援者から資金を集めるよう助言していたが、肉親へのあたたかさは感じられない。だが、それを言うなら、コララインはだれに対しても――おそらくオリヴァー以外には――あたたかく接することがなさそうだ。「飛行艇で大西洋を渡った人をだれか知ってるかい」ケンはただの場つなぎで尋ねた。

「アメリア・イアハート（一九二八年、女性としてはじめて大西洋横断飛行に成功。九年後に太平洋上で遭難して行方不明に）」

「知り合いだったの？」

「ちょっとだけ」

なんと、それはすごい。

つぎに停まる列車になんとしても乗ろうと押し寄せる人々の体に、ふたりは押しつぶされそうだった。また急行列車が勢いよく通り過ぎていく。さいわい、プラットフォームに来るのが早かったので、つぎに停まる列車ですわれるだろう。コララインが腕時計をたしかめて言った。「あと二分よ」

「よし、ぼくは……」ところがその瞬間、ケンは何かが――だれかが――膝の裏に激しくぶつかって

くるのを感じて、体勢を崩し、さらにだれかの肩に押されて前へ飛び出した。両足がコンクリートのプラットフォームを離れ、体が空中で回転した。吐き気を催しそうな倒れ方だった。つぎの瞬間、線路と黒ずんだ敷石が迫りくる光景に、心臓が凍りついた。

倒れながらでも、列車が二十ヤードほど先から猛進してくるのが見えた。体の向きを変えたりプラットフォームにしがみついたりする余裕はなく、両手で顔を隠して衝撃から守るのが精いっぱいだ。そして列車が来た。金属と砂利が悲鳴をあげるなか、ケンの顔が指の骨にぶつかり、腹が鋼の線路に押しつぶされて鈍い音をあげた。

一瞬、猛烈な風で昏倒しかけたが、そんな余裕はない。突進してくる列車を見た衝撃で脳の防衛本能が作動し、ケンは横へ転がって、プラットフォームを下から支える黄褐色の煉瓦壁にしっかり張りついた。だれかが悲鳴をあげる。列車の警笛が鳴り響く。ケンは車輪の熱が迫るのを感じ、人が絶命する瞬間を目のあたりにしたプラットフォームの人々の取り乱した叫びを聞いた。しかし、生存本能の強さゆえ、ケンは全力を振り絞って体を煉瓦壁に押しつけ、自分の肉を液化させるかのような思いで、わずかな隙間にもぐりこんだ。そのとき、何か明滅するものが頭の後ろを過ぎていくのを感じた。硬くて熱いものだ。

あと髪の毛一本ぶんでも線路寄りにいたら、千トンの鉄の塊に頭蓋骨を粉々に砕かれていただろう、とケンは悟った。

列車は車輪をきしませ、レールが壊れそうなほどブレーキをきかせて車体を線路にこすりつけながら、ケンをかすめて通っていく。どこかの女がまだ悲鳴をあげている。

「死んだの？」「轢かれた！」「見たか？」口々に叫ぶ声がプラットフォームの乗客たちから聞こえる。「だれか、あの人を引っ張りあげて！」思いきってかすかに頭を動かすと、列車はほんの少し先で停まっていた。体の力が抜けたケンは、ざらついた地面に仰向けに倒れこんだ。

「あと二分でつぎの列車が来るよ！」

はい、はい。ここで休んでいる暇はない。了解したよ。

ケンがまるくなって体を起こし、おそるおそる立ちあがると、目の高さにコラインの顔があり、その白い顔はことさらに白く、すっかり血の気が引いていた。

浴びせかけられる「だいじょうぶ？」の声に応える時間はなかった。命が助かったからには、だれが突き飛ばしたのかをとにかく知りたい。「警官を呼んでくれ」ケンは叫び、プラットフォームへよじのぼった。戦う用意ができているどころか、戦いたくてうずうずしていた。

ケンは血のにじむ両手のこぶしを固く握り、あたりを見まわして、罪の色が浮かぶ顔をさがした。若い母親たちが、老いた男たちが、子供たちがいる。どの顔も驚いていた。ケンがまだ生きていて、不当な仕打ちに逆上したラバのように反撃しそうな様子を見ても、きまり悪そうな者も残念そうな者もいなかった。けれどもそのなかで、人混みから離れてひとりで出口に立つ男が一瞬だけ見えた。風貌は平凡きわまりない――身長も体格もごくふつうで、髪は泥の色だ。しかし、顔にはナイフのように鋭い決意が浮かんでいる。そのとき群衆がまた動いて、男の姿は消えた。「どいてください！」ケンは叫んで人混みを掻き分け、脳震盪を起こしている、休んだほうがいい、などと言って制止する人々を押しのけながら進んでいった。急いで出口にたどり着き、外の広々とした新しい道を隅々まで見まわしたが、乳母車に赤ん坊を乗せた母親がふたりいるだけで、ほかにはだれの姿もなかった。

警官がひとり、顔をサクランボより赤くして現場へ駆けこんできた。だれかが声をあげて呼んだにちがいない。

「おい、だいじょうぶか」警官は太ってたるんだ体を荒い息で揺らしながら尋ねた。

「生きてます」ケンは額をぬぐった。

「ほんとうに危ないんだ、この駅は。みんなが押し合ったりするとね」警官は汗だくの制帽を脱いで

言った。絞ったほうがよさそうな帽子だ。「連中にもそう言ったんだがな」

「だれかに押されたんです。故意に」ケンは怒りのこもった声で言った。

警官は自分が暴行の黒幕だと責められたかのように、面食らった顔をした。「いや、いや、ここじゃありえんよ。ただの事故だ。みんないつも押し合いへし合いしているからな。落ちることはあまりないが――」

その声は、列車の運転室から這い出して駆けてきた運転士にさえぎられた。「だいじょうぶですか」運転士は言った。まだほんの若者だ。「見えた瞬間にブレーキをかけたんです。ただ――」

「きみのせいじゃない」

「ただの事故だよ」警官が励ますような声で言った。

「ぜったいに事故なんかじゃない」ケンは警官に言った。「ここに見覚えのある人はいませんか」やりとりをながめながらひそひそ話をする人の群れを指さした。

「見覚え？　何人かはあるだろうさ」警官の口調は不機嫌になり、守りから逃げに転じた。「ここはわたしの巡回区域だ。いつも同じ連中を見かけるからな」ケンはあきらめた。自分でも言ったとおり、まだ生きているし、このおまわりが何を言うかは想像がつく。このあたりは鼻の上にハエが住みついても手出しをしない連中ばかりだ、とかなんとか。これからは死なないように気をつけよう。「署まで来て供述するかね？」警官は尋ねた。そんな展開を望んでいないのは明らかだった。厄介な書類を山ほど作ることになりかねない。

ケンは首を左右に振ると、コララインを連れてその場を離れ、駅舎へはいっていった。そこにはコーヒー屋台があったが、だれもが大活劇を見物しにプラットフォームへ詰めかけていて、客はひとりもいなかった。トーキー映画を観るより安あがりというわけだ。屋台の店番の娘ですら持ち場を離れて首を伸ばし、ショーの主役が自分のすぐ後ろにいるのに気づいていない。ケンは飲み物を二杯注ぎ、

硬貨を何枚か箱へ投げ入れた。金額が足りているかどうかわからなかったが、価格表をたしかめる気分ではなかった。

「事故なんかじゃないって、わかってるだろう？」

「わかってる」コララインは答えた。「どうすればいいと思う？」

「選んでいいなら、全力で生き残るほうを選ぶよ」ケンはコーヒーをひと口飲んだ。ひどい味だが、かまわなかった。それを売るべき立場にあるはずの娘がもどっていたが、列車の前に落ちる病気が伝染しては困ると思ったのか、遠慮して近寄ってこなかった。「だれがやったか、心あたりはある？」

「ない」コララインは言った。

「だれか見かけたかな」

「いいえ。あなたは？」

「何者かが脚をぶつけてくるのを感じただけだ。でも、上へもどったときに見かけたんだが……」

「何を見たの？」

「人間だよ。男だ」

「見覚えがある人？」

「ないけど、なんとなく怪しかったんだ。ぼくを見る目が」

「どんなふうに？」

「つぎはもっとうまくやろうと思ってるような感じだった」

正午、ふたりは港に立ち、目の前では屋敷ほどの大きさの飛行艇が海の上で揺れていた。

「あれですよ、お嬢さん」自分の任務が誇らしくてたまらない様子の乗務員が言った。「ボーイングB314ヤンキークリッパー。世界最大の飛行艇です。史上最大ですよ」

「とってもすてき」コララインが言った。「わたしたちを席まで案内してくださる？」

「いいですとも、お嬢さん」

コララインはその男に礼を言い、ふたりは機内へ案内された。中は何から何までキュナード汽船並みの豪華さで、寝心地のよさそうな二台組のカウチやメニューの豊富なバーがあり、白い上着の世話係までいた。料理人はワシントンDCの最高級のホテルから引き抜かれて、王族の顧客とそれに見合うチップが約束されていた。夜をまたぐ十九時間の旅は、それ自体がよい保養だった。

機内は客室階が七区画に分かれていて、座席が十席ずつあり、座席は寝台に変形してカーテンで仕切ることができる。あらゆるところに光沢のあるクルミ材が使われていた。

「たいしたもんだな」ケンは言った。

「そのようね」

「でも、いつまでこの航路を使えるんだろうか」

「どういうこと？」

「オリヴァーとぼくは、ドイツのことやドイツの新しい首相のことを何度か話したんだ。オリヴァーはまた戦争がはじまってもおかしくないと考えてた」

「あなたはちがう考えなの？」

「そのときはちがった。いまはどうかな。つぎはポーランドがやられると思う。またアメリカが参戦しても驚かないよ。きみはどう思う？」

コララインは少し考えて言った。「父は前回の戦争で中尉だったの。たった一日で部隊の半分を失って――いまも部下全員の名前を覚えてる。もし父が大統領なら、いま何が起ころうと、そっちへ近づかないと思う」

何が起ころうと。その何かが自分の耳にまで届くようなら、それは世界を巻きこむ大惨事のもとに

なる。

「きみも近づかないのが正しいと思うのか」

コララインはひと呼吸置いてから答えた。「わたしがどう思ったところで、何も変わらないのよ、ケン」コララインはバーテンダーを呼び、グラスでしか出せないと言われたにもかかわらず、ライウイスキーの瓶を持ってこさせた。バーテンダー。ケンが飲み物を注ぎ、コララインがバーテンダーのポケットに十ドル札を滑りこませた。バーテンダーは気づかぬふりをしたが、演技がうまくなかった。ケンとコララインは煙草を吸いながら窓の外をのぞき、機体の横を流れる星を見つめた。「あなたは何者なの、ケン」本気でそれが知りたいかのように、コララインが深刻そうに尋ねた。

「ジョージアから来た田舎者と言ったら信じてもらえるかな」

「いいえ、信じない」コララインは煙草から最後に立ちのぼる細い銀色の煙を吸いこんだ。

「それがぼくだ」

「それはかつてのあなたよ」

「過去からは逃れられないものだよ、コラライン」

「どうかしら」コララインは金箔の灰皿に煙草を押しつけて揉み消した。

やがてブランデーが出され、天井の下には一週間迷子になれそうなほど濃厚な葉巻の煙がもうもうと立ちこめていた。機内の最後尾には〝ハネムーンスイート〟――完全個室――があり、夕食のときにウェイターからこっそり聞いたところによると、いまはヨーロッパのどこかの若き王子と〝ご友人〟が使っているらしい。その個室はハネムーン旅行のようにふるまう客をこれまでにおおぜい迎えたと思われるが、結婚指輪をしていた客はほとんどいなかった、とウェイターは付け加えた。ウェイターは自分もコララインから十ドル札をもらうまでうろついていた。どうやら十ドルが相場らしい。

ケンは少し体を休める時間を心待ちにしながらも、トゥック家に泊まったあの夜、コララインの部

屋のドアが少し開いていたことを忘れられずにいた。悲惨な出来事にさえぎられはしたが、あの夜、ケンは強烈な何かを感じ、あの部屋にはいってオリヴァーのことを告げるまでのあいだ、自分へ向けたコラライン の視線から綾なす彩りを見てとった。

ふたりはいま、カーテンが閉じられた互いの小部屋のそばに立っていて、まだ別れる気にはなれなかった。「ここは予想をはるかにしのぐすてきな場所だ」ケンは言った。「引っ越してこようかな」

「あなたのアパートメントよりいい?」

ケンは笑った。「バッキンガム宮殿と泥だらけの排水溝を比べてどうするんだ」

コララインは一瞬黙してから言った。「あなたのために見つけてきたものがあるの」

「何かな」

乗務員が手荷物預かり室からコララインのスエードのショルダーバッグを持ってきた。手間賃に十ドル札をもらえず、乗務員は顔を曇らせた。コララインはバッグの脇ポケットから、色褪せた青い封筒にはいった手紙を取り出して言った。「どうぞ読んで」

それはクリーム色の便箋に書かれた手紙で、差出人は祖父のシメオンだった。

エセックス州レイ島、ターングラス館にて
一九一五年九月六日

親愛なるオリヴァー、アレグザンダー、コララインへ

わたしはもう老いたが、おまえたちの人生はまだはじまったばかりだ。おまえたちから見れば、わたしは皺だらけの老人で、子供が皺だらけの老人の何を気にすることがあろうか? 何もない! そして、それがあるべき姿だ。おまえたちは釣りや木のぼりや学校の勉強のことを考えていればいい。

わたしもおまえたちの年齢にもどることができたら！　ああ、わたしにはもう、何もかも過去になってしまった。

わたしはこの手紙を、みながいっしょにいるときに書いている。長いあいだ離れていても、わたしを忘れずにいてもらいたいからだ。わたしのほうも、自分がどこにいようと、おまえたちを忘れないからだ。


そのあとさらに、孫たちの将来に望むことや、他人とうまくやっていくための助言のたぐいがつづいた。しかし、その手紙のなかで一ヵ所、目を惹くところがあった。


コラライン、おまえはやがて若く美しい淑女になるだろう。だが、淑女らしくなりすぎないよう気をつけなさい。おまえのおばあちゃんは淑女らしくなかったが、すばらしい女性だった。おまえのお父さんが夢中になって話題にしている、あの飛行機に乗るといい。操縦を学ぶのも悪くない。

アレグザンダー、わたしにはわかるが、おまえは男たちを率いるリーダーになる。おそらく軍人だ。おまえには海軍がいいだろう。とはいえ、その歳ですでに知性のひらめきも見られる。芸術家や作家も合うだろう。

オリヴァー。ああ、オリヴァー。おまえには心の底から詫びを言いたい。利発な子なのに、その体のせいでうまくいかない。考えつくかぎりの手は尽くしたが、わたしはいま、いつもの席にすわってこれを書きながら、図書室のガラスの小部屋にいるおまえを見て、何か名案がひらめくことを願っている。

むなしい願いだ。

あれやこれやの検査と診察がなんのためだったのか、おそらくおまえは理解していないだろうが、

この数カ月、おまえの病の後遺症を治す奇跡の手段を見つけたいという、お父さんの——そしてわたしの——切なる願いから、わたしはおまえを調べてきた。しかし、だめだ、かわいい孫よ、まったく見こみがない。古いソファーにすわって見ていると、おまえは自分が乗ることはけっしてないとわかっている自転車のおもちゃで、車輪をぐるぐるまわして遊んでいる。これはわたしにとって、そしてはじめての息子であるおまえに大きな期待を寄せていたお父さんにとっても、大きな悲しみだ。


「"図書室のガラスの小部屋"って、どういう意味かな」

「祖父ならオリヴァーのポリオ後遺症に効く治療法を見つけられるんじゃないかって、父が思いついてね。それほど無茶な考えでもないのよ——祖父は感染症の医師で、コレラの治療に関する仕事でかなり有名だったから。わたしたちは当時、イングランドで一年間暮らしてたの。だから、祖父がいろいろ試すあいだ、オリヴァーを隔離する必要があった。どれもうまくいかなかったけど、あなたも知ってのとおり、結局は治ったのよ」

ケンは手紙の日付をたしかめた。アレグザンダーが誘拐される二カ月前だ。「オリヴァーの本のなかで——」

「ガラスの箱のことを知りたいのね。あの物語のなかの」では、コララインも読んでいたのか。あのガラスの部屋は『ターングラス』の話の中心を占めていて、それも実話かもしれないと考えると驚きだった。

「そうだ」

「でしょうね。ええ、答はイエスよ。ああいうことがほんとうにあったんだと思う。少なくとも、祖父から聞いたかぎりでは」

「びっくりだよ」あの歴史が繰り返されていたとはびっくりだ——ただし、この場合、ソファーにす

わって昼夜を問わず見守っていたのはシメオンだったが。「きみの両親はなぜ、お兄さんが誘拐されたあともそこへ行きつづけたんだろうか。つらい記憶が詰まった場所だろうに」

「そうよね。両親と祖父はしばらくあの家を空けたままだったけど、父はいつも、あれは先祖代々の家で、先祖は敬わなくてはいけないと言ってたものよ」皮肉っぽく両眉をあげるしぐさが、コラライン にとっては先祖などなんの意味もないと告げていた。「それで毎年夏にあそこへ行くことになった。母が亡くなるまでね」コララインはまた手紙に目をやった。「父は祖父を心から尊敬してる。よく言うのよ、〝おじいさまが喜ぶだろう〟って——わたしたちがしたことの内容によっては、悲しむだろうと言うこともある。とにかく、あなたにこの手紙を読んでもらって、オリヴァーの本からじゃなく、ほんとうの祖父がどんな人なのかを知ってほしかったの」

「なるほど」

コララインのかたわらには窓があり、そこから夜空が流れこんでいるように見えた。たぶんライウイスキーか暑さのせいだろうが、ケンはコララインに半歩近寄った。頭上の明かりが淡い青の瞳に反射している。コララインの顔がかすかに上を向き、ケンはそのゆっくりとした深い息づかいを感じながら、体の両側に手を添えて引き寄せた。唇を近づけると、コララインの瞳は焦点を失ったようになってケンを素通りした。そして唇がそむけられた。コララインはゆっくりと首を振り、ふたたび窓の外の夜へ目を向けた。

「いまはいや」コララインは静かに言った。ケンは手をおろした。

少しのあいだ、ふたりは無言で見つめ合いながら、相手が先に動くか、ウェイターが小さく咳払いをして邪魔をするか、飛行艇がこの忌まわしい空から墜落するのを待っていた。なんでもいい。だが、何も起こらなかった。コララインがカーテンをめくり、その向こうへ姿を消して、またカーテンがはらりと閉じた。

11

ふたりは午前の半ばに、コーヒーと紅茶の濃い湯気で目を覚ました。顔を洗って服装を整えたあと、飛行艇を出てイングランドの夏の日差しのなかにおり立った。カリフォルニアの夏とは比べるべくもない――カリフォルニアの人間にとってはせいぜい春の日差しだった。贅沢な客室にもかかわらず、ケンはゆっくり休むことができなくて、頭のなかには昨晩の葉巻の煙が充満していた。だから、塩気が喉を刺すサウサンプトン港の空気ですっきりしたものの、気分はあまり冴えなかった。

船着き場を通り、得意顔をした町の名士と、パン・アメリカン航空の幹部社員が出迎えに立つほうへ歩きながら、ケンはあたりを見まわした。ニュース映画以外でヨーロッパを見たのはこれがはじめてだが、思っていたのとはまるでちがった。ケンがいだいていたイギリスのイメージは、中世の伝奇物語とディケンズの小説が溶け合ったものだった。半分が森で、半分が崩れ落ちそうな建物。ところが、いまここにあるのは二十世紀の戦争に向けて陸海の軍備拡張を進める国だった。一隻の巨大な軍艦が停泊し、そのまわりを補給艦の群れがスズメバチのように忙しく走りまわっている。港の入り江では、これから海へ出る掃海艇が低いエンジン音をあげていた。あたりは濃紺の海軍の制服だらけで、ところどころにカーキ色の軍服が交じっている。

〝**この国は断固として突き進むつもりだな**〟とケンは思った。今回はアメリカの助けがなくても生き延びてくれることを願った。トゥック知事が大統領にのぼりつめ、ヨーロッパを舞台にした二度目の大量殺戮にアメリカの若者たちをかかわらせなかったとしても。

そのあとふたりは列車を乗り継ぎ、煤けたロンドンをぼんやりと通り過ぎていった。ケンとしては、この偉大なる首都、これまでの人生でたっぷり飲んできた文学という名のワインの原産地を見られないのが残念だった。しかし少なくとも、田園地帯や本物の小さな村々、そこに建つ石造りの教会や自転車に乗るメイドたちを、走りつづける列車から観察できた。やがてふたりが駅におり立つと、色褪せた看板がそこはエセックス州コルチェスター——ローマ人が建設した古代都市——だと告げていた。最終目的地ではないが、そこで先に調べたいことがあった。

「いちばん近い町はここだね？」ケンは尋ねた。

「レイ島まで？　ええ、そうよ」

「じゃあ、検死審問はここで開かれたんだろうな」

「たぶんね」

駅の切符売り場で尋ねると、通りを二本隔てた煉瓦造りの建物だと教えてくれた。

受付係が言うには、はい、法廷記録はどなたでもご覧になれます、右側の、窓がない三番目の部屋におはいりになりますと、日付別にラベルのついたものがございます、とのことだった。

「これよ」ふたりでしばらくさがしたあと、前面に金網が張られた木の書類棚をあけながら、コララインが言った。安っぽい厚紙で綴じられた重い冊子を引き出す。そこにはコララインの母親が死んだ年の記録もあった。

空いている机にそれをひろげ、ふたりはただひとつ吊られた電球の光で読んだ。イギリス製の電球はアメリカのものよりはるかに暗い気がした。

フローレンス・トゥック（夫人）の死について。一九二〇年七月七日審問。

ケンとコララインが読んでいくと、その日の天気——温暖、快晴——につづいて、当日の朝に御用聞きに来た帽子屋の証言があり、フローレンスはずいぶん機嫌がよかった、自分の意見では自殺しようとしている女性の精神状態とはとうてい思えない、と話していた。トゥック知事の証言もあり、はい、妻は息子がいなくなってから悲しみに暮れていましたが、精神面はかなり安定していました、と語っている。ところがつぎに、フローレンスのメイドだったカルメンの証言があり、それによると、知事の書斎を掃除していたとき、イーゼルをほうり出した女主人が荒々しく干潟を渡って海にはいり、沈んでいったのを見かけたとのことだった。さらに、地元の住民数名が、同じ場所で死んだ者がほかにも何人かいると証言した。ファイルはつぎのことばで締めくくられていた。

評決——有疑

それが意味するのは、文字どおり、疑いがあるということだ。死因を確定できない、と。ケンはドアをたしかめ、そのページを冊子からそっと破りとって、小ぶりのリュックサックに入れた。「こんなものをほしがる人はほかにいないさ」

「そのとおりね」

外へ出たふたりは、遅い午後の日差しのなかで、いま読んだものについて何分か考えをめぐらした。「ピアーズが言ったとおりだったな」しばらくしてケンが言った。正直なところ、ベレンの作り話であることを半ば期待していた。「そうじゃないことを願ってたんだが」

「そうね、わかる」

これまでずっと、フローレンスの死は単純なものだった。つらいことにはちがいないが、説明はついた。ところが、いまやコララインは、兄と母親の両方が疑わしい状況で死んだという考えを受け入

れなくてはならない。

ふたりはそれ以上何も言わず、コルチェスター駅からタクシーに乗って、海抜の低い沼沢だらけの景色のなかを抜けていった。ヴァイキングはここからイングランドに出入りしていたんですよ、と運転手が説明した。ケンにはその理由がわかった。ここは海と陸が出会ってひとつになる場所だ。あるときは地面になり、あるときは海峡になる。陸地は凍てつく北海に溶けこんで、点在する小島が亡霊のように頭をもたげていた。

やがてタクシーは一軒のパブの外に停まった。そのパブを見てケンはうれしくなった。夢に見た古きロンドンは見逃したかもしれないが、ここは四百年前からある酒場で、いまでも薄いビールを室温で出すはずだ。看板はゆがんでいるが、〈ペルドン・ローズ〉という店名ははっきり見てとれる。幅のある低い建物で、粗い白漆喰の壁は年月を経てそこかしこがたわんでいる。

この〈ペルドン・ローズ〉はオリヴァーの物語に描かれていた。十九世紀の終わりごろ、主人公の若きシメオン・リー医師が、風の吹きすさぶ夜にこのパブの前で馬車からおり立ち、父のいとこの家であるターングラス館で起こった陰鬱な出来事を垣間見ることになる。そして二十世紀のいま、ケンはシメオンの亡霊とともにおり立って、その館の複製であるカリフォルニアの家にもたらされたオリヴァー・トゥックの死の真相を探っている。

「ここのこと、すっかり忘れてた」コララインが言った。気分が悪そうだが、その場でくるりと一周して全景を目におさめ、ある小島を正面に見る位置で動きを止めた。それが、シメオン・リーが調査を試みた現場であり、コララインの母親の死とアレグザンダーの失踪の舞台でもあるレイ島だった。端から端まで数百ヤードのその島は、ひと腹で生まれた動物のなかでいちばん小さい子のように低くうずくまっている。その向こうにはもうひとつの島、マーシー島がそびえ、小さな町が岩場にしがみついている。

ケンはパブの窓へ歩み寄って、中をのぞきこんだ。オーク材の低い梁と、暖炉を囲む心地よさそうな一角が見えた。ラジオからはクラシックの曲が流れている。

「あんた、ロンドンからだろ？」しゃがれた声が戸口の奥から響いた。

ケンは自分の服装をたしかめた。きっとこのあたりの人間には見慣れないものなのだろう。「もう少し遠いところからだ！」ケンが明るい調子で答えて勢いよくはいっていくと、数人の客がバーでドミノをしたり、新聞をまわし読みしたりしていた。

声は店の主人——熊手のように痩せた男——のもので、新聞を読んでいる男のひとりにジャグからビールを注いでいるところだった。ふちから液体が少しこぼれている。オリヴァーの本に出てくる主人はもっと陽気だった。

「そんな発音だな。アメリカ人か」喜んでいるようには聞こえない。

「あたり」ケンは会話を盛りあげようと、にこやかに答えた。つづいてはいってきたコララインは、自分の棺を見るような目で店内を見まわした。

「アメリカ人の客はしばらくぶりだ」主人が言った。「カナダ人は先月ひとり来たよな、ピート」ピートと呼ばれた赤毛の神経質そうな四、五十代の男が同意を示す。「だけど、あいつらとはちがうんだろ？」

「あっちはそう思いたがってる」ケンは話を合わせた。双方とも先がつづかず、ことばが途切れた。

「そのビールを二杯もらえるかな」汚れたグラスに注がれたぬるいビールはコララインの好みではないとわかっていたが、いまは気どっている場合ではない。飲み物を待つあいだ、ラジオからはまだ物悲しいオーケストラの曲が流れていた。

「牡蠣を食いにか？」遠くからはるばる来た客をいぶかしむように主人が尋ねた。

「格別だと聞いたんでね」ケンは嘘をついた。

飲み物が注がれ、ふたりはそれと引き換えに、カウンターに置いた数枚のペニー硬貨を押しやった。そうこうしていると、ひとりの女が――五十歳前後でボタンというボタンをひとつ残らず留めている――ピートに歩み寄り、目の前に白い羽根を一本置いた（白い羽根は戦時下のイギリスで臆病者の象徴だった）。「うちの息子は海軍にいます」女は言った。「ナチに立ち向かっているんです。あなたは前の戦争で臆病者だったし、いまもそう。あなたがたみんながね。ご立派な教会をお持ちだけど、ただの臆病者の集まりよ」女はゆっくりと出ていった。ピートは頬を真っ赤な髪の色と同じに染めて、静かにその羽根をズボンのポケットにしまい、自分にまわってきた新聞を読むふりをした。

ケンはパブの主人との会話にもどった。「どこかふた晩ほど泊まれるところはないかな」

「部屋か？　ああ、あるよ、うちにも何部屋か」主人は少し疑わしげに言った。「食事つきで一泊十五シリング。素泊まりなら十シリング。部屋はひとつか、それとも……」主人の目がコララインの服を脱がせた。

「ふたつだ」ケンは体を動かして主人の視線をさえぎった。もちろん、実のところコララインは自分のものではないが、それでもとにかくこの男を寄せつけたくなかった。

「……ふたつか」

メッセージは主人に伝わった。

トラピスト修道院並みの快適さを具え、設備はさらに乏しい部屋をふたつ見せてもらったあと、また一階へおりていった。仕事に取りかかる頃合だ。夕暮れの光が屋根の上で溶け、空気には湿気を含んだ花の香りが漂っている。

「少し散歩したいんだ」ケンは主人に言った。「向かいにあるあのいくつかの島。あそこへは行けるのかな」

主人は時計を見あげ、それから壁に貼られた表を見た。「いまはだめだ。潮が高すぎる。ストルード――島へ渡る小道のことだが――そいつが隠れちまってるんだ。水で覆われてるときに渡ろうとし

て溺れたやつはたくさんいるさ」ケンはコララインの体がこわばるのを感じた。「渡れるころには暗くなってるから、あすまで待つのがいちばんだな」

ストルードに寄せる潮のことなら、ケンは『ターングラス』を読んで何もかも知っていた。それがどれほど容赦なく満ち引きするかも。

「できれば今夜のうちに行きたいんだ、安全になったらすぐに」

主人は骨張った薄い肩をすくめた。二十四時間後に地元警察がふたつの死体を泥沼から釣りあげることになったとしても、主人としては痛くもかゆくもない。「どうしてもってことなら」

いい時間になるのを待つあいだに、ふたりは夕食をとった。出てきたのは、ゴムのようなウナギを冷たく塩辛いジェリーのなかに固めて、ざらざらしたジャガイモのピューレの上に盛りつけた代物で、ケンは吐き気を催した。礼儀としてどうにか嚥下(えんげ)したものの、食べ物というより屈辱を呑みこんだようなものだった。コララインのほうは礼儀などお構いなしで、ジャガイモをいじくっただけで皿を押しのけた。

「何も言わなくていい、わかってる」ケンは言った。

ふたりは一風変わった場所を旅先に選んだ行楽客のふりをつづけ、鉄道駅でケンがもらったイングランド東部の旅行ガイドを隅々までながめていた。やがて、主人が潮見表と腕時計をたしかめて、もう渡ってもじゅうぶん安全だろうと言い、道を照らす懐中電灯はあるかと訊いた。ない、とケンは答えた。主人はむっとした様子でカウンターの下の電池式懐中電灯へ手を伸ばし、それを試してからふたりに手渡した。法外な貸出料が勘定書に追加されることになった。

「じゃあ、ストルードをまっすぐだ。そのうちレイ島に着いて、つぎがマーシー島。マーシーの町は西側にある。この時間じゃ、たいして見るものはないけどな」まあ、おそらく昼間でも大差はあるまい。

ストルードは細い土手道で、海峡によって本土から切り離されたふたつの小島へつづいていた。滑りやすく細いその小道は、本土からレイ島まで百ヤードほどの長さがある。レイ島を渡るのも同じ長さで、そのままマーシー島へ向かう。干潮時でも海峡に寄せる波からせいぜい三フィートの高さしかなく、懐中電灯で照らすと、小道を通る人間が満ち潮で水にさらわれるのが納得できた。

歩きながら、ケンは自分が『ターングラス』の主人公シメオンの歩みをそのままたどっていることを意識した。あの奇妙な物語。コララインの話によると、あの物語はすべてオリヴァーの祖父が一八八〇年代に経験したことをもとにしているらしいが、内容のどこまでが事実で、どこまでがオリヴァーの想像力の産物なのかは、よくわからなかった。

レイそのものは低く平らで粗暴な島だった。苛立ちにまかせて無茶な喧嘩を挑むように、額を海へ突き出している。島に生息するものも同様で、棘だらけの植物が塩っぽい土を引っつかみ、金切り声をあげる数羽の鳥が、この三角形の島は不毛の地だと宣言してさっさと飛び去っていく。

あるのは漆黒の空に浮かびあがる濃い石板色の家だけだ。

「あれよ」コララインが言った。ケンは懐中電灯の強い光を建物へ向けた。

ターングラス館。そこはあの物語のなかで、ある秘密をシメオン・リーが素手で暴き、泥から引きずり出した場所だった。そして現実の世界では、オリヴァーの弟と母親の両方が消えた場所だ。家は小島の南端に建ち、そのすぐ東には干潟がひろがっている。静かに正気を失っていくにはまたとない場所だろう。

光に照らされた家を見るや、コララインの声が変わった。困惑の響きがある。「この家、どうしちゃったの？」

いい質問だ。家というからには窓にガラス、壁にドア、そして屋根も必要だ。ここでは煉瓦が規則正しく積み重ねられて、上へ上へと伸びて見えるが、その黒ずんだ壁の上には木材やタイルの破片が

散在しているだけで、窓のガラスもなかった。

「火事だな」ケンは言った。懐中電灯で照らすと、どの窓の上にも黒い焦げ跡がかすかに見えた。

「わけがわからない」ふたりはその廃墟を見つめた。「じゃあ、父が来て見てるのはこれなのね」

「これを見てるんだ」ケンは繰り返すように言った。

ふたりは注意深く、炎がどこかにひそんで襲ってくるのを警戒するかのようにその場を離れ、生い茂る草のなかにかろうじて見てとれる踏み慣らされた小道をたどっていった。「そのとき空き家だったなら、だれかが故意に火を放ったということだ」ケンが言ったのは、あけ放たれた戸口まであと十ヤードに迫ったときだった。

「そっちの可能性も捨てないで。トゥック家は奇妙な不運に付きまとわれてるんだから」たしかに、近ごろの出来事を考えたら、コララインの主張にも一理ある。

ふたりは玄関に着き、ケンは呼び鈴の取っ手を引いた。頭では無意味とわかっていたが、シメオンが聞いたのと同じ呼び鈴の音を聞きたかった。しかし案の定、なんの音もしなかった。シメオンの目の前で勢いよく開いたドアは、いまやいくつかのオーク材の木片と化し、錆びた蝶番にどうにか支えられていた。それはまるで、だれもが忘れたい悲惨な負け戦で叩きのめされた後衛部隊のようだった。

家のなかへ懐中電灯を向けると、ひっくり返った黒焦げの家具の数々が照らし出された。仰々しい背もたれのついた大きな椅子、かつてはみごとなものだったにちがいない紫檀の長テーブル、鉄の暖炉。床はヴィクトリア様式の白黒の格子模様で、繊細な図柄の星がちりばめられているが、いまは大部分が泥まみれだ。黴くさいにおいが家のはらわたから漂っていた。

コララインが前を歩き、土や破片の散らばるなかへ踏みこんだ。足が床の上をすばやく進んでいく。闇の奥で何かがあわてて逃げていった。「これがきみの先祖代々の家ってわけか」ケンは言った。

「言ったでしょ。トゥック家は奇妙な不運に付きまとわれてるって」

奥へ進むと小さな居間があり、床板に焼け焦げた大きな穴があいていた。「ここが火元にちがいない」ケンは言った。壁の羽目板が燃料になったのだろう。熱で粉砕した窓ガラスの破片がいくつか部屋に散らばっている。鉄の窓枠はそのまま残っている。この壁に囲まれた場所を舞台にした物語のことをまた考えた。病んだホーズ司祭が足を引きずって通る姿が目に浮かぶ。だが、いまのこの家の隅々にはどんな影がひそんでいるのだろう。オリヴァーはイングランドまで来て、何かを見つけたのだろうか。みずからを死へ導く何かを。

「どこへ行くの？」

裏へ通じる廊下を歩きだしていたケンは、焼け焦げた絵が壁に斜めに掛かっている下で足を止めた。狩りの絵だった。

「台所はこっちだ」

「どうしてそれを……」コララインはことばを切った。「そうか。あの忌々しい物語ね」その目のなかで懐中電灯の光が輝いた。

台所には鋳鉄（ちゅうてつ）の巨大な調理用コンロがあり、いまも届いた日と同じように使えそうだった。「ぼくのアパートメントにあるやつより大きい」ケンは言った。そこにあるのは、あとは死者の記憶だけだった。「上へ行こう」いよいよ、この家の核心に迫るときだ。

玄関広間へ引き返して二階を見あげると、その上方に夜の雲がかかり、数羽のカモメが甲高い声で鳴きながら飛んでいた。幅の広い木の階段が上階へつづいている。火事があったとはいえ、大部分は無傷のままだ。ふたりはひび割れや穴だらけの板の迷路を注意深く抜けていった。霧雨が降りだして、床板に染みこんでいく。

「この家がどれほどおかしな造りになってるか、すっかり忘れてた」階段をのぼりきるあたりでコララインが言った。

「どういう意味だ」

「カリフォルニアの家もそう。外からは三階建てに見えるけど、実は二階しかない。上の階の天井がとんでもなく高いだけなのよ」コララインの声が空気に染み入るのがわかる。ケンは懐中電灯を上へ向け、最上段の煉瓦や屋根の残骸のあちらこちらを照らした。「どうして家をこんなふうに造ったのかわからないけど」

「光がよくはいるようにするためだろうな」ケンはかつて屋根だった虚空を見あげて言った。「だれかがそれに成功したわけだ」

そのとき、懐中電灯の光が、屋根から床に落ちていた何かを照らした。それは人間ほどの大きさがある錬鉄の腕木に巨大なガラスの風向計が取りつけられたもので、風向計は砂時計の形をしていた。ガラスはふたつに割れている。砂が一方からもう一方へ落ちることはもうない。

「それが家の名前の由来よ」コララインが言った。「もう名前の意味がなくなったようだけど」

木の梁をいくつもまたぎ、二階にひろがる廊下を進むと、焦げた緑の革がまだ少し張りついているドアがあった。そのドアの向こうに何があるか、ケンにはわかっていた。オリヴァーの物語の謎の源、すべてが湧き出た泉だ。ドアを押したが、ゆがんで枠につかえていた。肩で押しても、まだびくともしない。「ドアを破る必要があるな」ケンは言った。コララインに懐中電灯を渡し、一歩さがってから、全力でドアに体あたりした。ドアは数分の一秒だけ抵抗したあと、観念してふたつに割れた。ケンの目にはいったのは、オリヴァーの物語にあったとおりのものだった。千冊以上の本が図書室の高い壁一面に並んでいる。ただ、あの本と実際の光景には、大きなちがいがひとつあった。作中では学問全般にわたる崇高なすばらしい蔵書だったが、ここにあるものは炎に焦がされ、苔に覆われ、長年のほこりで固められていた。ここは図書室ではなく、本の遺体安置所だ。そして、それぞれが身元不明の遺体だった。

部屋の奥はどうなっているのかと思い、ケンはそちらへ目を向けた。コラライン も同じことを考えたらしく、懐中電灯の光がその方向へ動いた。光の先には何もなかった。乾いた灰色の空間があるだけで、本も棚も家具も見あたらない。静かに輝く瞳もなかった。あの監視部屋の名残りをとどめるものは床の上の砕けたガラスの山だけで、部屋が百のかけらになって怪しげに反射していた。その部屋はかつて恐ろしいものを意味していた。病と絶望に満ちた監禁だ。すでにその亡霊は解き放たれていた。

ケンは一列の本の背表紙に指を走らせた。きっと自然科学の段なのだろう、化学反応の説明や南米のカエルについての記述が載った分厚い本が何冊かあった。ケンはそれをていねいに残骸のなかへもどした。どこへ投げ捨ててもよかったし、そうしてもこの場になんの影響ももたらさなかったのに、なぜそんなことをしたのか、自分でもわからなかった。

「何が見つかると思ってたの?」コララインが尋ねた。

「こういうものじゃない。これには驚いたよ」ケンは答えた。「物語を読んだあとにここに来るのは、なんだか変な感じだ。でも、火事とはね。予想外だよ」

いまではもう、鳥たちや隅でこそこそしている生き物の住みかでしかない。だが、問題は、オリヴァーが来たときに何かほかのもの、破滅への道を進みはじめるきっかけになったものを見つけたのかどうかだ。ケンはリュックサックから『ターングラス』を引っ張り出し、懐中電灯の明かりで、いま自分たちがいる部屋について書かれた一節を読んだ。

シメオンはピーター・ケインを呼んだ。ケインは汚れた手にシャベルを持って現れた。「死んだ子馬を埋めてましたよ。病気の動物に用はねえんでな。あんたもやりますか?」不遜な口調で言った。シメオンはいますぐワトキンズを呼ぶよう指示し、階段をのぼって図書室へ向かった。フローレンス

は小さな八角形のテーブルの前にいた。その上にガラスの屋敷の模型が載っていて、人形が三つ、出番を待つ役者のように、上階の彩色されたドアの奥にそれぞれ置いてある。暖炉に火がともされ、シメオンが選んだ黄色いシルクのドレスの上で赤い火影が踊っている。フローレンスはまたあの讃美歌の一節を口ずさんだ。〝寄る辺なき　身の頼る　主よ　ともに宿りませ〟

フローレンス。オリヴァーは自分の作品のなかで、現実の世界では短く絶たれた母親の命を長らえさせた。創作された場面において、フローレンスは生きつづけた。それを読むのは悲しかった。

もう見るべきものはなかったので、ふたりは廊下に面したほかのドアをのぞいてみた。ふたつの部屋には、雨で腐った塊と化したベッドだけが残っていた。最後のドアは硬かったが、体あたりするまでもなく開き、ケンはもう一度肩を痛めずにすんだ。

「わたしたちが来てたとき、この部屋は父の書斎だったの」コララインは言いながら、きっと少女のころもそうしていたのだろう、こっそり中をのぞきこんだ。「ドアロに立って、父が仕事するのを見てたのを覚えてる。あそこよ」そこには巻きあげ式の蓋がついた書記机と、背もたれの高い椅子が鎮座していた。机はさびしく生き残った屋根の一部に守られて、炎を浴びずにすんでいた。それは、夫を亡くしてほかに参列者のいない葬式に出ている女を思わせた。

机に彫られた天体の図柄はかつてと変わらずくっきりしていたが、ケンが抽斗を順に調べると——木がゆがみ、こじあける必要があったので厄介だった——中はすっかり空だった。

もう調べるものはほとんどない——残りはひっくり返った箱がいくつかと一列の棚だけで、棚にはひび割れた花瓶と小さな陶器の箱がひとつずつ、それにネズミの落とし物が山ほどあった。ケンは背もたれの高い椅子に腰をおろし、深く息をついた。しかしそのとき、何かが目に留まった。抽斗のひとつが奥まで押しこまれていない。板が傷んでいるせいだと思ったが、もしかしたらほかの何かかも

しれない。抽斗を引き抜き、その空間を手で探った。ああ、これだ！　いちばん奥に何かがあり、ケンはそれを指でつかんで引っ張り出した。

それは長さ二インチの楕円形のもので、磁器でできていた。二枚貝のように半々に開くようになっていて、金箔が施され、真珠層の繊細な曲線が彫られている。だれかが大金を払って手に入れたものだ。

「それなら知ってる」光がそれを浮かびあがらせた瞬間に、コララインが言った。

だが、ケンは説明を待たなかった。半分ずつにこじあけ、そこにある対になったふたつの小さな絵をいつの間にか見ていた。これだけ繊細な筆致の水彩画を描くには、きわめて細いクロテンの毛の筆が必要だったにちがいない。一方は、いまふたりがいるこの家の絵で、火事が手間をかけずに改装する前に、夜空に浮かぶ姿を遠くから見たものだった。もう一方は、カリフォルニアの断崖に建つ同名の家の真昼の姿が上下逆さに描かれていた。

「話してくれ」ケンは言った。

「母がときどきそういうのを描いてたの。わたしもひとつ持ってる。これはきっとオリヴァーのよ。なぜここに置いたのかはわからないけど」

そう、それは巨石のごとき謎だった。

「お母さんのもとに置いておくためかもな。そうも考えられる」ケンはそれが答だとはまったく信じていなかった。

「そうかもね」

やはり、この部屋には秘密があった。しかし、それはオリヴァーが見つけたものではなく、残したものだった。

コララインは部屋にひとつだけの、真南を向いた窓の外を見た。ケンがその視線を追って見おろす

と、この小島の端の泥深い海岸が月明かりに照らされていた。「もう行きましょう」コラインは言った。「ここにはもう何もない」悲しい思い出以外に、と言い足せば、もっと正確だったはずだ。

コラインはその場を離れ、階段へ向かって歩きだした。ケンもあとを追ったが、ふと思いついて足を止めた。リュックサックに手を突っこんで、こんどはあの冊子から破りとった検死審問の議事録を取り出した。

「待ってくれ」ケンは言った。

「どうして?」

「気になることがあるんだ」ケンは報告書をめくった。「そう、ここだ」そのページに人差し指を突き立てた。その部分を通常の二倍の速さで読んでいく。家を訪れた帽子屋が、フローレンス・トゥックはずいぶん機嫌がよかったと言っていた。トゥック知事が、死んだ日の朝、妻の精神状態は安定していたと言っていた。そして、メイドの証言があった。「見てくれ。審問でのカルメンの発言だ」

「それがどうしたの?」

「ここにいてくれ。ぼくは外の干潟へ行ってくる」

「えぇっ?」

「懐中電灯で合図を送るよ。合図が見えたら叫んでくれ」言うが早いか、ケンは弱々しい月明かりがはいるだけの部屋にコラインを残して飛び出した。

懐中電灯で足場を探りながら階段をおり、玄関のドアを出た。明かりで小道を照らした。地面は徐々にぬかるみが深くなり、脚の横へ泥がはねる。ケンは歩調をゆるめた。一歩まちがえたらどうなるかは百も承知だ。うっかり足をとられ、懐中電灯を落としでもして、沼に呑みこまれたら……

そんなのはまっぴらだ。ここまでいろいろやってきて、フローレンスと同じ道をたどるわけにはいかない。なんとしてもこれを切り抜けて、オリヴァーに何があったのかを突き止め、だれであれ、咎

のある者に怒りをぶちまけてやる。

地面は土というより凍りつく泥になってきた。懐中電灯の光が照らす茶色いひろがりは、海岸線なのか濁った海なのか。さらに三歩進むと足が沈んだ。さらにもう一歩。それで膝まで泥に浸かった。これ以上は危険を冒せない。ケンは家のほうへ向きなおった。懐中電灯を左から右へ、右から左へと振り、それから上下に振って十字を描いた。「コラライン！」ケンは叫んだ。声がこだましたが、音が跳ね返るものは見あたらない。殺伐たる荒れ地に反響したのか。ケンはまた懐中電灯を振って叫んだ。

すると、こんどはコララインの声が、はるか彼方から聞こえた。

「はーい！」

ケンはもう一度懐中電灯を十字に振ってから、かじかんだ足を泥から引き抜き、慎重に家へもどっていった。玄関広間を通り、汚れた足跡を残しながら書斎へあがっていく。

「何が見えた？」窓辺にすわるコララインが目にはいるなり、ケンは尋ねた。

「何も」

まさにケンの予想どおりだった。「そうだと思ったよ。カルメンは、この部屋にいたときにきみのお母さんが干潟にはいっていくのを見たと証言した。とんでもないまやかしだよ、この窓はちがう向きなんだから」コララインが唇をすぼめる。「カルメンのことを話してくれ」ケンは言った。

「わたしが小さかったころからずっとわが家にいる」

つまり、カルメンは部屋いっぱいの弁護士や銀行員よりも家族の秘密をよく知っているわけだ。

「帰ったらカルメンと話す必要があるな。きみはあの人を信頼してるのか」

一瞬の沈黙があった。「完全に信頼できる人なんている？」

ああ、たしかにそうだ。

12

「このあたりでは夜の娯楽に何をするんだろう」ふたりで〈ペルドン・ローズ〉の隅にすわっているときに、ケンが言った。

「牛殺し、生き埋め自殺。わたしに訊かないでよ」

嘘が暴かれつつあり、コララインはひどく傷ついているにちがいない。「気晴らしに何かやりたいことはないか」

「たとえば？」

「トランプとか。それか、ここの人たちはクリベッジをやるんじゃないかな」

「何、それ」

「マッチ棒を使うゲームだと思う」

「じゃあ、ふたりとも遊び方を知らないじゃない」

「そうだな。ジン・ラミーは？」

コララインは肩をすくめて同意を示した。ケンは主人からトランプを借り、札を配った。地元の客連中が何人か、見物に寄ってきて遊び方を尋ね、やがて仲間に加わった。終わるころには、ふたりとも店の常連客に加わることになって、だれもがケンを友達として扱い、コララインには丁重に接した。ケンは後ろめたさを感じつつも、この国でコララインと新たな友たちとともに過ごす数時間を思いきり楽しんだ。それに、暖炉で揺れる炎と屈託のない仲間たちのおかげで、コララインの心が少しあた

たまったのがわかった。コララインはときどきジョークに微笑み、パブのジンを一パイント近く飲んだ。ずいぶん水増しされていて、ひと樽飲まないと酔った気分にもなれないほどだったが、薄めずに飲んだとしてもコララインはびくともしなかったのではないか、とケンは思った。

夜、ケンははっと目を覚ました。いま見た夢がまだまぶたに焼きついている。赤い水着を着たコラライン。みんなで無邪気に海へ出たあの日、オリヴァーのボートに乗っていたときと同じ水着だ。ただ、ケンの指はいま、カクテルを渡す代わりに、コララインの水着の背中で結ばれた紐にふれようとしていた。紐は自然にほどけ、ヘビのようにケンの両手首に巻きついて身動きできなくした。

寝室の暗闇のなかで、ケンの胸は波打ち、両手は前に差し出されていた。

「ああ、まったく」ケンはつぶやいた。

13

ケンは八時前にしっかり目を覚ました。朝食が出るにはまだ早かったので、オリヴァーの本を取り出し、その物語をまた最初からゆっくり読みはじめた。そこにはまちがいなく、表層よりはるかに多くの意味がこめられている。いつの間にかケンは、登場人物のシメオンがどのように『黄金の地』という小説を見つけたかについて考えていた。そこでは、ある男がカリフォルニアからイングランドへ旅して母親にまつわる真実にたどり着く。オリヴァー自身の旅を投影したものであることは、一家の歴史を知る者なら考えるまでもなくわかる。そう、オリヴァーの本は残された者たちへのメッセージだ。

階下のパブから主人が床を掃いたり椅子を動かしたりする音が響くなか、ケンは何か見落としていることはないかと気づかいながら、初読であるかのように一行ずつ一言一句をたしかめて読んでいった。やがて、シメオンがはじめてレイ島の家を訪れた日の記述を読んだとき、何かが頭のなかで鐘を鳴らした。前後のページを繰って、家の使用人についての一節をさがす。すぐに見つかった。そこに記された一節が、現実の世界で聞いたこと、パブで語られるのを聞いたことと響き合う。ケンは本を閉じると、声をあげて笑い、本をベッドに投げ出して、コララインの部屋へ急いだ。

「下へ来てくれ」ケンは言った。「会わなきゃならない人がいるんだ」

コララインは腕時計を見た。「郵便配達の人？」

「とにかく来てくれ」ふたりは酒場へおりていった。主人は店の支度をしながら手伝いのバーテンダ

ーと猥談に興じていて、コラインを見てもわざわざ話を切りあげようとはしなかった。「ゆうべここにいた男のことなんだが」話が終わったところでケンが訊いた。「赤毛の男だ。名前はピート」

「ピート・ウィアーか？」主人は警戒するような声で言った。

「きっとそうだ。あの男はクエーカー教徒だろう？　信念に基づいて兵役を拒否している宗派の」

「どうして知ってるんだ」主人の声はさっきにも増して、質問ばかりする人間はいけ好かない、ましてやアメリカ人だ、牡蠣を食いにきたなんて、景色を見にきたというのと同じくらい信用ならない、と言っているように聞こえた。

「あの女の人が白い羽根を渡して、ピートの教会が臆病者の集まりだと言ってたからね」

「ああ、やつはクエーカー教徒だ」主人は静かに言った。「悪いことでもなんでもない」

酒場に入り浸るとはご立派なクエーカー教徒だが、その点を問題にするつもりはない。ケンは推測があたったうれしさでカウンターを軽く叩いた。これまでたどってきた道はどれも行き止まりだったが、この道はどこかへ通じているかもしれない。「ピートと話がしたい」

「なんの話だ」

「たわいない話だよ」主人の両眉が疑念を雄弁に語っている。「どこで会えるかな」

主人は汚れた木のカウンターを思案顔で拭きながら、一風変わった場所を訪れたと言いつつ実はちがうよそ者に対して、それを教えるのが安全かどうかを考えていた。「やつの家はハードにある。マーシー島だ」

「ありがとう。どの家か見分ける方法はあるかな」

「外に牡蠣販売の看板が出てるさ」ケンがふたたび礼を言うと、主人はバーテンダーを見た。バーテンダーは、アメリカ人の流儀は理解不能だと言わんばかりに肩をすくめた。ドアへ向かおうとするケンを主人は呼び止めた。「いまは留守だ」

「留守？」

「舟で水揚げしてる。牡蠣ってのは、海から歩いてきて籠にはいるわけじゃない」

「なるほど。いつ帰るかわかるかな」

「四時か五時だな、たぶん」

それは気が揉めるが、やむをえない。「わかった。ありがとう」

店主はうなずいて応じた。

「ねえ、どういうこと？」コララインがケンを脇へ引っ張っていって尋ねた。

「あの本に使用人が出てくる」ケンは説明した。「ピーター・ケイン。赤毛のクエーカー教徒で大酒飲みだ。ピート・ウィアーとそっくりじゃないか。すごい偶然――にしては、できすぎてると思う。意図的だったのか無意識だったのかはわからないけど、オリヴァーはピート・ウィアーを『ターングラス』に登場させたんだ。その男が何を知ってるのかを突き止める必要がある。本人が帰ってくればわかるだろう」

ふたりは朝食にサバと大きめのパンを食べた。そのあと、またターングラス館へ行った。日中はましに見えたが、たいして変わりはなかった。

「火事でずいぶんひどく損傷したんだな」ケンは言った。

「すっかり焼け落ちればよかったのに」

たしかに、この家はほかの何よりもブルドーザーを求めていた。ふたりはもう一度、昨夜の懐中電灯より明るい日光のなかで探りまわったが、役に立つものはもう見つからず、なんの収穫もなく家をあとにした。

半時間後、ふたりはレイ島を渡り終えて、兄弟島のマーシー島に足を踏み入れていた。マーシー島には茂みや林がいくつかあり、低木ばかりのレイ島と比べると緑の楽園のように見えた。島全体が海

面より高く隆起し、小さな町を思わせるほどには広い。そこには教会がふたつと、さびしげな店が並ぶ短い通りが一本、そして浜辺――ハード、と地元の人間は一文字でも増やせば命を落とすかのように短く呼んでいた――があった。浜辺は小石だらけだが、釣り舟を引きあげておける程度の奥行きがあり、防波堤で補強された天然港があった。

浜辺の通りには漁師の小さな家が建ち並び、男たちが籠や網をかかえて忙しく行き来していた。商（あきな）っている品の看板を外に掲げた家が数軒あったものの、牡蠣の宣伝をしているのは一軒だけで、それは下見板張りの平屋だった。ピート・ウィアーの家にちがいないが、パブの主人が言ったとおり、だれの姿もなかった。

どうやって時間をつぶしたものか。手立てがあれこれあるわけでもなく、ふたりは町を歩きまわることにして、教会をのぞいたり、釣り舟が出入りするのをながめたり、ときどきウィアーの家に寄ってみては空振りに終わったりしていた。「わたしは海辺で育った」コンクリートのベンチに腰かけたコララインが言った。「海を見ると心が安らいだものだけど、いまはそうでもない」

「わかる気がするよ」

遅い午後の気配が漂ってきたころ、そろそろまたウィアーを訪ねてみようということになった。

「ねえ、まちがいないの？」コララインが尋ねた。

「というと？」

「あなたはオリヴァーの本の些細な点を重く受け止めすぎじゃないかってこと」

ケンはずっと、ふたりですわってボートが水揚げするのを見ているときでさえ、あの本のことを考えていた。

「ああいう本のことを〝ロマン・ア・クレ〟という。つまり〝鍵の小説〟だ。本そのものが真実の扉を開く鍵なんだよ。それに、たったいま、ほかにも気づいたことがある」

「どんなこと？」

「本に出てくる〝調査員〟が——探偵みたいなものだが——偽名を使うときにクーリアンと名乗るんだ。ただの臆測だけど、あれはぼくの苗字がもとになってるんじゃないかな。オリヴァーは自分の身に何かあったときのために、ぼくに合図を残したんだと思う。自分で真実を公にできなかった場合、ぼくにそれをやってもらいたかったんだ」

コララインは少しのあいだ、そのことをじっと考えた。「オリヴァーは自分がどうなるか知ってたと思う？」

「ひとつの可能性として、覚悟してたんじゃないかな。だとしたら、きみはどう思う？」

コララインは海を見つめて言った。「責任を感じる」

ふたりが漁師の小さな家に近づいていくと、今回は窓のカーテンがあいていた。ひび割れた窓の奥に、ピート・ウィアーの姿が見えた。隅のちっぽけなテーブルでグラスの牛乳を少しずつ飲みながら、皿に載った魚の酢漬けをつまんでいる。ひと間だけの家にはマッチ棒で作ったような家具が二、三あるばかりで、寝る場所がカーテンで仕切られていた。食欲がないのか、ウィアーは魚をフォークでつつきまわしている。ケンが窓を——崩れ落ちないかと心配しながら——叩くと、ウィアーはさっと顔をあげて左右を見まわし、日課を乱す闖入者に驚いた。おそるおそる、手ぶりでふたりを招き入れる。

部屋には海のにおいが充満していた。「ピートだね」ウィアーはいぶかしげにうなずいた。人が訪ねてくることなどないのだろう。「ぼくはケン・コウリアン。少し話を聞かせてもらってもいいかな」ウィアーが何やら同意らしきうなり声を漏らす。「ありがとう。生まれたときからずっとマーシー島で暮らしてるんだろうか」ウィアーはまたうなり声を発する。「いいなあ。ぼくたちが住んでるあたりだと、みんな引っ越してばかりだよ。わが家がずっとあって、それがわが家だとわかってるの

は、すばらしいことなんだろうね」

「そうだよ、コウリアンさん」ウィアーは耳慣れない名前にとまどった様子で、ひどくていねいに発音した。どうやら話し相手がほとんどいないらしく、少し落ち着いてくると、ウィアーは自分から話をしたがった。「ここへは新婚旅行で？」コララインが噴き出し、ケンは笑いを嚙み殺す。ウィアーは当惑顔だった。「すんません、ミセス・コウリアン。おれが何か……」

「ミス・トゥックよ」コララインは言った。

ウィアーはうなだれた。その直後、口を大きくあけ、何かを咀嚼（そしゃく）するように動かした。「ミス……」

「トゥック。コラライン・トゥック。この名前、あなたにとっては何か意味があるのね」

ウィアーはだれかに聞かれたのではと心配しているのか、あたりを見まわした。「ああ、そうだな」

「どんな意味があるんだ」ケンが割りこんだ。「ピート？」

ウィアーは硬い革のような指を飲み物へ伸ばし、考えなおして手を引っこめた。グラスには牛乳のほかにも何かはいっているのか、とケンは思った。「おれはあんたの家で働いてた」ウィアーはぼそりと言った。

「わたしを覚えてる？」コララインが尋ねた。ウィアーが返答の代わりに肩をすくめる。「覚えてるのね」コララインはひと呼吸置いてつづけた。「兄のオリヴァーのことは覚えてる？」こんどはウィアーの両のまぶたがあがり、そしてまたさがる。「兄はここへ来たのね？」またしても一瞬、三人のあいだで空気が固まった。「兄は何を言ったの？」

「ピート。頼むよ、教えてくれ」

長い長い沈黙。そしてウィアーがそれを破った。「あんたの母さんのことを訊かれたよ」

ケンは衝撃を覚えた。そう、選ぶ道をまちがえなければ、行き止まりではないどこかにたどり着く。

「母の何を？」コララインはきびしい声で言った。こんどはウィアーの硬い指がグラスに届き、残りを口へ流しこむ。「ピート？」

「勘弁してくれ。かかわりたくねえんだ」

ケンはコララインと目を合わせた。ケンが口を開きかけたとき、コララインはポケットに手を入れて財布を取り出した。留め具をはずし、五ポンド札を取り出す。それをテーブルに置いた。おそらく、ウィアーにとっては一週間ぶんの稼ぎだ。ウィアーが深く息をつく。

五ポンドで事は足りた。もっと少なくてもよかったのだろう。「言っとくが、あの人が言ったことじゃねえぞ。おれが言ったことだ。おれが見たことだ」

真実が明らかになろうとしている。

「で、それは何？」

「言っちゃあいけねえんだ」

「話してもらうしかないよ」ケンは言った。

ウィアーは落ち着きなくグラスを手のなかで転がした。「あれは奥さまが溺れ死んだって話になったあとだった」ちらりとコララインを見あげ、それからやましそうに視線を落とす。「つぎの日だ」

「何があった？」ケンは尋ねた。

「おれは〈ローズ〉にいた」

「それで？」ケンは話の核心へ急き立てた。

「外に車が停まった。でかい車だ。見たことがねえやつだった」

「つづけてくれ」

そして、ついに核心にふれた。「奥さまのメイドを見たんだ。カルメンが車へ荷物を運んでた」

ケンは少し納得した。「どんな荷物だ」

「服だよ。奥さまのドレス。ほかにもだ。化粧道具。持ち物全部じゃない。必要なものだけだ」そしてウィアーの目が最後にもう一度、コララインの目に向けられた。「奥さまが溺れ死んだんなら、あれはどこへ運んでたのかね。教えてもらいたいもんだ」

こちらこそ教えてもらいたい。ケンはトゥック知事がたびたびイングランドに来ていることを思い出しながら、コララインのほうを見た。コララインの母フローレンスは、溺死してもなおドレスを必要としていた。死体はいまだに海岸に打ちあげられていない。そして、検死審問では、忠実なメイドが偽りの目撃情報を口にした。

「生きてるのよ」コララインが大きく息を吐いた。

そしてケンは、オリヴァーの小説で、フローレンスのドレスが人生らしきものを取りもどすために大きな役割を果たしたことを思い出した。おそらく母親のドレスのことが頭から離れなかったせいで、オリヴァーはそれを作中に書きこんだのだろう。

「そうじゃねえかって、よく考えてたんだ」革の手を持つ男はつぶやいた。

「わたしはもっと考えてた」コララインはウィアーに言った。

「その話をだれかにしたことは？　教えたことは？」ケンは尋ねた。

「ひとことも言っちゃいねえ」ウィアーは心底悔いるような声で言った。「家族の問題だ。おれの出る幕じゃねえと思ってた。あんたの兄さんが来て問いつめるまではな」

ケンはさらに問いかけたが、ウィアーの口からほかに役立つ話は語られなかった。やがて、ケンとコララインはマーシー島の遅い午後のなかへもどった。

「母はどこにいるの？」歩いて帰る途中でコララインが言った。

「わからない。たぶんオリヴァーは知ってたと思う。でも、考えてみろよ。きみのお父さんは年に一

度こっちに来る。お母さんが死んだ場所を訪ねてるんじゃなく、生きてる本人を訪ねてるんだ。なら、まだイングランドにいると考えていい――たぶんロンドンだよ。それなら行きやすいし、そして、どこかに閉じこめられてる」ケンはまたしても本の内容を考えた。上着のポケットから本を取り出し、ページをめくっていく。見るべき章はわかっていた。ロンドンでの人さがしと監禁が描かれ、秘密が明らかになる章だ。

「でも、ほんとうなのよ。数日後、ナサニエルが情報を持ってやってきた。それはサザークのセント・ジョージズ・フィールズの住所だった」

セント・ジョージズ・フィールズ。シメオンはすぐに理解した。自分も行ったことがあり、そこにいる人たちに同情を覚えた。

「でしょうね。ナサニエルから、その場所のことを知ってるかと訊かれたの。何かで読んだことはあるけど、まさか自分が行くことになるとは思わなかった、と答えた。

〝だろうな。ふつうは行かない〟とナサニエルは言った。

とにかく、さっそく翌日、わたしは二輪馬車に乗ってそこへ向かった」

シメオンは話をさえぎった。「マグダレン悔悛娼婦収容病院ですね。忘れられない名前だ」

「そうね。それでわたしは、煉瓦造りの大きな建物の前に立った。まるで刑務所みたいだった」

「ケン、あなたが言ってるのは……」

「わからない。とんでもない名前の病院だけど、実在する場所なのか、オリヴァーが創作したのかはわからない。あたってみる価値はあるな」

「どうやって？」

「そうだな、この国には電話番号案内サービスがあるはずだ」

急いでパブへもどり、そこで尋ねると、主人は隅の電話機を指さした。おそらく数マイル四方で電話機はこれひとつだろう。硬貨が投入口に落ち、コラインが見守っていると、ケンは受話器に向かって話し、何秒か待ってまた話をしてから、しばらくそのままでいたあと、電話の向こうのだれかに礼を言う様子を見せて電話を切った。「ロンドンでその名前の登録はないな。でも、ちがう名前だとしてもおかしくない」

「で、どうするの？」

「今夜はもう無理だけど、あすロンドンへ行ってさがそう」

14

朝食のサバを食べながら、ふたりがロンドンへ行く相談をしていると、主人がさりげなく話しかけてきた。「で、ピートになんの話がしたかったんだ」

ケンはだれにも知られたくなかった。「いや、別に」話を終わらせようとして言った。

「じゃあ、トゥック家のことじゃないんだな」

ケンは口いっぱいの魚を呑みこんだ。話をはぐらかそうとしても無理だ。「いや、そうだ」

「なら、あんたはミス・トゥックか」主人はコラインに向かって冷ややかに言った。コラインは同意のしるしにまばたきしたが、その顔を見れば海兵隊員だってやられるだろう、とケンは思った。

それから主人はテーブルでふたりに加わった。「あんたら一家のことはよく覚えてる」主人は言った。「うちの親父はちょいとばかし、あんたんちの仕事をしてたんだ。そういやあ、じいさんもだったな」湿った手で顎をなでた。「きれいな人だったよ、あんたの母さん」ことばを切った。「気の毒だった。兄さんのことがあったからだろ？」

一クォートの安ウイスキーに劣らず、油断ならない男だ。「そうかもな」ケンは言った。「ぼくたちは何かわかるんじゃないかと思ってここに来たんだ」

「わかる？　あんたら、あれをほじくり返そうってのかい」

「あれをほじくり返そうとしてるの」コラインが認めた。

主人はカウンターへ行き、二枚の皿へ手を伸ばしながら、考えこむような表情を見せた。「チャー

リー・ホワイトのことは知ってるよな」

知ってるかって？　チャーリー・ホワイトは『ターングラス』に登場する二十歳の荒くれ者だ。そのいとこであるジョンとアニーの運命が物語の核になっている。ときどき忘れそうになるが、あの本は六十年近く前にオリヴァーの祖父の身に起こったことが土台となっている。それらは一九一五年に一家を襲った出来事とつながりがあるのだろうか。こうなると、あると断定してよさそうだとケンは思った。「ああ、知ってる」

「チャーリーは……なんて名前だっけ、アレックスか、あの子のことで問いつめられたんだ」

「だれに？」ケンは訊いたが、察しはついた。

「警官だよ」

「なぜ？」

主人はコララインのほうを向いた。「あんたの兄さんがいなくなったとき、やつはあんたの家のそばにいるのを見られたんだ。あのあたりに用なんてないのにな。やつは散歩してたと言った。レイ島へ散歩に出かけるやつなんているか？　おれに言わせりゃあ、ぷんぷんにおうさ」主人はカウンターに寄りかかった。「でも、そんな話、だれにすりゃあいいんだ？　はるか昔のことだよ」

「チャーリーは生きてるのか。まだここに住んでるのか」

「チャーリー・ホワイトは地獄以外のどこへも行かないさ」主人はぼそりと答えた。「おれがあんたなら、やつには近寄らないがね」

「それは無理だ」

主人は大きく息を吐いた。「そうか。まあ、やつもいまじゃ八十かそこらだ。おれが最後に聞いたのは、マグス・プロセローって女といっしょに閉じこもってるって話だ。マーシー島に小さなしゃれた家を持っててな」

チャーリー・ホワイトの小さな家が〝しゃれた〟ものだったことがあるとしたら、その時代は歴史から消えてしまったのだろう。それは歯抜けのあばら家で、窓の半数以上はガラスがなく、玄関のドアは蹴破られて板で不恰好に継ぎ合わされていた。見たところ、一回どころではない。

ふたりがドアへ近づくと、胸の悪くなるような料理のにおいが襲いかかり、すぐに汚れたリネンのふちなし帽をかぶった六十代の女が飛び出してきた。女は近づいてくるふたりをにらみつけている。

「あんたら、どこのどいつだい」金切り声で言った。

「チャーリー・ホワイトをさがしてる」ケンのアクセントのせいか、それとも口調のせいか、女は動きを止めてケンをじっと見つめ、それから家に目をやった。

「なんの用なのさ」

ケンはそれを自分たちが受けられる最高の招待と見なし、つかつかと戸口へ進んだ。「チャーリー・ホワイト？」ケンは呼んだ。

かつての巨漢でいまは皮膚がだらりと垂れさがった男が、顔をしかめるのと唾を吐くのを交互に繰り返しながら、よたよたと戸口へ歩いてきた。「どっかで会ったか？」きびしい口調で尋ねた。

チャーリー・ホワイトは知的な巨人ではないものの、顔に動物的な狡猾さが浮かんでいた。正面から攻めたほうがよさそうだ、とケンは思い、自分たちが何者かを話した。ホワイトの表情が狡猾の色を深め、口が開いて並びの悪い大きな歯をのぞかせた。

「おれがどんな役に立てるってんだ」ホワイトはせせら笑った。

返事をしたのはコララインだった。「わたしの兄が行方不明になった件で、警察から尋問されたのよね。どうして？」

「あたりまえだろ。おれはあいつらの言う〝近隣〟とやらにいたからな。昔のことだよ、お嬢ちゃ

ん」

「そこでだれかを見なかった？　だれか怪しい人を」

「イタチ一匹見なかったさ」ホワイトは腕を組んだ。おもしろがっている。

「警察に何を言われたの？」

「それはあいつらに訊くんだな」

「たぶんもう死んでる」

「だといいな」

「あなたは何か知ってるはずよ」

「いろんなことを知ってるさ。あんたに話すとはかぎらんけどな」

「なぜそこにいたの？」

ホワイトはその質問には答えず、ドア枠に寄りかかって、嘲笑を浮かべた。「なあ、いま思ったんだがな。あんたはこっちに住んだことがないだろ。一度もな。だから、あのことについては、あんたが聞いたあれやこれやは、全部あいつから聞いた話ってわけだ」

「だれから？」

ホワイトは安煙草を嚙むようにその名前を口にした。「シメオン・トゥック」ことばを切って、抜け目のない視線をふたりへ向ける。「あんたは自分のじいさんの何をほんとに知ってるんだ、お嬢ちゃん。ほんとにだぞ」

「あなたよりずっとよく知ってる」

ホワイトは声をあげて笑った。「そうかい？　まあ、そんなら、おれがあいつのことを教えてやるよ」

「どうぞ」

「あいつはペテン師だ」ホワイトの顔が崩れ、この男の作れる表情のなかで最も笑顔に近いものになった。「あいつがあの家をずっとほしがってたのは知ってるよな」ホワイトはレイ島のほうを示した。「とにかく、おれはそう聞いてる。子供のころ遊んでたあの家に、大人になって狙いをつけたんだと。罠かペテンで手に入れたって噂だ。罠かペテンでな。あの家を手に入れるために、叔父だかいとこだかをぶっ殺したって話だ。そのためなら、だれが痛めつけられようが不幸になろうが、平気だったらしい」

コララインは眉をひそめた。とんでもない暴露話だ——もしそれが事実なら。だが、いずれにしても、オリヴァーの物語とはかけ離れていた。

「だれかって？」ホワイトはまた目に見えぬ煙草を噛んだ。「〝痛めつけられた〟って、だれのことだ」ケンが尋ねた。

コララインが口を開いた。「その人を見つけたのは祖父よ」

「ああ、そうだよ。それがおかしいってんだ。ここってときに、ここって場所にいたんだからな。偶然ジョンを見つけたって？　ばかばかしい」

「祖父が事件に関係してたと言ってるの？　祖父はあなたのいとこを知りもしなかったのよ」

「そうかい？　あいつが知らないと言っただけだ。なぜそれがほんとだとわかる？」ホワイトの表情がさらに険しくなった。「さあ、もうたくさんだ。さっさと失せろ」ホワイトは薄汚れたジャーキンヴェストを開き、ベルトに差したナイフの木製の柄を見せた。

パブへ帰る道すがら、ふたりはいま聞いたことについて話し合った。何もかもが、レイ島を取り囲む海のように混沌としてきた。それにしても、オリヴァーはいったい何を見つけたのか。何を伝えよ

うとしていたのか。この一家には謎が多すぎる。アレックス、フローレンス、オリヴァー、シメオン。いや、もしかしたら、すべての謎は同じひとつなのかもしれない。その考えは検証に値する。

ふたりが〈ペルドン・ローズ〉にはいると、主人が手招きした。「ひとつ訊きたいんだが」主人は言った。「あんたら、このあたりに友達はいるか」

「友達？」ケンが尋ね返した。「いないけど」すでに会話が向かう先にいやな予感を覚えていた。

「そうだよな」主人は腕組みをした。「ちょっと人に訊かれたもんでな」

「ぼくたちのことを？」

「ああ、そうだ。そいつもアメリカ人っぽい話し方でな。一時間前に店に来て、友達が泊まってるパブの名前を忘れたんだが、ここにいるかと尋ねてきた。でたらめな作り話だよ。ここら何マイルかで、パブはうち一軒だからな。あんたらのことは聞いたこともないと言ってやった。そいつが信じたかどうかはわからんが、それで出てったよ」

「どんな男だった？」その男がどんな風貌か、ケンにははっきりと見当がついていた。

主人は肩をすくめた。「髪は茶色。身長はおれくらいかな。平凡な顔」

「それで、ぼくたちのことを名指しして訊いてきたと？」

「ああ」

ケンはコララインを脇へ連れていった。悪い知らせだ。どうやら、飛行艇に乗る前に自分を線路に突き落とした男らしい。

「どうする？」コララインが尋ねた。

「計画どおり、すぐロンドンへ行こう」

ケンとコララインは念のため泊まりの用意を持って、タクシーでコルチェスターまで行き、そこか

ら列車でロンドンへ向かった。ケンの胸中には、ふたりで『ターングラス』のフローレンスの足どりをたどっているという思いが去来していた。列車がリヴァプール・ストリート駅に着くと、強欲な郵便局長が小銭を求めて手をむずむずさせているさまや、黒ずくめの司祭が列車からおりるさまが目に見えるようだった。

ふたりはさらにフローレンスの足どりを追って、サザークのセント・ジョージズ・フィールズへタクシーを走らせた。その地域はまだ存在していたが、時を経て、よくない方向へ大きく様変わりしていた。セント・ジョージズ・フィールズにはもう野原《フィールド》がほとんどなく、折り重なるように走る汚い通りをバスが行き交い、殺し屋まがいの顔をした栄養不良の子供たちがうろついていた。なんとも場ちがいなことに、何やら音楽めいたものがあたりに漂っていて、ケンは無意識のうちに聖なる希望のことばを口ずさんでいた。

コララインはそれに気づいた。「何をしてるの？」

ケンははっとした。旋律を奏でる教会の鐘の音に、ある歌を思い出し、それが脳裏から離れなくなっていたのだ。「なんでもないよ。さあ、話を聞いてまわろう」最初に尋ねた相手――荷車で果物を売る若者――は、マグダレン悔悛娼婦収容病院なんて聞いたことがないと断じた。それどころか、その名前を聞いてにやにや笑い、コララインに流し目を送ったので、ケンはきびしいことばを浴びせた。ほかの通行人にも尋ねてみたが、煙草屋の前で釣り銭を数える主婦、店のドアに寄りかかる酔っぱらい、みすぼらしい犬を引きずる娘はなんの役にも立たず、その最後の娘に尋ねているさなか、ケンはまたあの旋律が漂っているのを感じた。さっきと同じ教会の時計が十五分ごとに曲の一小節を奏でている。

ふたりは角のコーヒーハウスで休憩をとった。〝紅茶ケーキ〟と名づけられたもの――トーストしたパンに数粒のレーズンがさびしく飾られただけの代物――が、薄いコーヒーといっしょに運ばれて

きた。飲み物で口を潤し、食べ物を嚙む。ふたりとも無言なのは、口をきけばこの先の追跡が不運に見舞われるのではないかと用心してのことだった。そのあとまた通りに出て、人々に尋ねては、頭がおかしいのかと言わんばかりの視線を向けられた。不機嫌なカップル、きょうが何曜日かわからない老女、なんの助けにもなれないと詫びる家族連れ。いきなり笑いだしてギリシャ語らしきことばを話す男がいて、首を横に振る者がさらにふたりいたあと、ついに、がに股の老人が知っていた。

「そこさ。あってな」老人ははっきり言ったが、理解できる者がいるのが不思議なほど訛っていた。

老人が指し示したのは十八世紀の建物が並ぶ一角だった。「いまはもうねえさ。家の集まりになっとる。五十年以上前にはそんなだったよ」オリヴァーの物語に現れた収容施設は、半世紀前に集合住宅に変わっていたのか。コラライン の母親がいまそこにいるとは考えにくい。またしても行き止まりだ。

「移転したの？」コララインが尋ねた。

「移転？　病院が？」

「ええ」

老人は顎をなでた。「言われてみりゃ、そうさな、ああ、そやったさ。けど、ずいぶん変わっとるよ」

「どんなふうに？」

「学校になっとる。女学校やな。むろん名前も変わっとるさ」ああ、それなら厄介な議論は起こらなかっただろう。「ストリーサムへ移っとるはずさ」

コララインは苛立たしげに毒づいた。そこにも母親がいるとは思えない。

ケンはそのやりとりを聞いていたが、意識の一部はほかのところにあった。空気に漂うあの旋律に引き寄せられている。そう、鐘の鳴る音だ。その音にぴったり合う歌詞が頭のなかで聞こえた。〝寄る辺なき　身の頼る　主よ　ともに宿りませ……〟歌詞が唇からこぼれ出る。コララインがにらんだ

が、ケンは無視して歌いつづけた。つぎの瞬間、顔をあげて耳を澄ました。その曲があたりに響いている。いや、前の通りから聞こえる。ただの歌ではなく、オリヴァーの物語のなかで、フローレンスが教会の鐘の音を聞きながら何度も歌っていた讃美歌だ。その讃美歌をいま、近くの教会の鐘が鳴らしている。

「こっちだ！」ケンは叫び、隣の道へ突進した。曲はすぐに終わる。それは教会の時計が最後の十五分を告げる音だ。コララインは、気が変になったのかと言いたげな視線をケンに投げながらもあとを追った。

ケンは二十歩走って急に止まり、懸命に耳を傾けた。曲は最後の音を鳴らしている。右に曲がって細い路地へ駆けこむと、そこには抱き合って泣いている年配の男女がいるだけだった。旋律は絶え、ケンは路地のあちらこちらを見まわした。「どこから聞こえてるんだ、あれは」路地の入口に現れたコララインに尋ねた。

「いったい何？」

「あれ……」そのとき、ケンの祈りが通じたかのように、同じ鐘が時報を鳴らした。十二回だ。ケンはその音に乗って、じめついた路地を抜け、別の通りに出た。そして、ついにその建物を目にした。

「あそこだ。お母さんはあそこにいる」

道路の突きあたりに、鉄の門に閉ざされたせまい敷地があった。黄色いスイカズラが外壁を這って高く茂り、外壁に取りつけられた古い金属プレートに〈エルサレム聖アグネス女子修道会付属病院〉と記されている。その場には、夢から覚めるのを待っているような雰囲気があった。

錬鉄の門扉の奥に、いくつかの建築様式が混じり合った建物が雑然とひろがっているのが見えた。少なくとも手入れは行き届いているようだ。中に母親がいると予想したうえでここを見るコララインはどんな気持ちだろう、とケンは思った。死からの帰還。それがほんとうの意味での生還ではないと

しても。

レイ島のターングラス館と同じように、門には古い鉄の呼び鈴があり、ケンはその取っ手を強く引いた。どこかで音が鳴ったらしく、簡素な修道服を着た若い女が急ぎ足で門へ近づいてきた。

「何かご用ですか」アイルランドのアクセントがこの上なく強かった。ケンはつねづね、アイルランド人は酔っぱらいか荒っぽい警官か修道女のどれかだと思っていたが、いったいどんな国なら職業がその三つだけになるのかは自分にとっても謎だった。

「ここにうかがったのは……」ケンは言いかけた。

「……母に会うためです」コラインがつづけた。これはコラインの家族の話であって、ケンのではない。「フローレンス・トゥックに」

若い修道女はぼんやりした顔でコラインを見た。「ここにはそういう名前の人はいません」首を左右に振って言った。

ケンが見ていると、コラインの頬に赤いものが浮かんだ。「ここに母がいるのはわかってるの。母のところへ連れてって。さもないと、警察に来てもらうことになる」

修道女は落ち着きなくまばたきをした。「嘘じゃありません、そういう名前の人はここにはいないんです。警察を呼びたいならかまいませんが——」

「あなたがその気なら、そうする」

「そんなことをなさっても無駄です。誓って申します」

ケンはコラインの肩に手を置いた。その若い女の表情には信頼できるものがあった。この旅では、ほこりまみれの記録を漁り、凍てつく海や泥の道を渡ってきた。それがすべて、ロンドンのこの鉄柵の前で終わることになる。失望とはつらく苦い薬だ。

「なんなの？」コラインはケンに言った。

「この人はほんとうのことを言ってると思う」

「じゃあ、母はいったいどこにいるの？」そのやりとりのあいだ、修道女は見るからに当惑した顔でふたりを見ていた。

「わからない。もう行こう。さあ――」話を切りあげようとしたとき、ケンの頭のなかで何かがカチリと鳴った。修道女はこう言った――ここにはそういう名前の人はいません。そうか。「死んだことになってるんだから、別の名前で登録されてるに決まってるじゃないか！」

「はい？」修道女はたじろいで言った。

「その人はここにいます。この修道院のどこかに、一九二〇年に来た五十歳くらいの女の人がいますよね」

「ここには……それくらい長い患者さんがおおぜいいますから」ふたりをただの変人と見なせなくなって、修道女の声はさらに落ち着きを失っていた。

「でも、その人には特徴がある」ケンは言った。「アメリカのアクセントで話すんです」修道女が目を見開き、さっと首をまわして背後の建物を見る。「いるんですね？」

若い修道女はためらったあと、うなずいて緊張を解いた。「あの人があなたのお母さま？」コララインに向かって言った。

「ええ、そうよ。母に会いたいの」コララインは冷静を保っていたが、ケンは門の内側にいる若い女にあまり長くかかわらせないほうがいい気がしていた。

「わたしはジェシカという名前でしか、その人を知りません。でも……」修道女の声が弱まっていく。

「〝でも〟はやめて」コララインは黒い鉄柵に顔を近づけた。「二度とあなたになんか頼まないから」

やれやれ、修道女を脅すとはたいしたものだが、ほかに手の打ちようがない。

「とにかく……修道院長に話してみないと」

「あなたがやらなきゃいけないのは、この門をあけることよ」

ケンは割ってはいった。「お願いしてきてください」荒波を和らげようとして言った。「院長ならトゥック夫人の本名をご存じでしょう。トゥック夫人の娘が来たと伝えてください。近親者には愛する家族に会う権利があるはずですよね」

「それは、え、ええ」修道女は口ごもりながら言った。それから大きく息を吸い、あたふたと建物へ走っていった。

「父を殺してやりたい」コララインが声をひそめて言った。「よくもこんなことを」

「結論に飛びつくのはやめよう」ケンはたしなめた。見た目ほど白黒のはっきりした事態ではない気がしていた。士気は高く持ちつつも、頭は冷静に保ったほうがいい。

返事を待つあいだ、コララインは煙草を二本、端から端まで吸った。

ようやく若い修道女がもどってきたが、ひとりではなかった。顔のまわりを大きな頭巾で覆った恰幅のいい女が力強い足どりで向かってくる。

「ようこそ」女は言ったが、口調は歓迎しているふうではなかった。

「はじめまして」ケンは言い、コララインが胸にためているであろう辛辣なことばを吐き出す前につづけた。「ぼくたちはここで〝ジェシカ〟と呼ばれているフローレンス・トゥックに会いにきました。こちらは娘のコラライン」

「で、あなたは?」

「家族の友人です。ケン・コウリアンと申します」

「弁護士?　医師?」

「どちらでもありません」

「なら、あなたのお相手をする必要はございませんね」女は返事を待たず、コララインに向かって言

った。「ここの患者のだれとも面会を認めるわけにはまいりません。だいいち、あなたがご自分でおっしゃるとおりのかただという証拠はありませんしね」

コララインはバッグを引き裂かんばかりの勢いで開いた。皺くちゃになったナットシャーマンのパックを引っ張り出し、門の足もとに生える棘だらけの草の上へ投げ捨ててから、小切手帳をさがしあてた。若いほうの修道女が身をかがめ、煙草のパックをさりげなく拾いあげる。コララインは小切手帳を突き出した。「ここにわたしの名前がある」それを見せながら言った。

年上のほうの修道女は鉄門の隙間からそれを受けとり、偽造の跡でも探るかのようにためつすがめつしたあと、穢らわしいと言いたげな手ぶりで返した。「お見せいただいたのは銀行の小切手帳です。アメリカのね。あなたのものかどうかすらわかりません」

「パスポートはどうかな」ケンは助言した。

「スーツケースのなかよ、〈ローズ〉に置いてきた」

「でしたら」修道女は言った。「もし、あなたがご自分でおっしゃるとおりのかたなら、修道会病院宛に手紙をいただければ、登録ずみのご住所に同じ形でお返事いたします。あなたのおっしゃる女性がほんとうにここの患者なら、ということですが」

「ここにいるのは百も承知じゃないか」ケンは小声で言った。

「それなら何も問題ございませんね」修道女は薄ら笑いを浮かべて言い返した。「参りましょう、シスター・ジュリア」門にしがみついていたシスター・ジュリアは年長者のあとを追った。だが、向きを変えて立ち去るとき、シスター・ジュリアの手から何かが落ち、門の錬鉄に引っかかった。煙草のパックだ。

「最低の連中」コララインは声をひそめて言った。「どうでもいいと思ってるのね」

「ああ」ケンはその紙パックに気をとられながら返事した。

「母があのなかで死ぬかもしれないのに、わたしは締め出されたままなんて」

ケンの視線はまだナットシャーマンのパックに注がれていた。「待ってくれ、見ろよ」

「何を?」

ケンは身をかがめ、ねじれた金属棒の隙間からそのパックへ手を伸ばした。鮮やかな緑で、商品名が金色の筆記体で描かれている。だが、ロゴの下に何かが鉛筆で記されていた――〃一時間後、東門で〃。

「われらが若き友は上司よりやさしい心の持ち主らしい」ケンはそれをコラインに見せながら言った。

15

「お母さんのこと、何か覚えてる？」東側の壁の分厚い門扉の外で待ちながら、ケンは尋ねた。

「やさしかったのを覚えてる」コララインは一瞬ことばを切った。「特に何をしてくれたとかじゃなくて、存在そのものがね。たぶん、それが母親というものなのよ」マツの木が真昼の熱い日差しに照り映えるのをじっと見つめる。

「ああ、そうだろうな」

待っていると、やがて門の内側で金属音がして、ふたりは身構えた。重い閂（かんぬき）が引き抜かれる。門がゆっくりとあき、シスター・ジュリアがおそるおそる外をのぞいた。ふたり以外にだれもいないとわかると、ひとことも口をきかずに後ろへさがった。

ふたりは感謝してすばやくジュリアのあとを追うと、隅の茂みや木々に沿って庭を抜け、屋根のある渡り廊下で本館とつながっている粗末な建物に着いた。低い音が漏れ聞こえる。ジュリアが修道服から鍵束を取り出し、ふたりを中へ入れた。白漆喰の通路にはいると、さっきの音がハミングと詠唱の塊となって響いていた。

「午後のお祈りの時間です」ジュリアが小声で説明した。

「だれが祈ってるんですか」ケンはもうわかっていたが尋ねた。

「患者たちです。主にお慈悲をお願いしています」

コララインの瞳の奥で何かが燃えていた。「母はどこ？」真剣な声で言った。

ジュリアが先頭に立って角を曲がり、重い錠と番号札が取りつけられた木のドアの前をいくつか通り過ぎた。何もかもが薄い白のペンキで塗られている。ジュリアは五番の前で立ち止まった。中から声が聞こえる。それは早口でつぶやく小さな声で、まるで大至急伝えなくてはならないことがあるのに、その時間がないかのようだった。ジュリアはその声に少し耳を傾けてから、鍵を差しこんだ。

だが、鍵をまわそうとして、手を止めた。「どうか忘れないでいただきたいのですが、この人は長いことここにいらっしゃいます。あなたの記憶にあるかたとはちがいますよ」頭上に連なる電灯が低くうなった。

「母が死んだと聞かされたとき、わたしは六歳だったのよ」

ジュリアは何か言おうとしたが、驚きのあまりことばが見つからず、そのままドアをノックした。

「ジェシカ」そう呼びかけたあと、ためらいながら言った。「フローレンス？」つぶやきが止まった。外は暑いのに、ここにはひんやりした空気が垂れこめている。「フローレンス、あなたに会いたいという人を連れてきたの。お客さまよ」また急につぶやきがはじまり、さっきよりさらに早口になった。

鍵がまわされ、ドアがそれ自体の重みで大きく開いた。目に飛びこんだのは小礼拝堂を思わせるせまい部屋だった。ひとつしかない窓が天井に届きそうなほど高くにあり、琥珀色の光の筋が差しこんでいる。細かなほこりの粒が漂うなか、その光が燃えるように明るく照らす壁には、脇腹を穿たれ、いばらの冠で頭を切り裂かれたキリストの磔刑の絵が並んでいた。救世主の顔は灰色に淀み、世界のあらゆる罪に押しつぶされる受難を物語っている。そして、壁をキリストの絵で埋めつくした女の苦しみも伝えていた。

その女はコンクリートの床にひざまずき、窓の下の壁に打ちつけられた木の十字架を見ていた。差しこむ光が黄色いドレスを太陽さながらに燃え立たせている。右手に持ったロザリオが床へ垂れさがっている。こちらからは、かがめられた背中しか見えない。

「ジェシ……フローレンス？」ジュリアが声をかけた。女は指でロザリオの珠を繰りながら、こんどはゆっくりと、またつぶやきはじめた。

「〝第四の玄義。十字架の道〟」声が部屋じゅうに反響した。壁ですら、そのつぶやきを望んでいない。

「ここにいますよ、フローレンス」

「〝……充ち満てるマリア。主、御身とともに……〟」

「ママ」そのことばが水中へ投じた石のように沈んでいった。

三人とも待った。床にひざまずく女が身を硬くした。ロザリオをつかむ手を胸に引き寄せる。「だれなの？」声にニューヨークのアクセントがあった。

「わたしよ、ママ」

女の背中が伸び、頭がもたげられた。髪は、かつては濃い栗色だったのだろうとケンは察したが、いまは灰色だった。

「コラライン」女の声はもはやつぶやきではなかった。低く注意深く語りかける声だ。

「そうよ」コララインは前へ進み出た。

それと同時に、母親がこちらへ顔を向けた。フローレンス・トゥックの顔、かつては屈託のない裕福な暮らしのなかで繊細さと潤いに満ちていたその顔には、贅肉と皺と歳月と心労が加わっている。とはいえ、それはまぎれもなく、新聞に載っていたのと同じ顔だった。そして、その褐色の目から、まなざしが壁を伝って背後の三人へと向けられ、若い修道女を無関心に素通りし、ケンを越え、みずからの末娘で止まった。

「コラライン」フローレンスはふたたび言った。声には、その名前を口にすることを生涯待ち望んでいたと感じさせる、満ち足りた響きがあった。

数々のキリストの顔が、息絶えたものも命あるものも、その場にいる者たちをじっと見つめている。

フローレンスは祈りを掻き乱した三人に視線を据えたまま、ロザリオを持ちあげ、それにキスをして首にかけた。

ついにフローレンスは体ごと向きなおった。差しこむ光がその姿を野火の余燼（よじん）のような靄で包んでいる。両腕をひろげると、まばゆい光が床に降り注いだ。「あなたが来てくれるよう、主に祈っていたの」フローレンスは言った。コララインがひるまずに前へ進み出る。「キスしてちょうだい」

コララインは母親の手を握るのが精いっぱいだった。しかし、そうする時間も惜しいほど、一刻も早く尋ねたいことがあった。「なぜここにいるの？」コララインは訊いた。

フローレンスはその反応だけを待っていたかのように微笑んだ。「ええ。そうね、なぜかしら」

「お父さまにここに入れられたの？」

フローレンスは壁の十字架を振り返った。「ある意味ではね」ナザレのイエスの絵が並ぶなかに、ひとつだけほかの絵があることにケンは気づいた。家族の肖像の複製だ。ケンはそれを前に二度見たことがあった。一度はトゥック家の壁に掛かっているのを、もう一度は新聞の粗い印刷の紙面で。

「どういう意味？　お父さまに無理やりここに入れられたの？」

フローレンスは自分の髪をなでつけた。多大な労力をかけたかのように、髪は完璧に整えられている。「無理やり？」

シスター・ジュリアが割ってはいった。「おわかりになっていないようですね」

「どういうこと？」

「お母さまはここに監禁されているわけではありません。ここにいるのはご自分の意志です。患者さんはみんなそうなんです」

フローレンスが部屋の隅にあるベッドへ行き、足を動かすときに奇妙な音が聞こえたが、金属がぶつかるようなその音がなんなのか、ケンにはわからなかった。フローレンスはベッドに腰をおろし、

まるで忍耐が長年のあいだに体に染みついたかのように、折り目正しくじっとすわっていた。「あなたのことをずっと考えていたのよ」夢を見ているように言った。「アレグザンダーにも尋ねた」

誘拐された息子だ。つまり、死者と話しているのか。よくない兆候だ。

「アレグザンダーと話すの？」コララインはやさしく話を促した。

フローレンスは壁に貼られた家族の肖像画へ視線を向けた。そこには家族全員がいた。知事、フローレンス、三人の子供たち。だが、油絵のカンバスの外では、そこに描かれた人物のうちふたりがすでに命を失い、ひとりが隔離されている。

「あの子が会いにきてくれたのよ」

「それはいつ？」

「いつ？」フローレンスの心が宙をさまよった。「ああ、先週。去年。ここでは時間がひらひらと飛んでいくようね」

ああ、腕時計もカレンダーも禁じられていれば、そうなるだろう。ケンはジュリアを一瞥したが、修道女は答を持ち合わせてはいなかった。

コララインはベッドの母親の隣に腰をおろした。「アレックスは死んだのよ、ママ。二十年以上前に」

明かすべきなのは、心を切り裂くふたつの事実の一方だけだ、とケン思った。もうひとりの息子の死は、しばらく隠そう。いまそれをフローレンスが知ったら、深刻な事態を招きかねない。「この人のことで話ができる医師はいますか」ケンは小声でジュリアに尋ねた。

「いまはいません。あす、お見えになります」

「何を言ってるの？」フローレンスが娘に問いかけた。

「アレックスは死んだの。四歳のときよ」

フローレンスは椅子に深くすわり、かすかな笑みを浮かべた。「いいえ、コラライン。あの子は先月、わたしに会いにきた。話をしたのよ。ずいぶん長いあいだ会ってなかったけれど」

「ママ、アレックスはもうここへは来ないの」

「なぜそんなことを言うの？」フローレンスの唇から歓喜の色が消えていく。

「ごめんなさい、でも、ほんとうよ」

「あの子はあなたがいますわってるところにすわっていたのよ」

一瞬のためらいがあった。「そんなことないと思う」

「ぜったいにあの子はそこにいた」

「ママ、なぜそれが本人だとわかったの？」

「なぜあの子がアレグザンダーだとわかったかって？」

「ええ」

「母親なら自分の子供はわかるものよ」フローレンスは静かな自信をもって答えた。

それを聞いて、ケンはふと思った。もしかしたら、自分の子供だとはわかったが、ちがう子供だったのではないだろうか。「ミセス・トゥック」ケンは言った。「あなたに会いにきたのは、もうひとりの息子さんのオリヴァーだったのでは？　そうとは考えられませんか」

フローレンスはケンを見あげた。「ちがう、ちがう。オリヴァーじゃない。アレグザンダーだった。まちがいない」

「いいえ、ママ」

「何の投薬治療を受けてるんですか」ケンはジュリアに尋ねた。

フローレンスが表情をゆるめ、誇らしげに言った。「しばらくは薬をもらっていたの。でも、薬のせいで頭がまわらなくなるとわかったのよ」

「投薬は中止したんです」ジュリアが言った。「無理に薬を使わないほうが安全だということで」

「安全！」フローレンスは笑った。「あなたたちにとってはね」

ケンが読んだ新聞記事には、みずから水彩画を描く社交界の芸術後援者と書かれていた。かつてのフローレンスはやさしさの化身のごとき存在だったのか、それとも、当初から暗い炎を内に秘めていたのか。死んだ息子が会いにきたと言い張るのは、見方によっては、深い信仰心の表れともとれるし、それだけ執着が強いともとれる。

「お医者さまはあなたを助けようとなさっているんですよ」

「もう医者はけっこう」錯乱した女は脅すように言った。「わたしをここに入れたのは医者よ。何もかも、裏に医者がいるの。陰謀よ」憤然として部屋を勢いよく横切った。金属がぶつかるようなかすかな音が、その動きといっしょに移動する。

「よくある妄想ですよ」ジュリアはつとめて穏やかに言った。

「あなたに何がわかるというの、お嬢さん」フローレンスは不快そうな顔で鋭く言った。「ここの人たちに何がわかるというのよ」

「主治医の先生は――」

フローレンスはさえぎった。「ええ、主治医ね。あの人にお訊きなさいよ。何もかも裏にはあの人がいる。わたしの夫と結託しているのよ」

「医者の名前は？」ケンが尋ねた。

フローレンスの怒りがさらに燃え盛った。「あの医者よ。口が割れた医者。あの人のことをアレグザンダーに話したの。注射のことを」

ケンはジュリアに話しかけた。「だれのことかわかりますか」

ジュリアはかぶりを振った。「少し混乱しているのかしら、フローレンス」

コララインの母親はその質問を無視した。移動するたびに、またあの不思議な金属音が聞こえた。ブリキの缶を叩くような音だ。「あれはなんの音ですか」ケンはジュリアに尋ねた。

だが、答えたのはフローレンスだった。「わたしの罪よ」ささやくような声で言った。「これがわたしの咎を思い出させる」

「なんですって？」

答える代わりにフローレンスは手をおろし、ケンの目をじっと見つめたまま、着ていたドレスの布をつまんで持ちあげはじめた。

「ママ」

「あなたはだまっていなさい」木綿の布が引きあげられて、素肌のふくらはぎがあらわになり、そして薄赤い太腿が見えた。「ご覧なさい、わたしの罪よ」ドレスが静かにあがっていく。ジュリアは何が起こるかわかっていて認めたくないかのように、うつむいていた。そして、持ちあげられた裾の下から、鋭い棘のついた鎖の帯が現れた。棘はすべて内側を向いて、腫(は)れた腿の肉へ食いこみ、肌に突き刺さって血をにじませている。「自分がしたことを肉体の苦行で贖(あがな)っているの」フローレンスは幸せそうにそれを見つめた。「わたしはこの贖罪(しょくざい)を経て、主の食卓に招かれる」フローレンスは視線をあげ、部屋にいるほかの三人をひとりずつ見つめた。「あなたたちも自分の罪を贖いなさい」

「あれはいったい何なんですか」ケンはジュリアを問いつめた。怒りと驚きが等しく湧きあがったが、怒りがまさった。

「〝苦行帯(シリス)〟です。この人が言っていることは、宗教上はまちがっていません。でも……」

「でも？」

「患者さんには使いません。修道会の会員が使うものなんです」ジュリアの手が自分の太腿にふれ、ケンは理解した。「この人は自分から願い出たんです。最後は修道院長が、そんなに修道会の会員の

ように暮らしたいなら、良心に恥じるところはないとおっしゃって。この人はみずから望むものを得ました」

フローレンスはまたロザリオを唇に寄せ、ひとりで詠唱をはじめた。「**第一の玄義**……」内なる炎は静まり、フローレンスは自分のなかに引きこもった。

「自分が求めるものによって命を奪われることもあるのね」コララインが母親を見ながら言った。「じゃあ、ここに監禁されてるわけじゃないなら、出ていってもいいのよね？　いますぐ本人がそうしたければ」

ジュリアは協力したことを後悔しているように見えた。娘が真っ先に考えつきそうなことなど、予想できなかったはずがない。

コララインは口をはさませずに言った。「あの、ええ、どうでしょう、それは――」

「すみません、廊下で話せませんか」ジュリアはあわてて言った。「ママ、ここを出たい？」

ふたりはケンとフローレンスだけを残して部屋を出た。ケンに微笑みかけたフローレンスの唇に、見逃しようのない何かの気配がひろがった。パーティーのあとの空気に残る香水のように、風化したなまめかしさを漂わせている。見て心地よいものではなかった。

「あなた、お名前は？」

「ケンです。ケン・コウリアン」

「わたしを連れていってくださるの、ケン？」フローレンスは息の混じる声で言った。「あなたとわたしだけで？」午後のオレンジ色の日差しを浴びて立っている。この人の人生、この人の性格には、かつてこのような面があったのだろうか、とケンは思った。あったとしても、それを新聞は報じなかっただろう。上流階級はそういう醜聞を庶民に隠すのが常だ。フローレンスが近づいてきた。「あなたとわたしだけでね」ケンは家族の肖像画を見あげた。視線が止まった先にフローレンスが目をやっ

た。「あれはみんな、昔のこと」

　フローレンスがまた近づき、ケンは片手をあげて押しとどめた。「いい考えとは思えませんね」

「お互いにとって、いいことよ」

「いいえ」

「なぜだめなの？」フローレンスは下手な女優が見せるすねたようなしぐさで下唇を突き出した。

「ここにいれば、あなたは安全です」

　一瞬の沈黙のあと、フローレンスはまた言った。「ケンがわたしを連れていってくれるんですって。ふたりだけで」

　ケンは何が起こったかに気づいた。首をまわして後ろを見ると、コララインとジュリアが部屋にもどっていた。

「この人に何を言ったんですか」ジュリアが非難の響きを隠そうともせずに尋ねた。

「いや、何も」ケンは答えた。説明しても意味がないし、悪趣味だと思った。フローレンスはベッドに腰かけていたが、顔はまだ笑っていた。

「外へ来て」コララインが言った。コララインとジュリアとケンは廊下へ出て話し合った。「母を家へ連れて帰る」コララインは言い放った。

「でも、あの人にはショックが大きすぎます」ジュリアが答えた。「やっていけるかどうか、わかりませんよ」

「それはわたしたちしだいよ」

「修道院長に話していただかないと」

　コララインは一瞬考えてから言った。「母が言ってた医者がだれなのか知りたい」

「わたしにはわかりません。すみません」

三人の耳に、またフローレンスが早口でつぶやく声が聞こえてきた。「でも、ほんとうにお母さんを連れていきたいのか？　いますぐに」

「その医者をさがすことはできる」ケンが言った。「でも、ほんとうにお母さんを連れていきたいのか？　いますぐに」

「早くしないと、わたしたちがここに来たことが父にばれて、邪魔されるかもしれない。父は母をどこかへ移して、もう永遠に見つからないようにするかも」

ケンは決心がつかなかった。正しい答がわからないし、あとから振り返ってばかな真似をしたと思うようなことはしたくない。「お父さんがなぜこんなことをしたのか、まだわからないじゃないか」

「どんな理由があるにせよ」コララインはケンを見据えて言った。「毎日あの絵に囲まれて過ごすよりましよ。ここに来る前は正気だったとしても、あれじゃおかしくなっても無理ないもの。母を連れていく」

しかし、ケンが答える前に別の声がした。その声は壁の煉瓦を漆喰から揺るがした。「それを決めるのはあなたではありません！」修道院長が猛烈な勢いで近づいてくる。その後ろにもうひとり、せまい廊下を追ってくる人物がいた。

「じゃあ、だれが決めるって？」コララインが問い返した。

そのとき、修道院長の後ろの男、ケンが大西洋の向こう側で二度会ったことのある男が、院長を追い越してこちらへ迫り、冷たい怒りをこめて言った。「わたしだ」きびしい声だ。「おまえがここから連れ出したら、フローレンスは手首を切る。首を吊るかもしれん。海へはいって、こんどこそやりとげることもありうる」

「二十年もわたしに嘘をついてたのね」コララインは吐き捨てるように言った。

トゥック知事はあと十歩のところまで近づき、さらに迫った。「おまえに真実を知らせなかったのは、想像を絶する苦しみを味わわせたくなかったからだ」どこか近くにいた知事を呼び寄せたにちが

いない修道院長は、どこからどう見ても、知事に劣らず激怒しているようだ。「おまえとちがって、わたしはその苦しみをかかえて生きるしかなかった」知事は千本の剣で突き刺すほどの視線でケンをにらみつけた。「そして、おまえは息子がうちに連れてきた。それが、うちの家族のことを根掘り葉掘り探るとはな。わたしが逮捕させる前に、とっとと消え失せろ」

ケンがよけいなお世話だと言いかけたとき、コララインがその役を買って出た。「この人はわたしの連れなのよ。それに、ここではお父さまだってほかのみんなと同じ権限しかないんだから」

「お願いです」ジュリアが仲裁を試みた。「どうか落ち着いてください。これではお母さまもほかの患者さんも動揺してしまいます」

「あなたはおだまりなさい！」修道院長が怒鳴りつけた。

知事は険しい顔で娘とケンをにらんでから、妻の部屋へ勢いよく進み、大きな音を立ててドアを閉めた。フローレンスのつぶやきがすぐに止まった。

「やあ、フローレンス」知事の声が聞こえた。「残念だが、とても悪い知らせがある」つづくことばは声が小さすぎて聞きとれなかったが、一瞬の沈黙のあと、女の絶叫が響き渡った。コララインがドアをあけたが、父親が立ちはだかり、娘を押し返して荒々しくドアを閉めた。

待っているあいだ、廊下の空気は淀み、いまにも沸き立ちそうだった。ジュリアは何歩か後ろへさがって、用心深くケンたちから距離をとろうとしていた。ケンはそれを責める気にはなれなかった。正しいことをしようと最善を尽くし、それが本人に跳ね返ろうとしているのだから。修道院長はずっとケンたちから目を離さなかった。

「飲み物がほしい」コララインが言った。

「ぼくのぶんもね」

それから数分のあいだ、漏れ聞こえるくぐもった声のなかに、ときおり〝オリヴァー〟や〝葬儀〟

といったことばが聞きとれた。そしてまた沈黙が訪れた。

ようやく知事が出てきたとき、顔が炭のように暗かった。「ついてきなさい」知事はコラインとケンに命じた。

コラインは命令を無視し、その脇をすり抜けて部屋へ駆けこんだ。フローレンスはベッドにすわって、十字架に彫られたキリスト像を、その額にしたたる木の血しずくを、じっと見あげている。娘がそこにいることにはまったく気づく様子がない。わずかに残っていた生気がオリヴァーの死の知らせで尽き果てたのか、魂が抜け落ちていた。

コラインもベッドに腰かけ、母親の肩に両腕をまわした。六歳のとき以来のことだろう、とケンは思った。コラインにとっては、見知らぬ他人を抱きしめるのと変わるまい。それでも母を抱きしめ、母の頬に自分の頬を寄せた。

「なぜわたしがフローレンスを説得してここに入れたか、知りたいんだろう」ネクタイをまっすぐに直しながら、トゥック知事が言った。三人は修道院の庭を歩いていた。スイカズラのにおいが濃厚に立ちこめている。知事の怒りはおさまって疲労に変わっていた。

「まともな話に仕上げてね」コラインが警告した。

「いや、作り話をする必要はない」知事は倒木に腰をおろし、首をまわしてほぐした。「おまえはいつも、なんでもわかったつもりでいる。だが、どうかな」長く記憶のなかに押しこめていた時期を思い出すかのように、しばし沈黙した。「アレグザンダーが誘拐されたとき、おまえのお母さんは、ロマの男ふたりがターングラス館の庭で自分から息子を奪い、本土へ逃げていったと警察に話した」

「知ってる」コラインは言った。「その話は全部知ってる」

「おまえがそう思っているだけだ」

「何が言いたいの？」

知事はコララインの質問を無視した。「だが、考えたことがあるか。なぜそいつらは、ただ歩いて家に来て、家族にも使用人にも見咎められることなく、お母さんが大声で叫ぶなか、悠々とあの子をさらってまた出ていくことができたのか」コララインの顔が疑念でやや曇る。その変化からすると、知事の言おうとしていることを察したらしい。「ああ、そうだ。おまえも考えはじめたな。どうだ、わからなくなってきただろう？　では、これに答えてくれ。そいつらがあんなことをした理由は？」知事は両手をひろげて降参のしぐさをした。「快楽殺人。当時ですら、ずっとそんなふうに言われていた。快楽殺人とはな」怒りをこめてかぶりを振る。「ばかを言え。世に頭のおかしな連中がいるのはたしかだが、そういうやつらはたいがい自分の母親に斧を振るうんだよ。裕福な男の幼い息子を誘拐する計画を立てたりはせん。ふたり組で実行することもない。そのためにわざわざレイ島まで出向いたりもな」疲労が知事をすっかり覆っていた。「ああ、わたしはそんなくだらん説明など信じるものか。なんの糸口もつかめない警察の連中や、与太話で部数を伸ばしたいだけの新聞屋のくずどもが、都合よくでっちあげた説明などな。哀れに思うくらいだ。行きずりの異常者がやったのなら、そいつのことを二度と考えずにすんで、そのほうがみんな楽だろうからな」自分のことばを反芻している。「わたしだって、もちろん願っているとも。そのロマのひとりが酔って自白するか、別の犯罪で捕まるかして、わたしが自分の手でそいつに縄をかけられたら、とな。だが、そんなことは起こるまい。ありえんよ」知事は暑さに負けて上着を脱ぐと、ていねいにたたんで横の切り株の上に置き、それをじっと見つめた。

「お金目当ての誘拐だと思ってたけど」コララインが言った。

「だったら、身代金の要求はどうした？」二十五年間閉じこめてきた怒りが一気に噴き出した。「何週間も待ったんだぞ。金目当てで誘拐するなら、金を要求するのが当然だ。何かおかしなことになっ

てアレグザンダーが死んだとしても、あの子の服の切れ端でも添えて身代金の要求をよこしていたら、わたしたちはあの子を取りもどしたい一心で全額払ったはずだ。しかし何も来なかった。なら、いったいどんな動機がありうる？」

コララインはしばらく黙していた。やがて、指を組んで口を開いた。「ママが関係してたと思ってるのね」声には先刻までなかった不安がにじんでいた。

「正直なところ、わたしにはわからん」知事はため息を漏らした。これまで怒鳴り散らしていた男だが、ケンは気の毒に思わずにはいられなかった。「フローレンスには……不安定な時期があった。そこへあんなことが起こって、警察はなんの痕跡も見つけられなかった」

「何があったにせよ、こんなふうにママを隠して、それですむと思ったの？」

知事は目をあげ、少し考えてから答えた。「わたしはおまえのおじいさんから、男は自分が正しいと信じたことをなすものだと教わった。ほかの全員からまちがっていると言われてもな。わたしはその教えに従って生きてきた。生まれてこのかたずっとだ」

ケンは知事を見た。息子ふたりを奪われた男。心にそれだけの傷を負って、なんの跡もなく回復できる人間がいるだろうか。多くはいまい。

「ママはアレックスが会いにきたと言ってた」コララインは言った。

「とんでもないな」知事は小声で言った。「信じきっているんだよ。前はもっとましだった――いくらかはな」

「どういうこと？」

知事はシャツのポケットからハンカチを取り出して、首に押しあてた。「薬が投与されていたころのことだ。フローレンスは……思考が鈍くなっていた。それでも、異様なことを考えたりはしなかった。それが悪化したんだよ。医者たちが言うには、珍しいことではないそうだ」

三人はしばらくそこにすわって、庭の鳥たちのさえずりを聞きながら、女たちを閉じこめた鉄格子の小部屋が並ぶ建物のほうを見つめた。

「ママは家へ帰りたいのよ、お父さま。遅すぎるくらい。治療の役に立つはずよ。もうスキャンダルなんかにならない。二十四時間体制で目が行き届いていれば安全だし。正気にもどることだってあるかもしれない」

「それはないな」

「なぜ断言できるの？」

知事は躊躇（ちゅうちょ）した。「そもそも、どうやって家へ連れて帰るというんだ」

「法を犯したわけじゃないでしょう？　少なくともアメリカではね。だから、目立たずにやればいいのよ」

「本人はパスポートも持っていない」

「だったら、大使館へ行ってとればいいじゃない。職員にわかるのは、カリフォルニア州知事の妻であるアメリカ人女性が新しいパスポートを必要としてることだけよ。何も調べやしないし、調べたとしても事を荒立てるはずがない。お父さまには力があるのよ。飛行機だって四十八時間で手配できるんだもの。お願い、そうして」

「そのあとはどうするんだ」

「そのあと？　人目につかない養護施設とか。どこか静かなところの」

「完全に秘密にできる施設などない」

「どこかにきっとある。それに、いざとなったらつぎの手を考えればいいのよ。お父さまがやらないなら、わたしが自分でやる。そのほうがずっと人目につくだろうけど」

トゥック知事はまた首をぬぐった。「わかった、わかった。その時期が来たのかもしれない」

「きみのお父さんはお母さんのことを大切にしてると思うよ。オリヴァーのことも」ケンが言った。

ふたりはストランドにあるサヴォイ・ホテルのロビーにいた。すでにスイートをとっていた知事が、自分が修道院に残って妻の退院手続きをするあいだに、ふたりもそのホテルに部屋をとるようにと指示したからだ。〈ペルドン・ローズ〉に置いてある荷物は、すべてが片づいてから取りにもどればいい。ホテルへはいるとき、緑のベルベットの制服に輝く軍事勲章をいくつもつけた門衛がシルクハットに指をふれ、ケンはようやく昔ながらのロンドンの風情を味わえたが、それを堪能する気分にはなれなかった。

「父がよく言ってたこと、なんだかわかる?」コララインが言った。「〝頑丈な家は何世代もかけて建てられる〟って。父はオリヴァーに言ってたものよ、自分の跡を継ぐのはおまえだ、おじいさまのはじめたことを全うしろって――つまり、一家が頂点にのぼりつめるってことね。だから父は息子に同じオリヴァーという名前をつけたの」

フロント係がふたりの宿泊フォームを記入している。「珍しいことじゃないさ」ケンは答えた。「息子を自分みたいにしたがる男はおおぜいいる」

「父は大統領になりたいの。自分がだめなら、オリヴァーを大統領にしたいと思ってた。それがこんなことになってね。トゥック家は父の代でおしまいよ」

実のところ、ケンはほかの何より家名を重んじる知事にも一抹の同情を覚えていた。けれども、それよりはるかに強い同情を、息子を失って心が壊れた知事の妻に寄せていた。「お母さんに会いにいったのはオリヴァーだ」ケンは言った。「お母さんはアレックスだと思ってたけど」

「わかってる」

となると、そこから推測できることがある。「コラライン」ケンは言い、目を合わせられるよう姿

勢を変えた。「オリヴァーがお母さんが生きてることを突き止めて、そのあとに死んだのは、偶然じゃないと思うんだ」

コララインは唇をなめた。「まさか」

長い沈黙があった。客のひとりが、ロンドン上空を飛ぶ飛行機がうるさいと苦情を言っていた。戦争になるかもしれない、とコンシェルジュが説明する。いいかげんな言いわけだ、と客ははねつけた。

「おじいさんとレイ島のあの家について考えてみたことがあるかな」ケンは言った。

「どんなことを？」

ケンは手で頭をなでつけた。「どうしても頭から離れないことがあるんだ」

「というと？」

「これまでの出来事は――きみやオリヴァーやぼくたちの身に起こったことは――すべてが一連のドミノなんじゃないかって気がするんだ。最初のひとつが一八八一年に倒れ、つぎが一九一五年、それから一九二〇年。そしていま、ぼくたちが最後のひとつにかかわってる」

「おかしなことを言ってるって、自分でわかってるのよね」

「もちろんわかってるさ。でも、それが真実だとも思う」

フロント係が手荷物を部屋へ運ぶ手配をしてくれたので、ふたりは〈アメリカン・バー〉へマティーニを飲みにいった。バーテンダーが亜鉛鍍金のカウンターに飲み物を滑らせてよこした。

「白状するとね」おとなしく三杯ずつ飲んだあとに、ケンは言った。「ぼくは物心ついてからほぼずっと、ロンドンに来ることを夢見てたんだ」

「で、いまはどう思う？」

「そうだな、想像してたのとはちがう」ケンは窓の外を早足で通り過ぎる兵隊を見つめた。イギリスは思い描いていたよりもあわただしかった。未来への抵抗と不安が騒々しく混ざり合っている。この

国は二十年前にひどい戦争を経験し、また戦争になるのを待ち望んではいない。

「どんなところだと思ってた？」

ケンは兵隊を見やり、興奮したガチョウのようにクラクションを鳴らす車の往来もながめた。「もっと静かなところ」

ふたりは飲んだ。そして数時間後、店内の明かりがともったあとに、トゥック知事がもどったので部屋に来るようにとの伝言を受けとった。ふたりはグラスを干してエレベーターへ向かった。アルコールの作用に加え、思いつめる時間があったせいで、コララインが修道院で抑えつけていた怒りが噴きあがったのがケンにはわかった。目に険しい表情が浮かび、上階へのぼるにつれて、それが石のように硬くなっていった。

ホテルのボーイに案内されたクラウンスイートは、王族のために装飾された、どこよりも趣味がよいと言って差し支えない部屋だった。知事は電話中だ。大声でゆっくり話しているので、その通話は大西洋の海底ケーブルを行き来しているのだろうとケンは思った。

「……もちろん、きみならできる。自由にやってくれ」少しの間。「いや、何も言うことはない。ただ、わたしの秘書が、《グローブ》紙で働く古い友人から電話をもらって、フロリダの自動車事故のことを何か知らないかと訊かれたんだ」また短い間のあと、もっと秘密めいた口調に変わった。「わたしはあの手の駆け引きは好まんのだよ、サム。だが、もしきみがわたしに刃向かうつもりなら……」知事はまた口をつぐみ、こんどは相手を待った。きしむような小さな声が受話器から聞こえたが、ケンにはなんと言っているかわからなかった。「ああ、むろん、きみはそんなつもりはないよな。そうか、それはいい知らせだ。では、わたしの秘書には、あの娘の言うことは嘘だと——あざが少しできただけで、大げさに騒ぎ立てている、記者が時間を費やす値打ちはないと、友人にきっぱり言ってやるよう指示しておくよ。ああ、わかった。それは十一月だ。きょうも話せてよかったよ、サム。べ

アトリスによろしく」知事は電話を切って立ちあがり、少し考えたあと、革張りの安楽椅子に腰をおろして、コララインが話すのを待った。修道院の庭に三人ですわっていたときとは明らかに態度がちがう。あのときのトゥックはすまなそうな様子で、自分がしたことを恥じているように見えなくもなかった。

しばらくして、コララインが口を開いた。重い問いかけだった。「お父さま、よくもあんなことをする気になれたものね」

知事は三人ぶんのバーボンを注いだ。

「わたしには考えねばならん家族がいた」バーボンの瓶に向かって言った。

「ママだって家族よ」

「お母さんだけが家族というわけじゃない。先祖がいて、将来は子孫も多くできる。その先祖や子孫に対しても、わたしには義務がある」

「義務？」バーボンには手がつけられていない。

「そうだ、コラライン。義務だよ。おまえはそのことばを穢らわしいもののように吐き捨てるが、そうじゃないんだ」

「また大統領になる話をするつもり？」

知事は苛立ちを見せたが、声は平静を保っていた。「そうだ、それがわが国に対する義務となる」

コララインはゆっくりと、青い子ヤギ革の手袋をはめた。考える時間をとるためだ、とケンは理解した。「ママの話をしましょう。家へ連れて帰る段どりについて」

三十分後、ケンは柔らかなベッドに倒れこみ、何がわかっていて、何がわかっていないかを洗い出した。第二のリストにはいるもののほうが多い。オリヴァーは殺されたとケンは確信していた。その

死は母親の収容施設での監禁に関係している可能性がきわめて高く、母親はそこでおのれの罪に苛まれて宗教に傾倒するようになっていた。しかし、なぜそれがオリヴァーの殺害につながるのだろうか。いったい……

何かがケンの目をとらえた。

差し錠のかかったドアの取っ手が動いて下へ傾き、外で床板のきしむ音がした。ケンは取っ手の動きを見守った。〈ペルドン・ローズ〉で自分たちについて尋ねた何者かかもしれない。それとも、コラインだろうか。飛行艇でキスをしそうになったときのことが、ケンの脳裏でオーケストラのように鳴り響いた。

取っ手が向きを変え、上へ動いてもとの位置にもどる。ケンは待った。小さな音と息づかいが聞こえる。そして、床に足がふれるかすかな音。

つぎの瞬間、隣室の取っ手を動かそうとする音が聞こえた。コラインの部屋だ。

ケンは跳ね起き、裸足のままシャツも着ずに、差し錠をはずしてドアを一気にあけ放った。だれの姿もないが、そんなはずはない。コラインの部屋のドアを叩いた。反応がない。何かが動く音もしない。ケンは階段を見おろし、さらに激しくドアを叩いた。

「コライン」ケンは声をかけた。

すると、何かが動く音、服をするりと着るか脱ぐ音が聞こえた。目の前でドアが少しだけ開いたが、真鍮のチェーンがかかっている。その上からコラインの目がのぞいた。ケンの知るその瞳は淡い青だが、光の加減で炭よりも黒く見えた。

ケンは、だれかが自分の部屋に——コラインの部屋にも——はいろうとしたが、だれなのかわからないと説明しかけたが、そうはせずに、ただ相手が何か言うのを待った。

コラインは何も言わなかった。そのままチェーンをはずし、垂れるにまかせた。

16

ふたりはロンドンに二日間滞在し、レイ島の〈ペルドン・ローズ〉へ荷物を取りにもどったあと、飛行機で大西洋を越え、さらにサクラメントへ飛んで、そこからロサンゼルスに向かう遅い時間の列車に乗った。さびしげな小さい町々の灯が、輪郭や影の像をちらちらと結びながら、ブラインドの外をすばやく通り過ぎていく。町明かりが徐々にまばらになり、しだいに遠のいて、やがてすっかり見えなくなると、アメリカ西部の荒野が一面にひろがった。このあたりは家や農場もほとんどない。カリフォルニアは都会の州だ。まばゆさを求めて映画が撮られ、名声を求めて役者が集まるこの地に、シメオン・トゥックが半世紀前に楽観の人生を求めてたどり着いた。だれもがカリフォルニアに未来を思い描く。

列車がセントラル駅に到着したのは、ふたりがレイ島を出てから六日後、日も暮れかかるころだった。「いまからカルメンと話す？」コララインが訊いた。

もうすでに、なぜカルメンが審問でフローレンスが溺れるのを見たと嘘をついたのかはわかっていたが、ケンは自分がはじめてコララインに会った日に、カルメンがオリヴァーに何を言っていたのかを知りたかった。答がどうあれ、そのせいでふたりとも動揺していた。

ケンは腕時計を見た。「もう遅いな。話はあすにしよう」

ふたりはおやすみを言い、ケンは路面電車に乗って下宿へ帰った。自分のベッドで夜を過ごすのは数週間ぶりだった。

ケンはぐっすり眠り、目覚めたときには一杯のコーヒーすら必要ないほどで、大急ぎでトゥック家へ向かった。

コララインは図書室でケンを待っていたが、そこはあたかも悪い知らせを待ち受けるかのように、相変わらず陰鬱な空気を漂わせていた。カルメンが呼ばれ、落ち着かない様子ではいってきた。家族のなかで秘密が明かされたという知らせが使用人たちにも伝わっているにちがいない。

「お母さまが生きてたの」一マイルはあろうかという長い沈黙のあと、コララインが言った。カルメンが唇を噛み、自分の手を見つめる。「あなたは知ってたの？」老女の目に涙があふれ、すぐに首が縦に振られる。「ずっと知ってたのね」

「トゥック知事がわたくしだけにお話しなさったんです」カルメンは消え入りそうな声で言った。「ときどき奥さまに荷物をお送りしなくてはなりませんでした。着るものや、ちょっとした思い出の品を」疲れ果てた様子で顔をあげる。「わたくしはただ、奥さまのお世話をしたかっただけなんです、お嬢さま。ご家族のみなさまのお世話をしたくて」

コララインは庭に面して並ぶ窓へ向かい、残されたメイドはその背中を見つめた。

ケンが話を引きとった。「オリヴァーがそれを探りあてたんですね」カルメンがふたたびうなずく。

「そして、そのことをあなたに話した」

「はい、さようです」

「ほかに何か言ってましたか」

「ご家族の古い写真がほしいとおっしゃいました。ご家族全員の写真です」そのことばには含みがあった。姿を消した子供の名を口にするのを避けている。この家でアレグザンダーという名前は黒魔術の呪文に等しいことがはっきりしてきた。

「それだけですか」

「はい。あとはご自分の小さいころのことをお尋ねになっただけです。わたくしが覚えているオリヴァーさまのことを。元気な子だったのか、車椅子に乗った暗い子だったのか」

「それで、あなたはなんと答えたんですか」

「わたくしがこちらのお宅に参りましたのはアレックスさまが……」カルメンは不安そうな視線をちらりとコララインの背中に投げた。「……いなくなったあとなんです。ですから、それよりお小さいころのことは存じません」

ふたりはカルメンをさがらせた。わけもわからないまま、得るものもない陰謀に無理やり引きこまれた女を、ケンは気の毒に思った。

ケンは書棚を指でこつこつと叩いた。「きみのお母さんは医者の話をしていた。〝何もかも裏にはあの人がいる。わたしの夫と結託しているのよ〟——そう言ったんだ」ケンは考えはじめた。フローレンスにたどり着いたのは、『ターングラス』に書かれたシメオンの行動を追ったからだ。オリヴァーは森のなかにパンくずを残していた。では、シメオンがほかに行ったところはどこだ？　そのとき、フローレンスが言ったことを思い出した。「口が割れた医者だ」コララインにというより、自分に向かって言った。「きみが持ってるオリヴァーの本を見せてくれ」コララインは自分の部屋へ行き、小説を持ってもどってきた。ケンはある一節をさがした。シメオンが煙霧の立ちこめるライムハウスの波止場にいる場面だ。

別の寝台にいる男に目が留まった。ほかの面々とちがい、阿片を吸うのではなく、緑の瓶から飲んでいる。口唇裂のせいで、中身が顎へ垂れている。

「これだ！」ケンは叫んだ。つづきを読みあげていく。

「お試しになりますか」男はにやりとし、欠けた歯を口からのぞかせた。教養を感じさせる言い方なので、大学を出ているのかもしれない。「下層階級の連中は阿片の煙を吸いたがります。わたしはブランデーに入れて飲むのが好きでしてね」

「そのようですね」シメオンは言った。「しかし、阿片チンキにも中毒性があるので、注意したほうがいい」

「おやおや、ご高説には及びませんよ。わたしは王立外科医師会の正会員です」

「この描写にあてはまるだれかを思い出さないか」

「えっ？」

「口唇裂の医者だ」コララインはまだ呆然としている。「オリヴァーが死ぬ少し前、お父さんがバローズ上院議員を脅すためにここに連れてきた、あの医者だよ。あの男が口唇裂だった。偶然にしてはできすぎてる。オリヴァーは、かつての出来事にあの男がかかわってたからこそ物語に登場させたんだ——それにお母さんが、何もかもの裏には口が割れた医者がいると言ってたじゃないか。そして、注射のことも」

コララインは同意をこめてうなずいた。「クルーガーって名前だった、父が連れてきた医者は」

「よし、あの医者をどうにかさがし出そう。ほかにも、いま気づいたことがあるんだ」

「なんなの？」

「何もかも、手がかりはこの本のなかにある。ただ、作家というのは、作品を仕上げるにあたって草稿を山ほど書くものだ」

「じゃあ……」

「じゃあ、オリヴァーがこれより前に書いた別の形の原稿があったとしたら？」ケンはそう考えて興奮していた。「ページ数を調整するか何かのために、オリヴァーが文章を削る前の草稿だ。役に立つ内容がほかにも書かれてるかもしれない」

「そうね。ありうると思う」

「ああ。でも、まずはクルーガー医師をさがしてみよう」

州医事当局に電話をかけたところ、その名前の男が実際に医師免許を持っていることがわかり、もちろん診療所の住所も教えてくれた。ケンは勝ち誇って壁を軽く叩いた。

「クルーガー診療所です」電話の向こうから聞こえたのは、南部訛りのある堂々として感じのよい声だった。

「予約をお願いしたいんですが」ケンは告げた。

「承知しました。お名前をうかがえますか」

ケンは偽名を伝えた。「なるべく早く診ていただけますか」

「あすの二時に予約をおとりできます。それでよろしいですか」

「もっと早く診てもらえたらと思ってたんですが」

「申しわけありませんが、それまで空きはございません」

「そうですか。わかりました、その時間に予約を入れてください」ケンは偽の住所を伝え、予約を確定させて電話を切った。

「これで何かわかると思う？」コララインが尋ねた。

「わかるかもしれないし、わからないかもしれない。さて、修正前の原稿が見つかるかどうか調べてみよう」

コララインが持っている本の扉ページによると、連絡先はダックス出版で、その会社はロスにあるので、ふたりは車でそこへ向かった。まだ新しい会社だが、オフィスの大きさから察するに、恥ずかしげもなく野心をあらわにする会社らしい。まず受付係、それから受付主任と話をして、訪問の理由を説明したあと、ようやく通された会議室では、銀色に輝く革張りの肘掛け椅子が一台の長テーブルを囲み、いくつもの棚に本が並んでいた。ふたりからテーブルを隔てた向かいには、眼鏡の奥にあざけるような光を浮かべた男がすわり、相談に耳を傾けた。赤ペンで書きこみをしている途中の紙の束を目の前に置いたままだ。これがオリヴァーの編集者だったシド・コーエンだという。

「ミスター・コウリアン、ミス・トゥック、わたしは少々困っておりましてね」コーエンは椅子に背をもたせかけ、両手の指でピラミッドを作って言った。「実は、信じられないかもしれませんが、それとほぼ同じ内容のことをおっしゃったのは、あなたがたが最初ではありません」

「なんだって？」ケンは言った。この驚きは歓迎できるものではなかった。

「いいかい、さらに言わせてもらえば、この七十二時間のあいだにおっしゃったのも、あなたがたが最初ではないんです」

コララインの目に怒りがひろがった。

「どういうことですか」ケンは尋ねた。

「つまり、トゥック家の代理人だという男性が三日前にここに来て、丁重ながら有無を言わせない調子で、オリヴァーの最新作の草稿があれば全部渡すよう求めてきたんですよ」

「うちの家族は代理人など認めていません」コララインが激しい口調で言った。「その人の名前は？」

コーエンは考えにふけるようにペンを軽く叩きつけた。「わたしが困っているのは、なんらかの偽装があった場合、こちらはだれを信じればよいのかということなんです。わたしはその人が来る前に

手紙を受けとっていて、名の通った法律事務所のレターヘッドがはいった便箋に、その人が来社する旨が書かれていました。いまにして思えば、偽物だったのかもしれません——簡単に偽装できますからね。こちらは特に警戒していたわけではないので、ほんとうにその法律事務所がよこしたのかどうか、よく調べませんでした。とはいえ、それが本物だった可能性もある。つまり、こちらとしては、本物はあの人なのか、それともあなたなのかを決めかねるんですよ」

「わたしの運転免許証をご覧になります？」コララインは反撃した。修道院での一件のあと、コララインが家族と関係の浅い人々に対して身元を証明することにうんざりしているのが、ケンには感じとれた。

「ええ、それでじゅうぶんだと思います」

コララインはクラッチバッグの留め金をあけ、財布を引き出した。そのなかから運転免許証と一枚の写真を取り出し、テーブルの向こうへ押しやる。コーエンはまず免許証、つぎに写真を手にとり、じっと見てから、うやうやしく返した。一瞬ケンの目にはいったスナップ写真のなかで、フラッシュを浴びたコララインがどこかのパーティーで兄と腕を組んでいる。「あなたを信じますよ。しかし、あまりお役に立てそうもありません。あの人を信用して、オリヴァーが送ってきた以前の草稿を渡してしまいましたから」

「それはどんな見かけの男でしたか」ケンが尋ねた。

コーエンは肩をすくめた。「数日前のことなので、あまりよく覚えていなくて。ただ、風貌は、そうですね……平凡でした」

「平凡？」

「ええ。それが特徴でしたね。あまりにも平凡で、現実離れしているほどでした」

「その草稿には、ほかに写しはないんですか」ケンは尋ねた。その男のことなら知っている。

「残念ながら」

「何か内容を覚えていませんか。大きな変更とか」

「正直に申しましょう。わたしは同時に十冊の本を編集しています。本の題名ですらほとんど記憶にないのに、文章の改変個所まで覚えていられるはずがない。申しわけありませんが、その点ではお役に立てません」コーエンは物思わしげにペンを煙草のように吸った。「なぜ知りたいんですか」

「もうけっこうです。お手間をとらせてすみませんでした」

ケンとコララインは車へもどった。「行き止まりだ」ケンはドアをねじあけながら、怒り混じりの声で言った。

「そのようね」

「まったく。ああ、あすまでなんて待ってられるか。腹が立ってしかたがない。いまからクルーガーの診療所へ行こう」

「わかった」

車で十五分かけて着いたクルーガー医師の診療所は、オリンピック通りから脇にはいった富裕階級の住む通り沿いにあり、贅沢すぎる食事が災いしたのでもないかぎり、治療の必要な人がいそうには見えなかった。ふたりは外に車を停めた。

「なんと言うつもり？」コララインが尋ねた。疑念を隠そうともしない。

「きみの家族のだれかを治療したことがあるかどうか尋ねるよ」

「たぶん追い返されるでしょうね」

「だとしても、こちらに失うものはない」

ふたりが話していると、眼鏡をかけた温厚そうな男が黒い医師鞄を持って診療所から出てきた。ケ

ンはそれがクルーガー医師だと気づき、歩いて近づきかけたが、その男は手をあげてタクシーを呼んだ。それが停まると、男はすばやく乗りこんで、タクシーは走り去った。

「乗って」コララインが言った。

ふたりはまばらに走る車のあいだを縫って、距離を保ちながらタクシーを追った。この時間帯ならむずかしいことではない。やがて着いたのは、おそらくまだ害虫や害獣の問題もなさそうな真新しいオフィスビルの前だった。外壁に取りつけられた真鍮の銘板が〝アメリカ優生学協会〟という医師会がそこにあると告げていた。身体や精神に欠陥のある者を人口から排除すべきだと主張する全国的な団体があることはケンも知っていた。ケンはフローレンスが隔離されている状況に思いをはせた。

クルーガーは急いで階段をのぼろうとしていた。ケンは車を飛び出して呼びかけた。「クルーガー先生！」クルーガーは足を止め、あたりを見まわす。ケンが近づいていくと、オリヴァーの作品でも見られた口唇裂がまた目にはいった。「覚えていらっしゃるかどうかわかりませんが、前にほんの一瞬お会いしましたね」

「はい？」

「トゥック知事のお宅でした」

クルーガーは穏やかな興味を示して眉をあげたが、通りでいきなり話しかけられて少し動揺していた。「そうでしたか」

「トゥック知事から、あることについて、あなたと話すよう言われたんです」

眉がさがり、クルーガーは疑わしげに顔をゆがめた。「トゥック知事がきみをよこしたと？」

「そうです」

「なぜ？」クルーガーは鋭く返した。温和な表情は一気に消えていた。

「あなたがトゥック夫人を治療なさった方法をうかがうためです」医師は何も言わず、慎重にケンを

値踏みしている。「ぼくの妻が同じように苦しんでいるので」

「そうですか」警戒した口ぶりで、それ以上何も話そうとしない。

「妻を施設に入れなくてはいけないかもしれません」

「では、そうなさい」話を終えようとする口調だった。「きみに必要な医師はわたしではない。トゥック知事のもとへ帰って——ほんとうに知事がきみをよこしたとしてだが——また尋ねたらどうかね」そう言い捨てると、クルーガーは足音荒くビルの入口へ向かった。ドアの側柱に寄りかかっている図体の大きな警備員が並々ならぬ関心を示しているように見えた。こぶしで何かを壊したくてうずうずしているらしい。

「クルーガー先生」

「もう何も話すことはない」

「先生、待ってください！」

ケンはクルーガーを追った。しかし、警備員が進み出て、分厚い手のひらをケンの胸に押しあてた。

「さがんな、お兄さん」ケンはその手を払い、男を押しのけて進んだ。

「クルー——」ケンが名前を呼ぶ声が絞めあげられ、首に後ろからまわされた屈強な腕によって気管へ押しもどされた。とっさに両手でその腕をつかんだが、それはびくともせず、ケンは足から崩れ落ちそうになるのを感じた。クルーガーが驚いて医師鞄を落とすのが見えた。

筋骨隆々の腕は強靭だったが、ケンは正々堂々と戦う気分ではなかった。肘で鋭い一撃を警備員の腹に食らわすと、絞めつけていた腕がほどけた。ケンはくるりと向きを変え、相手のみぞおちにこぶしを叩きこんで呼吸を奪った。そこからはグレコローマン式レスリングの一戦と化し、ケンはやる気満々だった。

「そこのふたり、やめろ！」怒鳴って命令するのに慣れた声が響き、警官があいだに割ってはいった。

「ここで何をやってる？」

クルーガーがビルの入口からもどってきた。「その男がわたしにいやがらせをしていたんです」ケンに向かって棒のような指を突き立てて言った。

「ほう。どんなふうに？」

「あれこれ質問をしてきました」

「知っている男ですか」

「とんでもない。その男をわたしに近づけないでください」

この医師からはなんの答も得られないとわかったが、厄介事に巻きこんでやることはできる。「ぼくはあなたがフローレンス・トゥックに何をしたか知りたいだけだ」ケンは喉をさすった。他人のために危害をこうむることに嫌気がさしてきた。「トゥック知事の夫人のことです」ケンは警官にもわかるように言い足した。警察にまともに取り合ってもらいたければ、政界とのつながりをにおわせるにかぎる。

「わたしはあの人を治療したことなどない」クルーガーはきっぱり言った。

「へえ、そうかな？」ケンは釣り糸を垂らすように誘いをかけた。「じゃあ、なぜさっきはあると言ったんですか」

「そんなことはひとことも言っていない」クルーガーは動揺しているように見えた。けさの時点で、ケンはこんな展開を予想していなかった。

「そうか、言ってないのか」

「いいかげんにしろ。この男はいやがらせをしているんですよ、巡査。どこかへ連れていってください」

「逮捕をお望みですか」

「よし、この件は正式にやろうじゃないか」ケンは言い、両手首を差し出して手錠を待ち受けた。

クルーガーは口をあけたが、正式な事件にすべきかどうかを考えあぐねて、ためらっていた。警官は制服の下で肩甲骨をまわした。こんな面倒なことになるとは思ってもいなかったらしい。ふたりの様子を見て、警官はケンに言った。「そういうことなら、名前と住所を言いなさい。それで無罪放免だ」

ケンが伝えると、警官はケンの肩を強くつかんでいっしょに通りを進み、立ち去るほうがましだと身をもって知らせた。ふたりがコララインのもとまで行くと、ケンが護衛されているさまを見て、コララインは細く描いた眉を吊りあげた。

「成功ね」コララインは言った。

17

下宿に帰って傷んだ首の手当てをしていたケンは、電話の伝言メモに目を留めた。会社にもどる気があるのか、それともいますぐ馘(くび)にしてもいいのか、と上司が訊いてきていた。ケンはメモをまるめて脇へ投げ捨てた。もういい、もどることはないだろう。

入浴しながらラジオを聴いた。地域の犯罪に辟易(へきえき)している男のドラマをやっていた。友人たちを誘って自警委員会を作ったはいいが、委員会は腐敗がひろがる一方で、止めようとしていた犯罪よりもひどい状態に陥るという話だ。そのあとのニュース番組は、ヨーロッパで進む軍備増強とカリフォルニア沿岸の気象警報を伝えていた。熱帯性低気圧が海上で吹き荒れ、近く上陸する可能性がある。家の窓や扉を補強してください、ひどい嵐になる恐れがあります、とニュースキャスターが言った。

ケンは数時間のあいだ、つぎにどう動けばよいかを考えていた。フローレンスは本人だけが知る罪を贖おうとしている。それがアレグザンダー・トゥックの誘拐と関係しているのなら、いくつかの新聞記事から情報を拾い集めるだけでなく、その犯罪のことをもっと深く知りたい、とケンは思った。

電話ボックスへ行き、トゥック家にかけた。

「もしもし」そっとささやくような声が電話に出た。

「ぼくだ」ケンは迷わず言った。

一瞬の沈黙。「そうだと思った」

「そっちへ行きたいんだ」

「七時に来て」

そのとき、電話の向こうで男の声が遠くから尋ねるのが聞こえた。「どちらへ、ミス・トゥック?」

「ヨットクラブよ」コララインが送話口から顔をそらして答えた。一家の運転手の出番らしい。「ケン?」会話にもどって問いかけた。

「ああ」

「一九一五年に何があったんだと思う? アレックスのことだけど」

「どうやら、お母さんが何かしたようだな。そのあと、お母さんが姿を隠すのにクルーガーがかかわった。おそらくお父さんが、イングランドならお母さんを知る人間がまわりにあまりいないから、あっちでやるように段どりをつけたんだろう。だれにも邪魔されないように。そう考えると筋が通る」

どうやら。

おそらく。

いい、いいか、
そう考えると。

トゥック家をめぐって白黒がはっきりしているのは、玄関広間の床くらいのものだ。

「七時にね」コララインがもう一度言った。受話器が置かれ、その声が回線のうつろな信号音に変わった。

はっきりしないことばかりだ。それにコララインのことだって、トゥック家のほかの人々についてと同じ程度にしか知らないと言っても過言ではない。コララインがどんな気持ちで、何を考えているかも、本人が見せてかまわない部分しかケンにはわからなかった。

その日の夕方、腕時計の短針が数字の7を、長針が12を指したとたん、ケンはタクシーをおりてガ

ラス張りの家へ向かった。家は明かりがすべて消え、ただ海の輝きを反射してきらめいている。トゥック家には不向きな建物だ。透明で、だれにでも中を見せておきながら、住む者は自分たちの生活を懸命に隠している。

呼び鈴を引くと、音が鳴ったが、応答はなかった。コララインは出かけて遅くなっているのだろうが、気持ちのよい夕暮れだったので、ケンは裏のビーチへまわり、砂の上に腰をおろしてコララインの帰りを待った。

ヨーロッパの寒さのあとでカリフォルニアの熱気に包まれながら、海岸線に沿ってのんびり歩いていたケンは、海の上に建つ書斎塔を見て、社交界にデビューしたばかりの娘が夏の舞踏会でたたずむさまを思い浮かべた。あそこではだれかが施錠するか、オリヴァーの本をすべて運び出すかしたのだろうか。それはひとりの人間の屍肉を漁るようなものだ。ケンは振り返って母屋を見やった。多くの男女が踊り、トランペットが吹き鳴らされていた日から数カ月しか経っていないのに、何事もなかったかのようだ。そのとき、何かが目についた。裏口のドアがしっかり閉まっていない。

ケンは近づいた。「コラライン?」返事はない。ゆっくりとドアを開いた。暗い銅色の光のなかで、ガラスが色味を帯びて部屋が鏡の間と化し、夕刻の日差しが部屋じゅうに反射して、無数の小さな赤い円を浮かびあがらせていた。どの円の下にも青く波立つ海が映り、それらに包まれた部屋は陸から切り離されたもうひとつのさらに古い家のようだった。一瞬、ガラスに閉じこめられて生涯抜け出せなかったオリヴァーの気持ちがわかる気がした。

うねる波を背に、そっと家に足を踏み入れた。波音だけでなく、ほかにも音が聞こえる。音楽。バイオリン——クラシック——の演奏。ヴィヴァルディだ、とケンは思った。だれかがこの家のどこかでレコードかラジオを聴いている。コララインの名をまた呼んだが、返事はなかった。

小型のグランドピアノをまわりこみ、部屋を突っ切って廊下へ出た。立ち止まって耳を澄ます——

バイオリンの音はさっきより大きく、上階から響いていた。ぼんやり白く浮かびあがる大理石の階段をのぼるにつれて、バイオリンの奏でる荒々しいクレッシェンドが高らかに聞こえる。「コラライン」もう一度呼んだ。何かがおかしいという思いがケンのなかでいや増していく。

靴がドラムのように大理石に拍子を刻み、バイオリンの音がそれにかぶさる。どこから聞こえているかはまだわからない。赤いドアの奥はかつてオリヴァーの部屋だった。沈みゆく太陽を正面に望み、赤々とした光が人生の名残りを照らしていた。ベッド、クロゼットに掛かったままの衣服、窓辺のフックに吊られた双眼鏡。人の姿はない。

隣は緑のドアの図書室で、来訪者にこの一家が由緒ある家柄だとあらためて知らせつつも、隅に置かれた電話機とテレックスの装置が一家の富と現代性も示していた。

残るは来客用のふた部屋とコララインの部屋だけだ。廊下を進むにつれて、音楽はさらに重厚に響き渡る。コララインの部屋の青い磨りガラスのドアまで来ると、奥から弦楽器の音が聞こえるのがわかった。ケンはドアを叩いた。返事はない。「コラライン」やはりなかった。しかし、そのとき新しい音がした。何かがきしむ音だ。ケンは取っ手をつかみ、ドアをわずかに開いた。隙間から光の筋が漏れてケンを貫く。「いるのか？」また何かがきしむ音がした。ケンがドアを大きく開くと、視界に海がひろがった。大海原を望む窓が横一列に並び、その手前に白い革張りのソファーがある。波の音や木々のうなり声を抑えてバイオリンの音が響くなか、視界にひろがる海を何かがさえぎっている。天井から吊りさがった何かが、開いた窓からはいる風で揺れている。むき出しの足、木綿のドレスに包まれた細い体、肩の上で前へ垂れた頭。

「コラライン！」ケンは部屋へ飛びこんだ。その拍子にサイドテーブルにぶつかって倒したので、並んでいた香水瓶が落ちて砕け、金色の液体が床に飛び散った。

女の体は輪縄で照明器具から吊られていた。背中がこちらを向き、折れた首の上に頭が垂れている。

ケンはまだ息があることを必死に願って脚をつかんだ。足もとの床には柔らかな革の靴が置かれている。だが、両手でふくらはぎをつかみ、顔を見あげたとたん、ケンはふたつの苦い真実を知った。

ひとつは、かつてその体のなかで輝いていた命の炎がすでに消え、どれほど多くの祈りを捧げようと、どれほど腕のよい医者が診ようと、もう二度ともどらないことだ。もはや昔日(せきじつ)の光と化していた。

そしてもうひとつ、否応なくケンにのしかかって胸の息を奪った真実は、ケンが脚をかかえている女、風に揺れるその女が、あの謎めいたコラライン・トゥックではないということだ。

ちがった。ケンがかかえる哀れな女は、母親のフローレンスだった。悲劇にまみれ、粗末にされ、悔恨の念に苛まれていたフローレンス。その体が白い作業用ロープで吊られていた。粗い材木やボートに使うはずのロープで。

ケンは手を放した。フローレンスの太腿に食いこんだ贖罪のための金属のガーターが、揺れる体で小刻みな音を立てた。それはなんの役にも立たなかった。神はフローレンスにもこの家に住む一族にも味方しなかった。この家はすでにふたつの死を目のあたりにした。

そのとき、ある考えが湧き起こった。**ふたつで終わらせなくては。**

ケンは廊下を駆け抜けて、調べていなかった来客用のふた部屋へ飛びこみ、つぎに知事の寝室もさっと見渡してたしかめると、台所へ駆けおりた。コララインはそこにもいない。だれもいない。ケンはさっきの部屋へもどった。このガラスの家にいるのは、首を吊ったこの女と自分のふたりだけだ。ケンは部屋の隅へ行って、ラジオを消した。バイオリンの音が消え、ロープのきしむ音だけが響いた。

ほかにできることと言えば、警察に通報して、ターングラス館でまた人が死んだと伝えることしかない。死体をおろすのは警察にまかせよう――なぜかはわからないが、そのほうが礼を尽くせる気がした。廊下の電話へ向かいながら、ケンはひたすら、どう言おうかと考えていた――**〝友人の家に来てみたら、女の人がいました。首吊り自殺です〟**。

ケンは足を止めた。ほんとうに自殺だろうか。確信が持てなかった。トゥック家に関しては、知れば知るほどわからなくなる。

とはいえ、ほかの人間がここにいた形跡はない。それに、フローレンスはかつてアレックスの失踪を引き起こしたにちがいなく、良心に苛まれていたことを考えると、おのずと結論にたどり着く。罪悪感が数十年にわたってフローレンスをむしばんで、死んだ息子が会いに来たのが見えるまでになっていた。すべてを終わりにしたいと思うのも当然ではないか。

ケンは廊下にある電話の受話器をとった。

「交換手です」甲高い声が言った。

「警察の緊急電話につないでください」

「お待ちください」

ケンはカチカチ鳴る音がつづくのを聞いていた。どのくらい待たされ――

そこで凍りついた。外で足音がして、鍵が錠に差しこまれるのが聞こえた。そして、コララインが戸口に姿を見せた。何か言おうとするのをケンは止めた。

「コラライン」急いで言った。そこで声を落とした。「きみに伝えなきゃいけないことがある」

コララインは何かを隠しているような謎めいた表情でケンを見た。いつも隠し事が多すぎる。「どうやってはいったの？」

ケンはその質問にすばやく答えた。「裏のドアがあいてたんだ。それより、聞いて――」

「わたし、閉めたのよ」

「とにかく、この家にはいった。で、見つけたんだ」コララインが待つ。「きみのお母さんを見つけた」

「ママ？　ここにいるの？」コララインは家にあがりこんだ。「ほんの二、三日前に父が連れてきた

ばかりなの。どこか安全なところに住まわせるって、父は言ってたけど」

奥へ進もうとするコララインをケンは制止した。「コラライン、残念だ」

「何が残念なの？」

「お母さんは亡くなってた」

コララインは一歩あとずさりをしながら、ケンの顔をじっと見つめ、表情を探った。「なんの話をしてるの？」強い口調で言う。

罪だよ、とケンは心のなかで言った。**罪の話をしてる**。

ケンはコララインを落ち着かせようと、その両肩に手を置いた。コララインに身近な人間の死を告げたのはこれが二度目だ。自分が死体の発見者だったのも二度目だ。

「首吊り自殺だ」

しばらく沈黙がつづいた。やがて、ひとことだけ、声というより冷たい息が漏れた。「どこで？」

「きみの寝室だ」

「まだそこにいるの？」

「ああ。ぼくもここに着いたのは何分か前なんだ」ケンは慰めるつもりでコララインの腕に手を置いたが、体がガラスでできているとしか思えないほど、なんの反応もなかった。

コララインはドアの脇にあるマホガニーの小卓にバッグを置くと、ケンの存在をすっかり忘れたかのように、一瞥もせずに寝室へあがっていった。部屋の前で立ち止まり、中をのぞきこむのが見えた。しばらくじっとしている。その目の前にあるのがロープに揺れる死体だとケンはわかっていた。それからコララインはドアの奥へ進み、視界から消えた。ケンはコララインが母親とふたりきりになる時間を少しとったあと、自分も部屋にはいった。

見るのがつらい光景だった。

「ママをおろさなきゃ」コララインが淡々と言った。

「そうだな」

フローレンスの服に皺が寄り、髪が乱れているのが見えた。ロープが回転し、フローレンスの顔がゆっくりとケンのほうを向く。かつて美しかったその顔が、いまは年月のせいで老け、死のせいで膨張している。ケンは木綿のドレスに手を伸ばし、体が動かないように押さえた。

「で、どうするの？」コララインが訊いた。その声が部屋を満たした。

「まだあたたかい」ケンはそれには答えずに言った。

「それって、つまり……」

「きょうはあたたかい日だ。それがどう作用するかわからないし、大きく影響してる可能性もある。だけど、そのとおりだ」コララインの言わんとしていることを察し、ケンは目を合わせた。「亡くなってから、まだあまり経ってない」

コララインは部屋の隅のソファーにすわり、膝に両肘を突いた。

「じゃあ、もし何分か早く帰ってきてたら、ママは死なずにすんだかもしれないのね」

「そんなふうに考えちゃだめだ」

「だめだ？　わたしがどう考えるかを指図するなんて、何さまのつもり？」珍しく、あからさまな怒りを爆発させた。「ママをおろして」

「わかってる。ただ……」ケンは玄関の呼び鈴の音にさえぎられた。コララインが顔をさっとあげ、玄関広間のほうを見る。「だれ？」

「だれだろう」

呼び鈴がまた鳴った。それから板を激しく叩く音がして、がさつな声が聞こえた。「警察です。あけてください」

ドアをあけた瞬間、ケンはその男を思い出した。オリヴァーの死体が見つかったときに来た刑事、ジェイクスだ。

「刑事さん」ケンは驚いて言った。

「何があったんだ」ジェイクスは単刀直入に言った。

「女の人が自殺しました」まだ通報が届いていないのに、なぜジェイクスが来たのかが理解できなかったが、それはあとで尋ねることにした。

「ここで？」ジェイクスが驚いたのはほんの一瞬だった。こういう場にしじゅう居合わせるからにちがいない。

ケンはジェイクスを上へ案内した。「なんとまあ」ジェイクスはロープとそれに吊りさがっているものを見てつぶやいた。「この人は？」

「わたしの母です」コララインが答えた。

「あなたのお母さん？」あたたかい風がやんでいたので、ジェイクスがふたたび見あげた死体は、いまは動いていない。

「イングランドで精神科の施設にはいっていました。少し前に父が連れ帰ったんです」

ジェイクスの顔に認知と理解の光が差したように見えた。この男にとって、自殺はこれがはじめてではない。「お兄さんが亡くなったことを、お母さんに伝えたのかね」

「ええ」

ジェイクスは悲しげにため息をついた。「なるほど。残念だが、こういうことは前にもあった。母親が子供に先立たれるなんて、あってはならないことだ。電話したのはあなたかね？」

「電話した？」コララインは言った。

「三十分前にだれかから交換台に電話があったんだ。わたしに至急ここへ来いと言ってね。理由は言

わなかったらしい」ということは、ケンが家にはいる前に、だれかが警察に通報したのか。

「だれだったんですか」ケンは尋ねた。

「見当がつかない」ジェイクスはコララインを見た。「断じてあなたではないと？」

「言ったでしょう？　ちがいます」

ジェイクスは頭上の死体をじっと見た。「この人がかけたとか？」

「だとしたら、なぜあなたの名前を知ってたんです」ケンが答えた。

「むずかしいが、ありえなくはない。何しろ、わたしはきみの友人の件を担当した刑事だからな」ロープがきしんだ。「いっしょにおろそう」

ケンがフローレンスの胴を押さえているあいだにジェイクスがロープをほどき、床におろした。そのあいだずっと、コララインはソファーで両肘を膝に突いたままだった。コララインを覆う氷の壁のうち、どれだけがほんとうのコララインで、どれだけが自分を守るために毎朝身にまとうものなのか、とケンは思った。

「署に電話してくる」ジェイクスが言った。部屋を出るときに立ち止まる。「お気の毒です、お嬢さん。どこの家族だって、こんな目に遭っていいはずがない」それから階段をおりていき、署に電話をかけて救急車を頼む声が響いた。

待つあいだ、だれも口をきかず、ときおり外の海をながめていた。

救急車が到着すると、乗ってきたふたりの警官がおごそかに部屋にはいってきて、死体を調べたあと、ふたりで担架に載せた。

「だれかがお父さんに知らせないとな」ケンが言った。

「わたしが電話する。はじめてじゃないし」

「刑事！」フローレンスを担架に載せた警官の一方が、かたわらに膝を突いたままジェイクスを呼ん

だ。担架のなかの何かに注意を向けている。

「待ってろ。忙しいんだ」

「ちょっとこれを見てもらえますか」警官は言った。ケンが死体に近づく。「あなたは離れていてください」

「なんだ」ジェイクスが尋ねた。

「見てください」警官は死体の両手首を持ちあげた。

ジェイクスはしゃがんで、その手首から木綿の袖口を引きあげた。ジェイクスがうなずくと、警官は手首をフローレンスの体の脇へもどした。

「コウリアンさん」ジェイクスは言った。「オリヴァー・トゥックの死体を発見したのはきみだったな？」

「ぼくだとご存じですよね」ケンはわかりきった質問をされたのが不快だった。

「で、現場に着いたときには死んでいたと言った」

「それがどうしたと？」

「で、こんどは、ここに着いたときにはトゥック夫人が死んでいた、と」

「そのとおりですよ」竜巻が迫ってくるのを感じた。

「この家には、だれかに入れてもらったのかね」

「いいえ、裏口からはいりました。あいてたんです」

「あいていた？　いつもそうなのかね」ジェイクスは答を求めるようにコラインを見たが、返事を待たずに言った。「で、トゥック夫人は自分で首を吊った」

「その人は……」

竜巻が直撃した。「だが、トゥック夫人が自分で首を吊ったのなら、手首にロープの跡があるのは

どう説明する？」ジェイクスはそのことばをしばらく宙に漂わせたあと、フローレンスの腕を持ちあげて袖口をめくり、赤々としたひどいみみず腫れが手首の肌を一周しているのを見せた。みみず腫れが破れたところに血がにじんでいる。ジェイクスの声が低くなった。「さあ、ロープがどこにあるか、言ったらどうだ」

ケンはフローレンスが自分で命を絶ったのではない可能性も頭に置いていたが、自分がこの家にいることや、裏口からこっそり入ってきたことや、ジェイクスに匿名の通報があったことを、それと並べて考えてはいなかった。これはまずいことになりそうだ。「だれかが、ぼくが殺したと見せかけようとしてるんだ」ケンは言った。

「だとしたら、そのだれかさんはなかなかいい仕事をしているわけだ。きみが今夜ここに来るのを知っていた者は？」

ケンは懸命に考えた。ふたりを殺した罪を着せられているという意識の裏で、頭を全力で回転させた。コラライン以外のだれにも言っていない。「いませんよ。でも、尾行されたのかもしれない」

ジェイクスは立ちあがり、半歩迫った。「尾行された？　で、そいつはきみに姿を見られずに家に駆けこんで、トゥック夫人を殺し、またすぐ逃げていったと？　ずいぶん仕事が早いな」

それはそのとおりだ。ケンはとっさに頭を働かせた。「そうだ、ぼくを尾行したんじゃないかもしれない。コララインを罠にはめようとしたのかも」その場の全員がコララインを見た。

「そんなことをしそうな人間に心あたりはあるかね」ジェイクスは尋ねた。

コララインは首を横に振った。

「でも、刑事さん」ケンは食いさがった。「あの傷跡は死のうとしていたときについたのかもしれない。前からあった可能性もある。あるいは、もしかしたら、ほんとうにだれかが殺したのかもしれないが、でもそれはぼくじゃない！」

ジェイクスはケンの目をのぞきこんだ。「わたしはここにすぐ来いという通報を受けた。で、そうしてみたら、きみがいて、わたしが来たのがずいぶん気に食わない様子で、夫人が死んでいた。それがわたしにどう見えると思う？」

「罠に見えるさ！」

ジェイクスは聞こえなかったかのように話をつづけた。「それに、ほかにも気になることがある」

「というと？」

「あそこのテーブルだ。ひっくり返って何もかも木っ端微塵だ」

さっき部屋にはいって宙吊りのフローレンスを見たときにひっくり返した香水瓶のテーブルに、ケンは目をやった。「それがどうしたって？」

「あれをわれわれは〝争った跡〟と呼ぶんだ。実に怪しい」ジェイクスは人差し指をケンの胸に突きつけた。「いっしょに来てもらおう」

「行くものか」ケンは怒りと不安を同時に覚えていた。怪しく見えるのは否定しようがなかった。

「なら、容疑者として逮捕するまでだ」

「なんの容疑だ」

「わかってるだろう」

ほかの警官たちはジェイクスの後ろに立ち、油断なくケンを見据えている。ひとりが――二十歳にも二十五歳にも見える――活躍したそうな様子で進み出て、ケンの片腕をつかんだ。ケンはその手を振り払った。警官がケンの真正面にまわって向き合ったので、ケンは血をたぎらせた。「さがれ、おまわり」うなるように言った。

「さがらなかったら？」やり返してみろとばかりに、警官はケンを突き押した。

「さがれと言っ――」

「さがらなかったら？」また突こうとした。

だが、ついにケンの血が沸騰した。警官の胸が迫ると同時に、ケンの右手のこぶしが腰から弧を描いて真上へ振りあげられ、顎に下からパンチを食らわせたので、警官はくずおれて膝を突いた。警官はすぐに立ちあがってケンの首をつかんだが、それ以上ひどいことになる前にジェイクスが飛んで割りこみ、ふたりを引き離した。

「落ち着け」刑事はふたりに警告した。「ふたりとも、わたしに報告書を書かせるような真似はするな」

ケンは一瞬、あいている背後のドアから逃げようかと考えた。ふたりを殺したとなると、死刑判決は免れないだろう。きっとそうだ。道路を突っ切り、森へ駆けこんで隠れることはできる。だが、それからどうする？　死ぬまで藪のなかに隠れて過ごすのか？　だめだ、いまはこの茶番に付き合うしかない。

「わかったよ。好きにしろ」ケンは小声で言った。すかさず手錠がはめられ、ケンは引っ立てられた。部屋を出るとき、コラインの顔が見えた。ケンをはじめて見るような顔をしていた。

警察の護送車が到着すると、ケンは中へ押しこめられ、側面に据えられた金属のベンチにすわった。運転席とケンが閉じこめられている後部とは、鋼鉄の仕切り壁で隔てられている。「しっかり監視してろよ」ジェイクスが運転席の警官に命じた。

「手錠したままじゃ、遠くへは逃げられませんよ」その警官が答えた。さっき喧嘩をしたがっていた若い警官が助手席に跳び乗った。

「いいからよく見てろ」ジェイクスは自分の先導車へ向かった。

エンジンのうなりとともに、車はいっせいに道路へ出た。仕切り壁の小窓が横へ引きあけられ、若い警官の顔がのぞいた。「おい、荒っぽい運転の車に乗ったことあるか？」にやにやしながら尋ねる。

警官は返事を待たずに言った。「気に入るといいな」小窓が閉まり、その直後、ケンは護送車が車線を越えて大きく揺れるのを感じて、車内の反対側の壁に肩から叩きつけられた。しがみついて体を固定できるものはどこにもない。車はすぐさま逆に動き、もとの車線へもどる。床が消え去ったように感じられ、ケンは後ろ向きに倒れて、後頭部を鋼鉄のベンチに強くぶつけた。痛みで気を失いそうになる。直後に車がまた大きく揺れて、頬骨を金属の手錠で強打したが、それに気づく間もなく車が道路のくぼみではずみ、ケンは宙に浮いたかと思うと激しく床に叩きつけられた。なんの前ぶれもなく、運転席の警官が急ブレーキを踏み、ケンの体は床を滑って仕切り壁に激突した。鼻のなかで何かが砕けるのが感じられ、体が崩れ落ちると同時に生あたたかいものが顎を流れた。前から笑い声が聞こえ、車はまた動きだした。

笑うがいいさ、とケンは思った。**いつか、こっちがおまえらを追いつめて、ドライブに連れていってやる。**

やがて、ガソリンのにおいと殺気立つ路上の喧騒で、車が市街地にはいったのがわかった。周囲の何もかもが警報器であるも同然で、ケンはこの事態について本気で考えた。自分は潔白だが、罪のない人間が監獄の墓場へほうりこまれるのは、これがはじめてではないだろう。護送車の壁にもたれかかり、ケンは傷だらけの顔でうずくまった。

あまりにもばかげていた。ほんの数週間前、ケンは映画に出演したり、よき仲間とボートに乗ったりして、自分の夢を生きていた。いまやケンの顔は全国のスクリーンに映し出されてもおかしくないが、それは椅子に縛りつけられて致死ガスを食らうのを待つ男のニュース映像だろう。

ふざけた話だ。自分を憐れんでばかりはいられない。この一連の事件でだれかが刑務所送りになるとして、断じてそれは自分であってはならない。

18

警察署に着いたところでジェイクスが足を止め、ケンの頬の傷を見て、連行してきたふたりの警官に目をやった。ジェイクスは喜んでいるふうでもなかった。ケンは指にインクをつけさせられ、紙に転がすように押しあてて指紋を採取された。その後、奥へ連れて行かれて部屋にはいると、そこにはテーブルひとつと椅子四脚があるだけで、すべて床にねじ留めされていた。ジェイクスが腕組みをして、ケンに覆いかぶさるように立った。

「弁護士をつけてくれ」ケンは言った。

「弁護士を呼ぶってことは、弁護士が必要になることをやらかしたわけだ」

「その手には乗らない。とにかくつけてくれ」

ジェイクスは両手のこぶしをテーブルに置いて身を乗り出した。「潔白だというなら、さっさと全部しゃべってすっきりしたらどうだ」

「弁護士をつけろ」ケンはどんなに間抜けな警官でも理解できるほどゆっくりと言い、ジェイクスは間抜けにはまったく見えなかった。

ジェイクスは小声で悪態をついて出ていった。一時間のあいだ、ケンはすわったり歩きまわったりしていた。考える以外にすることがない。何者かが自分を周到に罠にかけたのだろうか。ジェイクスへの電話は、まちがいなくその方向を示している。通りすがりのだれかや近所の住人が、家から叫び声か何かがするのを聞いて通報した可能性もあるが、それなら自分の名前を名乗ったはずだ。

ようやくジェイクスが褐色の肌の男を連れて部屋にもどった。いっしょにいるのは太った男で、シャツに食べ物の染みをつけ、書類の束ではち切れそうなキャンバス地の袋をかかえている。「おまえの弁護士だ」ジェイクスが言った。「二分やるから相談しろ。わたしがもどったら取り調べだ」

ジェイクスがドアを閉めるや、男はヴィンチェンツォ・カステリーナと自己紹介し、マシンガンが火を噴く速さで話しはじめた。「きみがやったかやっていないかは、わたしに話すな。それはどうでもいい。わたしはきみの弁護士だ。きみをここから出すために、できることはなんでもする」

「ぼくはやってない」ケンは言った。

「きみはいま最初のルールを破った。これからはわたしの指示どおりにやってもらう。わかったな」

「ああ」

「警官にやられたのか」弁護士はケンの顔の傷を指した。

「そんなところだ。警官ふたりと十トンの護送車一台に」

「なるほど。荒っぽい運転ってやつか。それはどうしようもない」カステリーナはほとんど息継ぎもせず話をつづけた。「警察が何をつかんでいるかは聞いた。おそらく起訴するには証拠不十分だろう。だが、まず取り調べを切り抜ける必要がある。心配するな、わたしがいれば手荒な真似はしまい」

「よくやるのか」

「手荒な真似を？　ああ。たいがいはヤク中やゲイにな。黒人相手がいちばんひどい。きみはだいじょうぶだ。健全な白人男性だからな。それで――」

ジェイクスがもどると、カステリーナは口をつぐんだ。「たっぷり話せたか？　よし」ジェイクスはテーブルの向かいに腰をおろした。「なぜ殺した、ケン。あの女は何をしたんだ」

「わたしの依頼人は法的助言を受け、修正第五条に基づいて黙秘権を行使します」カステリーナが厳然たる態度で言った。「依頼人はいかなる罪も犯していません」

「ほんとうか、ケン」

「わたしの依頼人は法的助言を受け、修正第五条に基づいて黙秘権を行使します」

「自分で話せるだろう、なあ」

「わたしの依頼人は法的助言を受け、修正第五条に基づいて黙秘権を行使します」

黙秘権の主張がこの弁護士の得意な戦略なのは明らかで、おそらくその方法でこういう取り調べを百回は乗りきってきたのだろう。つづく一時間、これが何度も繰り返された。途中で別の警官がはいってきて、ジェイクスにメモを渡した。

「トゥック知事から話を聞いた」メモをていねいに読んでから、ジェイクスが言った。ジェイクスに疲れた様子はないが、それに対するふたつの顔にはすでに疲労の色が浮かんでいた。「知事はきみをほとんど知らないそうだ。知事の家族のまわりをずいぶんうろついていたようだがな」

「わたしの依頼人は法的助言を受け、修正第五条に基づいて黙秘権を行使します」同じ文言を何度も繰り返したあととあって、カステリーナは声にも疲労をにじませていた。

ジェイクスはメモを折りたたんでポケットにしまった。「きみと知事の息子だがな。ふたりのあいだで何かあったんだろう？　きみとあの男で。痴話喧嘩か？　母親のほうはどうだ。言いくるめようとしたんじゃないのか。家族以外に漏らすなと。手なずけやすいと思ったのか？」

あまりにもくだらない言いがかりに、ケンは爆発した。

「いいかげんにしてくれ」いきなり大声をあげた。「オリヴァーの死にもフローレンスの死にも、ぼくはなんの関係もない」

「何も言うな」カステリーナが命じた。

ケンは無視した。「どこかのだれかがぼくを罠にはめようとしてる」

カステリーナはお手上げとばかりに両手をあげ、ジェイクスはとどめを刺しにかかった。「だった

ら、なぜ母親を見つけたときに警察に電話しなかったんだ。すわってながめてただけだろうが」

「電話しようとしたときにコラインが帰ってきたんだ。その直後にあんたが現れた」

「ああ、それは予想外だったろうよ。一家のことをほとんど知りもしないきみが、いきなりそのうちのふたりが死んでるのを見つけるなんて、おかしいじゃないか。その場にいたのはきみだけで、ほかにはだれもいなかったんだぞ」ジェイクスは声を落とし、脅すように言った。

「おかしなことなんか何もない」

「じゃあ、ただの世間話ってことで、ミスター・トゥックの身に何が起こったかを話したらどうだ。死んだほうのミスター・トゥックだ」

ケンはずっと、ふとしたことから考えが浮かぶのを願っていた。こんな状況でそうなるとは思ってもみなかったが、試すのも悪くない。

「わかった、話そう」ケンは言った。「現実にはおそらく、オリヴァーはあの夜、ある男と会う約束をしていた。その男が家に来たのなら、はいってくるのがコラインとぼくに聞こえたはずだから、オリヴァーはきっと外で男と会ったんだ。オリヴァーは途中までそいつを信用してたはずだ。そうじゃなきゃ、書斎塔へ連れていくはずがない」

「そりゃそうだ。ミスター・トゥックを殺す計画があって、被害者本人がそれに協力したってわけか」

「いや、そういう計画だったわけじゃないと思う」

「説明しろ。なぜそう思う?」

「もしそうだとしたら、犯人はあんなもったいぶったやり方はしなかったはずだ。海の上にいるあいだにオリヴァーに殴りかかり、突き落として事故に見せかければよかったんだ。だから、そう、かならずしもあんな結末を描いてなかったんだと思う。何かの交渉がこじれた、というのがぼくの推測

だ」

「交渉ね」ジェイクスの口調は露骨な嘲笑まであと一歩という感じだ。

「そのたぐいだ。そのあと、相手の男はボートでもどり、立ち去った。あのボートはビーチにあった——オリヴァーがボートをつないでなかったとしたら、あそこまで流された可能性もなくはないが、潮に運ばれたなら海岸線のもっと遠くに着くはずだ」

「へえ、そうなのか」

「ああ」

「きみは船員か？」

「ちがう」

「じゃあ、いったいなぜ潮の動きまでわかるんだ」

「ばかじゃないからだ。それから、移動手段の話になったところで、もうひとつ言うことがある」

「そりゃあるだろうさ」

「ぼくは今夜あの家へ行くのにタクシーに乗った。あのタクシーの運転手なら、ぼくが家に着いたのはあんたが来る数分前——ほんの数分前だったと証言できる。ぼくがやったとあんたが言い張ってることなんて、何ひとつやる時間はなかったんだ。その運転手をさがしてくれ」

「さがすかもしれない。さがさないかもしれない」

ふたりはほんとうに格闘しているかのように、胸を突き出した。

カステリーナが割ってはいった。「刑事さん、コウリアン氏をどちらかの犯罪に結びつける証拠があるんですか。空虚な臆測ではなく、具体的な証拠が」

「空虚な臆測だと？」ジェイクスは部屋の壁際へゆっくりと歩いていって腕組みをした。「いまのところはない」

「それなら――」

「だがな、留置して観察するにはじゅうぶんだ」

「どういう意味だ」ケンはカステリーナに尋ねた。

弁護士は苛立った様子を見せた。「この人をブタ箱に？」ケンの頬の傷を横目でちらりと見た。

「ロサンゼルス一の高級ホテルだ。ただで泊まれる。それから言っておくがな、ケン。われわれが証拠を見つけたら、きみはガス室送りだ」

そのことばには予言めいた自信がみなぎっていた。

ジェイクスがドアを強く叩き、留置担当の巡査部長がケンを連れて部屋を出た。

バーの喧嘩で連行された酔っぱらいの一団で騒がしい玄関近くの事務室の前を通り過ぎ、ケンは署内の奥へ連れていかれた。床はまるで一日五回の消毒が義務づけられているかのように、漂白剤のにおいがした。自然光はいっさいなく、明かりは格子のカバーに覆われた電球の列だけで、それすらわびしく見えた。ときおり、飛びまわる蚊の一匹が敗北を認め、電球にとまって焼け焦げる。

巡査部長にドアを通されたケンは、気づくと目が痛いほどまぶしい部屋にいた。一瞬ののち、十台以上の卓上スタンドがすべて自分をまっすぐ照らしているのがわかった。だれだかわからない手に乱暴に押されて独房へ押しこまれ、木のベンチに倒れこんだが、ベンチを覆う白いシーツは染みだらけで排泄物のにおいがした。

見たところ、ケンは大きな部屋に接した三つの独房の真ん中にいて、十人余りの警官が家畜を狙うハゲワシのようにケンをにらんでいた。そのなかのひとり、長い頬ひげを生やしたいかつい体の警官が口を開いた。

「お呼びじゃない場所をうろつきやがって」その警官はまるではじめて見るかのように、鉄格子を上から下までながめまわした。「畜生は檻に入れとかないとな」ケンの鼻が何かにうずいた。ベンチの

脇にバケツがあって、下水溝のような悪臭を放っている。「おれたちが監視してるからな。夜通しだ」そう言うと、警官は鉄格子に沿って警棒を走らせ、留置室を出ていった。足音が廊下に響き、遠のいて消えたあと、ほかの警官たちもひとり、またひとりと、事務仕事や読みかけの新聞や楊枝で歯をほじる作業にもどっていった。

嵐の前の静けさだ。これからいったいどうなるのだろう。

「よう、兄ちゃん」声がささやいた。ことばの主は、乱れた白髪頭に、インド系が混じっているとおぼしき黄褐色の肌をした老人で、ケンの左の独房でまったく同じ染みつきのベンチにすわっていた。「あいつら、あんたにすげえ恨みを持ってんだな！」老人は口をうっすらあけて、黒ずんだ歯根の列をのぞかせた。あとずさりして自分の房の鉄格子にもたれかかり、引きつった声でけたたましく笑う。警官のひとりがそれを見ていっしょに笑った。

だれもケンに食べ物や飲み物を出そうとはせず、ケンも何も求めなかった。ベンチに横になり、それを覆うぼろきれが何に使われてきたのかを考えないようにつとめた。**お呼びじゃない場所をうろつきやがって。**あの警官は言っていた。あれは、あの晩ケンがトゥックの家にいたことを指しているのだろうか、それとも、オリヴァーが死んでからケンが嗅ぎまわってきたのを不快に思うだれかがいるということか。

コララインはいま何をしているのか。自分は起訴されるのか。あの弁護士は自分を保釈できるのか。疑問は山ほどあるが、答はひとつもなかった。

時間が過ぎていく。警官の数が減っていき、最後に残ったひとりはニンニクの悪臭を放つ年配の男で、独房の鉄格子の前をぶらついて、自由な立場を見せびらかすのを唯一の楽しみにしていた。ここではラジオさえ聞きとれず、この老いぼれは読書を楽しむタイプでもなさそうだ。十時になり、照明が消えた。それから数時間、ケンの思考はイングランドと医師たちと仕掛け本とボートの男たちのあ

いだを行きつもどりつしていたが、やがて眠りに吸いこまれていった。

何に起こされたのか、よくわからなかった。顔にかかる息のせいだったかもしれないし、手首と足首を押さえつける手のせいだったかもしれない。おそらくは、喉を圧迫して呼吸をふさぐ腕のせいだ。

雷に打たれたように、全身がびくりと動いた。しかし、のしかかる男たちの重みに押さえられ、体が木のベンチに張りついている。目はあいているが、覆いかぶさる黒い影の動きしか見えない。首をよじり、大声で罵声を浴びせるか助けを呼ぶかしようとしたが、ガソリンの味がする湿ったものが口に詰められていて舌が動かない。そのとき、側頭部に砕けるような衝撃が走った。そして腹にも、固めたこぶしの一撃。うめいたが、湿った布が喉に詰まって声が出ない。全身の力を振り絞って命がけでもがき、なんとか引き抜いた片手のこぶしを突きあげて、柔らかい肌に打ちこんだ。だれかが蹴られた犬のような悲鳴をあげたが、ケンの腕はまたつかまれてベンチに押さえつけられた。

そのとき、何かがヘビのように巻きついて首を締めあげた。粗く肌を引っ掻きながら、どんどんきつく食いこんでくる。ロープだ。

「お呼びじゃない場所をうろつきやがって」ひそめた声が、しんとした空気に大きく響いた。首に巻きついたヘビはさらに締まっていく。あと少しきつく締まれば、血が流れなくなるだろう。この悪臭にまみれた地下室が自分の墓場になるのか。「もうじき、そんなことはどうでもよくなるがな」

血管のなかで血液がロープに抗いながらも、脈が弱まっていくのを感じる。脳に酸素がまわらず、朦朧（もうろう）としてきた。闇がさらに深い闇となる。どうすればいい？　もう意識を失うまで少ししか息が残っていない。これが最後のチャンスだ。意志の力で思考に集中した。形勢を逆転させなくてはならない。声を出すことも、力ではねのけることもできない。けれども、相手を惑わすことならできる。そこで、派手にもがき苦しんでから、完全に脱力して息を止め、ベンチに崩れ落ちて頭を横向きに倒した。一瞬の沈黙があり、押さえつけていた男たちの様子が変わった。

「どうした？」小さく言う声が聞こえた。「心臓発作でも起こしたか？」

まだ手で押さえこまれたままだ——警官たちは愚かではない——が、つかむ手の力がゆるんだ。その直後、体の上で緊迫した動きがあった。灰色の闇を背に、真っ黒な影が動いている。呼吸の音が近づくのがわかった。汗のにおいと、男の息に混じる古い食べ物のにおいがする。さらに近く、ケンの息をたしかめられるところまで男が迫った。そのとき、ケンはありったけの力をこめて一気に跳ね起き、大型ハンマー並みの力で額をまっすぐ男の顔に叩きつけた。痛みで悲鳴をあげながら、警官が後ろへよろめいた。「この野郎……！」警官は叫んだ。するとその瞬間、部屋いっぱいに燃えるような光があふれ、その場の全員がひるんだ。

「いいかげんにしろ」ジェイクスが戸口で吠え、手をスイッチからおろした。

「いま、こいつが——」警官は割れた卵のような顔を押さえてわめいた。

「こいつのことはいい」ジェイクスは警官に言った。その警官が殺気に満ちた視線をケンに向ける。

「こいつのことはいい、と言ったんだ」

ほかの警官たちは、ぶつぶつ言って床に唾を吐きながら引きさがった。ケンは手を伸ばして首のロープを剝ぎとった。ロープはねじって輪縄にされている。ケンはそれを、さっき頭突きを食らわせた警官——濃い頰ひげを生やした体格のいい警官——の足もとへ投げ捨てた。

「ああ、そうか」警官は言った。「まあいいさ。つぎの機会にな」ふんぞり返って独房を出ていき、ほかの警官たちもあとにつづいた。自分たちの席にもどってすわり、いつもと変わらぬ職務の一環のような顔でケンを見た。

「出ろ」ジェイクスがケンに言い、顔を廊下のほうへ振った。「だが、舞いもどることになるさ。タクシーの運転手は見つかっていないし、たぶんずっと見つからんだろうからな」ケンはどうにか立ちあがった。首を絞められたせいでまだめまいがし、歩くのもひと苦労だ。横を通り過ぎるとき、ジェ

イクスがまた口を開いた。「何をやったか、ほんとうのことを言うんだ。じゃなきゃ、つぎはここにおれはいないからな」ケンはかぶりを振った。理解を求めても無駄だ。

廊下にたどり着いたとき、警官のひとりが声を張りあげるのが聞こえた。「訴えたらどうだ?」ほかの面々が笑った。

警官というのは腐りきっていて、怠惰で、たいていは愚か者だ。それはわかっていた。しかし、外へ出て歩きながら、どうしても納得できなかったのは、あの連中が本気で自分を殺す気になっていたことだった。そのことを通報する意味はあるだろうか。いや、ない。上役たちに直訴したところで、あの連中の暗殺リストでケンの順位が確実に繰りあがるだけだ。

やはり最善の策は初志貫徹だ。だれかが自分に犬をけしかけた。その綱を握っているやつを見つけ出さなくてはならない。

下宿に帰り着いたとき、ケンはすっかり精気を失っていた。警官連中がケンの財布の中身を自分たちの退職金の資金にすると決めこんだせいで、ケンはロサンゼルスの夜で遊蕩(ゆうとう)のかぎりを尽くす大酒飲みや本物の犯罪者のあいだを抜けて、はるばる歩いて帰ってこなくてはならなかった。いまはただ、ひたすら横になって眠りたかった。服を脱ぐことさえ億劫だった。玄関をはいると、深夜ならぬ宵の口であるかのように装いも化粧も完璧にした家主が、その場でケンを呼び止めた。家主の部屋からは音楽が漏れ聞こえ、ドアロから、腰かけている男の脚が見えた。

「コウリアンさん。あなた、いまにも床に倒れそうよ」家主が言った。

「大変な一日だったんですよ、マダム・ペッシュ」さいわい、明かりが暗くて傷は見えなかった。赤く腫れあがりつつあり、その説明をする気にはなれなかった。

「ずいぶん遅くまで働いていらっしゃるのね。それとも、かわいらしいお友達が見つかったのかし

ら」家主は目をきらきらさせた。

まあ、ささやかな幻想を抱くのは自由だ。

「働きすぎたんです」

「あら、それはお気の毒に」家主は自分の部屋へもどり、ケンは階段をのぼった。階段は一段ごとに険しく感じられた。部屋の鍵を錠に差しこみかけて、手を止めた。中から音が聞こえた気がする。きしむ床板の上を何かが動きまわる音だ。ケンはしっかり耳を傾けた。いまは何も聞こえない。ドアの取っ手をつかんだ。取っ手はまわったが、ドアにはふだんどおり鍵がかかっている。ほっとして鍵を差し、まわそうとしたところでまた手を止めた。こんどは聞き逃しようがない。木のこすれる音だ。

ケンは勢いよくドアをあけ、部屋を見まわした。出かけたときのまま片づいているが、窓があいている。ケンは窓へ駆け寄って外を見た。まわりの建物と屋根が街灯や家の明かりに照らされて見えるだけだ。つづいて、真下を見た。窓の下は一階部分が少し張り出し、マダム・ペッシュが壊れた家具や冬物の衣装箱などをしまうのに使っている。そこにかがんで隅に体を押しつける男の姿が、街灯に照らされていた。男は明るい色のスーツ姿でフェルトのハンチング帽をかぶっていて、帽子のつばで顔が隠れている。そのとき、男がたまたま上を見やり、たぐい稀なる平凡な顔――だれも警察の人相描きの担当者に説明できないよう、特注で作られたかのような顔――があらわになった。

ケンを見るや、男はすばやく建物の端へ移って地面におり、表通りのほうへ駆けだした。

ほんの一瞬、ケンは窓から飛びおりて男を追いかけようかと思ったが、この高さでは足首か首を折りそうで、あの男にそんな便宜を図ってやりたい気分ではない。代わりに階段を駆けおりた。

「コウリアンさん、いったい……」面食らった声を出す家主の横を、ケンは猛烈な勢いで駆け抜けた。

通りへ出て、ぐるりと見まわす。

いた！　通りの反対側を、薄いグレーのギャバジンスーツ姿の男が、走ってはいないが急ぎ足で歩

いていた。帽子をかぶっていないのは、たぶん投げ捨てたからだろう。「おい!」ケンは叫び、全力で駆けだした。男も走りだし、高層ビルのあいだの長い路地を抜けていく。男を追って走りつづけ、ケンの心臓は軍の鼓笛隊の太鼓より速く脈打った。

路地はごみだらけで、ネズミの巣を跳び越えると甲高い鳴き声がした。ケンが追う男は安定した足どりだったが、路地の向こう端へは抜けずに、木造だが木より腐敗物のほうが多い廃屋の戸口へ逃げこんだ。

ケンは入口まで来て立ち止まった。相手は武器を持っているかもしれず――近ごろのロスではキャンディーより銃を買う者のほうが多い――そのうえ、ほかに人影は見あたらない。しかし、いまやこの対決が自分の住む部屋にまで持ちこまれたからには、引きさがってすべてが去るのをただ願うつもりはなかった。

ケンは注意深く足を踏み入れた。大きな建物だ――何かの倉庫か工場だったのだろう。はいったとたん、足の下でガラスの破片が砕けた。窓はどれもひどく汚れているか割れているかで、街灯の薄明かりがかすかに差しこんでいる。部屋の端にはシートで覆われた巨大な機械があり、突きあたりの開いた戸口は吹き抜けの階段へ通じているらしい。

ケンは立ち止まって耳を澄ました。何か聞こえるが、朽ちた建物を吹き抜ける風なのか、息を切らした男の呼吸なのかはわからない。踏みおろす足の音をつとめて小さくしながら、ケンは奥へ進んだ。少なくともあとひとつは外へ出る経路があるはずだが、男を袋のネズミにしたかった。突きあたりの戸口まで行こうとしたが、あと少しのところで足を止めた。ごくかすかな、布が動くような音が気になったからだ。覆われた機械のほうへ目を向け、ゆっくりとそこまでもどった。機械は七、八ヤード四方で高さが二ヤードほどあり、覆っている汚いシートはそこかしこが破れている。ケンは床から、近所の少年たちが投げて窓を割ったと思われる石をひとつ拾った。武器に使えそうだ。

獲物はこの機械のなかに隠れているのだろうか。ケンはシートをつかんで引っ張った。シートは剝がれない。ふと見あげると、何かがケンめがけて落ちてきて、視界の天井をさえぎった。重い金属の工具がこめかみを直撃し、ケンは床に派手に倒れこんだ。焼けるような痛みで、床から起きあがれない。痛みが和らいでどうにか顔をあげられるようになったときには、走り去る人影を目で追うことしかできなかった。

よろよろと立ちあがることはできても、追いかけるのは無理だ。ケンは割れたガラスの上にまた横たわり、痛みの波が引いていくのを待った。

この一部始終をジェイクスに報告しようかという考えが頭をよぎったが、あの刑事が信じるだろうか。いや、一秒たりとも信じまい。

自分の部屋にもどったケンは、ブラインドをおろして数分待ち、押し入ろうと待ちかまえている者がいないのを確認したあと、ベッドの枠の下へ手を伸ばした。真ん中の横木に糸でくくりつけておいたものがあり、それを取り出した。楕円形の小さな陶器のケースで、繊細な真珠層の模様が象眼として刻まれている。レイ島の家で見つけたものであり、中にはフローレンスが描いた小さな絵がある。卵形のケースを慎重にあけると、二枚の絵が現れた。上下が逆になったエセックスの家とカリフォルニアの家だ。

すばらしい画才だった。ケンはふたつの家の向きが逆転するように、ケースをくるりとまわした。ところが、そのときに以前は気づかなかった音が聞こえた。薄い板を爪で叩くような軽い音だ。もう一度まわすと、また鳴った。どちらかの絵の裏に何かがはいっている。

スプーンの柄を使って、カリフォルニアの絵を注意深くケースから持ちあげた。ここには何もない。もう一方も同じように持ちあげる。レイ島の家の絵をはずすと、こんどは何かがあった。半インチの

長さの木を削って作った小さな馬の人形だ。子供が人形遊びの動物園で使いそうなものだった。馬には薄い紙片が巻かれている。ケンはそれをひろげた。

> オリヴァー、ぼくの兄さん。ぐっすりおやすみ。
> アレグザンダー

アレグザンダー。書いたのはアレグザンダーなのか。

まぎれもなく、斜めに倒して美しく書かれた手書き文字だ。四歳の子供が紙をひろげて書き散らしたようなものではない。これは大人が書いたものだ。

ケンは人差し指と親指で小さな馬の人形をつまみ、持ちあげて電灯で照らした。木は赤褐色で、ほのかに熟したリンゴのにおいがする。オリヴァーの本で子馬のことはどう書かれていただろうか。ケンはトランクから自分の本を取り出した。そう、子馬は苦難を取り除かれ、シメオンはその死体を見せられたのだ。

「生まれたときから脚が悪くてな。こうするのがいちばんだ」ケインは言った。

ケンは長いあいだ、その人形をじっと見つめていた。その影のなかに、オリヴァーの死の真実がある。ケンにはそれがわかりはじめていた。

19

ラジオを流しながらケンが朝食をとっていると、やかましいバンドの曲から、接近中の嵐の警報に変わった。数マイル沖の海上で発達した熱帯性低気圧が、今夜上陸する見込みだという。どれほど強い嵐になるかは予想がつかないが、一時間ごとの天気予報は、ますます勢力を拡大して荒れ模様になっていると伝えていた。嵐に備えて窓を補強してください。子供は家から出さないで、大人も不要不急の外出は控えてください。不満が募りそうな先行きだ。

ジャムつきのトーストを平らげながら、ケンは職を辞した――まあ、そうとも言える――事実に思いをはせていた。あの仕事に未練はないが、新聞社の書庫を利用できなくなったのは悔やまれる。トゥック家にまつわる悲劇について、記事をもう一度たしかめたかった。いや、たしかめる必要がある。

片づけを終えると、ケンはオフィスへ向かった。なぜ建物内にいるのかを尋ねてきそうな元同僚に出くわさないよう用心して歩き、さいわい、だれも見かけず、だれにも見つからずに、建物にはいって資料室への階段をおりた。

「以前、一九一五年の誘拐事件について切り抜きを用意してもらった者ですが」緑のサンバイザーをかぶった栄養不良の男に告げた。

「文句を言いにきたのか？」男がすわる机の奥には書棚が何列も並び、どの棚にも大きな箱がいくつも詰まっていた。「人手不足なんだ。全部は送れないさ。他紙の切り抜きがほしいなら、はっきり指定して待ってもらわないと」

ケンはそれを聞いて勢いづいた。「他紙にもっとあるかもしれないということですか」

「あたりまえだ。ここには《エグザミナー》、《プレス》、《エクスプレス》のバックナンバーがある」

「それを出してもらえませんか」

「なんだと、全部をか？」

「お願いできるでしょうか。一九一五年だけでいいんです。いや、一九一六年も」

「なあ、わかるだろ。おれにはほかにも仕事があるんだ」

「わかりました。自分でやります」

緑のサンバイザーの男は親指を棚のほうへ突き立てた。「せいぜいがんばるんだな」

必要な号を見つけるだけでも、ずいぶん時間がかかった。《プレス》紙と《エグザミナー》紙には記者を送りこみ、この件の関係者全員から話を聞いて、機会があるたびに記事にしていた。そして、《タイムズ》紙よりくわしい記事はなかった。一方、《エクスプレス》紙は現地取材までしていた。ケンの知っているある名前が記事のひとつに深く埋もれているのがわかった。それは一家がヨーロッパから帰国したあとの、一九一六年の束のなかにあった。車椅子を押されてある部屋へはいるオリヴァーの写真が載っていて、その部屋にも見覚えがあった。

悲劇のトゥック家に、ようやくいいニュースだ。弟がおぞましい誘拐に遭った衝撃の事件のあと、姿を見せた幼いオリヴァー・トゥックが連れていかれた先は、著名な医師アーニー・クライガーの診療所だった（記者は名前をまちがえていたが、だれのことかは明らかだ）。クライガーは小児科が専門である。診療所のスタッフのひとりが当紙に語ったところによると、この坊やのポリオの症状はヨーロッパ滞在中に著しく改善していて、多少の困難はあれども、もうすぐ歩けるようになるかもしれ

ないという。そうなることを《エクスプレス》紙は祈っている！

　この話をする見返りに、折りたたまれたドル札を何枚か受けとった看護師か受付係はだれだろう、とケンは思った。片づけをして家に帰り、この記事が何を意味するかを考えた。そして、コララインに電話をくれとメッセージを残した。相談しなくてはならない。


　その夜、嵐が直撃した。

　土砂降りの雨が道路に襲いかかり、木々を壁に叩きつけ、窓ガラスを打ち砕く。路上で立ち往生した者はみな――ラジオの訴えや新聞の警告に気づかなかった人々は――店先で縮こまって脱出の手立てをさがしている。

　ケンは自分の部屋で立っていた。大声で叫び合っても、声はほとんど聞こえなかった。

　家主が家じゅうを走りまわり、窓が割れたら内側からふさぐために――外から板を打ちつけるには遅すぎた――木の板を配っている。さっき停電したときに、ケンはつまずきながら廊下まで行き、蠟燭を見つけてきていた。

　浸水を食い止める最善策を考えていると、部屋のドアを激しく叩く音がして、だれかが取っ手をまわそうとした。ドアには差し錠がかかっている。「だれだ！」ケンは叫んだ。人が来る予定はないし、前回の不意の訪問者のあととあって、ケンは身構えた。

「コララインよ」答が返った。

　ケンは差し錠をはずした。この荒天でコララインはずぶ濡れになっていて、ケンは肌から水がしたたるのを見つめていた。しゃれた香気は洗い流されていたが、そこには自然な美しさがあった。

「はいって」

「いいえ。あなたがここを出るのよ。いますぐ」

ケンは危険を察知した。これまでのあれこれで、自分を取り巻く脅威がすばやく動くことはじゅうぶん覚悟している。「なぜ？」

「警察よ。ジェイクスから電話があった。あなたが母といっしょに家にはいるのを見た証人がいるって。わたしから事情を説明してくれと言われたの」

「でっちあげだ」ケンは憤然と言った。コララインを部屋へ招き入れてドアを閉める。「こういうこともありうると予想すべきだったよ」

「わたしは嘘だとわかってる。でも、警察はほかのことも言ってた」

「何を？」

「ナイフを、折りたたみ式のナイフを家で見つけたって。蹴飛ばされて家具の下にあったそうよ。白い繊維が付着してて、それはロープを切るときについたんだろうって。母を……殺すのに使ったロープを」

「そうか、でも……」そのナイフは自分のものではない、とケンは言いかけた。そのとき、ふと頭に浮かんだことがあり、持ち物がはいったトランクのところへ行って、中を探った。

「何をさがしてるの？」

ケンはベッドに深く腰をおろした。この部屋に忍びこんだ目的はそれだったのか。

「そんなナイフを持ってたんだ。食事で使ってたよ。それが盗まれた」コララインの顔に疑念の影が差す。「言わなくていい。どう見えるかはわかってる。ゆうべ、警察のやつらがぼくを殺そうとしたんだ」

「なんですって？」これだけいろいろなことがあったのに、コララインは驚いた声を出した。

「きのうぼくがあの警官を殴ったから、脅かそうとしただけかもしれない。どうだろうな。いずれにしても、警察署でぼくを押さえつけて、首に輪縄をかけたんだ。楽しいひとときとは言えなかった

よ」ケンは喉をさすった。「あいつら、だれかの言いなりになってるのかもしれない」コララインは一瞬黙してから言った。「そのナイフにはあなたの指紋がついてるの?」

「指紋だらけだ」

「人はみな、だれかの言いなりになってるのよ」

「ここを出なくちゃ。いますぐ。オリヴァーの車で来たの」

　ケンはレインコートをつかみ、コララインといっしょに急いで部屋を出た。ほかの住人たちがカンテラと何枚もの板を持ってぼんやり立っていたので、だれの記憶にも残らないよう気を配った。水浸しになった寝具をどっさりかかえたマダム・ペッシュが階段でケンを呼び止めた。

「コウリアンさん。これでは外へなんか行けませんよ、ぜったい」

「行かなきゃいけないんです」

　マダム・ペッシュは眉をあげてコララインを見た。「そういうことね。でも、今夜お帰りのころには玄関の鍵がかかっていますよ。もし今夜お帰りになるなら」

「わかりました」

　ふたりは強引に土砂降りのなかへ出た。冷たい雨の塊が黒い雲からまっすぐ降り落ちて、ロサンゼルスを水浸しにしている。どこもかしこも停電し、明かりはガス灯と稲光だけだった。

「停電してる」コララインが大声で言った。

「きっと電線が切れたんだ。そうなると市の送電網が全滅する」ケンは叫び返した。「車はどこだ」

　コララインは通りの反対側を指さした。キャデラックが酒屋の前に停まっている。路上を流れる雨水の川で足を滑らせて、転びそうになったコララインをケンが抱き止めた。

　路上に木の枝が舞い、ほかにも新聞紙や包装紙、さらにはだれも見ていないジョンソン・アンド・ジョンソンの歯磨き粉の看板などのごみが飛び交うなか、ふたりは車に乗ってドアを閉めた。

コララインがエンジンをかけた。さっき乗ってきたばかりでエンジンはあたたまっているはずだが、流れこむ雨のせいでいつ停止してもおかしくなかった。

ケンはポケットへ手を伸ばし、絵がおさめられた陶器のケースを取り出した。「エセックスの家にあったこれを覚えてるかな」

「もちろんよ。母の絵だもの。オリヴァーがなぜあの廃墟にそれを置いてきたのかはわからないけどね。あそこへ行こうと思う人がいること自体、さっぱりわからない」

ケンはケースを開き、荒涼たるレイ島の家の絵を持ちあげた。その下に小さな馬が横たわっている。取り出して明かりに照らした。「これと関係があるんじゃないかな。ゆうべ見つけたんだ。はじめはふつうの馬だと思ったよ」

「ちがうの？」

「正確には子馬なんだ」人形に巻かれていた紙片はコララインに見せなかった。あの紙片にはこう書かれている。

> オリヴァー、ぼくの兄さん。ぐっすりおやすみ。
> アレグザンダー

「ちがいが重要なの？」

「オリヴァーの本だ。子馬が出てくる。その子馬は死ぬんだ。これを見つけるまですっかり忘れてたよ。物語を読んだかぎりじゃ、すごく些細なことに思えるからね。いまになって、ほんとうの意味に気づいたんだ。オリヴァーは利口だった。本のなかにいろんなメッセージを巧妙に仕込んである。でも、中には巧妙すぎて特定の相手にしかわからないものもあるんだ」

「これのことを教えて」コララインは言った。

「早く知りたいことがほかにもあるけど、あすにしよう。いまは身を隠さなきゃいけない」

車は通りを走りはじめた。メタンガスの街灯のおかげで道路をどう進めばいいかはわかるが、アスファルトが深さ六インチの水に覆われているので、スピードを出せない。扉を固く閉ざして揺れている安食堂や商店の前を通り過ぎ、道路を数本越えたところで、コララインがちらちらと後ろを気にしはじめた。

「どうした」ケンは尋ねた。

「今夜は走ってる車が三台くらいしかないのよ」コララインは答えた。「後ろにいるのは、あなたの下宿の外に停まってた車だと思う」

ケンが体をひねると、後ろを走る緑色のデソート・セダンが見えた。だれかが自分をいたぶろうとしているのはまちがいない。考えられるのは警察のだれかか、前にも来ていたギャバジンスーツ姿の平凡な顔の男だ。「まちがいないのか」

「わからない」

ケンはなおもその車を観察していたが、コララインがさらに二本の通りを進んで、突然鋭くハンドルを切り、泥水の大波を歩道へはねあげながら角を曲がると、その車は追ってこようとはしなかった。追手から逃れられたのか、いもしない敵を想像していたのかは定かではない。「じゃあ、このまま走るから」コララインは言った。

「聞いてくれ。相手がだれであれ、追われてるのはきみじゃなくてぼくだ。ぼくがここでおりればいいんだ。自分でなんとかするよ。きみはそのほうが安全だ」「それはどうかしら」

コララインはハンドルをまわしてペダルを踏んだ。

車は風に揉まれて走りつづけた。フェンスの支柱が何本か宙へ舞い、地面に叩きつけられる。停ま

っている車がタイヤの上で揺れ、むき出しの窓ガラスが粉々に砕け散る。「どこかにはいったほうがいい」ケンは言った。「つぎを右へ曲がってくれ。そっちに何軒か安ホテルがある」

「すてきだこと」コララインは言った。

数ブロック先を右折すると、キングス・ホテルだの、シャングリ・ラだの、エクセルシオール・ルームだの、提供できるはずもない贅沢を約束する名前の安宿が並んでいた。ふだんは照明で輝いているが、停電のせいで墓地のように見えた。

はいったのは駐車場のある一軒で、幅のせまい煉瓦造りの建物に未塗装の非常階段がついていた。まだ営業しているのか閉まっているのかもわからないが、あたってみることにした。

フロントのカウンターの奥に男がひとり、細い金属縁の眼鏡をかけたままマットレスで眠りこけていて、あたりがカンテラでぼんやり照らされていた。ケンがベルを激しく鳴らすと、夜勤のフロント係は安いサワーマッシュ・ウイスキーのにおいをぷんぷんさせながら、起きあがってうめき声を漏らした。

「ひと晩五十ドル。給湯は別料金。ここに署名を」男はぼそぼそと言った。「車は?」

「ない」フロント係が外へ出てナンバープレートを見る可能性もある。

「はいよ。現金で前払いだ」

ケンは金を渡した。荷物がひとつもなかったが、男は気に留めもしなかった。ふたりは汚れたランプを受けとり、急な階段を部屋へのぼっていった。

わずか十フィート四方で避難経路のない部屋だった。一台きりのベッドがかろうじて二枚のシーツに覆われていた。

「どう思う、ケン」

コララインの髪から水がしたたり、細かなしずくが床へ垂れ落ちた。ランプの炎に照らされた瞳に

部屋が映りこんでいる。すばやく歩み寄ったケンが、その勢いでコララインの両肩をつかんで引き寄せると、ふたりの口が向き合い、ケンは激しく唇を重ねた。あたたかく、しなやかだった。やがてコララインは体を引き離し、袖で口をぬぐった。

「すまない」ケンは言った。

「いいのよ」コララインは静かに答えた。「ほかのときだったら、きっと――」

「ああ。わかるよ」

「たぶん、わたしは運が悪いタイプなのね」

「たぶん、ぼくたちふたりともだ」ケンは外の暗がりを見つめて言った。

ケンがうとうとと眠りに落ちかけたとき、階下のフロントから耳新しい声が聞こえた。

「やあ、ミック」

「やあ、どうも」こちらは夜勤のフロント係の声だ。

「通報があってな。カップルをさがしてるんだ。二十代。小じゃれた話し方。車に乗ってる可能性あり。ここ数時間のあいだに、そういうやつらが来なかったか」ケンは危険を察して体を起こした。

「ここ数時間？　ここ数時間は居眠りしてたからなあ」

「そうなのか？」

「ああ、そうだ」

一瞬の間があった。「じゃあ、まあ、そいつらが現れたら知らせてくれ」

「褒美は出るのか」

「褒美？　もちろん褒美はあるさ。ここを営業停止にするのを勘弁してやるって褒美だ」

声が消えた。そのあと、階段のきしむ音がした。だれかがあがってくる。ケンは跳ね起きた。窓に

は外から鉄格子がはまっていて、ここで立ち向かうしかない。足音は部屋の外で止まった。ケンは息をひそめ、警官が飛びこんでくるのを待った。しかし、聞こえたのはフロント係の声だった。

「とっとと出ていきやがれ。おれはおまえらなんか見てねえからな」ふたたび階段のきしむ音がして、フロント係は持ち場へ帰っていった。

ケンはまた上着を着た。ふたりは部屋の鍵を返して車へ駆けこみ、そこを出て、かつてロサンゼルスだった濁流のなかへ車を走らせた。真っ暗な空き地を見つけて車を停め、後部座席で震えながら数時間を過ごした。フロント係に渡した金は返ってこなかった。

20

風は夜通し逆巻き、朝になっても弱まる気配がなかった。熱帯性低気圧の――カーラジオで興奮気味に語るニュースキャスターによると、ハリケーンに変わる恐れがあるらしい――厚い雲が街全体を暗灰色に覆い、滝の雨が降り注いでいる。朝の半ばでも日没後の薄暗さで、わずか数台の車がヘッドライトをともしてのろのろ進むさまは、忌まわしい昆虫を思わせた。道路では泥水が深い川となって流れている。ケンは標的が見える場所に車を停めた。

「どのくらい待つの？」コララインが訊いた。

「やつが来るまで」

コララインはナットシャーマンに火をつけた。車の窓を少しだけおろした隙間へ煙が近づくと、とたんに突風が煙をさらっていった。

寒さをしのぐため、ふたりは無意識のうちに身を寄せ合っていた。太陽はどこにもない。頭上のどこかにあることが、腕時計を見て察せられるだけだった。

「来たぞ」流れ落ちる雨で霞んだフロントガラスの向こうをケンが指さした。コララインがうなずく。その顔には夜からの疲れが見えた。

ケンが車をおりて待っていると、道路の反対側にいるその男がオフィスのドアをあけた。と同時に、ケンは猛烈な勢いで道路を渡って戸口へ飛びこみ、その男を広い廊下へ押しこんでドアを激しく閉めた。

「いったい何を――」

ケンはそのことばをこぶしで止めた。医師は痛みに悲鳴をあげて後ろの壁にもたれかかり、ゆがんだ口を両手で覆った。

「騒ぐな」ケンは警告した。クルーガーが片手をあげて服従を示す。「トゥック家のことを知りたい」

「何を……何を話せばいいんだ」

「母親のことだ。息子を奪われたあとの精神状態はどうだった？」

医師はとっさにことばが出ず、しどろもどろに言った。「わたしは精神疾患の専門家ではない」

「いいから、思ったことを言え」ケンはまたこぶしを振りあげた。

「わかった、わかった！」クルーガーは哀れっぽい声で言った。「母親は錯乱状態だった。当然だ。息子がいなくなったんだから」

「罪悪感にむしばまれてたんだよ。あんたはその理由を知ってる。あの人が何をしたかも」

「知らない。何も知らない」医師は言い張った。

ケンはクルーガーのシャツをつかみ、こぶしで絞りあげて、相手の体を壁に押さえつけた。「息子たちはどうだ。どんな様子だった？」

クルーガーは話題が変わってほっとしたようだった。「あの子たちは……アレグザンダーは健康だった。オリヴァーにはポリオの重い後遺症があった」

「回復の見込みは？」

「そんなこと、どうでもいいじゃないか」医師は声を荒らげた。

「質問に答えろ」

クルーガーは両手をあげて二度目の服従を示し、二十五年前の出来事を必死で思い出そうとする男

を派手に演じた。「障害が一生残りそうだった」

「それで、あんたはどんな処置を提案したんだ」医師が不安げにまばたきをする。だが、それこそがすべての核心だ。それがすべての悲劇の発端だ。クルーガーは真実を呑みこんで隠そうと目論んでいるが、コラインにとって、そしてケンにとっても。オリヴァーにとって、アレグザンダーにとって、そんなことをさせるくらいなら、息の根を止めてやるほうがましだ。「いますぐ話せ。さもないと、あんたの首を十通りの方法でへし折ってやる」

数分後、ケンは建物の外へ出た。通りの隅の電話ボックスへ行き、電話を一本かけた。ジェイクスが出たので、ケンは説明をした。

「オリヴァーの本」キャデラックにもどって乗りこみながら、ケンは言った。「全部あそこに書いてあるんだ」

「何が？」

「すべてが」

「これからどこへ行くの？」

「きみの家へもどろう」

ケンはエンジンを吹かし、川と化した道路を走り出した。タイヤが水をはねあげて、車の側面が波をかぶる。街路のガス灯が落とす薄黄色の光のもとで、街全体が水に沈んでいた。

「後ろに車がいる」コラインが雨音に掻き消されそうな小声で言った。

「同じ車かな」

「そうよ」

ケンはサイドミラーを一瞥した。緑のデソートが追ってくるのが見える。今回は、ハンドルを握る

男が見えるほどには明るかった。マフラーを巻いているが、だれなのかはわかる。「あいつは消えたと思ってたのに」ケンはつぶやいた。「よし、お手並み拝見といくか」

ケンがアクセルを踏みこみ、車はスリップしながら一気に加速した。

「ついてくる」コララインは首をまわして後ろの車を見ながら言った。ケンがすばやくハンドルをまわして角を曲がると、キャデラックは外輪を地面から数インチ浮かせ、ふたたび落として衝撃で車体を震わせた。エンジン出力でデソートにまさるキャデラックは、すぐに互いの距離をひろげた。しかし、路面のせいで引き離すまではいかず、デソートが間隔を詰めはじめた。「あっちの狙いは何なの？」コララインが訊いた。

「ぼくたちだ」

緑の車はいきなり加速の余力を見せつけて轟音とともに迫ってくると、フロントバンパーをキャデラックのリアバンパーにぶつけた。ケンは水面の上でコントロールを失いかけたが、どうにか立てなおした。

「いまのは何？」コララインが尋ねた。

「ぼくたちを道路からはじき出そうとしてるんだ」

後ろの車はまた追いつき、ぶつかって鈍い音を立てた。しかし、今回は互いのバンパーが引っかかり、二台が一体となって重く巨大な車と化した。ケンはアクセルを踏んだりゆるめたりしたが、キャデラックは重荷を引きずったままだ。左へ右へとハンドルを切って振りほどこうとしてもうまくいかない。交差点がすぐそこに迫っていた。

ケンは馬の乗り方を教わったとき、角を曲がる場合はそちら側へ体重を傾け、かかとで馬の脇腹を蹴って、もっと速く走らせるものだと学んだ。そうしなければ馬からほうり出されかねない。それは車でも同じことだ。角を曲がるには加速が必要で、ケンは交差点に差しかかると同時にアクセルを思

いきり踏んだ。エンジンがうなりをあげたが、後ろの車が重くてスピードはあがらない。ケンはもう一度、こんどはアクセルペダルが床につくまで強く踏みこんだ。それから、ぎりぎりのタイミングでハンドルを右にまわして急カーブを切った。

衝撃とともに鋼鉄の裂ける音がして、キャデラックは一気に前へ飛び出した。メーターの針が時速五十マイル以上に跳ねあがり、ケンが振り向くと、右折で生じた回転力とキャデラックの怒りで後方の車が振り飛ばされ、まわりながら遠ざかっていくのが見えた。濡れたアスファルトを横滑りして広い交差点を越え、対向車のほうへまっすぐ突っこんでいく。対向車はどれも鋭い音をあげてでたらめな向きに停まったが、デソートは滑りつづけた。つぎの瞬間、対向車線の縁石に左のタイヤが二本同時にぶつかり、車は宙に跳ねあがって一ヤードの高さへ舞うと、街灯に激突して若木のようにふたつ折りになったあと、歩道に落ちて動きを止めた。

ケンはアクセルから足をあげて急ブレーキを踏んだ。タイヤが鋭くきしんで道路をこすり、通りの二十ヤード先で止まった。ケンは車から跳びおりてトランクをあけ、工具箱から重いレンチをつかみとった。それを振りあげたまま、大破したデソートへ走る。二十ヤード、十五ヤード、十ヤード。数秒で着いた。さらに近寄ると、フロントガラスが割れ落ちた穴から運転席の男が見えた。顔は血まみれで、ケンにはしばらく、この男が生きているのか死んでいるのかわからなかった。折れた街灯から噴き出すガスのせいで、空気は腐った食べ物のにおいがした。

男はふたつの座席に胴を横たえて倒れていた。「おまえはだれだ！」ケンは叫んでマフラーを剝ぎとった。血だらけの口が震えてことばを発しようとしたが、無言のまま閉じられた。「言え！」答えないともっと痛い目に遭うぞと言わんばかりに、ケンはレンチを振りあげて威嚇した。

男は少し顔をゆがめた。手を自分の前へ、ケンがいるほうへ伸ばし、ドアを押した。ドアはすでに半開きで、さっきの衝撃で下の部分が裂け、金属がねじれた拍車のように突き出ていた。まともには

開かず、帯状に裂けた鋼鉄同士がこすれて悲しげな音があがる。運転席の男が全体重をかけてもう一度ドアをあけようとすると、二本の金属の帯がこすれ合い、雨から守られた車のなかで小さな火花が散った。

ケンはレンチを落としてあとずさった。危険なのは運転席の男ではなく、いままさに起ころうとしていることだ。つぎに火花が散ったとき、それは現実となった。空気中のガスに引火し、ケンが地面に伏せると同時に、車は直径五ヤードの火の玉に包まれた。太陽が空から落ちてきたとしても、これほどは明るく燃えあがらないだろう。沸き立つ熱風が二度目の爆発のように押し寄せ、ケンが顔をあげたときには、街灯より十フィート高い火柱がどす黒い嵐の空へ噴きあがっているのが見えた。

ケンはまた道路に顔をうずめた。もう車の男を恐れる必要はない。あたたかい血の感触がした。頬に深い傷が開いている。しばらくのあいだ、世界全体がみずから崩れ落ちたかのような感覚に襲われていた。ケンはただ、荒い呼吸をすることしかできなかった。

「だいじょうぶですか」ひとりの女が頭の帽子を手で押さえて言った。「吹き飛ばされたんですか、いまの……あの……」女はたったいま見たものを言い表すことばをさがしていた。

「いいえ」ケンは肺の息苦しさを感じながら、そっと言った。「ちがいます」

袖で顔をぬぐうと、顔じゅうが灰だらけになった。ケンは足を引きずってキャデラックへもどった。中からコララインが出てきたが、ひどく動揺している。「あれがオリヴァーとママを殺した人？」

「たぶんね」

「わたしたちも殺そうとしてたの？」

「いまとなっては、どうでもいい」

21

車はターングラス館の鉄門を滑るようにはいった。嵐に荒れる海が建物の向こうに透けて見えた。

メイドのカルメンはふたりにドアをあけると、この前の会話で深く隠された秘密を明かしたことを思い出したのか、たちまち自分を恥じるかのように体を折って下を向いた。

「お父さまはどこ？」

「図書室にいらっしゃいます、お嬢さま。ただ、ラジオのインタビューを受けておいでです。ですから……」

ふたりは警告を無視して階段をのぼった。トゥック知事が赤いベルベットの安楽椅子に坐していて、目の前にマイクと録音機が置いてあった。若いキャスターの男が別のマイクを手にしている。

「……KQWが、共和党の大統領選最有力候補、オリヴァー・トゥック知事にお話をうかがいます。知事、いまは嵐が猛威を振るっていますが、アメリカにはすばらしい未来が待ち受けている。そう申してもよろしいでしょうか」

「はい、ウィレットさん、そのとおりです。というのも――」

「お父さま、お話があります」コララインはためらいもまばたきもせず、まっすぐに知事の目を見た。

「おい、いまは話を――」

「オリヴァーのことよ。アレックスのことも」

トゥックはサソリを見るような目をコララインに向けた。

ラジオの男が言った。「知事、つづきを――」

「娘と話さなくてはならんようだ」

キャスターはこの状況に不満そうだったが、事情を察して部屋を出た。

コララインは窓辺へ行ってバッグから煙草のパックを取り出し、最後の一本に火をつけてから、外へ目をやった。知事はケンに視線を向けた。

ここまで、悲しくつらい道のりを旅してきた。ケンは友といっしょにこの旅をはじめたが、その友は命を奪われた。すべての発端は、ひとりの少年のごくふつうの不運だった。

ケンはラジオキャスターがいた席に腰をおろした。

「これからするのは厄介な話なんだな、コウリアンくん。そうなのか」

「そうです」

「いずれそんな日が来るかもしれんと思っていたが、ついに来たということか。飲み物はどうだね」

「飲み物？　いえ、けっこうです、知事」

「まだ早いからな。わたしは一杯やるとしよう」トゥックが大きな地球儀の前へ行って上半分を持ちあげると、中にはきらきら光る瓶が並んでいた。トゥックは二本取り出してサイドテーブルに置いたが、どちらもあけなかった。迷いが見てとれた。このようなことになって、苛立っているにちがいない。トゥックはグラスを持たずに席へもどった。

どこからはじめるべきか。

ケンはあの物語からはじめることにした。

「オリヴァーが書いた最後の本を読みました。不思議な本です。唯一無二のね」

「息子にはがっかり――」

ケンはさえぎって言った。「あなたの息子さんは聡明でした。したたかだったと言ってもいい。あ

れはもつれた糸を解きほぐす本でした」

「説明してくれ」そう言ったオリヴァー・トゥック知事の顔には居心地の悪さがもどっていた。知事はコラインをちらりと見た。父と娘の目が合った。

「ええ、もちろん。つまるところ、あれはある人物の正体についての物語です。自分が何者であるかわからないまま、同時にふたりの人間であることについて。そして、厩舎で死へ追いこまれた脚の悪い子馬についての物語でもあります」これを聞けば、トゥックにはすべてが伝わるはずだ。それにしても、これほどの途方もない真実を、いったいだれが想像できただろうか。ケンは口を閉じ、窓の外へ視線を向けた。エセックスの雨がガラスを流れ落ちていくように見える。その瞬間、ケンはこらえきれずに尋ねた。

「わたしが何をしたって？」トゥックは歯を食いしばった。コラインの煙草から立ちのぼる煙が本のあいだを漂っている。「なぜあんなことをしたんですか」

きびしい非難のことばはこの部屋のなかではなく、外の叩きつけるような雨に入り混じっているかのようだ。

「トゥックさん、ぼくはいろいろとひどい目に遭いました。今夜はもうその手のことに付き合う気はありません。あなたはある男を使い、ポリオで体が不自由だった長男の命を断ち切らせた。そのあと、もうひとりの息子を身代わりにして育て、二十五年ものあいだ、それが長男だと世間に信じこませてきた。なぜですか」

トゥックはもう一度、瓶が並ぶテーブルの前へ行った。ウイスキーの瓶を一本選び、麦藁色の中身の半分をクリスタルのタンブラーふたつに注いだ。ひとつをケンに勧めたが、ケンはことわった。

「やれやれ」グラスのひとつを脇へもどしながら、トゥックは言った。「時間切れか」安楽椅子にどさりと腰をおろし、ひと口で長々と飲んだ。たいていの男が一瞬で酔うほどの量だ。「なぜ、なぜ、

なぜ」骨張った中指をケンに突き立てた。「なあ、いいことを教えてやろうか。時代は変化している。それが理由だ。かつて、大統領を選ぶのは同じ価値観を持つ者たちだった――この国にとって何が最善かを知る賢明な者たちだ。読むこと、書くこと、考えることができる者たちだ。商取引と法律を理解し、人間がどんな権利を持つべきかを理解している者たちだ。それがいまは変わってしまった」トゥックが自分の主張の正しさを確信しているのはまちがいない。おのれの存在のすべてを懸けて信じこんでいる。「投票用紙にしるしをつけることができさえすれば、男も女もだれもが投票できるようになったいま、大統領に選ばれるのは、ニュース映画でいちばん見栄えがよく、ラジオでいちばん聞こえのいいことを言うやつだ。聡明さや能力で選ばれるわけではなく、きみが出たがっている映画に出演している程度の者でしかない。これは国家にとって由々しき事態だ」

「そうでしょうか」

「ああ、そうさ、そうだとも」トゥックはいまにも笑いだしそうだった。すっかり調子づいている。「だが、わたしは戦っている。この国をよりよくして、国民の総体としての善を実現するために戦っているのだよ」両手を組み合わせて、社会の統一を表現しようとする。「国家とは国民にほかならない。だから、われわれは国民そのものを強化しなくてはならん。精神も肉体もすぐれた国民にな」ケンはクルーガーがアメリカ優生学協会の本部にはいっていくさまを思い描いた。あの建物にはトゥック知事のような考えを持つ人間がおおぜいいて、遠いドイツでの出来事を見て勢いづき、いまや自分たちの信条を声高に主張するまでになっていた。「わたしは偽善者になるつもりはない。そう、けっしてな。そのためには有言実行あるのみだ」トゥックはまた盛大に酒をあおった。

「だから？」

「だから」トゥックはしばし自分の考えにふけった。「だから、わたしは愛しい息子を排除し、その立場と名前を下の息子に引き継がせた」あまりにもむごい弁明だった。しばらくのあいだ、そのこと

ばが宙を漂い、ケンにはそれが反響するのが聞こえた。「神にイサクを捧げたアブラハムのように、わたしは息子を生贄として捧げた。すると、すぐにアレグザンダーは自分がオリヴァーだと信じはじめた。当時あの子は四歳で——その年ごろだと、なんでもたやすく信じるようになるからな。ほかの名前で呼ばれていたことなど、あっという間に忘れてしまった」トゥックは一気に酒を飲んだ。「もしかしたら、脳裏のどこかにはつねに記憶が半分残っていたのかもしれんが」

窓を激しく叩く嵐の音だけが部屋に響いた。やがて、コララインが口を開いた。内なる嫌悪が冷えきっているのがケンにはわかった。「お父さまはいつも自信満々だった。道徳に関してもね。まるで毛穴から自信が染み出てるみたいだった」コララインは飲み物のテーブルまで行って、手つかずのウイスキーのグラスをとった。ほかのふたりを見もせずに、半分を飲んだ。

「連れ去ったのはクルーガーだったんですか」ケンは尋ねた。

「そうしてやるのが、あの子にはいちばん幸せだったんだ」

「なぜあなたにそんなことがわかるんですか」いまここでひとりの少年の死について語り合っていることも、トゥックがそれを不愉快な義務程度のこととして話していることも、ケンにはまったく信じられなかった。

「不自由な体で生きるなんて、生きるうちにはいらんよ」トゥックは手のなかでグラスをまわした。「自分もそうなってみたいか？　どこへ行くにもだれかに押してもらって。服も着せてもらって。トイレも連れていってもらって。自分が足をおろせもしない運動場で弟が走るのを見たいか？」

トゥックはいまもまだ、自分の発する一言一句までもが正しいと信じているようだった。

「ママはどう思ったの？」

トゥックはコララインをちらりと見た。「いやがったさ、もちろん。説得するのにずいぶん苦労した」

「そのせいでママはおかしくなったのよ」

「お母さんのためにできることはすべてやった。よく面倒を見てくれる施設に入れた。行けるときには会いにもいった」ケンはこのときはじめて、ごくかすかに、トゥックの声に後ろめたさが混じるのを聞いた。知事はグラスを唇まで持ちあげたが、そのままテーブルに置こうとした。だが、うまく置けずにグラスは倒れた。知事はそれを起こそうともしなかった。

「最低ね」コララインはつぶやいた。

「なぜあんな小細工を？」ケンは言った。

「なんのことだ」

ケンはまるで知事のしたこと自体ではなく使った手立てを重大と見なすかのように感じられて、それを尋ねるのが不快になった。「クルーガーが息子さんを連れ去ったとき、なぜ誘拐されたのは下の息子だと偽ったんですか。なぜそのまま、いなくなったのはポリオの長男だと言わなかったんですか」

風はさらに強さを増していた。大粒の雨が窓に打ちつけ、いまにも飛びこんできそうな勢いで窓を震わせている。

「きみの説を聞こうか、コウリアンくん」

ケンはその疑問についてずっと考えてきた。あてはまりそうな答はひとつしかない。「あなたの優生思想が知れ渡っていたからだと、ぼくは思っています。もし障害のある息子が不可解な状況で姿を消したとなると、あなたが疑われることになる。たとえ立証されなかったとしても、あなたの政治生命が終わりかねなかった。でも、この手口なら……この手口を使ったから、あなたは同情を買うことができた」知事は返事をしない。ケンは自分が正しかったと知って、やりきれない気持ちになった。

そして、友であるオリヴァーが罪悪感の話をしていたのは、そのことについてだった。自分の人生が

兄の死の上に成り立っていることだ。「ところが、オリヴァーの本が出て、すべてが変わった。あなたはあれを読み、オリヴァーが母を見つけて一部始終を知ったことに気づいた。そうでしょう？」

トゥックはひと呼吸置いてから口を開いた。「実のところ、その点はきみが大正解というわけでもない」

「ちがうんですか」

「少しな。きみはなかなか知恵がまわるが、微妙ないきさつがひとつふたつ抜けている」

「どんないきさつが？」

知事は軽蔑の表情で息を吐いた。「わたしの息子。あいつはわが一族を男系で継ぐ最後の望みの綱だったのに、つるんでいた同性愛の連中と大差がなかった」わが子があんな厄介な人間になった理由の説明を求めるかのように、脇へ視線を向けた。「そして、すべてを知ったあいつが、ありったけの勇気を振り絞ってわたしに立ち向かうと決めたとき、あいつは何をした？　あいつはやりすぎた。自分の力を過信して強く出すぎたんだ」

「いったいなんの話をしてるんですか」

トゥックは動物を値踏みするような目で、ケンを上から下までながめまわした。「なんの話かというとだな、コウリアンくん、腰抜けの息子がわたしを脅迫した話だよ」

「どんなふうに？」

知事の青白い手が机の抽斗へ伸びた。抽斗が引かれて木が哀れな音を立てる。トゥックは『ターングラス』の本を病原菌のようにケンに投げてよこした。「あいつはこの本のことを、ただの見本でまだ完全版があるとぬかした。わたしが大統領選に出馬したら、警察へ行って洗いざらい話すつもりだとな」人差し指を何度も突き立て、怒りで声をうわずらせた。「わたしが手錠をかけられるのを見るつもりだったんだ。こんなときに！　わたしがいままさに、友好的で賞賛すべき国との無残な戦争か

らこの国を救おうとしているときに。思いどおりにさせるわけにはいかなかった」

　雨が窓ガラスを洗い流していた。「そこで、あなたはある男を送りこみ、オリヴァーを脅してだまらせようとしたものの、手に負えなくなり、オリヴァーはおそらく抵抗しながらも、結局は命を落とした」ケンが言い終えると、知事は倒れたグラスへ手を伸ばしたが、指で転がしたすえ、グラスはテーブルの端から床へ落ちて粉々に砕けた。「あなたが送りこんだ男はだれだったんですか」

「知ってどうなる」怒りはすでに引いていた。

「どうもならないでしょうね。たぶん、今夜その男に会いましたよ」

「それで？」

「あなたがあの男に会うことは二度とありません」

「そうか」トゥックは砕けたウイスキーグラスを見た。「あの男の一家は昔からうちの家族に仕えてきた。あいつのばあさんはオリヴァーの本にも出てくる。あの家政婦だ。あの一家はずっと忠誠を尽くし、わたしもそれなりに扱ってきた」トゥックはふと何かを思いついたようだった。「たいしたことではないが、クルーガーをどうしたんだ」いきなり突風が窓を揺らした。角に蜘蛛の巣状のひび割れがあり、そこから雨が染みこんでいる。

「知り合いの刑事に通報しました」ケンは告げた。

「警察がここに来るのか」

「ええ」

　知事は何カ月も眠らずにいたかのように、疲れた様子でため息をついた。部屋の隅の時計が新しい分を刻んだ。

　コララインが口を開いた。「もしおじいさまがお父さまの企みを知っていたら、お父さまを溺死させていたでしょうね」

「おや、そうかね」トゥックは苦々しげに言った。「これもまた、おまえは信じないだろうがな。わたしがしたことのほんとうの黒幕がだれだかわかるか」

「教えて」

「おまえのおじいさんご本人だよ」

ケンは驚愕して言った。「シメオンが？」

「オリヴァーがわが一族の前世紀のおかしな出来事をどう書いたかは、わたしも知っている」トゥックはつづけた。「だが、自問してみるといい。あいつはその話をだれから聞いたのか。むろん、何もかもわたしの父からだ。だが、おまえはあの人が、起こった出来事について神にかけて真実を語っていたと思うか？　いやいや、わたしはそうは思わんよ。おまえもあの話を読んだろう。あれが信じられるか？　あの女がローン・レンジャー（正義感の強い、当時の西部劇ドラマの主人公）のようにロンドンじゅうを走りまわり、あの司祭がほとんど会ったことのない青年に全財産を遺したと？　話がいびつだと思わんか？　そう、ちがうんだよ。私の父はコレラの研究のために金が必要で、それを手に入れる方法が転がりこんできたんだ。どこぞのだれかをほんの数日だけ治療して、遺産を自分のものにできる方法がな。それに、いったいどこに治療履歴に疑問を持つ者がいる？」

ケンの思考が音を立てて崩れた。あらゆる欺瞞を描いたあの本は、ケンにとって真実の宝庫だった。しかし、ほんとうにそうだったのだろうか。もしかしたら、掘り起こすべき虚構の層がもうひとつあったのかもしれない。

トゥックは静かに話しつづけた。「これでわかっただろう、コウリアンくん。わたしより先に父があの家でおこなったことが、何をなすべきかという手本を示してくれたんだ。善良な人間は、他人がなんと言おうと正義をなすものだからな。わたしの父のように、そしてアブラハムのように」

ケンはトゥックをしばし見つめていた。相手の目の奥で光が明滅しはじめる。ケンは言った。「ア

ブラハムはそこまでしていない」

「なんだって？」

ケンは知事と目を合わせた。「アブラハムはそこまでしていません。主の天使がおりてきて、アブラハムを止めました。あれは試されただけだったんですよ。忠誠心を」

どこか見えないところから、車のエンジンのくぐもった音が聞こえた。車が家の外に停まった。トゥックは両手を握りしめていた。「まあ、聖書がそうなら、それもよかろう。しかし、この世では」自説を披露するために身を乗り出した。「人の手はもっと血で穢れているさ」

この男の薄っぺらで安っぽいプライドなど、ケンにはどうでもよかった。なんの意味もない。「いまやっと、あの物語がなんだったのか、なぜオリヴァーがあんなふうに書いたのかがわかった気がします」ケンは言った。家のなかのどこかで動きがあった。ひび割れた窓に音が反響し、大理石を踏む音が近づいてくる。「あれはただあなたのことを書いた話でもなければ、息子さんの話でも、あなたの父親の話ですらない。あの物語のほんとうの意味は、過去がみずからの意志を持つということです。弁明の意志を。報復の意志と言ってもいい。過去はつねにそれを求めている」冷たい床に落ちたオリヴァーの本のページが、風を浴びてかすかに揺れている。「煉瓦のなかにでも、石のなかにでも、泥の奥底にでも、過去を埋めることはできる。しかし、そんなことをしても、過去に時間を与えるだけなんですよ」

ケンはグラスにひろがったひびを見つめた。〝これで何もかもけりがつく〟と思った。

〈完〉

解説——良質な二つのミステリを重ねる愉しみ

ミステリ書評家　村上貴史

■ターングラス

まずは本書の最大の特徴について述べておこう。

テート・ベーシュ——通常であれば二冊にするであろう本を、反対向き、上下逆さまに組み合わせて一冊に仕立てた書籍だ。どちらを先に読んでも構わない。

本書であれば、エセックス篇とカリフォルニア篇のどちらからでも読み始められる。そして本書ならではの特徴として、一方を読み終えてもう一方を読み進むと、その物語単体での刺激を超えて、心が、脳が、ざわついてくるのだ。なかなかに希有な読書体験を堪能できるのである。

そのざわつきは、著者ガレス・ルービンが、二つの物語の間に仕込んだ糸によってもたらされる。どんな糸を張り巡らしたかは読者御自身で愉しんで戴きたいので、ここでは、エセックス篇とカリフォルニア篇の概要を記すに止めておこう。

繰り返しになるがどちらから読んでもよいので、年代の古い方、すなわちエセックス篇から紹介することにする。舞台は一八八一年のロンドン。シャーロック・ホームズが『緋色の研究』で登場したのは一八八七年、切り裂きジャックの事件は一八八八年なので、それらの少し前ということになる。

医師のシメオン・リーは、ロンドンに蔓延するコレラの治療法を模索していたが、資金不足で思うように研究を進められずにいた。そこで彼は、エセックスでの仕事を引き受けることにする。父のいとこで、体調不良に悩むオリヴァー・ホーズ司祭を診察するのだ。エセックス沿岸のレイ島に唯一存在する建物であるターングラス館に暮らすホーズ司祭を訪ねたシメオンは、館に泊まり込んで診察と治療法の検討を進める。四十二歳の司祭は五日前から体調不良になったというが、その原因がなかなか突き止められない。ホーズ司祭は、誰かが自分に毒を盛っているというのだが……。

エセックス篇は、単体で謎解きを含むスリラーとして愉しめるように書かれている。その中心にあるのが、シメオンの父親が「〝邪悪で不吉なところ〟が家族ではなく家そのものにある」と綴ったターングラス館だ。読者はこの館において、そう遠くない過去に殺人事件が起きていたことを知り、現在も館がその影響下にあることを知る。建物の一部が特殊な用途で使われていることも知る。そう、シメオンの父の言葉が如何に適切だったかを、読み進むにつれて実感していくことになるのだ。

そうしてターングラス館について知っていくのと並行して、現在進行形で、シメオンの日々に複数の変死体が割り込んでくる。彼はその真相を突き止めようと動くのだが……というかたちでエセックス篇は流れていく。著者はシメオンに実際に足を使った調査も進めさせると同時に、作中に登場する一冊の書籍を操って、シメオンの調査を加速させている。O・トゥックなる人物が書いたというその『黄金の地』がまた曲者なのだ。

作中でシメオンは『黄金の地』という書籍を手に取って読むのだが、その内容の一部は、作中作として読者も読むことができる。一九三九年のカリフォルニア、デューム岬にあるガラスでできた屋敷に住む一家の物語で、どうやら主人公である男性が、五年前の母親の死の真相を探る物語のようだ。主人公には妹がいて、父や祖父も物語に登場する。

そんな『黄金の地』という書籍は、シメオンの手元から奪われたり、一部のページを切り取られた

りなどして彼を振り回すのだが、読み物としても刺激的で読者を愉しませてくれる。二人の男性がロンドンのいかがわしい界隈で繰り広げる人探しなど、スリルたっぷりの描写が、作中作として読者に届けられるのだ。

そうしたかたちでシメオンによるエセックスでの変死の調査（すなわち作中の現実）と書籍『黄金の地』（作中作）に牽引された読者は、最後の二ページで、さらなる衝撃に襲われる。ある巧緻なトリックが明かされるのだ。そしてそのミステリ読者としての幸せな余韻のなかで、エセックス篇を読了できるのである。

ちなみにここには名を記さないが、もう一人、相当に強烈な個性を放つキャラクターも登場し、周囲の人物に大きな影響を与えているので御注目を。

一方のカリフォルニア篇は、一九三九年の物語だ。主人公はジョージア州出身のケン・コウリアンという二十六歳の青年だ。

ケンがこの街に来て八週間。彼は《LAタイムズ》紙の広告記事を書く仕事の傍ら、映画俳優を目指している。道路脇の安食堂で知り合ったグロリアの導きで、ケンは、作家オリヴァー・トゥックのビーチパーティーに参加した。デューム岬にあるオリヴァーの屋敷は、ターングラス館と呼ばれ、ほぼ全体がガラスでできていた。そこでオリヴァーの知己を得たケンは、後日、下宿の家主から、彼についての話を聞かされる。父親がガラス製造業で大成功し、現在はカリフォルニア州知事であること。二十五年ほど前にオリヴァーの弟が誘拐されて殺されたこと。

その後数週間の間にオリヴァーと何度も会食を繰り返すほど親しくなったケンは、彼の新作の内容を教えられる。テート・ベーシュ形式で書いた『ターングラス』という作品で、イングランドから来た父方の家族の屋敷——エセックスのレイ島にある屋敷——が舞台の悲しい話だという。だが、ケンがその新作を読む前に、彼とオリヴァーの日々は断ち切られた。オリヴァーがターングラス館の書斎

塔で死体となって発見されたのだ。しかも発見者はケンである。警察はその死を自殺と判断したが、ケンは殺人を疑い、オリヴァーの妹のコララインと共に独自に真相を探るべく動き出す……。

実のところ、二人の調査行にはさらなる目的もあるのだが、それは未読の方の興を削ぐことになるのでここでは伏せておく。その目的はさておき、この二人の調査行が、読んでいてとにかく愉しいのだ。何者かに命を脅かされるといったスリルに満ちているだけでなく、オリヴァーの著書『ターングラス』を現実と重ねて読み解きながら進めるというスタイルも刺激的だ。若い二人の恋愛劇という要素も織り込まれている。そのうえで、彼らが手掛かりを求めて、あちらこちらへと奔走する旅もまた魅力的なのだ。特に、米国ニューヨークから英国サウサンプトンへの十九時間のフライトが読みどころの一つ。彼らが調査を進めていたまさに一九三九年にパン・アメリカン航空が運用を開始した長距離旅客輸送用飛行艇ボーイングB314に二人は搭乗するのだが、現代の飛行機とは全く異なる客室内の模様に驚かされることだろう（余談だが、本解説に向けてこの機体の情報を検索していたら、客室見取り図も出てきて、なおいっそう興味深く味わうことができた）。

そしてその旅の後に二人が発見する真実が、これもまたエセックス篇と同じく、深く響く。オリヴァーと弟、妹のコラライン、三人の両親、そして父方の祖父のシメオン。彼らトゥック家に付きまとっていた奇妙な不運の正体の意外性と重さが、良質なミステリとしての読後感を読者に与えてくれるのである。

なお、カリフォルニア篇で登場するオリヴァーの著書『ターングラス』は、エセックス篇における『黄金の地』という書籍と比べると、読者に提示される文章の量は少なく、断片的な引用に止まっている。作中作というほどのボリュームはない。しかしながら、ケンはそれを確かに読んでおり、コララインに要約して語るなどのかたちで、読者にも『ターングラス』の内容をしっかりと伝えている。それ故に読者は、その内容とエセックス篇そのものとの関係を知ることができるのだ。オリヴァーが

その著作に込めた想いとともに。

エセックス篇とカリフォルニア篇の両方を読んだ際に得られる〝ざわつき〟については、ここでは詳述しないので、是非御自身で体験していただきたい。体験するなかで、著者のガレス・ルービンが細部まで神経を使って、二つの小説を書いていることを理解するだろう。登場人物の名前の使い方、『黄金の地』と『ターングラス』という二つの書籍の扱い、それらの書籍を通じた相互言及、そして、二つの物語の真相の根底にある同種の残酷さ。テート・ベーシュ形式で、どちらから先に読んでも良い形で重ねたからこそ際立つ残酷さである。

希有な読書体験を得られる一冊だ。

■テート・ベーシュ

本書の特徴であるテート・ベーシュ形式についても少々触れておこう。

日本のミステリ界では、折原一の『倒錯の帰結』（二〇〇〇年）が有名だが（この書物では『首吊り島』『監禁者』という二つの小説がテート・ベーシュ形式で綴じられ、その両者の間に袋とじの「倒錯の帰結」なる掌篇がはさまれているという、さらに捻った造りだった）、歴史的には、本書に記載されたように、一八世紀に始まったという。その後、一九五〇年代から七〇年代にかけて、米国のAce Books社がAce Doubleという叢書として、この形式で夥しい数のSFやミステリなどを刊行した。また、同じく米国のTor Booksが、Ace Doubleに触発され、SFやファンタジーをテート・ベーシュ形式で三十六冊刊行した（アイザック・アシモフとシオドア・スタージョンが背中合わせになった一冊もある）。

こうした叢書と比較すると本書は、二つの物語が一冊の書物に同居する必然性が圧倒的に強く存在

している。ガレス・ルービン自身もそれは深く意識しているようで、この形式に関する友人との会話のなかで、〝どちらからも読めて単独でも成り立つが、両方読んで初めて完全な理解に至る〟という発言があったことを記している（これが著者の発言かどうかは不明瞭）。その意識で執筆した結果がいかに素晴らしいものになったかは、本書が証明している。

■ガレス・ルービン

本書の著者であるガレス・ルービンについては、越前敏弥さんの「訳者なかがき」をご参照いただきたい。本書に先だって発表した二作の小説や、今後刊行予定の小説などについて記されている。なお、ガレス・ルービンには、ジョン・パーカーの支援を受けて書いた ***Crap Days Out***（二〇一一年）といういささか自虐的な英国観光ガイドや、***The Great Cat Massacre - A History of Britain in 100 Mistakes***（二〇一二年）という英国関連の逸話集の著作もある。前者では、本書エセックス篇にも登場したコルチェスターという街も紹介されていて興味深い。これらの著作、そしてジャーナリストとしての取材経験のうえに、本書は成立しているのである。その充実度に納得がいこうというものだ。それにしても――エセックス篇で活写した一九世紀のロンドンでホームズとモリアーティが共闘する ***Holmes and Moriarty*** といい、カリフォルニア篇のケンが再登場する四部構造の小説 ***The Waterfall*** といい、新作への期待は膨らむばかりだ。前者は本書の翻訳刊行とほぼ同時期の発表、後者は二〇二五年秋とのこと。翻訳の有無や時期は未定だが、日本語で愉しめる日が来ることを強く願う。

二〇二四年八月